KB141740

한국 고전소설의 이념과 사랑

〈사씨남정기〉 〈창선감의록〉 〈구운몽〉

조광국은 현재 아주대학교 인문대학 국어국문학과 교수로 있으면서 한국고소설학회 회장을 맡고 있다. 서울대학교 인문대학 국어국문학과를 졸업하고, 서울대학교 대학원 국어국문학과에 진학하여 석사학위와 박사학위를 받았다. 한국 문화, 문화 콘텐츠, TV 드라마 분야로 연구의 폭을 넓혀가고 있다. 주요 저서로 『기녀담 기녀등장소설 연구』(2000), 『기녀 스캔들 메이커』(2014), 『TV 홈드라마의 세계』(2014), 『한국 고전문학의 에로스』(2015) 등이 있고, 최근 논문으로는 「TV드라마 〈내 딸 서영이〉: 결연구조와 사랑의 스펙트럼」(2013), 「고전소설 교육에서 새롭게 읽는 재미: 홍계월의 양성성 형성의 양상과 의미」(2014), 「〈천수석〉에 구현된 에로스의 양상과 작가의 비판의식」(2017) 등이 있다.

한국 고전소설의 이념과 사랑
〈사씨남정기〉〈창선감의록〉〈구운몽〉

초판 1쇄 발행 | 2019년 12월 16일

지은이 | 조광국
펴낸이 | 지현구
펴낸곳 | 태학사
등　록 | 제406-2006-00008호
주　소 | 경기도 파주시 광인사길 223
전　화 | 마케팅부 (031) 955-7580　편집부 (031) 955-7587
전　송 | (031) 955-0910
전자우편 | thaehaksa@naver.com
홈페이지 | www.thaehaksa.com

저작권자 (C) 조광국, 2019, *Printed in Korea.*
이 책은 저작권법에 의해 보호를 받는 저작물이므로 저자와 출판사의 허락 없이 내용의 일부를 인용하거나 발췌하는 것을 금합니다.

값은 뒤표지에 있습니다.

ISBN 979-11-6395-083-7　93810

이 도서의 국립중앙도서관 출판예정도서목록(CIP)은
서지정보유통지원시스템 홈페이지(http://seoji.nl.go.kr)와
국가자료종합목록 구축시스템(http://kolis-net.nl.go.kr)에서 이용하실 수 있습니다.
(CIP제어번호 : CIP2019049748)

한국 고전소설의 이념과 사랑

〈사씨남정기〉〈창선감의록〉〈구운몽〉

조광국

태학사

머리말

17세기 조선은 시대적으로 사회적 진통을 겪고 있었다. 그에 부응하여 〈사씨남정기〉, 〈창선감의록〉, 〈구운몽〉은 이전 시대의 소설과는 다른 새로운 모습을 갖추고 출현했다. 세 작품은 우리 소설계를 흔들어놓았으며, 그것으로 모자랐는지 그 후로 우리 사회문화에 지대한 영향을 끼쳤다.

수두룩한 이야기들, 세 작품에 담긴 그 이야기들이 그저 그런 옛이야기가 아니었음은 일찍이 알고 있었다. 하지만 그동안 내가 놓친 것이 분명 있었을 터, 거듭 읽었고 학생들과 함께 번갈아가며 소리 내어 읽기도 했다. 그러면 그렇지, 그때마다 하나, 둘, 새로 와닿는 게 있었다. 때로는 한마디 단어가 눈앞에 불쑥 나타났고, 때로는 인물들의 북받치는 감정이 와닿았으며, 작가의 마음 길이 행간에 펼쳐지기도 했다. 조용히 빛을 발하고 있었지만 예전에는 미처 몰랐었다. 새삼 명작임을 알게 되었다.

나는 2000년에 서포 김만중의 현실인식에 관한 논문을 썼고, 2002년에 박사학위 논문에서 〈구운몽〉을 다루었다. 10년이 흐른 뒤 2012년에 〈사씨남정기〉의 사정옥 캐릭터에 관한 논문을 썼고, 그 후로 2017년에 〈창선감의록〉의 적장자 콤플렉스를 주제로 논문을 썼다. 비로소 이 연구서를 내게 되었다. 뒤에 쓴 두 편의 논문은 이 책의 한 축을 형성하고 있다.

내가 이 책에서 하고자 하는 말은 17세기에 출현한 〈사씨남정기〉, 〈창선감의록〉, 〈구운몽〉이 이념과 사랑을 교직해냈다는 것이다. 제목을 한국 고전소설의 이념과 사랑으로 한 것은 그 때문이다.

제1장 서론에서는 이념과 에로스가 어떻게 결합하는지 거시적으로 살펴보고자 했다. 이념에 대해서는 17세기 무렵 조선 사회에서 부상하고 있던 종법주의 이념이 작품세계에서 구현되는 지점에 주목했다. 에로스에 대해서는 소설사적으로 애정전기소설, 중국의 인정소설과 재자가인소설에 각각 구현된 에로스와 대비하면서 세 작품에 구현된 에로스의 성향을 알아보고자 했다. 이를 바탕으로 세 작품은 이념과 에로스의 결합이라는 형식을 창출했음을 밝혔으며, 나아가 그 형식이 이념 우위 형식과 에로스 우위 형식으로 세분되는 지점에 대해 논의했다.

제2장에서는 〈사씨남정기〉와 〈창선감의록〉에서 종법주의 이념이 구현되는 지점들을 면밀히 고찰하고자 했다. 곁들여 두 소설의 작품세계에서 구현한 종법주의 이념이 편차를 보이는 것에 주목했다. 〈사씨남정기〉는 자식이 없는 상황에서 종부가 첩실을 들여 첩자를 낳아 종법 질서를 확립하려다가 뜻밖에 고난을 당하지만 끝내 그 질서를 확립하고자 했고, 〈창선감의록〉은 어리석은 적장자의 콤플렉스 때문에 가문 몰락의 위기 상황을 맞게 되지만 차남의 효우孝友를 내세워 종법 질서를 회복하고자 했음을 알게 되었다. 이 부분은 일찍이 내가 썼던 논문 두 편을 거의 그대로 가져온 것인데, 이 연구서의 체제에 맞게 더러는 보태고 더러는 뺐다.

제3장에서는 〈사씨남정기〉, 〈창선감의록〉, 〈구운몽〉에 나타난 에로스의 양상을 작품별로 상세하게 논의하고자 했다. 앞의 두 작품은 에로스가 육신적 에로스와 정신적 에로스로 이원화되면서 육신적 에로스가 부각되는 양상을 중심으로 살펴보았다. 그리고 〈구운몽〉은 에로스가 육신적 에로스와 정신적 에로스로 분리되지 않고 애초에

한데 합쳐진 상태에서 출발한다는 것과, 그 에로스가 생동성과 쾌락성을 본질로 한다는 것을 알 수 있었다. 덧붙여 에로스가 이념과 연계되는 지점의 세밀한 모습, 즉 에로스에 대한 이념 우위의 양상과 이념에 대한 에로스 우위의 양상에 대해 상세히 거론했다.

마지막 제4장에서는 〈사씨남정기〉와 〈창선감의록〉을 대상으로 이념 우위 형식의 이면에 도사린 고통을 살피고, 〈구운몽〉을 대상으로 에로스 우위 형식에 담긴 이념초월의 양상을 살펴보고자 했다. 〈사씨남정기〉와 〈창선감의록〉은 종법주의 이념을 구현하면서 그 이면에 도사린 고통의 모습을 보여주고 있어서, 그 점을 조명하지 않을 수 없었다. 그리고 〈구운몽〉은 에로스의 기쁨과 즐거움을 그려냈지만 꿈을 깨는 순간 에로스의 무상함을 드러내는데, 그 에로스의 무상함은 이념에 대한 에로스 우위 형식에 따라 이념의 무상함, 즉 이념초월을 담아내고 있음을 추론해보았다.

그 결과, 나는 〈사씨남정기〉와 〈창선감의록〉 그리고 〈구운몽〉이 저마다 독창적인 지점을 지니고 있음을 알게 되었다. 특히 중국 소설과 비교해보니 그 독창성은 더욱 도드라졌다. 물론 한계 또한 있음을 부인하는 것은 아니다.

이 책을 내 힘으로만 썼을까. 먼저 세 작품 자체가 고마웠다. 작가의 땀과 열의를 대하노라니 고마운 마음이 절로 일어났다. 작품보다 이 책의 분량이 더 많은 것으로 인사를 대신할 수 있을는지…….

선행 연구자들의 논문을 대했을 때 그 즐거움과 놀라움이란! 그뿐 아니다. 소설의 원문을 교감하고 현대역까지 보태어 역주본을 낸 분들도 있다. 많은 연구자와 역주자의 도움을 받았으니 감사의 말씀을 드리지 않을 수 없다.

그리고 이 책을 출간해주신 태학사 지현구 대표님께 감사를 표한다. 또한 이 책이 나오기까지 애써주신 최형필 이사를 비롯하여 편집진

께도 고마움을 전한다. 원고를 읽고 고치는 데 애쓴 대학원생 마민에게도 고마움의 마음을 전한다.

인생은 각자의 몫이 있다. 그 몫을 제대로 해내는 이도 있겠지만, 가볍게 여기는 이는 물론이고 더러는 모른 채 지나가는 이도 있다. 누구든지 한 번은 나 몰라라 하는 때도 있을 것이다. 다행스럽다고 해야 할지, 인간은 불완전한 존재라는 생각이 떠오른다.

소설작품에 등장하는 인물들도 마찬가지다. 어떤 인물은 자신이 추구하는 이념을 소신껏 밀어붙이는 열정을 불태웠고, 또 어떤 이는 에로스의 흐름에 자신을 맡기며 즐거움을 맛보았다. 하지만 어떤 길을 선택했든지 누구나 삶의 유한성을 피할 수는 없었다. 그게 소설의 인물에만 한정되겠는가, 우리 인간의 운명이려니…….

내 마음은 인간에게 영원한 생명이 되시는 예수 그리스도를 향한다. 여러모로 허점투성이인 내가 그런 삶을 누릴 수 있다니, 참으로 고마울 뿐이다. 그 고마움은 어느 새 기쁨이 된다.

2019년 10월 21일

조광국 쓰다

목차

일러두기

1. 이 책에서 나의 선행 논문이 차지하는 곳은 다음과 같다.
   - 조광국, 「〈사씨남정기〉의 사정옥: 총부 캐릭터–예제의 사회문화적 맥락을 중심으로–」(『고소설연구』 34, 한국고소설학회, 2012, 5-37쪽)는 이 책의 "Ⅰ"의 "1. 이념의 축: 종법주의 이념"의 근간을 이루고 "Ⅱ"의 "1. 〈사씨남정기〉: 첩자승계 지향" 중에서 "1.1." "1.3." "1.4."의 전체 내용을 이룬다.
   - 조광국, 「〈창선감의록〉의 적장자 콤플렉스」(『고전문학과 교육』 38, 한국고전문학교육학회, 2018, 65-101쪽)는 이 책 "Ⅱ"의 "2. 〈창선감의록〉: 효제를 통한 종법체제 확립"의 전체 내용을 이루고 "Ⅳ"의 "1.2. 차남 화진의 죄의식과 주변인물의 고통: 〈창선감의록〉"의 전체 내용을 이룬다.
2. 이 책의 본문에서 인용문으로 제시한 작품은 다음과 같다. 인용한 쪽수는 다음 책들의 쪽수에 해당한다. 필요에 따라 병기한 한문은 각각 다음 책의 뒤쪽에 실린 한문본을 참고한 것이다.
   - 김만중 지음, 이래종 옮김, 『사씨남정기』, 태학사, 1999.
   - 이지영 옮김, 『창선감의록』, 문학동네, 2010.
   - 김만중 원작, 김병국 교주·역, 『구운몽』, 서울대학교출판부, 2009.

Ⅰ. 17세기 소설의 새 지형: 이념과 사랑

17세기에 우리 소설사는 새로운 지형을 일구었다. 그 요체는 이념과 사랑이 서사세계의 핵심적인 두 축으로 설정되었다는 것이다. 그 중심부에 위치한 작품으로 〈사씨남정기謝氏南征記〉와 〈창선감의록彰善感義錄〉이 있고, 그 영향권 안에 〈구운몽九雲夢〉이 놓여 있다.

고려 말 조선 초에 주자학을 수용한 이래 17세기 조선 사회는 주자학에 대한 논의를 심화했고, 그 일환으로 가통승계 및 왕통승계와 관련하여 종법과 종법체제에 대한 첨예한 논의를 벌였다. 그에 상응하여 조선 사회에서 가부장제 이념은 종법주의 이념으로 예각화해 갔다. 세 작품에서도 그런 흐름을 적극 수용하여 구현했다.

사랑은 애정전기소설愛情傳奇小說과 중국의 인정소설人情小說 그리고 재자가인소설才子佳人小說에서 요체였다. 〈사씨남정기〉와 〈창선감의록〉 그리고 〈구운몽〉은 사랑을 또 하나의 중심축으로 설정하되, 선행하는 세 장르의 사랑을 수용·변용하고 거기에 새로움을 보태 저마다 독특한 사랑을 펼쳐냈다.

이념과 사랑은 따로 떨어져 있지 않고 교직한다. 이러한 이념과 에로스의 결합이라는 새로운 형식은, 조선의 사회상은 물론이고 앞 시대의 우리 소설을 비롯하여 중국소설에 대한 명확한 이해와 통찰을 통해 창출된 것으로 보인다. 그 형식은 우리의 소설사, 사회사의 한 단면을 함축하고 있다는 점에서 의미가 결코 작지 않으며, 동아시아 소설사와 문화사의 한 단면을 보여준다는 점에서 그 의미는 더 커진다.

여기에서는 편의상 이념의 축과 사랑의 축으로 나누어 논의하고 그 후에 이념과 사랑의 결합 양상에 대해 논의하고자 한다.

1. 이념의 축: 종법주의 이념

이념의 축은 〈사씨남정기〉, 〈창선감의록〉, 〈구운몽〉에서 **새롭게 선보인** 서사의 핵심축이다. 세 작품은 폭넓게 가부장제 이념을 구현했는데 작품별로 편차가 있다. 〈구운몽〉은 일부다처의 가정과 가문 창달을 이루어내는 수준에서 가부장제 이념을 구현했다. 〈사씨남정기〉와 〈창선감의록〉은 거기에서 한 걸음 더 나아가 후사 문제를 통해 적장자 중심의 질서를 심도 있게 펼쳐냄으로써 종법주의 이념을 구현하는 지점에 도달했다. 이에 대해 상세히 알아보기로 한다.[1]

고려 말 조선 초에 주자학을 적극적으로 수용했다. 그 일환으로 『주자가례』를 도입하여 그에 따라 주자가례식 예제禮制를 확립하고자 했다. 주요 사안을 들자면, 위로는 선조에 대한 제사를 주관하는 자를 정하는 원칙과 아래로는 가문 승계를 대표하는 자를 정하는 원칙이었는데 그 요체는 종자宗子였으며, 종자는 적장자嫡長子만 될 수 있었다. 즉, 가묘家廟나 봉사奉祀에서 제사 주관자를 적장자로 하고, 가

1 "1. 이념의 축: 종법주의 이념"은 내 논문인 「〈사씨남정기〉의 사정옥: 총부 캐릭터－예제의 사회문화적 맥락을 중심으로－」(『고소설연구』 34, 한국고소설학회, 2012)의 내용이 그 근간을 이루는바, 이 책의 체제에 맞게 적절히 조정한 것이다.

통家統 승계도 적장자로 하자는 것이었다. 이는 "적장자에게 자식이 없다고 해서 동복아우同母弟를 종자로 바꾸지 않고, 입후자立後子를 세워 가통을 이음으로써 계후자繼後子와 조상 사이에 의리·명분에 부합한 부자관계를 성립하게 하는 것"[2]이었다.

그런데 그 당시에 실시한 종법제는 중국의 고례古禮가 섞여 있기도 해서, 온전한 종자·적장자 중심의 종법제를 실현한 것은 아니었다. 고려 공양왕 때 가묘제는 "① 적장嫡長의 자손이 제사를 주관하고, ② 적장의 자손에게 후사後嗣가 없으면 그 다음 번째 적자의 장자가 주관하는嫡長子孫主祭 嫡長子孫無後 次嫡子孫之長子主祭" 것이었다. 이 가묘제의 대체大體는 ①에서 보듯 적장자를 우선시하는 예제禮制로서 주자가례식 종법제를 따르는 것이었다. 하지만 ②에서 보듯 적장嫡長이 끊겼을 때 차적次嫡의 장자가 제사를 주관하는 형망제급兄亡弟及도 인정하고 있어서, 즉 동생次嫡 쪽으로 제사가 넘어가기도 해서, 주자가례식 종법제와는 아직 거리가 있었다.

이런 가묘제는 조선 초기까지 이어졌다. 조선 성종 때 『경국대전』의 봉사奉祀 조에 적장자 중심의 정통론적 적자주의 종법제를 원칙으로 세웠으며, 적장자가 무후일 때는 중자衆子. 둘째 아들 이하의 아들들가 봉사하게 했다. 다만, 중자가 무후일 때에는 첩자妾子가 봉사할 수 있었다.嫡長子無後 則衆子 衆子無後 則妾子奉祀 한편 입후立後 조에서는 "적첩에게 아들이 없으면 관청의 입안을 받아 동종의 지자支子. 맏아들 이외의 아들를 입후한다嫡妾俱無子者 告官立同宗支子爲後"고 했다. 이는 적장자에게 적자든 첩자든 아들이 없을 경우 동생의 아들(조카)을 입후한다는 것으로, 승계에서 정통론적 적계주의 종법제의 길을 열었다. 하지만 현실적으로는 여전히 형망제급을 실시하는 가문도 적지 않았다.

---

2 지두환, 「조선전기 종법제도 정착과정」, 『조선시대 사상사의 재조명』, 역사문화, 1998, 각주 22, 123쪽.

그게 문제가 되어 조선 초기부터 '정통론적인 종법제'와 '형망제급의 종법제'를 두고 논란이 일었으며, 한편으로는 '종자宗子와 지자支子의 구별을 우선할 것인가', '적자嫡子와 첩자妾子의 구별을 우선할 것인가'를 둘러싸고 새롭게 논란이 커졌고, 거기에 입후立後 문제까지 보태져서 복잡한 양상을 띠었다.[3]

부연하자면 가묘나 봉사에서 적장이 제사를 주관한다는 원칙은, 가통승계가 적장 중심이어야 한다는 원칙과 부합하기에 이르렀으며, 그러한 적장승계가 종법제의 큰 틀로 자리를 잡았다. 처음에는 종자가 죽은 후에 그의 뒤를 이어 적자 동생 쪽에서 가통을 잇기도 했고 ─ 초창기에는 동생의 아들(조카)이나 손자였다가 점차 동생의 아들(조카)로 한정되었고 ─ 적자가 없으면 종자의 서자가 가통을 넘겨받기도 했으며, 그 와중에 제사 주관자와 가통 승계자가 일치하지 않는 상황이 벌어지기도 했다.[4] 그런 소용돌이 속에서 종법제의 흐름은 주자가례식 예제를 온전히 실시하는 쪽으로 향했으며, 16세기 중종조를 거쳐 17세기 말에는 사대부 가문들 중에서 적극적으로 적장 중심의 종법

3 고려말 공양왕 때 가묘제는 기본적으로 "적장嫡長의 자손이 제사를 주관하고, 적장의 자손에게 후사後嗣가 없으면 차적次嫡의 자손의 장자가 주관한다嫡長子孫主祭 嫡長子孫無後 次嫡子孫之長子主祭"는 것이었다. 이 가묘제는 적장자를 우선시하는 예제禮制로서 주자성리학이 표방하는 '정통 위주의 종법제'를 따르는 것이었지만, '적통이 단절되었을 때 아우 쪽에서 제사를 주관하는 형망제급兄亡弟及'도 인정하고 있어서 주자성리학의 견해와는 아직 거리가 있었다.(지두환, 「조선전기 종법제도 정착과정」, 『조선시대 사상사의 재조명』, 역사문화, 1998, 121-123쪽)

4 조선 성종 때 『경국대전』의 봉사奉祀 조에 적장자 중심으로 된 정통론적 적자주의 종법제를 원칙으로 내세웠다. 그런데 적장자가 무후일 때에는 중자衆子가 봉사하고 중자가 무후일 때에는 첩자가 봉사할 수 있었다.嫡長子無後 則衆子 衆子無後 則妾子奉祀 이는 고려 말의 것을 이어받은 것으로, 여전히 『주자가례』를 온전하게 수용한 것은 아니었다. 또한 입후立後 조에 '적첩에게 아들이 없으면 관청의 입안을 받아 동종의 지자支子를 입후한다嫡妾俱無子者 告官立同宗支子爲後'고 되어 있었다. 이는 적장자가 아들이 없을 경우 입후立後 조에 따라 적자인 조카가 입후할 수 있다는 것이어서 봉사奉祀에서 정통론적 적계주의 종법제를 실시할 수 있었음을 의미한다. 이처럼 조선 초기에는 봉사 조와 입후 조가 합치하지 않는 경우가 적지 않았다.(위의 책, 137-140쪽)

제를 실시하는 가문이 나오는 등, 점차 적장승계嫡長承繼의 종법체제가 사회적 추세로 자리를 잡아갔다.[5]

그런 종법제는 조선 중후기에 들어와 특정 가문을 넘어서 사회, 문화, 정치 차원에서 받아들여지고 주자학의 학문적 차원 그리고 주자가례식 예제의 차원에서 심화, 세련화되어 주자성리학적 이념의 형태를 띠었다. 그 연장선에서 적장 중심의 종법체제는 왕가와 사대부가를 막론하고 원칙적으로 받아들여야 한다는 사회적 명분으로 자리를 잡게 되었다.[6] 이에 나는 그 이념을 **종법주의 이념**이라 칭하고자 한다. 조선 사회는 주자성리학적 이념을 내세워 가부장제를 가문중심주의로 강화하고 그 가문중심주의를 다시 종법주의로 예각화해 간 것으로 보인다.

종법주의 이념의 중심 세력은 양반층이었으며 그중에서도 사림 세력이었다. 당시 사림 세력은 자신들이 그 이념을 실현하는 주동 세력임을 자처하고, 정치, 사회, 문화 등 전 영역에서 영향력을 발휘했다. 조선 중후기 사회에서 학파가 나뉘고 당색이 나뉘어 반목하기도 하고 조정하기도 했는데, 주지하다시피 그런 대립은 주자가례식 예제의 실행을 통해 종법주의 이념을 실현하기 위한 노력에서 나온 것이기도 했다. 추정컨대 저마다 당색으로 나뉘어 자신들의 실익을 챙기기 위해 주자가례식 예제를 표방한 이들도 있었을 것이다. 그럼에도 종법주의를 실현하고자 하는 이념적 명분이 더 컸던 것으로 보인다.

---

5 이창기는 형망제급兄亡弟及과 서자庶子로 가통을 잇는 혈통주의와 대비하여 적통주의라는 개념을 썼다.(이창기, 「성리학의 도입과 한국가족제도의 변화: 종법제도의 정착과 부계혈연집단의 조직화 과정」, 『민족문화논총』 46, 영남대학교 민족문화연구소, 2010, 105-137쪽)

6 황원구, 「주자가례의 형성과정－왕법과 가례의 연결성을 중심으로－」, 『인문과학』 45, 연세대학교 인문과학연구소, 1981.

17세기에 앞서거니 뒤서거니 출현한 〈사씨남정기〉와 〈창선감의록〉의 작품세계는 그런 종법주의 이념의 실현 과정을 형상화했다. 많은 학자들이 지적했듯이 〈사씨남정기〉와 〈창선감의록〉은 넓게는 유교적 이념 내지는 주자학적 이념을 작품세계의 전면에 표방했다.[7] 그 주자학적 이념을 보다 정치하게 표현하자면 종법주의 이념이다. 그렇다고 두 작품에서 주자가례식 종법주의 이념을 전면에 설정하고 그 이념을 직접 실현하는 방식으로 이야기를 풀어낸 것은 아니다.

일찍이 많은 연구자들이 두 작품에 유불선儒佛仙이 혼재되어 있음을 밝혔듯이, 충효열忠孝烈이 유교 이념으로 범박하게 설정되기도 하고, 거기에 불교적 사유와 도교적 보응관이 뒤섞이기도 했다.[8] 더욱이 충효열이 불교와 도가에서도 중시되는 덕목이기도 하고, 충효열이 불교의 인과응보설 그리고 도가의 보응관과 밀접한 관련을 맺는다는 점을 고려하면, 이들 작품이 유교 이념 일변도의 사유를 드러낸 것은 아니다.

그런데 그러한 성향의 충효열이 적장 중심의 종법체제에 수렴되는 서사구도를 보인다는 점을 주목할 필요가 있다. 앞서 언급했던 대로 적장 중심의 종법제는 유교 이념 특히 신유학인 주자성리학의 이념의 핵심에 해당한다. 이에 두 작품은 충효열의 유교 윤리를 바탕으로 설정하되 거기에 불교적 사유, 도가적 세계관을 교직하여 주자성리학적 종법주의 이념을 구현한 것으로 보인다.

〈사씨남정기〉와 〈창선감의록〉은 종법주의 이념을 구현함에 있어

---

7 대표적으로 임형택, 「17세기 규방소설의 성립과 〈창선감의록〉」, 『동방학지』 57, 연세대학교 국학연구원, 1988, 162쪽.

8 〈창선감의록〉에서 효제가 도가적 보응관인 승부承負 개념으로 다루어졌다.(김수연, 「〈화씨충효록〉의 문학적 성격과 연작 양상」, 이화여자대학교 박사학위논문, 2008, 131-132쪽; 조현우, 「〈창선감의록〉에 나타난 천정과 승부의 의미」, 『고소설연구』 44, 한국고소설학회, 2017, 170-187쪽)

서 그 시발점을 공통적으로 '가통을 잇는 후사後嗣 문제'에 두었다. 〈사씨남정기〉에서는 정실이 아들을 낳지 못하자 첩실을 들여서 후사를 이으려 했다가 사달이 나 가문이 존폐 위기에 빠졌으며, 〈창선감의록〉에서는 이미 후사로 결정된 적장자의 어리석음 때문에 가문이 무너질 위기에 처했다. 가문의 위기를 초래한 요체가 교채란의 첩실 콤플렉스(〈사씨남정기〉)였고 화춘의 적장자 콤플렉스(〈창선감의록〉)였다고 할 수 있다. 그런 위기 상황에서 총부 사정옥과 차남 화진은 숱한 고통을 당하면서도 목숨을 거는 희생을 통해 가문의 위기를 극복하여 가문의 창달을 이루어내기에 이른다.

결과적으로 〈사씨남정기〉에서 첩실 콤플렉스에서 헤어나지 못하는 교채란은 비극적 종말을 맞지만, 총부 사정옥은 첩실 콤플렉스가 없는 임추영을 다시 첩실로 맞게 하여 총부로서의 권위를 잃지 않고 가장을 내조함으로써 가문의 종사를 확립했으며, 훗날 적장인 인아가 생환함으로써 온전하게 적장승계가 이루어지는 결과를 맞았다. 그리고 〈창선감의록〉에서는 차남 화진이 처절한 효제孝悌를 실행함으로써 이복형인 화춘의 적장자 콤플렉스를 극복하게 함으로써 적장승계를 온전히 지켜냈다. 사정옥과 화진이 각각 두 작품에서 주인공으로 명실상부하게 자리를 잡았거니와, 두 작품은 이들을 통해 종법주의 이념이 실현되는 일련의 과정을 구현했다고 할 것이다.

한편 두 작품은 온전한 주자가례식 종법주의를 구현함에 있어서 각각 유연한 『주자가례』의 적용을 허용하고 있다. 이는 당대 사회에서 종법주의 흐름에서의 다양한 층위를 보여준다. 이와 관련하여 덧붙여둘 게 있다. 두 작품에서 이념이 직설적으로 제시되지 않고 충효, 효우, 절의, 신의 등 윤리와 관련된 배경, 인물들의 대화와 행위, 서술자의 발언 등을 통해 구현된다는 것이다.

2. 사랑의 축: 남녀 에로스

17세기 무렵 인조, 효종, 현종, 숙종 시절에 한정하더라도 양반 남성과 기녀 사이의 사랑이 풍류 차원에서 일상적으로 벌어졌으며,[9] 사회 일각에서는 천민과 평민에서부터 조신朝臣, 지방 관리, 진사 등에 이르기까지 윤리도덕 차원의 문제가 일기도 했다.[10] 그와 달리 가부장제의 강화와 함께 여성의 절의, 효절, 부덕 등을 강조하는 움직임이 전 시대에 비해 강화되기도 했다.[11]

〈사씨남정기〉, 〈창선감의록〉, 〈구운몽〉은 남녀 사이의 사랑을 다채롭게 구현했는데, 그런 남녀의 사랑은 조선의 사회 풍속과 동떨어져 있지 않다. 세 작품에 구현된 남녀의 사랑은 두서없이 소재 차원에서 그려진 게 아니라 조선의 사회상과 성 풍속에 대한 작가 나름의 통찰과 시각에 따라 주도면밀하게 그려진 것으로 보인다.

선행하는 소설 연구에서 그 지점을 짚어냈음은 물론이다. 그런데 사랑, 애정, 애욕, 정욕, 성욕, 색욕, 남녀관계 등 여러 용어들을 총칭하는 개념이 미비한 상태에서 연구자 편의대로 용어를 사용해온 탓에 아직도 논의의 체계성을 확보하는 데에 미진한 부분이 남아 있다.[12] 특히 세 작품에 구현된 **남녀의 사랑에 대한** 체계적인 논의에

---

9 조광국, 『기녀담 기녀등장소설 연구』, 월인, 2002, 207쪽.

10 조광국, 「17세기 후반 김만중의 현실인식에 관한 고찰」, 『고전문학연구』 20, 한국고전문학회, 2001, 210-213쪽.

11 열녀의 경우, 임진왜란 이전에는 죽은 남편에 대한 존경이 종교적 차원으로 변모되었으며 계층적으로 확대되었고, 임병 양난 이후에는 전란과 관련하여 자결과 수절을 중시했으며, 17세기 이후에는 순절이 열행을 차지하게 되었고, 18 · 19세기에는 무조건적 순절이 열행의 자리를 차지하게 되었다.(이혜순, 「조선조 열녀전의 전개와 유형」, 이혜순·김경미, 『한국의 열녀전』, 월인, 2002, 21-24쪽)

12 대표적으로 강상순은 〈구운몽〉과 전기소설, 재자가인소설, 염정소설을 대상으로 남녀의 사랑을 논의할 때 남녀관계라는 용어를 내세웠다.(강상순, 「〈구운몽〉에 형상화된 남녀관계의 소설사적 계보와 역사적 성격」, 『우리어문연구』 32, 우리어문학

도달하지 못했음을 들 수 있다. 물론 〈사씨남정기〉와 〈창선감의록〉을 한데 묶어 논의하는 지점에 도달하기도 했지만 미처 〈구운몽〉까지 아우르지는 못했다.

또한 선행 연구에 의해 세 작품이 애정전기소설, 중국의 인정소설과 재자가인소설의 영향을 받은 점이 세세히 밝혀졌음에도 여전히 남녀 사랑에 대한 체계적 논의가 이루어져야 할 여지가 있다. 단적으로 〈구운몽〉에 영향을 끼친 선행 작품에 대한 논의만 해도, 애정전기소설의 영향과 인정소설 〈공공환空空幻〉의 영향으로 갈린 채, 각각의 연구 성과에도 불구하고 **사랑에 대한 논의에서** 평행선을 달리며 접합점에 이르지 못하고 있다.

전성운은 〈구운몽〉이 중국 인정소설 〈공공환〉의 형식과 내용에서 큰 영향을 받았음을 밝힘으로써 눈에 띄는 연구적 성과를 냈다. 그는 〈구운몽〉의 '몽' 자가 〈공공환〉의 '환' 자의 영향을 받아 '공空'의 의미를 적극 드러냈으며, 둘 다 16회 회장체回章體로 되어 있고, 매회마다 사건진행이 비슷하며, 삽화와 모티프, 상황묘사, 인물형상, 그리고 환몽구조가 비슷하다는 점을 꼼꼼하게 제시했다.[13] 이듬해에 정길수는 〈구운몽〉이 전기소설을 중심으로 한 전대 소설의 고급스런 풍격을 끌어들이되 갈등과 파탄의 맹아를 제거해내고 웃음과 화락의 세계를 창출했음을 강조했다.[14] 이는 연구자가 직접 거론하지는 않았지만, 〈구운몽〉과 전기소설의 영향관계를 밝혀왔던 종래 연구의 연장선에서 남녀의 사랑을 긍정적으로 묘파한 〈구운몽〉과 부정적으로 묘파한 〈공공환〉의 결정적인 차이를 간과한 진성운의 연

회, 2008, 185-228쪽)

13 전성운, 「〈구운몽〉의 창작과 명말청초 염정소설－〈공공환〉과의 비교를 중심으로－」, 『고소설연구』 12, 한국고소설학회, 2001, 65-94쪽.

14 정길수, 「전기소설의 전통과 〈구운몽〉」, 『한국한문학연구』 30, 한국한문학회, 2002, 353-379쪽.

구에 대한 반론의 성격을 띤다.

그럼에도 내가 보기에, 정길수는 〈공공환〉이 〈구운몽〉에 끼친 영향을 과소평가했다. 그리고 전성운은 〈구운몽〉이 〈공공환〉에서 부정적으로 흐르던 애욕과 성욕을 긍정적인 것으로 바꾸어놓았다는 것을 간과함으로써 '현실-꿈-현실'의 환몽구조와 관련하여 〈공공환〉의 '공空'이 부정적인 색정에 대한 허무色卽是空였는데 〈구운몽〉의 '몽夢'에서는 긍정적인 사랑에 대한 허무로 바뀌었다는 것을 놓치고 말았다. 아직까지 〈구운몽〉이 남녀의 사랑을 구현함에 있어서 애정전기소설과 인정소설을 교차 수용하여 새롭게 창출해냈다는 데에 도달하지 못했다고 할 수 있다.

이러한 문제점은 여러 가지로 해소될 수 있겠지만, 나는 사랑, 애정, 애욕, 정욕, 성욕, 색욕 등의 여러 가지 용어를 총칭하는 개념을 확보할 때 해소될 것으로 본다. 그 일환으로 **에로스** 개념을 도입하고자 한다. 나는 『한국 고전문학의 에로스』에서 〈조신〉과 〈김현감호〉, 〈운영전〉과 〈주생전〉, 〈구운몽〉과 〈춘향전〉, 〈청백운〉과 〈유이양문록〉을 대상으로 에로스의 구현 양상을 추적했다. 그 논의를 보다 심화시켜 에로스 중심으로 〈천수석〉 작품론을 펼치기도 했다. 그 일련의 논의를 토대로 에로스 개념을 정리하면 다음과 같다.

> 에로스는 본래 그리스 신화에서 남녀 사이에 열정적인 사랑을 불러일으키곤 하다가 자신도 사랑의 열정에 빠지게 된 '사랑의 신'이다. 그 후 에로스는 열정적 사랑을 뜻했고 점차 감각적, 본능적, 육신적, 가시적 사랑①을 의미하게 되면서 욕정과 관능까지 포괄하기에 이르렀다.②
>
> 한편으로 플라톤에 의해서 에로스는 "인간 육신의 아름다움은 물론이고, 지식과 덕의 아름다움, 인간 영혼의 아름다움까지 고양시킨 미 자체에 대한 사랑"③ 내지는 "인간의 선에 대한 사랑"④을 의미한다.⑤
>
> 일반적으로 에로스는 그 지향점이 무엇이냐에 따라서 그 의미가 "본

> 능적 사랑, 육신적 사랑, 욕정적 사랑, 관능적 사랑"과 "덕과 선에 대한 사랑"으로 나뉘는데, 후자는 정신(혹은 영혼)의 영역과 관련이 깊고, 전자는 육신 영역과 깊은 관련이 있다.⑥[15]

에로스는 일반적으로 남녀의 열정적인 사랑을 의미하는데, 플라톤에 의해 남녀 관계를 초월하여 "인간의 선에 대한 사랑"을 뜻하는 개념으로 자리를 잡기도 했다. 인간의 선에 대한 사랑을 의미하는 플라톤적 사랑은 남녀의 사랑에서도 나타날 수 있다.

이에 남녀의 에로스를 육신적 에로스와 정신적 에로스로 나눌 수 있다. 육신적 에로스는 관능적, 육욕적, 욕정적, 색정적인 성향을 띤다면, 정신적 에로스는 육욕과 색정 쪽으로 흐르지 않고 "덕과 선"을 지향한다. 세부적으로 에로스가 육신적 에로스로 발현되다가 나중에는 정신적 에로스를 지향하는 경우도 있으며, 그리고 에로스가 육신적인 것과 정신적인 것으로 나뉘지 않고 두 가지가 한데 합쳐져 있는 상태에서 발현되는 경우도 있다.

---

15 조광국, 「〈천수석〉에 구현된 에로스의 양상과 작가의 비판의식」, 『고소설연구』 43, 한국고소설학회, 2017, 94-95쪽. 인용문의 출처는 다음과 같다.

① 요한네스 로쯔(저), 심상태(역), 『사랑의 세 단계-에로스, 필리아, 아가페』, 서광사, 1985, 35-48쪽. ② 조광국, 『한국 고전문학의 에로스』, 아카넷, 2015, 7쪽. ③ 요한네스 로쯔(저), 심상태(역), 앞의 책, 31-32쪽. ④ 박찬식, 『플라톤 철학의 이해』, 정음사, 1984, 115-117쪽. ⑤ 플라톤의 에로스는 여섯 단계를 거쳐 승화된다는 견해가 있는데 처음 세 단계에서는 정서가 개입하고, 다음 세 단계에서는 이성이 개입한다고 한다.(이기백, 「플라톤의 에로스론 고찰」, 『철학』 34, 한국철학회, 1990, 162-166쪽) ⑥ 아가페는 신의 인간에 대한 절대적 사랑이고, 에로스는 남녀의 본능적인 사랑이며, 필로스는 우애적 사랑이다.(요한네스 로쯔(저), 심상태(역), 앞의 책) 이 세 가지 사랑은 서로 겹치는 부분이 있어서 서양 철학에서 많은 쟁점을 낳았다.[선한용, 「기독교적 아가페(agape)와 에로스(eros)에 대한 새로운 이해 시도」, 『신학과 세계』 28, 감리교신학대학교, 1994, 132-151쪽; 김현희, 「에로스와 필리아」, 『민족미학』 14(2), 민족미학회, 2015, 251-285쪽] '에로스'는 프로이드에 의해 정신분석학 분야의 개념으로 자리를 잡은 이후로 라깡 등에 의해 논의가 심화되었다.(양석원, 「에로스의 두 얼굴-라깡의 〈향연〉 읽기」, 『라깡과 현대정신분석』 17(1), 한국라깡과현대정신분석학회, 2015, 76-109쪽)

〈사씨남정기〉와 〈창선감의록〉은 에로스를 육신적 에로스와 정신적 에로스로 이원화했다. 정욕적이고 관능적인 교채란에게 빠져드는 유연수(〈사씨남정기〉)의 모습과 애욕적이고 욕정적인 화춘·조월향의 관계(〈창선감의록〉)는 육신적 에로스를 구현했거니와, 이는 당시 윤리 문제를 일으킨 사회상을 적극 수용한 것이라 할 수 있다.

그 반대로 두 작품에서 사정옥의 처첩의 친화 도모 및 부덕 중시의 태도(〈사씨남정기〉) 그리고 화진과 윤옥화·남채봉이 집안과 부덕을 중시하는 부부관계(〈창선감의록〉)는 정신적 에로스를 구현했다. 이는 당시에 가문의 위상을 중시하고 여성의 부덕과 절의를 중시한 사회 한편의 모습을 문학적으로 형상화한 것이라 할 수 있다.

한편 〈구운몽〉은 17세기 무렵 계섬월과 적경홍, 진채봉과 가춘운 등을 통해 당시 평민 여성이 천민으로 전락하는 신분제의 단면과 양반 남성과 기녀 사이의 사랑이 풍류 차원에서 일상적으로 벌어졌던 시대상을 반영했다. 이를 바탕으로 양반 남성과 여성 사이의 에로스를 환상적으로 펼쳐냈거니와, 양소유와 여덟 여성의 1 대 8 에로스를 통해, 앞의 두 작품에서와는 달리, 애초부터 에로스가 이원화되지 않고 합쳐져 있는 에로스를 구현했다.

세 작품의 작가들은 당시 사회에서 에로스의 모습을 취하는 것을 넘어서, 선행하는 소설에 구현된 남녀의 에로스를 꿰뚫어보고 그 에로스를 교묘히 조합하여 구현하기도 했다. 주지하다시피 세 작품에 영향을 미친 소설은 애정전기소설 – 중국의 전기와 우리의 애정전기소설을 포함하여 – , 중국의 인정소설과 재자가인소설인데, 특히 이들 소설 장르는 공통적으로 에로스를 중심축으로 설정했다는 점에서 주목할 만하다. 개괄적으로나마 세 소설 장르에 구현된 에로스의 성향을 정리하면 다음과 같다.

애정전기소설 – 중국의 애정전기소설과 우리의 애정전기소설을 포함하여 –

에서는 사랑의 열정에 빠진 남녀 주인공들은 기쁨, 황홀함, 슬픔, 안타까움, 초조함 등 감정의 소용돌이에 빠져 평소에는 미처 생각하지 못했던 모습을 펼쳐냈다. 에로스가 애정, 애욕, 성희를 수반하지만, 비난할 만한 색욕으로 치닫지 않고 순수하고 열정적인 사랑의 감정을 본령으로 한다. 에로스가 남녀의 감정과 생각을 좌우하고 그들의 삶을 이리저리 몰아간다고나 할까, 애정전기소설은 그런 에로스를 중심에 놓고, 그 실체가 무엇인지 그리고 그게 어떻게 펼쳐지는지를 보여주는 장르라 할 수 있다.

주지하다시피 중국의 인정소설[16]은 〈금병매金瓶梅〉(1617)에서 시작한다. 〈금병매〉의 남주인공 서문경은 큰돈을 번 거상으로 평소에 하는 일이란 재력과 권력을 동원하여 농간을 부리며 색욕을 채우는 일일 뿐이었고,[17] 그를 둘러싼 여섯 명의 처첩은 그의 비위를 맞추면서 저마다 재물욕과 욕정을 채우기에 골몰했다. 그 영향을 받아 〈육포단肉蒲團〉(1633)이 나왔고, 그 후에 〈금병매〉의 인물들이 환생하여 욕정에 휘둘리는 삶을 펼쳐낸 〈속금병매續金瓶梅〉(1660)로 이어졌으며, 이들 작품의 영향을 받아 색정色情의 세계를 펼쳐낸 〈공공환空空幻〉(1670년 전후)이 나왔다. 이처럼 인정소설에서 에로스는 색정으로 치닫는 육신적 에로스 위주의 세계를 구축했다. 그런 에로스에 대한 부정적인 시각을 유지했음은 물론이다.

재자가인소설은 인정소설의 영향권에서 출현했지만 에로스의 구

---

16 루쉰은 명나라 때 〈금병매〉부터 청나라 때 〈홍루몽〉까지의 소설작품들을 인정소설로 분류하고, 세정서世情書라고도 했다.(魯迅루쉰 저, 조관희 역주, 『중국소설사략』, 살림, 1998, 420쪽)

17 서문경은 그의 1처 5첩(오월랑, 이교아, 맹옥루, 손설아, 반금련, 이병아)을 두기까지 욕정을 채우는 모습을 보이며, 다섯 하녀(옥소, 방춘매, 영춘, 수춘, 혜원)를 상대로 욕정을 채우고, 여타의 여성들(송혜원, 왕륙아, 여의, 엽오아, 임씨, 창희춘)과 불륜관계를 맺으며, 주변에 가까이하는 기녀들(이계경, 이계저, 오은아, 정애향, 정애월, 한금천, 한옥천)까지 있다.

현에 있어서 인정소설과는 다른 지점에 도달했다.[18] 에로스를 펼쳐내는 주인공을 재자와 가인으로 창출하여 그 에로스의 성향을 인정소설과는 정반대로 설정한 것이다. 대표적으로 〈옥교리玉嬌李〉, 〈평산냉연平山冷燕〉, 〈호구전好逑傳〉 등이 있다.[19] 그런데 〈호구전〉은 명교名教를 중시하는 남녀관계를 펼쳐냈음에 비해 〈옥교리〉는 순수한 사랑의 열정을 중심으로 하는 남녀관계를 펼쳐냈다.[20] 이렇듯 작품마다 펼쳐낸 남녀관계의 편차가 크다. 하지만 그 남녀관계는 모두 정신적 에로스를 위주로 했다는 것이 주목할 만하다.

---

18 루쉰은 재가자인소설을 인정소설의 연장선에서 다루었지만, 그는 "인물과 이야기의 줄거리는 모두 달랐지만, 책 이름은 여전히 이를 답습한 것이 많았다"라며 재자가인소설을 인정소설과 구별했다.(魯迅루쉰 저, 조관희 역주, 앞의 책, 441쪽)

19 세 작품이 17세기에 조선에서 읽힌 것으로 보인다. 〈옥교리〉의 경우, 조선의 현종(재위 1659-1674)이 대왕대비와 명안공주(숙종의 누이)에게 보낸 한글 편지에 "玉交李"가 언급되었다.[이명구, 「명대화본소설과 한일문학」, 1987년 11월 발표 요지(박재연, 「조선시대 중국통속소설 번역본의 연구: 낙선재본을 중심으로」, 한국외국어대학교 박사학위논문, 1993, 17쪽 재인용)]

김춘택(1670-1717)은 『북헌집北軒集』에서 "평산냉연 같은 것은 얼마나 풍치가 있는가如平山冷燕 又何等風致"라고 언급했다.[『북헌집北軒集』 권16, 〈논시문論詩文〉(『(영인표점)한국문집총간』 185, 민족문화추진회, 1981, 228쪽)] 〈평산냉연〉은 17세기 후반부에 읽혔을 것으로 보인다.

권섭은 『옥소고玉所稿』에서 자신이 모친 용인이씨(1652-1712)가 손수 필사한 〈소현성록〉, 〈한씨삼대록〉, 〈설씨이대록〉, 〈조승상칠자기〉, 〈삼강해록〉, 〈의협호구전〉 등을 여러 자손들에게 나누어주었다고 기록했다. 〈호구전〉은 17세기에 수용된 것으로 보인다.(박영희, 「17세기 재자가인형 소설의 수용과 영향-〈호구전〉을 중심으로-」, 『한국고전연구』 4, 한국고전학회, 1998, 188-189쪽)

20 〈옥교리〉의 에로스는 소우백과 백홍옥·노몽리의 1대 2 관계에서 순수한 사랑의 열정을 드러내는 방식으로 펼쳐졌다. 소우백·백홍옥은 신뉴新柳를 비롯한 여러 시로 교감하면서 애정을 키워나갔고, 소우백·노몽리의 관계는 여성의 첫눈에 반한 구애와 그에 상응하는 남성의 사랑이 위주로 되어 있다.

〈호구전〉에서 철중옥·수빙심의 관계는 사랑의 감정에 치우쳐 육체관계를 맺는 것을 자제하고 "명교를 중시하는" 방식으로 펼쳐졌다. 철중옥이 과공자로부터 결혼 협박을 당하고 있던 수빙심을 구해낸 게 계기가 되어 두 남녀의 만남이 이루어졌는데, 이들 남녀는 그 만남을 명교를 내세워야 하는 만남으로 규정했다. 그런 명교 중시의 태도는 훗날 양가 부모에 의해 정혼이 이루어지고 황제의 명령으로 결혼하기까지 육체관계를 맺지 않는 것으로 지속되었다.

〈사씨남정기〉, 〈창선감의록〉, 〈구운몽〉의 작가들은 애정전기소설, 인정소설, 재자가인소설 등에서 구현된 남녀의 사랑 즉 에로스가 각기 다른 성향을 띤다는 것을 명확히 인식한 것으로 보인다. 그에 따라 애정전기소설, 인정소설, 재자가인소설 등에서 성취한 에로스의 성향들과 거리를 두거나 그 성향들을 적절히 조절하면서 새롭고 다채롭게 펼쳐낸 것으로 보인다.

〈구운몽〉의 에로스는 애정전기소설 및 인정소설과는 다른 지점을 확보했다. 〈최치원〉에서는 최치원과 팔랑·구랑의 1 대 2의 사랑을 인간과 혼령의 사랑으로 그려냈다면, 〈구운몽〉은 그런 사랑을 양소유와 선녀·혼령의 사랑으로 그려내되 가춘운이 변장한 것으로 꾸며 유희성을 부여하고 거기에 행복한 결말을 부여했다. 또한 〈주생전〉에서는 '여－남－여'의 1 대 2의 애정관계를 선보였는데, 그 삼각관계는 남녀의 갈등을 거쳐 비극적 종말을 수반한다. 〈구운몽〉은 남녀의 애정관계를 양소유와 여덟 여성의 1 대 8 애정관계로 확대하는 한편, 그 애정관계를 친애親愛와 은정恩情으로 채우고 행복한 결말을 부여함으로써 애정전기소설과는 다른 에로스를 창출했다.

한편 〈구운몽〉의 에로스는 중국 인정소설의 에로스 성향을 뒤바꿔놓은 형국을 띤다. 인정소설에서 애욕적, 색욕적으로 흘러 인간을 파멸로 몰고 가는 육신적 에로스를 설정한 것과는 달리, 〈구운몽〉은 에로스가 생동성과 쾌락성이 넘치며 생명력이 충만하여 인간에게 행복한 결말을 선사하는 그런 에로스를 선보였다. 〈구운몽〉은 인정소설의 형식, 특히 〈공공환〉의 '현실－꿈－현실'의 서사구조를 수용했음에도,[21] 그에 담긴 에로스의 성향을 정반대로 바꿔놓고 거기에 해피엔딩을 부여하는 방식으로 에로스를 창출한 것이다.

---

21 전성운, 「〈구운몽〉의 창작과 명말청초 염정소설－〈공공환〉과의 비교를 중심으로－」, 『고소설연구』 12, 한국고소설학회, 2001, 65-94쪽.

그런 점에서 〈구운몽〉의 에로스는 인정소설과 결을 달리하는 재자가인소설의 영향, 특히 〈옥교리〉의 영향을 어느 정도 받았다고 추정할 수 있다.[22] 앞에서 언급했던 대로 〈옥교리〉는 인정소설의 영향권에 있으면서도 인정소설의 육신적 에로스와는 달리 순수한 사랑의 열정을 중시하는 에로스를 우백과 백홍옥·노몽리의 1 대 2 관계로 펼쳐내고 거기에 해피엔딩을 부여했다. 〈구운몽〉은 그런 성향의 에로스를 수용하되 거기에 '유희와 성희 차원'[23]의 에로스를 보태어 1 대 8의 환상적인 에로스를 창출한 것으로 보인다.

요컨대 〈구운몽〉은 애정전기소설의 에로스에 도사리고 있던 비극성을 탈피하여 해피엔딩을 부여하는 한편, 인정소설의 육신적 에로스를 정반대로 그려내고 재자가인소설의 순수하고 열정적인 에로스를 유희와 성희 차원으로 심화시켜 환상적인 에로스로 창출했다고 할 수 있다.

또한 〈사씨남정기〉와 〈창선감의록〉의 에로스도 인정소설과 재자가인소설에서 영향을 받았다. 두 작품에서는 에로스가 정신적 에로스와 육신적 에로스로 이원화되는 양상을 보이는데, 육신적 에로스와 비극적 종말은 인정소설에서 영향을 받고, 정신적 에로스와 해피엔딩은 재자가인소설에서 영향을 받은 것으로 보인다.

〈사씨남정기〉는 교채란·동청·냉진을 통해, 〈창선감의록〉은 조월향·범한·장평을 통해 육신적 에로스를 부각시켰으며, 특히 〈창선감의록〉은 화씨 가문의 적장자인 화춘의 욕망을 애욕에 초점을 맞춤으로써 육신적 에로스의 편폭을 넓혔다. 두 작품에서 펼쳐낸 육신적 에로스는 인정소설에서 보인 육신적 에로스와 흡사하다. 〈금병매〉에

---

22 송성욱, 「17세기 중국소설의 번역과 우리소설과의 관계-〈옥교리〉를 중심으로-」, 『한국고전연구』 7, 한국고전연구학회, 2001, 78-80쪽.

23 이에 대해서는 이 책의 178-187쪽 참조.

서 〈공공환〉에 이르기까지 일군의 인정소설은 염정소설艶情小說, 음사소설淫詞小說이라 부르기도 할 만큼 인간 군상들의 음애정사淫愛情事를 위주로 펼쳐내고 그들의 종말을 비극적으로 처리했다. 〈사씨남정기〉와 〈창선감의록〉에서 악인들이 펼쳐내는 육신적 에로스의 비극적 종말은 그 영향을 받은 것이라 할 수 있다.

한편 〈사씨남정기〉에서 사정옥은 애정보다는 부덕을 중요하게 보는 여성으로서 남편에 의해 축출당한 후에 시부모의 묘하에서 지내며 유씨 가문의 며느리 역할을 고수하려 했다. 그리고 〈창선감의록〉에서 화진은 심부인·화춘 모자에게 모함을 받아 귀양을 간 상태에서도 그들의 안위를 걱정하며 그들과의 상봉만을 고대할 뿐 2처(윤옥화·남채봉)와의 애정은 애써 외면하고 억눌렀으며, 두 아내도 그런 화진에게 걸맞게 부덕으로 응했다. 이러한 정신적 에로스를 지향하는 인물들은 모두 해피엔딩을 맞는다. 정신적 에로스의 해피엔딩은 재자가인소설 〈호구전〉에서 명교名教를 중시하는 남녀의 해피엔딩에서 영향을 받았을 것으로 보인다.[24]

덧붙여 〈창선감의록〉에서 윤여옥과 엄월화의 관계에서 처음에 윤여옥이 엄월화를 농락하려고 했다가 정조를 내세우는 엄월화에게 감동하여 물러서며 혼인 약속을 했는데, 이러한 설정은 명교를 중시하는 〈호구전〉에서 암시를 받았다고 추정할 수 있다.

3. 종법주의 이념과 남녀 에로스의 결합: 소설의 새 형식

이념과 에로스의 결합은 17세기에 출현한 〈사씨남정기〉, 〈창선감

24 박영희는 명교를 중시하는 〈호구전〉이 성교聖教 중시의 성향을 띠는 〈소현성록〉의 작품세계에 영향을 미쳤을 것으로 보았다.(박영희, 앞의 논문, 194-201쪽)

의록〉, 〈구운몽〉의 새로운 **소설 형식**이라 할 수 있다. 앞에서 플라톤은 남녀 관계를 초월하여 덕과 선에 대한 열정을 에로스로 보았으며, 그 플라톤적 에로스가 남녀관계에서 정신적 에로스가 될 수 있음을 언급했다. 덕과 선에 대한 사랑과 같은 정신적 에로스는 시대와 사회를 초월하여 보편성을 띠겠지만, 시대적, 사회적 상황에 따라 특수성을 지닐 수도 있다.

여기에서 에로스와 시대적 이념이 결합되는 길이 열린다. 어떤 이념이 시대적, 사회적으로 고귀하게 여기는 덕과 선으로 표방될 때, 남녀의 정신적 에로스는 그런 이념을 지향하게 된다. 그런 시대적 이념과의 관계 속에서 남녀의 에로스를 육신적 에로스와 정신적 에로스로 나눌 수 있거니와, 육신적 에로스는 관능적, 육욕적, 욕정적, 색정적으로 흐를 뿐 이념과는 거리가 멀어지는 반면에, 정신적 에로스는 육욕과 색정 쪽으로 흐르지 않고 덕과 선으로 표방되는 이념을 지향한다고 할 수 있다.

이념과 에로스의 결합 양상은 개개 작품별로 달라서 다음과 같이 하위 형식으로 나누어볼 수 있다.

(1) (에로스에 대한) 이념 우위의 형식: 〈사씨남정기〉 〈창선감의록〉

(2) (이념에 대한) 에로스 우위의 형식: 〈구운몽〉

〈사씨남정기〉와 〈창선감의록〉은 에로스에 대한 이념 우위 형식을 지닌다. 여기에서 이념은 넓게는 가부장제 이념이고 좁게는 종법주의 이념이다. 주인공과 여러 인물들이 펼쳐내는 삶의 현장에서 충효열과 같은 예교禮教 명분이 중시되고 그런 예교 명분은 남녀 에로스를 좌우할 만큼 통제력을 미치며 그 과정에서 가부장제적 종법질서가 확립되어간다. 이것이 에로스에 대한 이념 우위의 형식이다.

주지하다시피 선행 연구에 의해 〈사씨남정기〉와 〈창선감의록〉에서 충효열과 같은 유교 윤리가 전면에 표방되어 서사세계를 이끌어 가는 요소로 작동하며, 거기에 더하여 선악의 이분법적 가치가 인물의 성격에 새롭게 적용되었음이 밝혀졌다.[25] 이로 보건대 선악 가치와 유교 윤리가 결합함으로써 이념형理念型 선인善人과 비이념형非理念型 악인惡人이 창출되었다고 할 수 있다. – 욕망이 이념의 실현을 저지하는 요소가 되는바, 비이념형 악인은 욕망형慾望型 악인惡人에 해당한다. – 이러한 인물창출, 사건진행, 구성방식 등은 이념 우위 형식의 일환이다.

그리고 이념은 에로스에 힘을 미친다. 그 통제력은 에로스를 정신적인 것과 육신적인 것으로 양분하여 각각 해피엔딩과 비극적 종말을 부여하는 방식으로 펼쳐진다. 애초에 에로스는 정신적인 것과 육신적인 것이 합쳐져 있는 상태에서 얼마든지 긍정적으로 그려질 법도 한데, 두 작품에서는 그렇게 되어 있지 않다. 이념의 통제력이 에로스에 작동했기 때문이다.

이념에 의해 덕과 선을 지향하는 정신적 에로스는 '종법질서를 지향하는 이념'과 연계되는 방향으로 구체화된다. 그와 동시에 육신적 에로스는 욕정과 색정의 색채를 띠며 그 자체로 부정적 성향을 띠고, 나아가 이념의 실현– 예컨대 종법체제 –을 저해하는 양상을 띠며 부정적인 성향이 보다 강화된다. 이 또한 이념에 의한 에로스 통제의

---

25 임형택은 〈창선감의록〉이 상층 벌열 가문의 이야기임을 적시하고 그 안에서 선인계善人系와 악인계惡人系, 군자형 인물君子型 人物 등의 인물형을 거론했다. 이승수는 〈창선감의록〉에서 선악의 대립을 군자와 소인의 대립과 천리와 인욕의 대립으로 연계했으며 그 대립이 천리天理·선善·의義·공公과 인욕人慾·악惡·이利·사私의 대립으로 확대된다고 보았다. 정환국은 소설의 캐릭터에 초점을 맞추어 안타고니스트의 출현과 그 이후의 전개를 살펴보는 과정에서 〈사씨남정기〉와 〈창선감의록〉이 소설사적으로 '선인과 악인의 대립'을 선보였다는 논의를 펼쳤다.(임형택, 「17세기 규방소설의 성립과 〈창선감의록〉」, 『동방학지』 57, 연세대학교 국학연구원, 1988, 103-176쪽; 이승수, 「〈창선감의록〉의 인물과 은폐된 현실」, 『한국학논집』 26, 한양대한국학연구소, 1995, 538-539쪽; 정환국, 「17세기 소설에서 '악인'의 등장과 대결구도」, 『한문학보』 18, 우리한문학회, 2008, 576-581쪽)

모습임은 물론이다. 이러한 에로스에 대한 이념의 통제는, 후사後嗣 문제가 사건의 발단으로 설정되고 그 후사 문제가 해소되어 종법질서가 온전히 실현되기까지 전 과정을 통해 구현된다.

〈사씨남정기〉의 경우에 유연수·사정옥·교채란의 삼각관계에서 사정옥은 유씨 가문에 종법 질서를 확립하는 선인으로서 정신적 에로스를 지향하는 반면, 교채란은 종법 질서의 확립에는 전혀 관심이 없으며 단지 자신의 이익과 안위만을 추구하며 육신적 에로스에 탐닉할 뿐이다. 종국에는 교채란이 파국을 맞고 사정옥이 행복한 삶을 맞음으로써 적장자 중심의 가문이 온전하게 확립되기에 이른다.

〈창선감의록〉은 〈사씨남정기〉에 비해 서사세계가 보다 확장된 탓에 복잡한 양상을 띠지만, 에로스에 대한 이념 우위의 형식은 〈사씨남정기〉와 거의 비슷하게 유지된다. 화춘과 그의 첩실 조월향은 적장자 가정을 이루고 있음에도 콤플렉스에서 헤어나지 못하고 종법 질서를 스스로 와해하는 악인이 되어 육신적 에로스를 펼쳐내는 반면에, 차남의 가정을 이루는 화진과 그의 2처(윤옥화·남채봉)는 적장자 중심의 종법 질서를 확립하고자 하는 선인이 되어 정신적 에로스를 지향한다. 종국에는 화진-화진의 뜻을 따르는 2처 포함-의 지극한 효우로 화춘이 개과천선함으로써 행복한 결말을 맞고 조월향은 파국을 맞게 되어 적장 중심의 가문이 온전하게 확립되기에 이른다.

요컨대 종법주의 이념에 의해 에로스가 정신적 에로스와 육신적 에로스로 양분되어 각각 선의 성향과 악의 성향을 띠는 것으로 통제된다. 두 작품은 **에로스에 대한 이념 우위의 형식**을 지니는 것이다.[26]

---

26 〈창선감의록〉은 남녀의 사랑에서 열정을 배제하지 않고 긍정적으로 그려냄으로써 정신적 에로스와 육신적 에로스가 한데 합쳐져 있는 제3의 지점을 설정하기도 했다. 윤여옥의 경우와 양아공주의 경우가 그 사례다. 하지만 두 경우의 에로스는, 에로스를 전면화했던 〈구운몽〉에는 미치지 못하며, 화진에 의해 구현되는 적장 중심의 종법주의 이념의 자장磁場에 끌려가는 양상을 보인다. 〈창선감의록〉은 〈사씨남정

〈구운몽〉에서 구현된 이념은 종법주의 이념까지 나아간 게 아니라 그보다 폭넓은 범위의 가부장제 이념－일부다처의 가정과 가문창달을 이루는 가부장제 이념－에 머물러 있다. 그런데 〈구운몽〉은 앞의 두 작품과 달리 이념에 대한 에로스 우위의 형식을 지닌다.

이념에 대한 에로스 우위 형식이라고 해서, 이념이 에로스를 가로막는 장애 요소로 설정되고 에로스가 그러한 이념에 좌우되지 않고 그 이념을 극복하는 서사세계를 펼쳐낸다는 것은 아니다. 에로스가 생동감이 넘쳐 자발적으로 발현되고 그런 에로스가 막힘없이 흘러가는 과정에서 일부다처의 가정과 가문창달을 통해 가부장제 이념이 자연스럽게 실현되거니와, 그게 이념에 대한 에로스 우위의 형식이 펼쳐내는 서사세계다.

그리고 〈구운몽〉은 에로스를 애초부터 정신적인 것과 육신적인 것이 합쳐져 있는 상태로 제시하고, 본질적으로 생동성과 쾌락성을 지니는 것으로 묘파했다. 1 대 8의 에로스 양상은 남성 한 명과 여덟 여성이 펼쳐내는 애정서사인바, 그런 애정서사에서 세심하게 고려해야 할 점은 다음과 같이 두 가지다.

우선적으로 1 대 8의 애정서사가 남성 중심의 가부장제 질서의 자장권에 있으며, 더욱이 1 대 8의 관계가 애초에 초월계에서 주어진 것이어서 그 가부장제의 남성 중심적 성향은 보다 강화되었다는 것이다. 그와 달리 또 하나 고려해야 할 것은 지상계에서 1 대 8의 에로스가, 남성에 비해 약자인 여성이 주도하는 것으로 되어 있다는 것이다.

이 두 가지 사항은 편의에 따라 취사선택할 수 있는 것이 아니다. 이 두 가지 사항이 얽혀 있기 때문이다. 이에 이 지점에서 서사세계를 세밀하게 살펴보지 않을 수 없다. 새삼 눈여겨볼 것은, 에로스가 가부장제 이념의 강한 흡인력에 빨려들지 않으며, 가부장제의 대표

기〉에 비해 느슨한 형태지만 에로스에 대한 이념 우위의 형식을 지닌다고 할 것이다.

자격인 가장과 황제의 권력과 부에 의해 왜곡되지도 않는 방식으로 펼쳐진다는 것이다. 물론 연왕과 같은 자에 의해 에로스의 흐름이 막히기도 하지만, 궁극적으로는 에로스의 흐름이 원활해지고, 에로스가 막힘없이 흐르다 보니 일부다처의 가정과 가문창달이 자연스럽고도 환상적으로 얻어진다. 〈구운몽〉에서 **이념에 대한 에로스 우위**의 형식은 그런 방식으로 획득되는 것이다.

한편 애정전기소설, 인정소설과 재자가인소설 등 세 범주에서 에로스와 이념이 어떤 양상을 띠는지를 가늠해볼 때, 세 작품에서 자리를 잡은 에로스와 이념의 결합이라는 새로운 형식의 위상이 보다 선명해질 것으로 보인다.

애정전기소설, 인정소설, 재자가인소설 등에 설정된 에로스는 한 작품 안에서는 물론이고 동일 장르 안에서 정신적 에로스와 육신적 에로스로 이원화되지 않고, 그 둘 중에 한쪽의 성향이 일관되게 유지된다. 앞에서 살펴본 대로 애정전기소설에서는 에로스가 순수하고 열정적인 사랑의 감정을 본령으로 한다. 그리고 인정소설에서는 에로스가 색정色情으로 치닫는 육신적 에로스를 위주로 펼쳐냈으며, 재자가인소설의 에로스는 인정소설과는 정반대로 정신적 에로스의 성향을 띤다.

그리고 애정전기소설, 인정소설, 재자가인소설에서 가부장제적 이념이 중시되지 않는다는 것이 주목할 만하다. 먼저 애정전기소설의 경우 남성 중심적 사랑이 아닌 경우가 적지 않으며, 남성 중심적 사랑이 나올 경우에도 가부장제 질서를 중시하는 서사적 장치가 들어서지 않는다.

인정소설은 일부다처의 가부장제 체제에서 에로스가 수단화되고 왜곡되는 지점을 파헤침으로써 가부장제에 대한 비판적 시선을 담아냈다. 주지하듯이 〈금병매〉는 제목을 반금련, 이병아, 방춘매의 이름에서 가져온 작품이다. 반금련은 무대의 아내였다가 서문경의 첩실로 들어와서 젊은 하인 금동과 간통하고 사위인 진경제와 불륜을 저질렀다. 이병아는 남편 몰래 서문경과 불륜을 저질렀으며, 남편이 병들어 죽자 장죽산과 혼인했지만, 이내 서문경의 첩실이 되었다. 방춘매는 반금련의 하녀인데 서문경과 정을 통했으며 반금련의 정부情夫인 진경제와 육체관계를 맺었다. 훗날 그녀는 주수의 아내가 되어 행복한 삶을 누렸지만 진경제를 불러들여 불륜 관계를 유지했으며, 과도한 음욕 탓에 죽고 말았다. 이처럼 음욕에 빠지는 여성들의 모습은 가부장제 질서에 의해 통제되지 않는 모습을 보여준다.

〈금병매〉 이후에 〈육포단〉과 〈속금병매〉를 거쳐 〈공공환〉에 이르면서 색즉시공色卽是空의 서사장치가 강화되는데,[27] 그러한 서사장치는 육신적 에로스로 점철된 가부장제적 집안을 순화시켜 올바르게 세워가는 기능을 하지 않는다. 그 서사장치는 욕정과 색정을 탐닉하는 가부장의 육신적 에로스가 허무하다는 것을 보여줌으로써 그런 육신적 에로스를 탐닉하는 가부장제 사회를 비판하는 쪽으로 작동한다.[28]

그리고 재자가인소설은 그러한 인정소설에 대해 비판적 성향을 띤다.[29] 그러하기에 재자가인소설에서는 가부장제 사회를 올바르게 세워 가문창달을 이루어나가는 쪽으로 작품의 결말을 끌고 갔을 만

---

27 전성운, 앞의 논문, 같은 쪽.

28 루쉰魯迅은 〈금병매〉에 관해서 "서문경은 원래부터 세족 출신의 유력자였기에 권력자와 귀족들과 왕래가 있었을 뿐 아니라, 사족들과도 교분이 있었다. 그렇기에 이 집안에 대한 책을 쓴 것은 바로 **모든 지배 계층을 욕한 것**으로, 그들의 저열한 언행만을 묘사하여 붓으로 욕한 것은 아닐 것이다"라고 한 데에서 알 수 있듯이, 작품의 주제가 지배계층에 대한 비판이라고 했다. 그런데 작품의 줄거리를 제시할 때 지배계층의 음란과 외설을 위주로 제시한 것은 주목할 만하다.(魯迅루쉰 저, 조관희 역주, 앞의 책, 421-423쪽)

29 루쉰은 재자가인소설을 인정소설의 연장선에서 보았지만, "인물과 이야기의 줄거리는 모두 달랐다"고 하여 재자가인소설이 인정소설과 다른 점을 언급했다.(위의 책, 441쪽)

도 한데 그렇게 하지 않고, 인정소설의 육신적 에로스에서 벗어나 바람직한 남녀의 사랑과 결연을 확립하는 선에서 멈췄다. 남녀 관계에서 명교를 중시하는 〈호구전〉은 물론이고, 에로스를 중시하는 〈옥교리〉의 경우에도 그렇다.

〈옥교리〉에서 소우백은 사직하고 귀향하는데 가문의 존립과 창달을 위해서가 아니라 두 아내 백홍옥·노몽리와 사랑스러운 가정을 이루기 위해서였다.[30] 에로스의 소중함을 부각시키는 게 중요했지 가문창달의 지점까지 나아간 것은 아니었다. 〈옥교리〉에서 "가문이라는 집단의 대표성은 보이지 않고 개인성이 부각된다"[31]는 것은 그 점을 잘 말해준다.

그에 비해 〈사씨남정기〉와 〈창선감의록〉에서는 가부장제 이념, 좁게는 종법주의 이념의 힘이 큰 비중을 차지한다. 즉 당대의 시대적 이념이 중심축으로 설정되어, 일찍이 서사적 전통으로 자리를 잡아온 또 하나의 중심축인 에로스에 강한 영향력을 끼쳐, 한 작품 안에서 에로스를 육신적 에로스와 정신적 에로스로 이원화했다고 할 수 있다. 그때 에로스의 자양분을 각각 애정전기소설의 에로스-긍정적인 성향을 띠는 에로스-와 인정소설의 에로스-부정적인 성향을 띠는 에로스-에서 취한 것으로 보인다.

그리고 두 작품이 재자가인소설에서 구현된 에로스를 일정하게 수용했음은 물론이다. 재자가인소설은 육신적 에로스 위주의 인정소설에 대해 비판적인 성향을 띠는바, 남녀 결연에서 순수한 사랑을 중시하거나 명교를 중시하는 쪽으로 에로스를 구현했는데 그러한 점들을 〈사씨남정기〉와 〈창선감의록〉에서 일정하게 수용한 것이다.

---

30 혼인을 일우매 경ᄉᆞ京師의 가 슉샤肅謝ᄒᆞ고 두어 ᄃᆞᆯ 만의 두 부인을 닛디 못ᄒᆞ여 벼ᄉᆞᆯ을 ᄉᆞ양ᄒᆞ고 돌아올ᄉᆡ(박재연·정병설 교주, 『옥교리』, 학고방, 2013, 164쪽)

31 그리고 송성욱은 "그 개인성은 〈옥교리〉에서만 확인되는 것이 아니다. 〈호구전〉, 〈성풍류〉 등에서 더욱 분명하게 드러난다"고 보았다.(송성욱, 앞의 논문, 81쪽)

여기에서 잠시 재자가인소설은 개별 작품 사이에 편차가 있음을 짚어보고자 한다. 선행 연구자들에 의해 밝혀졌듯이 〈옥교리〉와 〈호구전〉은 남녀 사이에 바람직한 결연을 중시한다는 점에서는 공통적이지만, 그 사랑을 둘러싼 남녀 주인공들의 태도는 사뭇 다르다. 거듭 언급하자면, 전자는 애정을 중시함에 비해 후자는 명교名教를 중시한다는 것이다.

그와 관련하여 〈사씨남정기〉와 〈창선감의록〉은 그런 재자가인소설의 특징을 수용함에 있어서 원칙이 있었던 것으로 보인다. 그것은 종법주의 이념을 우선적으로 고려했다는 것이다. 두 작품은 남녀 관계에서 명교를 중시한 〈호구전〉을 수용하되, 그 남녀 관계에 충효열의 윤리를 연계하여 정신적 에로스를 강화하고, 그 정신적 에로스를 적장 중심의 종법 질서 확립 쪽으로 펼쳐냄으로써 에로스에 대한 이념 우위의 형식을 구축한 것이다.

특히 〈창선감의록〉의 경우에는 남녀 결연과 여성 수난이 연계되는데, 거기에서도 그 원칙이 지켜졌다. 〈옥교리〉에서 어사 양정조는 시재詩才가 뛰어난 백홍옥을 며느리로 달라고 백현에게 청혼했다가 거절당하자, 백현을 지방으로 좌천시키는 등 모녀를 고난에 빠뜨린 것과 비슷하게, 〈창선감의록〉에서 조문화(엄숭의 양아들)는 진채경이 아름답다는 말을 듣고 그녀를 며느리로 삼고자 진형수에게 청혼했다가 거절당하자, 엄숭에게 청탁하여 진형수를 지방으로 좌천시키는 등 고난에 빠뜨린다.[32] 그런데 진채경의 수난 과정을 통해 효절孝節 윤리를 강조함으로써,[33] 〈옥교리〉에서 한 걸음 더 나아가 종법주의

32 〈창선감의록〉은 〈옥교리〉의 1부2처 관계도 수용했다. 〈옥교리〉에서 백현은 딸 백호옥과 조카딸 노몽리가 모두 뛰어난 것을 보고 그 둘을 아황과 여영에 비겨 소유백 한 남성을 배우자로 택한 것과 비슷하게, 〈창선감의록〉에서도 윤혁이 딸 윤옥화와 수양딸 남채봉이 지은 시에서 둘이 떨어지지 않으려는 것을 보고 두 딸을 아황과 여영에 비겨 화진 한 남성을 배우자로 택했다.

이념을 구현하는 지점을 확보했다.

이념에 대한 에로스 우위의 형식을 지니는 〈구운몽〉에서도 가부장제 이념의 힘이 작동하지 않는 것은 아니다. 〈구운몽〉은 애정전기소설의 에로스를 수용했지만 에로스의 끝 지점에서 환상적 일부다처의 가정과 가문창달이라는 해피엔딩을 부여하고 강조함으로써 새로운 지점을 선보였다. 가부장제 이념의 영향력이 배제되지 않은 것이다.

앞에서 언급했던 대로 중국의 인정소설은 〈금병매〉에서 1 대 6의 육신적 에로스를 담아낸 이래 〈공공환〉에서 그런 에로스를 담아내는 '현실－꿈－현실'의 서사구조를 정착시켰다. 〈구운몽〉은 그런 '현실－꿈－현실'의 서사구조를 거의 그대로 수용하면서도, 색욕으로 치닫다가 파멸에 이르는 에로스의 성향을 정반대로 뒤집어서 생명력을 지니는 에로스로 창출했다. 〈구운몽〉은 그 과정에서 인정소설이 지닌 가부장제에 대한 비판적 시선을 없애고 오히려 거기에 환상적 일부다처와 가문창달을 통해 가부장제 이념이 들어설 자리를 마련했던 것이다.

〈구운몽〉에서 구현된 에로스가 이념과 무관하지 않다는 점은, 재자가인소설에 나오는 데릴사위제와 비교할 때 더 분명해진다. 청나라 초기의 재자가인소설에는 데릴사위제가 설정되었으며 〈옥교리〉도 그러한 양상을 보이는데,[34] 그 데릴사위제는 외손자(백홍옥의 차남)를 들여 후사로 삼는 것으로 귀결된다. 이는 가부장제와는 거리가 있다. 설령 가부장제의 일환으로 봐줄지라도 기껏해야 중국식 가부장제의 변통에 해당한다. 〈구운몽〉에서는 그와 비슷하게, 명문권세가 정사도가 사위를 얻어 "우리 노부처가 길이 의탁할 곳을 얻었

33 이에 대해서는 이 책의 84쪽에서 자세히 밝혀 놓았다.

34 전은숙, 「청초 재자가인소설의 혼인관과 문화적 의미 고찰: 데릴사위제를 중심으로」, 『중국소설논총』 31, 한국중국소설학회, 2010, 307-330쪽.

으니 다시 근심이 없겠구나"(149쪽)라며 기뻐한 것으로 나오지만, 그게 외손자로 가문을 잇게 하는 것으로 연계되지 않으며, 애초부터 데릴사위제로 연계되지 않는다. 〈구운몽〉에서는 가부장제의 중국식 변통과는 달리 일관되게 남성 집안 중심의 가부장제의 틀을 견지한 것이다.

그렇다고 이념이 에로스에 과도하게 영향을 끼치는 것은 아니다. 단적으로 이념의 힘이 에로스를 육신적인 것과 정신적인 것으로 양분하는 방식으로 에로스를 통제하지 않는다. 그 점은 〈구운몽〉이 재자가인 소설을 수용함에 있어서 차이를 두어 수용했다는 것을 잘 말해준다.

앞에서 〈옥교리〉에서 어사 양정조는 시재詩才가 뛰어난 백홍옥을 며느리로 삼기 위해 백현에게 청혼했다가 거절당하자, 백현을 지방으로 좌천시키고 그 모녀를 고난에 빠뜨린 대목이 〈창선감의록〉에서 진채경의 수난으로 수용되었음을 짚어보았다. 그와 비슷한 대목이 〈구운몽〉에서 남해용왕이 동정용왕에게 백능파를 며느리로 달라고 청혼했다가 거절당하자 동정용왕 부녀를 핍박한 것으로 나온다. 그런데 〈옥교리〉의 순수한 열정 성향을 수용하되 〈호구전〉의 명교 성향을 보태어 정신적 에로스를 강화하는 쪽으로 이야기를 펼쳐낸 〈창선감의록〉의 경우와는 달리, 〈구운몽〉에서는 〈옥교리〉의 순수한 열정 성향을 수용하고 거기에 유희적이고 성희적인 에로스를 보태어 에로스의 생동성과 쾌락성을 확보하는 쪽으로 방향을 틀었다.

〈구운몽〉에서는 에로스가 정신적 에로스와 육신적 에로스로 분리되지 않고 애초부터 합쳐져 있는 성향을 띠며, 그런 에로스가 막힘없이 흐르고 그 결과 환상적인 일부다처의 가정과 가문창달이 자연스럽게 이루어지는 양상을 보인다. 그런 방식으로 이념에 대한 에로스의 우위의 형식이 견지되는 것이다.

Ⅱ. 종법주의 이념의 구현

〈사씨남정기〉, 〈창선감의록〉 그리고 〈구운몽〉은 공통적으로 가부장제 이념을 드러내고 있다. 그중에서 종법주의 이념이 잘 구현된 작품은 앞의 두 작품이다.

1. 〈사씨남정기〉: 첩자승계 지향

〈사씨남정기〉는 적장승계로 마무리되지만, 애초에 사정옥이 아들을 낳지 못하자 교채란을 첩으로 들여 그 문제를 해결하려 했거니와, 입후승계가 아니라 첩자승계를 꾀했는데, 그 과정을 주도한 자가 총부 사정옥이어서 주목할 만하다.[1]

1 "1. 〈사씨남정기〉: 첩자승계 지향" 중에서 "1.1." "1.3." "1.4."의 내용은 내 논문인 「〈사씨남정기〉의 사정옥: 총부 캐릭터－예제의 사회문화적 맥락을 중심으로－」(『고소설연구』 34, 한국고소설학회, 2012)의 내용을 거의 그대로 가져오되, 이 책의 체제에 맞게 소제목과 내용의 일부를 수정한 것이다.

1.1. 무후 상황에서 첩자승계 지향

서포西浦는 적처 사정옥이 교채란을 첩실로 들이는 과정, 사정옥과 교채란이 벌이는 갈등 과정, 동청·냉진·교채란 등 악류의 결탁과 공모 과정 등을 통하여 유씨 가문이 몰락해가는 상황을 그려냈다. 그런데 서포는 작품 초반부에서 사건의 발단을 유연수·사정옥 부부 사이에 후사後嗣가 없는 무후無後의 문제적인 상황을 설정했다는 점이 주목할 만하다. 사정옥은 시집온 지 9년이 지났지만 자녀를 두지 못하자, 남편 유연수와 시고모 두부인에게 "옛날 법도에 따르면 응당 내침을 당해야 할 것"이라고 말하고 첩을 들이려는 뜻을 밝혔다.

조선의 중종반정(1506) 이후 주자성리학을 중시하는 사림 세력들이 '정통론적 종법제'의 실시를 강력하게 주장하기에 이르렀고, 그런 중에 적장자가 무후일 경우에 적장자에게 첩자가 있으면 후사後嗣를 첩자가 잇기도 했고 입후立後하기도 했는데,[2] 〈사씨남정기〉는 전자를 수용한 것이다. 일찍이 서포 가문에서도 그런 후사 문제가 실제로 벌어진 적이 있었다. 김장생(1548-1631)의 장남인 김은의 가족이 모두 임진왜란 때 왜군에게 생명을 잃어서 김집(1574-1656)이 후사가 되었다.

그런데 김집의 정실인 기계유씨는 적자嫡子를 낳지 못했고, 첩실인 덕수이씨-율곡의 서녀-가 첩자妾子 익형·익련 형제를 낳았다. 기계유씨가 병사하자 주위에서 계실을 들여 후사를 이으라고 권했지만, 김집은 그리하지 않고, 훗날 입후하지 않은 채 종사宗祀는 동생의 아들(김익렬)에게 넘기고, 자신에 대한 제사는 첩자(김익형)가 지내도록 했다.[3] 그런데 김집의 결정은 적장자가 무후일 경우 후사를 첩자로 잇는

---

2 지두환, 앞의 책, 같은 쪽 참조.

3 송시열, 『우암집』, 「경례문답」 종법.(한기범, 「사계예학파의 예학사상」, 『유교사상연구』 15, 한국유교학회, 2001, 279쪽 재인용)

광산김씨 홍광파 계휘계

김홍광 …… 김계휘 … 김장생 …김은
(정실) 음성박씨 … 김**
김집
(정실) 기계유씨
(첩실) 덕수이씨 … 김익형
김익련
김반 …………… 김익렬 … 김만준 … 김진태 … 김인택
김익희
김익겸 … 김만기 … 김진구 … 김춘택
인경왕후
김익훈
김익조
김익경

것도 아니고 조카를 양자로 입후하는 것도 아니어서, 중종조 이후에 정립된 '정통론적 종법제'와는 거리가 있었다. 김집은 『주자가례』의 방식을 온전히 따르지 않는 변통變通을 선택한 것이다. 그리하여 '김홍광' 이래 '김계휘－김장생－김집'의 가통家統은 아우 쪽으로 넘어가 조카 '김익렬'로 이어져 내려갔다.

송시열의 백부 집안에서도 그와 비슷한 일이 벌어졌다. 송시열(1607-1689)은 스승 김집에게 "차적次嫡으로 이종移宗하는 것보다는 백부의 서얼에게 승계하는 것이 좋겠다"라는 견해를 피력했지만, 김집 자신이 그런 방식을 취하지 않았던 것처럼 제자 송시열 집안에서도 그런 방식을 취하지 못하게 했다.[4] 송시열은 비록 스승 김집의 허락을 얻어내지는 못했으나, 적장자가 무후일 경우 첩자가 있다면 첩자를 후사로 삼는 쪽의 '정통론적 종법제'를 지향했음을 알 수 있다.

첩자로 승계하는 방식과 차적次嫡의 적자嫡子를 입후하는 방식으로

4 위의 논문, 279쪽.

양분되어 있던 '정통론적 종법제'는 16세기에 이어 17세기에도 지속되었다. 17세기 말에도 후사後嗣는 서포가 〈사씨남정기〉에 문제 상황으로 설정할 만큼 중요한 사안이었다.

사정옥이 아들을 낳을 수 없을 경우 후사를 승계하는 방안은 두 가지였다. 하나는 동종同宗의 아들을 입후하는 것이다. 그런데 유연수는 최소한 3대째 내리 독자 집안이어서 조카 항렬로 입후할 가능성은 거의 없었다. 물론 유씨 가문은 유희의 고조 때부터 북경 순천부에서 세거하고 있었던바－유연수는 유씨 가문의 중대사인 사씨와의 혼인 및 이혼, 교씨와의 혼인 등을 논의할 때 종족 회의를 열곤 했다는 데서 알 수 있듯이－유연수는 일가친척 중에서 입양하여 입후하는 방식을 취할 수도 있었다.

그러나 서포는 〈사씨남정기〉에서 일가친척 중에서 입후하는 방식을 취하지 않고, 사정옥을 통해 교채란을 첩실로 들여서 후사를 이으려 했고, 그 첩자가 죽자 다시 임추영을 첩실로 들여서 첩자로 후사를 삼으려는 방식을 고수했다.－임추영을 첩실로 들일 때에는 사정옥의 적자인 인아의 생사를 모를 때다.－

> "첩이 옛날에 사람을 잘못 천거하여 상공의 집안을 그르치게 한 적이 있었습니다. 지금 생각해도 모골이 송연합니다. 하지만 지금은 과거와는 다른 점이 있습니다. 첩은 나이가 사십입니다. 단산한 지도 벌써 십 년이나 지났습니다. 목이 메인다 하여 밥을 먹지 않을 수는 없는 법입니다. 상공! 이제 후사後嗣를 위한 방책을 세워야 하지 않겠습니까?"
>
> "부인의 말씀은 듣지 않을 것이 없지요. 그렇지만 그 일만은 결코 따를 수가 없답니다. 인아가 나로 말미암아 생사조차 알 수가 없소. 슬픈 마음이 항상 가슴속에 맺혀 있지요. 내 차라리 끝내 절사絶嗣를 감수할지언정 맹세코 다시 천한 사람을 가까이하여 잡종을 남기지 않을 것이오."

"상공! 어쩌면 그렇게 답답하십니까? 삼천 가지 형벌 가운데서도 무후無後한 죄가 가장 크다고 합니다. 첩이 매양 상공의 뒤를 따라 사당에 올라갈 때면 쓸쓸하게도 단지 두 사람의 몸만이 있을 뿐입니다. 뒤를 돌아보아도 아무도 따르는 자가 없지요. 첩은 그 때문에 부끄럽고 두렵답니다. 마치 조종 신령에게 꾸지람을 듣는 것 같아요. 상공 또한 어찌 그러하시지 않겠습니까?"(155쪽)[5]

첩실 교채란에 의해 유씨 가문이 멸문할 위기 상황에 처해졌기에 유연수는 또다시 첩실을 들여 첩자로 승계하자는 사정옥의 의견을 받아들이지 않고 절사絶嗣를 감수하고자 했다. 하지만 서포는 그렇게 하지 않고 사정옥이 임추영을 들이게 하여 일관되게 첩자승계 방식을 제시했다.[6]

중종반정 이후 17세기에 이르기까지 '정통론적 종법제'는 첩자로 승계하는 방식과 차적次嫡의 적자嫡子를 입후하는 방식이 혼재되어 있었지만, 첩자로 승계할 경우 서얼은 신분제의 규제를 받아 높은 관직에 오르지 못해 가격家格을 떨어뜨릴 수 있기 때문에, 당시에는 입후하는 방식을 선호했다.[7] 그런데 서포는 〈사씨남정기〉에서 사정옥

---

5 김만중 지음, 이래종 옮김, 『사씨남정기』, 태학사, 1999.(이후 〈사씨남정기〉 인용은 쪽수만 표시함)

6 선행 연구자들은 첩자승계가 17세기 조선 현실과 거리가 먼 것으로 보았다. 예컨대 엄기주는, 서포의 어머니 윤씨의 친정 집안에서 서자가 있었지만 양자를 들인 사례와, 예송에서 서포가 속한 서인계는 왕실에서조차 적장자를 특별히 중요하게 여기는 입장이었다는 사례를 든 후에, 〈사씨남정기〉에서 첩실 승계 방식을 설정했어도, 서포는 그것이 허위라는 것을 간파하고 있었다, 라고 처리했다. 이원수 교수는 『한국의 성씨와 족보』(이수건, 서울대출판부, 2003, 62쪽)를 인용하여, 17세기에는 양자제도가 확립되어서 첩자승계 방식이 현실성이 없었다는 점을 전제로 한 뒤, 다만 혈연적인 첩자승계가 "**인정상**" 현실성이 있다고 보았다.(엄기주, 「〈사씨남정기〉의 의미와 서포의 작가의식」, 『고전문학연구』 8, 한국고전문학연구회, 1993, 247쪽; 이원수, 앞의 논문, 각주 24, 229쪽) 그러나 이들은 그 당시에 첩자승계 방식과 입후승계 방식이 일진일퇴를 거듭하며 공존하고 있었음을 놓쳤다.

을 통해 당시에 대세였던 입후승계 방식을 따르지 않고 첩자승계 방식을 취하는 것을 기피하지 않았다. 서포가 큰할아버지 김집과 스승 송시열이 후사 승계 방식을 두고 이견을 보였던 상황을 잘 알고 있었을 터, 큰할아버지 김집의 견해를 취하지 않고 스승 송시열의 견해를 취했던 것이다.

일찍이 송시열, 송준길, 이유태 등 3인은 그러한 '종지宗支 위주의 정통론적 종법론'을 택한 학자들로서[8] '예송 논쟁에서 학파적 색채를 띠고' 있었는데,[9] 서포는 〈사씨남정기〉에서 그런 방식을 구현한 것으로 보인다. 물론 서포는 〈사씨남정기〉의 후반부에서 그동안 자식을 낳지 못하던 정실 사정옥이 적자嫡子를 낳음으로써 유씨 가문이 적통 승계의 종법체제를 이루는 것으로 마무리했지만, 적자가 없는 경우에는 그 대안으로 첩자승계를 기피하지 않았던 것이다.

1.2. 첩실의 콤플렉스

유씨 가문은 여러 대에 걸쳐 재상가를 배출한 집안이고 왕공의 저택과 같은 부유한 저택이 있는 가문이었다. 가부장 유희는 검소하고 예법을 중시했으며, 소인 엄숭과 뜻이 맞지 않아서 사직하고 물러나 고향에 머물고 있었다.

---

7 무후 상황에서 입후했다가 그 후에 친아들을 낳으면 친아들과 입후자를 어떻게 처리해야 할지의 문제를 놓고 사회적으로 고민하기도 했다. 율곡 이이는 입후한 후에 친생자가 태어나더라도 입후자를 종자로 두고 친생자를 동생으로 삼아야 한다는 견해를 피력했다.(이이, 「입후의立後議」, 『고전국역총서』 22, 154-157쪽) 이런 견해가 있었다는 것은 16세기경 조선 사회는 '정통론적 적계주의 종법제'를 확립해가고 있었음을 알려준다.(지두환, 앞의 책, 121-163쪽) 하지만 이런 내용이 법조문으로 명문화되기까지는 1747년 『속대전』 봉사 조의 "凡無子立後者 旣已呈出立案 雖或生子當爲第二子 以立後者 奉祀"를 기다려야 했다.

8 지두환, 「조선후기 예송연구」, 앞의 책, 297-350쪽.

9 한기범, 앞의 논문, 248쪽.

가부장 유희는 아들 유연수의 짝이 될 며느리를 구하는 데 심혈을 기울였다. 며느리 선택의 기준은 덕성이었다. 유희는 사정옥이 며느리로 적합한지 알아보기 위해 누이 두부인(유씨)의 도움을 받았다. 두부인은 우화암 여승인 묘희에게 관음화상을 내주며 그 화상을 사정옥에게 주어 화상에 적합한 제영題詠을 짓게 했다. 사정옥은 관음대사찬 128자를 지어주었는데, 그 내용은 "주나라 태임 태사", "절부節婦의 의義"와 같은 구절로 채워졌는바, 유희가 판단하기에 "정론正論"이었다.

그 정론은 머지않아 유희가 병이 들어 세상을 뜰 때 아들 유연수에게 남긴 유언으로 이어졌다. 유언의 요체는 "길이 선사先祀를 받들며 가성家聲을 추락하게 하지 않는 것永封先祀 勿墮家聲"이었다. 유희는 고모의 말을 잘 듣고 모름지기 사정옥과 범사에 상의하라는 당부를 빼놓지 않았다. 유희는 사정옥을 며느리로 들일 때부터 그녀의 관음찬 내용을 보고 아들 유연수를 내조하여 "봉사奉祀"를 끊어지지 않게 하고 "가성家聲"을 지켜낼 수 있는 재목으로 보았던 것이다.

그 후로 봉사와 가성은 정실 사정옥이 지켜내는 것으로 펼쳐진다. 사정옥은 남편과 시고모 두부인(유씨)이 반대했음에도 첩실들이기를 강행했다. 그녀는 23세 나이였지만 결혼한 지 9년이 지나도록 아들을 낳지 못하자, 자신의 체질이 허약해서 자녀를 낳을 수 없을 것으로 여겼기 때문이다. 첩실을 들이고자 한 이유는 오로지 유씨 가문의 선사先祀를 끊어지지 않게 하는 것, 그 한 가지였다.

사정옥은 첩실 들이는 것을 염려하는 시고모 두부인에게 "다른 여자들이 질투만을 일삼아 남의 가문을 어지럽히고 남의 선사를 끊어지게 만드는 것"[10]을 하지 않을 것이라고 자신했다. 매파가 사정옥에게 교채란을 첩실로 추천하는 대목에서 그 점이 재차 강조된다. 매

---

10 竊視近世女子…以亂人家而殄人祀者.(239쪽)

파가 교채란의 미모가 빼어나기에 사정옥의 마음에 들지 않을 수도 있다고 말했지만,[11] 자신감에 넘치는 사정옥은 그 매파의 염려에 전혀 거리낌이 없었다.

교채란도 그 점을 잘 알고 응했다. 교채란은 자신이 유연수의 애욕을 충족하기 위한 첩실이 아니라 정실이 후사를 잇기 위한 첩실이라는 점을 잘 알고 있었다. 거기에 교채란의 첩실 콤플렉스가 자리를 잡는다. - 기존 논문들은 사정옥과 교채란의 갈등을 정실과 첩실의 갈등으로 언급했는데, 그 갈등의 주된 요인은 교채란의 첩실 콤플렉스다. - 교채란의 첩실 콤플렉스는 그녀가 유씨 집안에 첩실로 들어온 이후 다음과 같은 과정을 통해 구체화된다.

(1) 첩실 교채란의 임신·득남

ⓐ 첩실로 들어와 딸을 임신했다는 진맥을 받고 태아를 아들로 바꾸는 약을 먹었다.

ⓑ 아들 장주를 낳고 유연수·사정옥 부부로부터 후한 대접을 받았다.

ⓒ 음률로 남편을 즐겁게 해주다가, 사정옥의 간언을 대하고 사정옥을 모함했다.

(2) 사정옥의 임신·득남

ⓓ 사정옥이 임신하자, 납매와 공모하여 낙태시키고자 했다.

ⓔ 사정옥이 아들을 낳자, 방술을 배워 남편을 미혹하고, 동청과 통간하는 한편 냉진을 불러들여 사정옥이 몰래 애인을 두고 그

---

11 부중에서 첩을 구하려는 목적은 상공(유연수)의 호색 때문이 아닙니다. 바로 **부인(사정옥)이 후사를 잇기 위한 방편**일 따름이지요. 乃夫人爲續嗣計耳 진실로 그 위인(교채란)이 후일 아들을 낳는 데 문제가 없다면 그것으로 족할 것입니다. 그런데 이 여자(교채란)는 용모와 재행이 모두 남들보다 훨씬 뛰어나답니다. 그 때문에 도리어 부인(사정옥)의 뜻에 맞지 않을까 하여 두려운 것입니다.(33쪽)

와 간통했다고 모함했다.

ⓕ 저주사를 꾸미고 아들 장주를 죽이고 그 죄를 사정옥에게 뒤집어씌워 내쫓았다.

(3) 교채란의 정실 차지와 남편·적자 제거 시도

ⓖ 정실이 되어 냉진을 사주하여 시부모의 묘소에 머무는 사정옥을 겁탈하게 했다.

ⓗ 유연수를 미혹하고 노복들을 불로 지지고 혀를 베기도 하고, 버젓이 동청과 사통했다.

ⓘ 후환이 두려워 유연수를 참소하고, 사정옥의 아들인 인아 살해를 사주했다.

(4) 동청과의 동거 및 유연수 살해 사주

ⓙ 집안의 재물을 훔쳐 동청과 줄행랑을 친 후 뇌물로 동청이 벼슬자리를 얻었다.

ⓚ 동청 몰래 은밀히 냉진과 사통하는 한편 유연수를 살해하라고 사주했다.

(5) 교채란의 비극적 종말

ⓛ 냉진의 고발로 동청이 처형당한 후 냉진과 함께 살지만 가난을 면치 못했다.

ⓜ 냉진과 사별한 후에 기생으로 전락했다가 유연수에게 잡혀 죽었다.

먼저 '(1) 첩실 교채란의 임신·득남' 단계의 전후를 보자. 이 대목에서 교채란의 첩실 콤플렉스는 후사後嗣를 잇는 씨받이 처지와 깊은 관련이 있다. 교채란이 처음 첩실로 들어왔을 때 남편이 그녀의 거처를 "백자당白子堂"이라 명명했을 때, 그녀는 아들을 많이 낳을 기대로 설렘이 넘쳤을 것이다. 그런데 그녀는 임신하면서 오히려 태아가 "아들이 아닐 수도 있다는 두려움恐不得生男"에 사로잡혔고, 그래서 점쟁이들에게 물어보았지만, 누구는 딸이라고 하고 누구는 아들이라고 하고, 누구는 아들을 낳으면 흉하고 딸을 낳으면 길하다고 해서 "근심憂"에 빠지고 말았다.

그런 가운데 이십낭이 태아가 아들인지 딸인지 잘 알아맞힌다는 말을 듣고 그녀를 불러들였다.

> 교씨는 … 즉시 십낭을 불렀다.
> "자네가 태중의 남녀를 알 수 있는가?"
> "그렇습니다."
> 십낭은 인하여 진맥을 청하였다.
> "여아입니다."
> 교씨는 깜짝 놀랐다.
> "한림이 이 몸을 들인 까닭은 단지 후사를 위한 것이었지. 지금 만약 여아를 낳는다면 도리어 낳지 않는 것만도 못할 것이야. 翰林所以置此身, 徒爲嗣續. 今若生女, 反不如不生"(33쪽)

교채란이 이십낭을 불러 진맥을 봐달라고 했다가 딸이라는 말을 듣자, "경악愕然"하고 만다. 그런데 교채란은 이십낭이 딸을 아들로 바꾸는 법을 알고 있으며 그 방법이 틀린 적이 없다는 말을 듣자마자 "크게 기뻐했다大悅". 이처럼 교채란이 임신 이후로 "두려움恐", "근심憂"과 "경악愕然"에 빠졌다가 금세 "큰 기쁨大悅"을 표출하는데, 이러한 일련의 감정 변화는 그녀의 존재가 후사後嗣를 낳기 위한 첩실이라는 것과 떼어놓고 생각할 수 없다.(이상 ⓐ)

첩실의 콤플렉스가 모두 후사後嗣 문제에서 비롯되지는 않는다. 하지만 조선에서 종법제를 실현하는 중에 첩실을 들여 후사를 잇기도 했는데 그런 첩실들 중에서 콤플렉스를 지닌 이도 있었을 터, 교채란은 그런 첩실의 캐릭터라 할 수 있다. 교채란이 아들을 낳음으로써 첩실 콤플렉스는 해소되는 계기를 맞았다. 교채란은 남편과 정실 사정옥으로부터 후한 대접을 받았고, 주변 사람들도 축하하지 않는 이가 없었다. 사정옥마저 아들을 친아들처럼 사랑했다. 게다가 교채란은 자신의 미모와 재능으로 남편의 사랑을 독차지할 수 있었다.(이상ⓑ)

그런 상황을 맞게 되자 교채란의 첩실 콤플렉스는 해소되는 듯했지만, 그렇게 되지 않고 정실의 진실한 충고를 왜곡하는 쪽으로 나아갔다. 교채란이 〈예상우의곡〉을 연주하고 〈앵앵전〉의 앵앵이 부른 시와 기생 설도의 시를 읊었는데, 사정옥은 그런 악곡과 음률은 금하라고 훈계했다. 그 이유로 〈예상우의곡〉은 당 현종과 양귀비가 즐겨 불렀던 노래인데 그들의 종말이 비극적이어서 좋지 않고, 앵앵이 실절失節했고 설도는 비천한 기생이어서 그들이 부른 음률은 음란하다는 것을 들었다. 그 훈계는 시기질투 없이 순수하고 진심어린 권면이었다. 하지만 교채란은 사정옥으로부터 엄한 꾸지람을 들었다고 남편에게 거짓말을 했다.

> 상공께서 너(교채란)를 취하신 까닭은 단지 후사後嗣를 위한 것일 따름이었다. 집안에 미색美色이 부족한 때문이 아니었다. 그런데 너는 밤낮으로 얼굴이나 다듬거렸지. 또한 듣자 하니 음란한 음악으로 장부의 심지를 고혹하게 하여 선소사先少師의 가풍을 무너뜨리고 있다 하더구나. 이는 죽어 마땅한 죄이다. 내가 우선 경고부터 해두겠다. 네가 만일 이후로도 행실을 고치지 않는다면 내 비록 힘은 없으나 아직도 여태후가 척보인의 손발을 자르던 칼과 벙어리로 만들던 약을 가지고 있느니라. 앞으로 각별히 삼가라!(42쪽)

교채란은 사정옥을 시기심 많고 몰인정한 정실로 몰아붙였다. 즉, 사정옥이 교채란의 역할을 후사에 한정할 뿐, 미색으로 남편을 미혹하는 것을 금하고, 적첩嫡妾의 위계를 엄격히 하며, 교채란의 목숨이 자신의 손에 달려 있다고 엄포를 놓았다는 것이다.[12] 이는 정실의 충고를 왜곡한 것으로, 교채란의 내면에 자리 잡고 있는 첩실 콤플렉스가 표출된 것이라고 할 수 있다.(이상 ⓒ)

교채란의 첩실 콤플렉스는 다음 '(2) 사정옥의 임신·득남' 단계에서 한층 확대·심화된다. 예상치 않게 사정옥이 임신하자, 교채란은 "앙앙불락怏怏不樂"하다가 납매와 짜고 약을 써서 사정옥을 낙태시키려고 했다.(이상 ⓓ) 그럼에도 사정옥이 아들 인아를 낳자, 교채란은 낙담하여 자신의 신세를 염려했다.

"내가 저 사람과 비교할 때 용모의 아름다움은 전혀 나은 것이 없지. 그러나 적첩의 분의에는 현격한 차이가 있어.嫡妾之分顯殊 단지 나는 아들을 낳고 저 사람에게는 아들이 없었어. 그 때문에 내가 장부의 후대를 받을 수 있었던 것이야. 그런데 이제 저 사람이 아들을 낳았어. 저 아이가 장차 이 집의 주인이 될 것이야. 내 아이는 아무 쓸데가 없게 될 것이 아닌가?今彼生子 而將爲此家主 吾兒無用也 저 사람이 겉으로는 어진 체하고 있지. 하지만 화원에서 나를 책망한 말은 분명히 시기를 부린 것이었어.花園責我之言 明是猜忌 하루아침에 나를 한림에게 참소한다면, 한림이 평소 저를 믿고 있으니 내 신세를 염려하지 않을 수 있겠는가?一朝讒於翰林 翰林所信彼 吾之身世 豈不可慮"(45쪽)

사정옥이 아들 인아를 낳자, 교채란은 적첩의 분의가 현격한 차이

12 서술자는 "사부인이 경계한 말은 오직 음란한 노래가 장부를 오도할까 염려한 것이었다. 또한 교씨를 바른 길로 인도하려는 것이었다. 본디 사랑하는 마음에서 한 말이었다. 추호도 시기하는 생각은 없었던 것이다. 그런데 교씨는 문득 분한 마음을 품고 교묘한 말로 참소하여 마침내 큰 재앙의 뿌리를 양성하였다. 부부와 처첩의 사이는 진정 어려운 관계라 아니할 수 있겠는가?"(43쪽)라고 개입했다.

가 있음을 생각하지 않을 수 없었다. 적자승계의 종법제가 엄격한 상황에서 장주는 한순간에 후사後嗣에서 첩자로 전락하지 않을 수 없었고, 교채란은 유씨 가문의 후사를 낳은 자가 아니라 한낱 첩실에 불과한 처지가 되고 말았다. 교채란이 예전에 품었던 염려와 두려움이 실제 일이 되고 만 것이다.

하지만 교채란은 정실 사정옥과 적자 인아를 인정하고 받아들이는 길을 택하지 않았다. 오히려 교채란은 사정옥의 진심어린 충고를 **시기심**의 발로라고 확신하고, 나아가 사정옥이 **참소**하여 자신의 처지가 궁지에 몰릴 것이라고 염려했다. 이러한 확신과 염려에는 심리적인 투사投射, projection가 자리를 잡는다. 투사는 "주체가 자신 속에 존재하는 생각, 감정, 표상, 소망 등을 자신으로부터 떼어내 그것들을 외부 세계나 타인에게 이전시켜 그곳에 존재하는 것처럼 만드는 심리적 작용"[13]을 의미한다. 즉, 사정옥의 시기심은 사정옥에게 투사한 교채란의 시기심이며, 사정옥이 참소할 것이라고 염려했던 그 참소는 사정옥에게 투사한, 교채란 자신의 참소였던 것이다. 요컨대 교채란의 첩실 콤플렉스는 사정옥의 득남으로 한층 심화되어 심리적 투사의 양상을 띠는 시기심과 참소로 이어졌다고 할 수 있다.

교채란이 사정옥을 시기심이 많아 참소할 위인이라고 확신하는 순간, 교채란의 유일한 선택은 모든 방법을 동원하여 사정옥을 내쫓는 것이었다. 그런데 그런 일이 자신의 힘으로는 역부족이어서 주변 잡류들의 힘을 빌리지 않을 수 없었다. 이십낭에게 방술을 배워 남편을 자신의 품에서 헤어나지 못하게 했으며, 동청의 성관계 요구를 받아들이기도 했다. 그 후 동청의 계교대로 냉진을 불러들여 사정옥이 다른 남자를 사랑하여 그와 간통했다고 모함하고, 저주사를 꾸미는가 하면, 심지어 동청이 제멋대로 교채란의 아들 장주를 죽인 후

---

13 한국문학평론가협회, 『문학비평용어사전』, 국학자료원, 2006.

사정옥에게 그 죄를 뒤집어씌우는 것을 추인追認하지 않을 수 없었다. 마침내 정실 사정옥을 내쫓는 소기의 목적을 달성했다. 이런 일련의 부도덕한 악행들은 잡류들이 교채란의 첩실 콤플렉스를 악용한 데서 나온 것이며, 근본적으로는 교채란의 첩실 콤플렉스에서 비롯한 것이었다.(이상 ⓔ, ⓕ)

첩실 콤플렉스에 빠진 교채란에게 한 가지 남은 일이 있었는데 그것은 정실이 되는 것이었다. 하지만 첩실 콤플렉스가 해소되지 않았다. '(3) 교채란의 정실 차지와 남편·적자 제거 시도' 단계를 보자.

교채란은 남편이 종족을 거느리고 가묘家廟에 고하는 주자가례적 종법 절차를 거쳐 당당히 정실에 오르게 되었다. 그런데 그녀는 내쫓긴 사정옥이 친정으로 가지 않고 유씨 집안의 선영 아래로 갔다는 말을 듣자, "사정옥이 출부로 자처하지 않고 오히려 유씨 집안의 며느리로 자처한다必不以黜婦自處…猶以劉家新婦自處也"라며, 냉진을 사주하여 사정옥을 겁탈하게 했다. 사정옥의 절행을 훼손함으로써 사정옥이 되돌아올 수 있는 길을 막고 교채란 자신의 정실 자리를 지키기 위함이었다. 한편 교채란은 유연수를 음란한 음악과 미색으로 미혹하고, 노복들을 불로 지지고 혀를 베기도 하는 등 혹독한 형벌로 제압했다. 심지어 유연수가 숙직을 서는 날이면 버젓이 동청을 방 안으로 불러들였는데, 하인들 중에 그들의 불륜행각을 아는 자가 적지 않았다.

이렇듯 교채란은 정실이 되기 위해 악행을 저질렀고, 정실이 된 후에는 첩실로 돌아갈지도 모른다는 두려움에서 다시 악행을 저질렀다. 심지어 정실이라면 응당 남편에 대한 지조를 지켰어야 했는데 그렇게 하지 못했던 터라, 아예 대놓고 부적절한 관계를 맺기 일쑤였다. 사정옥에 대한 지속적인 악행, 남편에 대한 지속적인 미혹, 아랫사람에 대한 가혹한 행위, 주위의 시선을 아랑곳하지 않는 불륜 등, 이런 모습은 교채란의 첩실 콤플렉스가 해소되기는커녕 오히려 심화

되어갔음을 잘 보여준다.(이상 ⓖ, ⓗ)

점차 유연수가 사태를 짐작하게 됨에 따라, 교채란은 후환을 없애고자 동청으로 하여금 유연수를 참소하여 귀양길에 오르게 했고, 내친 김에 적자인 인아를 살해하라고 사주했다. 한편으로 그녀가 살해를 사주한 것은 원한을 풀고자 했기 때문이기도 하다. 일찍이 인아의 출생으로 자신의 아들인 장주가 후사를 물려받지 못할 것이라는 염려가 있던 참에 뜻밖에 동청에 의해 장주가 죽임을 당하게 되자, 그녀는 인아를 죽이고자 했던 것이다. 거기에 교채란의 첩실 콤플렉스가 부정적으로 작동한다. 심지어 남편인 유연수를 참소했거니와, 이는 첩실 콤플렉스를 해소시켜주지 못하는 유연수는 남편으로서 더 이상 가치가 없었기 때문이다.(이상 ⓘ)

이처럼 교채란의 첩실 콤플렉스는 단순한 처첩갈등이나 적첩갈등에 한정되는 것이 아니라, '가장(유연수) – 정실(사정옥) – 적자(인아)'로 형성되는 유씨 집안의 가통家統을 송두리째 훼손하는 매우 위협적인 요소로 작동한다. 교채란의 악행은 "(4) 동청과의 동거 및 유연수 살해 사주" 국면에서 악화된다. 교채란은 집안의 재물을 훔쳐 동청과 줄행랑을 친 후 뇌물로 동청이 벼슬자리를 얻어 그와 동거하면서, 동청 몰래 은밀히 냉진과 사통했다. 한편으로 유연수 살해를 사주했던바, 유씨 집안을 멸문의 길에 이르게 한 것이다(이상 ⓙ, ⓚ)

교채란은 문호가 쇠한 사족 출신의 여성으로서 가난한 선비의 아내가 되기보다는 차라리 재상의 첩이 되는 편이 좋다고 여겼다. 부귀를 누리고자 하는 교채란의 욕망은, 그녀가 첩실로 들어앉은 후에는 첩실 콤플렉스를 해소하고자 하는 욕망으로 변해갔다. 교채란은 온갖 악행을 도모하며 자신의 콤플렉스를 벗어나고자 했지만, 그 길은 역설적으로 자신에게 삶의 근거인 유씨 집안의 가통을 끊어놓는 것이었으며, 그 결과 자신의 삶마저 비극적으로 마치고자 하는 것이었다. 교채란은 사정옥에게 목숨만은 살려달라고 빌었는데, 사정옥의 대답은 간단명료했다.

"네가 나를 해치려 했었지. 이제 그것을 돌이켜 생각하지는 않겠다. 그러나 상공과 조종에게 지은 죄得罪於相公與祖宗만큼은 나도 역시 어떻게 할 수가 없는 것이니라."(171쪽)

사정옥은 자신에게 지은 교채란의 죄는 용서할 수 있었지만, "상공과 조종에게 지은 죄", 즉 유씨 가문의 가통을 훼손한 죄는 결코 용서할 수 없었다. 요컨대 〈사씨남정기〉는 첩자승계의 종법제를 지향하되 그 과정에서 종법질서가 훼손될 위험이 도사리는바, 그 요체가 첩실 콤플렉스임을 정면에서 진지하고 노련하게 짚어냈다.

1.3. 시고모·첩실·가장에 대한 총부의 위상 강화

서포는 〈사씨남정기〉에서 첩자승계의 '정통론적 종법제', '6례'와 『주자가례』를 절충한 혼례, 3대 봉사의 가묘제 등을 조합하여, 유씨가의 핵심적 문제인 '후사後嗣' 문제를 설정했다. 그런데 서포가 후사 문제를 해결하는 데 주도적인 역할을 한 인물로 사정옥을 설정했다는 점에 주목할 필요가 있다. 사정옥의 캐릭터는 총부冢婦의 범주에 놓인다.

총부는 적부嫡婦라고도 하며, 맏며느리를 뜻한다. 종부宗婦와 의미가 혼용되기도 했는데, 총부가 그 집안이 대종이거나 소종인 것에 관계없이 한 집안의 맏며느리를 뜻한다면, 종부는 대종 집안의 맏며느리를 일컫는다. 중국의 『예기』나 『의례』에 따르면 총부의 주된 역할은 제사를 받들고 손님을 접대하는 것이며, 총부의 지위는 종법에 의해 보장을 받았다. 이런 점은 조선에서도 그대로 유지되었다.[14] 그런데 중국에서는 남편이 죽으면 제사가 새로운 종자에게 넘어감에 따라 총부의 역할도 없어졌지만, 조선에서는 남편이 죽은 뒤에도, 그리고 아들을 두지 않았더라도 총부는 봉사권奉祀權과 입후권立後權을 가졌다.[15]

총부권冢婦權은, 장자가 죽은 후에 봉사와 가통을 차자 쪽으로 넘기려는 경향에 반대하여 총부가 자신의 입지점을 지키기 위한 노력의 산물이기도 하다. 또한 조선 초기부터 사림은 총부권이 정통론적 종법제와는 거리가 있다 하여 총부권에 반대하면서도 총부의 가련한 처지를 동정해서 총부권을 인정하기도 했고, 총부권이 형망제급兄亡弟及의 종법제를 막고 정통론적 종법제를 확립하는 데 기여하는 부분이 있어서 총부권을 옹호하기도 했다.[16] 총부권은 그 자체로 종법주의의 강화와 관련되기도 하고 종법주의 강화에 걸림돌이 되기도 하는 양면성을 지니고 있다고 할 것이다.

그 이유가 무엇이었던 간에 총부권 옹호의 추세는 『속대전』(1747)으로 지속되었다. 『속대전』에 "장자가 후사 없이 죽은 후에 입후立後하면 더 이상 총부의 자격을 지닐 수 없다"라고 명문화했는데,[17] 이 조문은 총부권 자체를 부인한 것이 아니라 총부권의 범위를 한정한 것인바, 당시에 총부권이 '남편이 죽은 후 입후할 때까지'의 범위를

---

14 이순구, 「조선중기 총부권과 입후의 강화」, 『고문서연구』 9·10집, 한국고문서학회, 1996, 255-258쪽.

15 조선에서 처음에는 '부모가 모두 돌아가신 후 장자가 제사를 지내다가 죽은 경우' 맏며느리의 총부권을 인정했지만, 점차 '부모가 돌아가시기 전에 장자가 먼저 죽고 나중에 그 부모가 모두 돌아가셨을 때' 그 장자의 아내에게도 총부권을 인정하기에 이르렀다.(위의 논문, 260-262쪽)

16 총부권은 주제권主祭權과 입후권立後權으로 나뉘는데, 주제권은 유교적 제사와 종법이 정착하면서 현실과 습합되어 자연스럽게 나타난 것이고, 입후권은 적계 종통을 지지하는 지식인층에 의해 고안된 것이다.(박경, 「16세기 유교적 친족질서 정착 과정에서의 총부권 논의」, 『조선시대사학보』 59, 조선시대사학회, 2011, 71-104쪽; 이순구, 앞의 논문, 253-276쪽)

17 長子死無後 更立他子奉祀 則長子之婦 毋得以冢婦論.(『속대전』, 「봉사」)

넘어서 광범위하게 행사되던 사회문화적 상황을 방증한다. 17세기 말에도 총부권은 법으로 제한해야 할 만큼 남편이 살아 있는 동안에도 다방면으로 행사되었을 것이다. 그런 상황을 잘 알고 있었을 서포는 〈사씨남정기〉에서 총부권 옹호의 입장을 다음과 같이 세 층위로 형상화해냈다.

1.3.1. 시고모의 가독권에 대한 총부권 제고

두부인은 출가했지만 평소 친정살이를 하며, 오라비 내외가 세상을 뜬 후에는 친정에서 가독권家督權을 행사했다. 가독권은 가부장이 가정을 다스리던 권한인데, 그 권한을 시집간 딸인 시고모가 자발적으로 혹은 남형제로부터 위임받아 행사하기도 했다.[18] 이를테면 두부인은 묘희를 내세워 사정옥의 관음찬을 받아 오게 하여 사정옥을 며느리로 들이는 데 결정적인 도움을 주며, 오라비가 죽을 때 가독권을 위임받기도 했다.[19]

그런데 두부인과 사정옥은 갈등하게 된다. 그 갈등은 가독권을 내세우는 시고모와 총부권을 세우려는 총부가 대립하는 양상을 띤다. 사정옥은 두부인과 한마디 상의도 없이 첩을 구하기로 하자, 유씨 가의 고모로서 가독권을 행사하고 있던 두부인이 "몹시 놀라甚驚" 말리는 것은 당연한 일이었다. 두부인이 첩을 들이는 것이 환난의 근본이라고 말하지만, 사정옥은 자식을 두지 못했기 때문에 어쩔 수 없는 일이라고 대답했다. 나아가 두부인이 서른이나 마흔을 넘어서 자식

---

18 박영희는 고모의 형상화 양상에 대해 〈창선감의록〉과 〈사씨남정기〉를 중심으로 논의한 바 있다.(박영희, 「17세기 소설에 나타난 출가한 딸의 친정 살리기와 '출가외인' 담론」, 『한국고전여성문학연구』 13, 한국고전여성문학회, 2006, 155-165쪽)

19 유희가 임종할 때 두부인에게 "연수는 나이가 어리니 무릇 과실을 범하거든 모름지기 꾸짖어 가르침을 베풀도록 하게延壽年少 凡有過失 須加誨責"라고 당부하고, 아들 연수에게는 "네 고모의 말씀을 듣되 내 말을 듣는 것처럼 하라聽汝姑母之言 如聽吾言"고 유언한다.

을 낳기도 하는데 겨우 스물을 넘기고서 첩을 두는 것은 이르다고 말했지만, 사정옥은 자신의 허약한 체질을 거론하며 자신의 견해를 철회하지 않는다. 이에 두부인은 지속적이고 우호적으로 가독권을 행사하는데도 며느리가 그 진심을 받아들이지 않는 것으로 여기고, 심지어 "사정옥이 자신을 비웃는다君今笑我言也"라는 반응을 보인 후에, 논점을 가장·총부·첩실의 삼각관계로 넓혀서 심각한 사태가 이를 것이라고 충고했다. 하지만 사정옥은 고집스러울 정도로 첩을 들이려는 소신을 굽히지 않았다.

이렇게 시고모가 진심어린 가독권을 행사하는데도 사정옥이 첩실을 들이려는 자신의 생각을 굽히지 않은 것은 총부로서 유씨 가의 현안인 후사 문제를 해결하려는 의지가 확고해서다. 사정옥이 스스로 자존감 있는 총부로 인식하는 대목은 두부인에게 한 말에 잘 나타나 있다. 사정옥은 시속의 부녀자들이 구고舅姑에게 순종하지 않고 장부丈夫를 공경하지 않으며 "오직 질투만 일삼아 남의 가문을 어렵게 하고 남의 선사를 끊어지게 한다惟以嫉妬爲事 以亂人家以殄人祀者"라고 비판했다.[20] 이러한 비판적 발언은 사정옥이 자신의 정체성이 부덕을 갖춘 여성이라는 것을 넘어선다. 사정옥은 최소한 '시아버지-지아비'로 대변되는 시가의 가문과, 시가의 조상에 대한 봉사奉祀를 위해 유씨 가의 총부로서 역할을 충실히 해내겠다는 의지를 표출한 것이다. 덧붙여 남편이 여색에 빠진다면 힘써 간할 수 있다고 말했는데, 이는 유씨 가의 총부로서 자신감 넘치는 발언이기도 하다. 이와 같이 서포는 두부인과 사정옥의 갈등을 통해서 가독권과 총부권의 대립을

20 가만히 근세의 부녀자들을 살펴보면 구고에게 순종하지 않고 장부를 공경하지 않습니다. 오직 질투만을 일삼아 남의 가문을 어지럽게 하고 남의 선사를 끊어지게 만듭니다. 첩은 진실로 그것을 분하고 부끄럽게 여기고 있었습니다. … 장부가 만약 자신의 몸을 돌보지 않고 부정한 여색에 빠진다면, 첩이 비록 노둔하나 응당 협의를 무릅쓰고 힘써 간할 것입니다. 이는 또한 도리이기도 한 것입니다.(32쪽)

담아내되, 총부권 옹호 쪽에 초점을 맞추었다.

하지만 서포가 가독권과 총부권을 끝까지 대립하게 하지 않고 조화를 이루도록 주도면밀하게 설정했음은 물론이다. 이를테면 사정옥은 비록 두부인의 의견을 받아들이지 않지만 시종일관 덕성과 예의를 갖춘 현부로서 체통을 잃지 않았다. 두부인은 사정옥이 자신의 충고와 조언을 받아들이지 않자 탄식하지만, 사정옥을 두둔하고 배려하는 태도를 견지했다. 두부인은 누명을 쓴 사정옥을 유연수가 쫓아내려 하자 그를 책망하는가 하면, 지방의 추관推官으로 부임하는 아들을 따라갈 때 유씨 가문에서 집안 문제가 일어날 것을 예상하고 사정옥이 쫓겨나게 되면 자신을 찾아오라고 당부하기도 했다. 이로 보건대 두부인의 역할은 유씨 가문에서 가독권을 행사하지만 궁극적으로는 총부 사정옥을 도와주는 것으로 한정된다고 할 수 있다.[21] 요컨대 서포는 시고모의 가독권과 사정옥의 총부권 관계에서 '시고모의 가독권에 대한 총부권의 제고'를 형상화했다고 할 수 있다.

1.3.2. 첩실에 대한 총부권 확립

서포는 적첩嫡妾이 총부권冢婦權을 놓고 대립하는 갈등 상황을 설정했다. 사정옥은 총부로서 첩실에게 권위를 세우려 하는데 교채란은 그런 총부의 권위를 받아들이지 않음으로써 둘 사이에 심각한 갈등이 자리를 잡게 된다.

앞항에서 언급했듯이 총부 사정옥은 시고모의 가독권을 따르지 않고 총부권을 행사하여 자신의 주도하에 교채란을 첩으로 들인다.

---

21 이승복 교수는 "사정옥이 두부인의 말을 명命이 아니라 충고 정도로 받아들이는 데에서 두부인이 지니는 역할의 한계를 확인할 수 있다."(이승복, 「처첩갈등을 통해 본 가정소설과 가문소설의 관련 양상」, 서울대학교 박사학위논문, 1995, 45쪽)고 했고, 박영희 교수는 이를 인용하여, 고모 두부인은 "유연수를 깨우치며 사씨를 보호해주는 역할을 한다"고 기술했다.(박영희, 앞의 논문, 264쪽)

이 점은 교채란이 유연수에게 사정옥을 모함했을 때 유연수가 "내가 자네를 취한 것은 본디 부인의 권고를 따른 일이었네吾之取爾 由夫人之勸也"라고 대꾸한 데서 알 수 있듯이, 유연수도 사정옥의 권유로 그리 했음을 밝혔다. 이후로 아들을 낳기를 바라는 소원에서 교채란이 거처하는 곳을 백자당百子堂이라고 일컫고, 드디어 교채란이 장주를 낳게 되는데 사정옥은 장주를 친아들처럼 사랑해서 장주를 누가 낳았는지 모를 정도였다. 이 단계에서 총부 사정옥의 주도로 첩실 들이기 및 후사 잇기가 해결되기에 이른다.

사정옥이 취하는 다음 수순은 총부권을 행사하여 첩실 교채란의 행실을 교화하는 것이다. 교채란이 남녀간 애정을 노래하는 〈예상우의곡〉을 연주하곤 하자, 사정옥은 그 노래가 남편의 성정을 그르치게 하는 음란한 "음악淫樂"이라며 조용히 훈계했다. 하지만 교채란은 총부 사정옥의 권위에 순종하지 않고, 오히려 남편에게 사정옥을 모함했다. 사정옥이 교채란에게 "듣자 하니 음란한 음악으로 장부의 심지를 고혹하게 하여 선소사의 가풍을 무너뜨리고 있다 하더구나. 이는 죽어 마땅한 죄이다聞又以淫亂之聲樂 蠱惑丈夫之心志 以壞先少師之家風 此死罪也"라고 말했다고 꾸며대는 것이다. 교채란은 '사정옥이 교채란을 죽일 수도 있다'라는 뜻을 집어넣음으로써 사정옥이 교채란을 질투한 나머지 총부권을 남용하고 있음을 넌지시 암시했다.

이후로 교채란은 사정옥의 총부권을 약화시키기 위해 골몰한다. 교채란은 남편에게 "선노야께서는 매우 고명하셨습니다. 그러나 사부인이 문중에 들어온 후로 시간이 많이 지나기 전에 세상을 떠나셨습니다. 어떻게 먼 훗날의 일을 미리 아실 수 있었겠습니까? 임종 당시의 말씀은 상공을 권면하고 사부인을 권유한 것에 지나지 않았습니다先老爺雖甚高明 夫人入門未久而棄世 安能知日後事乎 臨終之言 不過勉相公 而勸謝氏"라며, 시아버지의 지인지감知人之鑑을 폄하하여 '시아버지에 의해 지탱되는 사정옥의 총부권'을 약화시켰다. 또한 교채란은 "두부인께서도 공평하다고는 할 수 없습니다. 사씨는 추켜세우고 상공을 여지없이 깎아내린다杜夫人亦自不公 其褒奬謝氏太過 而逼迫相公無餘地"라고 두부인의 가독권을 폄하함으로써, 가독권의 보호 속에 있는 사정옥의 총부권을 약화시켰다.

교채란은 다음 단계로 사정옥이 간음했다는 누명을 씌워서 결정적으로 총부의 위상을 추락시켰다. 교채란과 동청, 냉진 등은 공모하여 사정옥의 글씨체를 흉내 내는가 하면, 장주의 죽음을 사정옥이 사주한 것으로 무고하기도 하고, 그 연장선에서 동청이 교채란과 통정하고, 냉진은 사정옥을 차지하려고 하는 등 일련의 악행을 통해 사정옥이 시가에서 축출되기에 이른다.[22] 그리고 축출된 사정옥이 유씨 가의 묘하에서 머물자, 교채란은 그 의도가 출부黜婦로 자처하지 않고 오히려 유씨 가의 신부新婦로 자처함必不以黜婦自處 … 猶以劉家新婦自處也에 있음을 알고, 유연수에게 사정옥을 묘하에서 머물지 못하도록 해달라고 부탁했다. 이처럼 교채란은 사정옥이 지니고 있던 유씨 가의 봉사권奉祀權, 즉 총부권을 빼앗기에 온 힘을 기울이지만, 교채란은 자신의 악행이 밝혀져서 결국 처형되고 사정옥은 유씨 가의 총부로 복귀하게 된다.

이처럼 서포는 사정옥과 교채란의 갈등을 통해 '첩실에 대한 총부권 행사'와 '총부권에 대한 반항'을 담아내되, 전자를 옹호하는 쪽으로 결말을 냈다. 서포는 나아가 사정옥이 첩실에게 총부권을 행사하는 것을 한 번 더 구현해냈다. 임추영은 교채란처럼 가난한 어부의 처가 되기보다는 문벌가의 첩실이 되기를 원하는 여성이지만, 교채

---

22 후에 나온 〈홍열부전〉은 총부권을 지키려던 총부 홍씨에 대해 둘째 시동생들을 포함한 공모자들이 그녀의 총부권을 무력화하기 위해 홍씨를 간음한 여자로 누명을 씌운 사건을 다루었다. 그 사건으로 미루어 〈사씨남정기〉에서 총부 사정옥에게 누명을 씌워가는 과정은 개연성을 확보한다.[이재, 〈홍열부전〉; 이시선, 〈열녀홍씨전〉(이혜순·김경미, 『한국의 열녀전』, 월인, 2002, 57-87쪽)]

란과는 달리 부덕을 갖춘 여성이었다. 이러한 임추영의 부덕은 단순히 남편에게 한정되지 않고 총부 사정옥에게 순종하는 것으로 확대된다. 교채란과 임추영, 이들 두 첩실의 성품 차이는 사정옥의 총부권과 관련하여 총부권에 대한 불순종과 순종으로 연계된다. 요컨대 서포는 총부에게 순종하지 않는 첩실 교채란과 순종하는 첩실 임추영을 대조적으로 그려내고 교채란의 삶을 비극적으로 끝냄에 반해 임추영의 삶을 행복하게 결말지음으로써, '첩실에 대한 총부권의 확립'을 형상화했다고 할 수 있다.

1.3.3. 가장권에 대한 총부권 제고

한편 서포는 후사를 위해 첩실 들이는 것을 놓고, 가장과 총부가 갈등하는 과정을 거쳐 총부의 의견을 관철하는 방법을 취했다. 사정옥은 유연수에게 첩을 두라고 권고하자, 유연수는 허락하지 않는다. 하지만 사정옥은 진심이 아니라고 여기고 곧 바로 매파를 놓아 첩을 구한다. 첩실 들이기는 유씨 가의 후사 잇기의 일환이며, 그런 첩실 들이기와 후사 잇기에서 주도적인 역할을 하는 이가 사정옥인바, 이 점은 "부중에서 첩을 구하려는 목적은 상공이 호색해서가 아닙니다. 바로 부인이 후사를 잇기 위한 계책일 따름입니다府中所爲求妾 非相公好色也 乃夫人爲續嗣計耳"라는 매파의 발언을 통해 재차 강조된다. 서포는 첩실 들이기와 후사 잇기의 주체를 유연수로 직접 설정하지 않고 용의주도하게 사정옥으로 설정했다.

서포는 첩실 들이기 및 후사 잇기를 한 번 더 반복하여 설정하는데, 이 경우에도 사정옥의 주도성에 초점을 맞추었다. 처음에 교채란을 들일 때에는 남편에 비해 시고모와 심한 의견 대립을 보이는 것으로 설정했다면, 이번에 임추영을 들일 때에는 남편과 심한 의견 대립을 보이는 것으로 설정했다. 사정옥은 자신의 나이가 이미 40이어서 생산을 할 수가 없으니 첩실을 들여 후사를 잇자고 남편에게 요청하는데, 그 과정에서 유연수가 절사絶嗣를 택할지언정 첩을 들일 수 없다며 극단적으로 반응해도, 사정옥은 한 치도 물러서지 않았다.[23] 이처럼 사정옥은 교채란 사건으로 넌더리를 낼 만도 했지만 오히려 재차 첩실 들이기를 시도한 것이다.

마침내 사정옥은 임추영을 첩실로 들임으로써 유씨 가의 기나긴 후사後嗣 문제를 해결한다. 결국에는 인아가 생환하여 후사를 이음으로써 후사 승계의 문제가 근본적으로 해결됨은 물론이다. 하지만 '인아의 생사를 알 수 없을 때에' 사정옥의 입장에서는 첩실 들이기가 여전히 후사 문제를 해결하는 최선책인바, 그 문제를 해결하는 과정에서 사정옥은 가장과 갈등을 일으킬 정도로 총부권을 행사했던 것이다. 이처럼 서포는 유씨 가의 후사 문제를 해결하는 과정에서 사정옥의 총부권을 유연수의 가장권과 대등한 위치로 끌어올렸다.

한편 서포는 가장에 대해 총부의 위상을 세우기 위해 총부권이 시아버지의 가부장권에서 비롯되는 것으로 설정하기도 했다. 가부장 유희가 사정옥의 총부 위상을 높이는 대목은 크게 세 가지로 제시할 수 있는데, 하나는 택부擇婦할 때이고, 다음은 혼인한 후에 사정옥에게 며느리의 역할에 대해 물을 때이고, 마지막으로 유언을 남길 때이다.

가부장 유희는 택부할 때 며느리감이 권문세가인 엄숭의 집안과 청빈한 군자인 사급사의 집안으로 좁혀지자 주저하지 않고 사급사 쪽을 택한다. 또한 사정옥이 혼사를 거절하자 유희는 가문의 위세를 내세우기보다는 오히려 사정옥의 오해를 풀어주기 위해 세심하게 배

23 夫人曰, "妾於昔年 誤薦人 以敗相公家事 思之 毛骨猶悚 而今則有異於前者 妾年四十 斷産已過十年 … 相公獨不爲後嗣計乎?" 侍郎曰, "夫人之言 雖無所不聽 此事決不可從 麟兒因我而不知死生 悲心常結於腸肚 寧遂絶嗣 誓不更近賤人 以遺雜種." 夫人曰, "相公何不通如此 三千之?刑 無後爲大 妾每從相公 上廟 孑然惟兩人之身 顧而無後繼者 妾爲是慚懼 如聞祖宗責讓 相公亦安得不然?" 侍郎曰, "夫人之言固是 惟聞麟兒消息後徐議也" 謝氏謂, "… 始吾年少未經事 見誤喬氏 苟其德性 如華容縣林女 則有何疑乎? 林女又形容端正 術家謂必生貴子 … 今慾擇妾 無逾於此."(329-330쪽)

려하는 태도를 취했다. 이러한 일련의 택부 과정은 사정옥이 유씨 가의 총부로 손색이 없다는 것을 우회적으로 보여주는 것이라 할 수 있다.

혼인한 후에 시아버지가 사정옥에게 남편을 어떻게 섬길 것인가, 지아비에게 허물이 있을 때 지아비를 따라야 하는가를 묻자, 사정옥은 지어미는 지아비를 공경하고 지아비의 뜻을 따라야 하지만 지아비가 잘못할 때는 지아비를 경계해야 한다고 답변한다. 이에 유희는 어진 며느리를 얻었다고 기뻐했다. 이 대화는 유씨 가를 지탱할 두 축이 가장과 총부임을 담아내고 있다 할 것인데, 그만큼 총부의 위상이 강조되었다고 할 수 있다.

다음으로 유희가 세상을 뜰 때 남긴 유언을 보면, 유희는 아들 유연수에게 "길이 선사先祀를 받들되, 가성家聲을 추락하게 하지 말아라. … 범사에 모름지기 신부와 상의하거라. 네 아내는 덕행과 식견이 범상한 사람이 아니다永奉先祀 勿墮家聲 … 凡事 須議於新婦也 汝妻 德行見識 非尋常人 必不以非義導汝矣"라고 당부했다. 이 당부의 말은 가장권과 함께 총부권이 가문 유지의 두 축임을 함축할 뿐 아니라, 총부권이 선사先祀를 받들고 가성家聲을 유지하는 차원으로까지 확대됨을 시사한다.

그의 기대에 어긋나지 않게 사정옥은 남편 유연수에게 간곡하게 요청하면서도 한 치의 물러섬이 없이 첩실을 들여 후사 문제를 해소함으로써 선사先祀 받들기를 감당하고자 했고, 남편이 동청을 기용했을 때는 "선소사께서 살아 계실 때 그러한 일을 어디 보신 적이 있었습니까?"라며 충언을 통해 총부권을 행사하여 가성家聲을 지켜내고자 했다. 또한 사정옥은 여의치 않게 쫓겨난 후에 유씨 묘하墓下에서 지내는데, 그 공간은 시부모가 현몽하여 사정옥을 위로하는 공간을 넘어서서 사정옥의 총부권을 옹호하는 공간으로서 의미를 지니기도 한다. 예컨대 시어머니는, "술은 본래 잘 마시지 못하지만 신부가 올리는 술이라면 일찍이 취하게 마시지 않은 적이 없었다. 그런데 지금은 교가의 음부로 하여금 나의 제사를 받들게 했지, 내가 그것을 차마 흠향할 수 있겠느냐? 신부가 집을 떠난 후로는 한 번도 사당을 찾지 않았다雖本不飮 於新婦所薦 則未嘗不醉也 令使喬家淫婦 奉我祭 吾何忍顧享 自新婦去家 吾未嘗一之祠堂"라고 말한다. 이 발언은 가묘·사당의 봉사奉祀가 총부의 주된 역할이라는 것을 잘 담아내고 있으며, 나아가 선대의 시부모가 사정옥의 총부권을 옹호하는 것을 함축한다.

황릉묘의 환상 세계 또한 총부권과 깊은 관련이 있다. 사정옥은 오명을 뒤집어쓰고 쫓겨나게 되자, 그 억울한 사정을 황릉묘의 환상 공간에서 이비二妃에게 토로했다. 이에 이비는 유씨 가가 성의백에서 충정한 유희와 군자다운 유연수로 이어진다고 위로한 뒤에, 덧붙여 나이가 어려서 천하의 사리를 다 모르는 유연수를 깨우쳐주려고 하늘이 재앙을 내렸는데 그와 더불어 사정옥이 고난을 받는 것이니 조금만 참으라고 당부했다. 이비의 말은 유씨 가의 위기와 위기 극복이 가장의 어리석음과 깨우침에 달려 있음을 짚어내면서, 한편으로 가장의 현우賢愚는 총부권 옹호 여부에 달려 있다는 것을 시사한다. 이로 보아 황릉묘의 환상 세계는 총부권을 회복하고자 하는 사정옥의 염원이 응축된 공간이라 할 수 있다.

요컨대 서포는 가문 유지의 두 축이 가장과 총부라는 것을 전제로 가장이 총부를 인정하지 않으면 가문이 위기에 처하고 총부를 제대로 인정하면 가문이 온전해진다는 것을 보여줌으로써 '가장에 대한 총부권의 제고'를 형상화했다고 할 수 있다.

1.4. 주자학적 예제 적용의 유연성

앞에서 살펴본 대로 서포는 〈사씨남정기〉는 종법주의를 구현함에 있어서 그 시발점을 가문의 후사가 없는 상황을 설정하고 사정옥의 총부권을 강화하여 첩자승계 방식을 지향했음을 알아보았다. 그런데 첩자승계 방식은 입후승계를 통한 적장승계의 종법체제가 원칙으로 자리를 잡아가는 과정에서 나온 것이어서 상대적으로 유연한 방식이라고 할 수 있다. 〈사씨남정기〉에는 그러한 유연한 종법체제가 3대 봉사, 6례친영의 예속과 관련되어 있어서 주목을 끈다.

16세기 중종조를 거쳐 17세기 말에 사회 일각에서 『주자가례』를 온전히 실시하자는 논의가 심화되면서 그에 걸맞게 4대 봉사, 주자4례 등을 실시했고 그와 관련하여 적장승계를 실시하는 등 온전한 주자가례식 예제禮制를 실시했다. 이러한 추세를 고려한다면 〈사씨남정기〉에서 3대 봉사, 6례친영의 예속을 바탕으로 '첩자승계'의 방식을 설정하고 있어서 온전한 종법체제를 실현했다고 보기 어렵다. 그런데 이는 조선 예속사의 흐름에 비추어 볼 때 『주자가례』가 획일적이지 않고 다양하고 다층적으로 수용되고 있던 모습을 보여준다. 이를 두고 〈사씨남정기〉에서 『주자가례』의 온전한 실현을 기피했다기보다는 조선 현실에 맞게 『주자가례』를 실현하기 위하여 보다 유연한 태도를 견지한 것이라 할 수 있다.

1.4.1. 6례친영의 혼례

서포는 〈사씨남정기〉에서 혼례를 일정 부분 설정했다. 유씨 가의 가부장인 유희는 주혼자主婚者가 되어 중매자를 매파와 신성현의 지현知縣으로 번갈아 세워가며 사씨가의 허혼許婚을 얻어낸 후에 바로 이어 길일을 택하여 6례친영을 하는 것擇吉日 六禮親迎으로 되어 있다.

육례六禮는 『예기禮記』에 기술되어 있는데, 중국 주나라 때 행해진 혼례로 주 6례, 혹은 고례라고도 한다. 6례는 '납채納采－문명問名－납길納吉－납징納徵－청기請期－친영親迎'의 절차를 지닌다. 『주자가례』에서는 6례를 계승하되, 6례 중에서 문명과 납길의 절차를 생략하여 '의혼議婚－납채納采－납폐納幣－친영親迎'의 4례로 간소화했다.[24]

여말선초에 『주자가례』를 수용하면서 주자가례식 혼례는 조선의 혼속婚俗으로 자리를 잡아갔다. 그런데 그 당시 도입된 주자가례식 혼례는 주자4례를 그대로 따른 것은 아니고 6례를 따르는 것이었다. 그 절차 중에서도 '친영'－6례와 『주자가례』에 공통적임－이 당시 전통 혼례와 큰 차이를 보였던바, 주자가례식 혼례라고 하면 으레 친영례를 뜻하기도 했다. '친영親迎'은 혼인 당일에 신부를 바로 신랑 집으로 데려와 혼례를 올리는 것임에 반해, 혼인을 신부 집안 쪽에서 한 후 신랑이 신부 집에서 일정 기간 동안 머무는 우리의 전통혼례와는 달랐기 때문이다.

친영親迎은 6례에 이어 『주자가례』에 나오는 혼인 절차의 하나인데, 『주자가례』에서는 6례에 비해 친영 이후의 절차를 세분하여 강조했다. 친영 이후의 절차에 따르면, 이튿날 신부는 시부모를 뵙고, 사흗날 신랑 신부는 신랑의 사당에 알현하고, 그다음 날 신랑은 장인 장모를 뵙는다.婦見舅姑－廟見－壻見婦之父母 즉, 『주자가례』의 혼례는 '의혼－납채－납폐－친영－부현구고婦見舅姑－묘현廟見－서현부지부모壻見婦之父母'의 절차를 거친다.[25]

여말선초 『주자가례』가 도입된 이후 17세기 조선의 사회 일각에서는 6례를 행하기도 했고 다른 쪽에서는 『주자가례』(주자4례)를 온전하게 따르기도 했다. 또한 전통혼례인 서류부가제壻留婦家制가 치러지기도 했다.－서류부가제는 신랑이 신부 집으로 가서 부부로서 첫날밤을 지낸 후 향연을 베푼 후에 사흗날 혼례를 치르고相見之禮, 혼례를 마친 후에 날을 정해서 시부모를 찾아뵈는舅姑之謁 절차를 거친다.－이러한 전통혼례는 조선 후기까지 이어졌으며,[26] 그런 중에 친영례와 서류부가제가 합쳐

---

24 '주자4례'라고도 하고, 6례의 '납징'은 4례의 '납폐'와 같다.

25 '묘현廟見'은 '남편과 아내가 사당에 아룀主人以婦見于祠堂'이다.(『성리대전』 가례 2, 혼례 친영)

26 이능화, 『조선여속고』, 한국학연구소, 1977, 36-37쪽.

진 형태의 혼례, 즉 부부 상견례를 혼인 당일에 하고 다음 날 시부모에 대한 인사를 하는 반친영半親迎이 행해지기도 했다.[27]

그리고 6례와 『주자가례』가 합쳐진 형태의 혼례를 행했을 수도 있었을 텐데, 〈사씨남정기〉는 그 단면을 보여준다. 서포는 유연수·사정옥이 6례친영을 했다고 선언적으로 언급하고, 바로 이어서 시가에서 혼례식을 올린 후에 – 친영례를 올린 후에 – 신혼 첫날밤을 지내고, "이튿날 대추와 밤을 받들고 소사에게 예를 올렸다. 사흗날은 가묘로 올라가 조종 신령에게 고유했다明日 奉棗栗 禮於少師 三日 上家廟 告祖宗"라고 서술했다. 6례와 『주자가례』가 합쳐진 형태의 혼례를 반영하되, 『주자가례』를 따라 친영 이후의 절차를 보다 자세하게 기술하는 쪽을 택한 것이다. 이렇듯 서포는 주자 중심의 예제 및 학문을 주도하는 위치에 있으면서도 온전한 주자가례식의 혼례를 내세우지 않고, 보다 유연하게 6례와 『주자가례』의 중간 지점의 혼속 내지는 6례에서 『주자가례』 쪽으로 이행하고 있는 혼속婚俗을 설정했다.[28]

1.4.2. 3대 봉사의 가묘

서포는 〈사씨남정기〉에서 가묘제를 설정했다. 유연수와 사정옥은 친영례를 행한 후에 가묘家廟로 올라가 조종 신령에게 고한다.上家廟 告祖宗 유연수가 사정옥을 내치고 교채란을 정실로 삼을 때도 사당의 향안에 고하며, 사정옥이 쫓겨날 때도 그리한다. 훗날 유연수는 사정옥과 재회한 후에 본가가 악류의 소굴이 되었던지라 거처를 무창 지방으로 옮기려 할 때 가묘도 옮겨 가려고 한다. – 계림태수인 동청이 이

---

27 장병인, 『조선전기 혼인제와 성차별』, 일지사, 1999, 146쪽.

28 〈영창서관 구활자본〉에서는 친영례 장면만을 간단하게나마 "신랑이 신뷔 상교ᄒᆞ기를 직촉ᄒᆞ야 본부로 돌아오니 신부 폐박을 밧들어 존고ᄭᅴ 나오ᄆᆡ"라고 서술하고 있다.(신해진, 「사씨남정긔」, 『조선후기 가정소설선』, 월인, 2000, 20쪽) 〈사씨남정기〉에 나오는 6례는 전통혼례가 아니라 중국식 6례다.

사실을 알고 해코지를 할 것을 우려하여 실행하지 않는다.- 또한 유연수는 사정옥을 정실로 다시 받아들일 때 "가묘로 올라가 예를 올려上家廟 禮謁", "죄를 뉘우치고 과오를 바로잡아 부인을 다시 맞이하는告以悔罪改過 迎還夫人" 절차를 밟는다. 서포는 이와 같이 유씨 가의 중대사를 가묘에 고하거나 가묘를 옮기려 하는 등 가묘제를 구체적으로 설정했다.

또한 서포는 가묘제의 한 단면을 고유문으로 상세하게 담아내기도 했다. 다음은 유연수가 사정옥과 이혼하고 그 사유를 사당에서 고하는 고유문 앞부분이다.

> 유 가정 삼십육년, 세차 정사 모월 모일, 효증손 한림학사 연수는 삼가 글월을 증조고 문연각태학사 문충공 부군, 증조비 부인 호씨, 조고 태상경 증이부상서 부군, 조비 부인 정씨, 현고 태자소사 예부상서 정헌공 부군, 현비 부인 최씨의 신위에 밝게 고하나이다.[29]

고유문에 따르면 유연수는 '증조고-조고-현고'로 이어지는 3대에 고했다. 이러한 가묘제는 여말선초에 수용한 『주자가례』에 따른 것이다. 그런데 주자가례식 가묘제를 실현하는 데 있어서 중요한 논쟁거리의 하나는 가묘의 대수를 '3대로 할 것인가, 4대로 할 것인가'였다.

여말선초에 『주자가례』를 도입하면서 가묘제를 권장했다. 고려 말 공양왕 2년에 '가묘봉사家廟奉祀'를 확립했는데-가묘를 건립하여 신주神主를 모시고 봉사하는 법제인데 대부 이상은 3대, 6품 이상은 2대, 7품 이하 서인은 1대를 봉사함.- 이러한 가묘봉사는 조선 초기 『경국대전』 및

---

29 惟嘉靖三十六年, 歲次丁巳 某月某日, 孝曾孫翰林學士延壽 敢昭告於曾祖考文淵閣太學士文忠公府君, 曾祖妣夫人胡氏, 祖考太常卿贈吏部尙書府君, 祖妣夫人鄭氏 顯考太子少師禮部尙書正獻公府君, 顯妣夫人崔氏.(271쪽)

『국조오례의』로 이어졌다.－양반층의 봉사奉祀 범위를 확대하여 문무관 6품 이상은 3대, 7품 이하는 2대, 서인은 1대를 봉사함.－[30] 이러한 여말선초의 가묘봉사 제도는 『주자가례』를 표방했으나, 엄밀히 보면 『예기』 등의 고례古禮를 따르는 것이었다.[31] 고례에는 신분에 따른 차등봉사－제후 5묘, 대부 3묘, 사 1묘 혹은 2묘－로 되어 있음에 비해, 『주자가례』에는 신분과 관계없이 고조 이하 4대 봉사로 되어 있다. 그런데 『주자가례』는 원래 『예기』 등의 고례를 계승하는 측면이 있어서, 여말선초에 『주자가례』를 받아들인다는 것은 넓은 의미에서 고례를 받아들이는 것일 수도 있었다. 아무튼 조선 초기의 가묘봉사 제도는 『주자가례』를 받아들이는 과정에서 조선의 "현실에 적합한 예제와 사회질서를 추구해온 과정에서 창출된 제도"였던바,[32] 3대 봉사가 국속國俗으로 자리를 잡았다.

그런 중에 세종 시절 이래로 『주자가례』에 따라 4대 봉사를 해야 한다는 주장이 꾸준히 제기되었고, 16세기 중종 때는 정계에서 물러난 사림이 개별 가문 단위로 4대 봉사를 실천하기에 이르렀고,[33] 17세기에는 4대 봉사가 어느 정도 확대되었다. 일찍이 이황은 사당이 좁으면 서쪽 벽에 고조의 감실을 추가로 만드는 것을 인정했고, 정구는 사당에 처음부터 네 개의 감실을 마련하는 것이 옳다고 보았으며, 김장생도 정자와 주자 이후 고조까지 제사를 지냈다는 것을 들고 사당에 네 개의 감실을 만드는 것을 타당하게 여겼다.[34]

---

30 정긍식, 「조전전기 사대봉사의 형성과정에 대한 일고찰」, 『법제연구』 11, 한국법제연구원, 1996, 135-138쪽.

31 이숙인, 「주자가례와 조선 중기의 제례 문화」, 『정신문화연구』 103호, 한국학중앙연구원, 2006, 41쪽.

32 정긍식, 앞의 논문, 136쪽, 139쪽.

33 위의 논문, 144쪽.

34 김윤정, 「조선중기 가묘제와 여성제례의 변화」, 『국학연구』 14, 한국국학진흥원, 2009, 459쪽.

율곡 이이(1536-1584) 이후 '김장생(1548-1631)-김집(1574-1656)-송시열(1607-1689)·송준길(1606-1672)'로 이어지는 기호 예학파에서도 그런 경향이 있었다. 김장생은, 문인 송준길이 "요즘 세상에 사대부의 집안들이 혹은 4대를 제사하고 혹은 3대를 제사하니 어떤 것이 옳은가?"라고 묻자, "3대를 제사하는 것이 시왕時王의 법제다. 그러나 고조까지 마땅히 제사해야 한다는 것은 정자와 주자의 밝은 가르침이다. 이뿐 아니라 우리 동방의 선현인 퇴계와 율곡 같은 여러 선생도 모두 4대를 제사하였다"라고 하여, 4대 봉사를 지지했다.[35] 실제로 김장생, 송시열, 윤증 등은 4대 제사를 드렸다.[36] 이렇듯 기호 예학파는 조선의 주자주의라 불릴 만큼 주자의 견해를 따른 4대 봉사의 가묘제를 따랐던 것이다.

그런데 서포는, 율곡 이후로 이어지는 기호 예학파의 종장인 김장생의 증손이어서 〈사씨남정기〉에서 4대 봉사를 설정했을 법도 한데 그렇게 하지 않고 3대 봉사를 설정했다. 당시에 4대 봉사를 지향하는 분위기였지만 현실적으로 3대 봉사가 우세했을 것으로 보인다. 율곡 자신은 4대 봉사를 했지만, 『격몽요결』에는 3대 봉사를 제시하기도 했는데,[37] 이는 『주자가례』의 가묘제를 율법적·획일적으로 따

---

35 『사계전서沙溪全書』, 「의례문해疑禮問解」, 「제례祭禮」, 시제時祭, 제사대祭四代.(한기범, 앞의 논문, 266쪽 재인용)

36 ① **김장생**: 오늘날 4대조를 제사하는 것은 비록 고례古例도 아니고 국법도 아니지만, 우리 집에서도 역시 정주程朱의 설說을 따라 4대 제사를 드리고 있다.(『사계전서沙溪全書』, 「의례문해습유疑禮問解拾遺」, 통례通禮, 제사대祭四代) ② **송시열**: 3대를 제사하는 것은 국제國制요, 4대를 제사하는 것은 〈가례家禮〉에서 주장한 것이다. 우리 일가 중에 서울에 있는 사람은 가례家禮를 따르고 시골에 있는 사람은 국제國制를 따랐으나, 수십 년 전에 동춘(송준길)이 입의立議할 때에 (고쳐서) 모두 〈가례〉를 따르게 되었다.(『우암집尤庵集』, 「경례문답經禮問答」, 통례通禮) ③ **윤증**: 〈가례家禮〉는 후세에 통행하는 예이다. 그러므로 비록 국법에 정한 규정이 있을지라도 오늘날 사대부들의 제사가 고조에까지 미치는 것은 모두 가례를 따른 것이다. 멀리 〈가례〉를 끌어들인다거나 가볍게 제 마음대로 하고 있다는 등의 말로써 배척하니, 이 같은 것은 온당하지 못한 것 같다.(경례문답經禮問答」, 통례通禮)(한기범, 앞의 논문, 275-276쪽 재인용)

르지 않고 조선의 현실을 고려한 것이라 할 수 있다. 서포도 그런 입장을 취한 것이다. 그리고 유연수의 고유문을 보면, 자신을 일컬어 "효증손 한림학사 연수"라고 했는데, '효孝'는 주자가례식 제례에서 적장자만이 쓸 수 있는 호칭인바, 서포는 기본적으로 주자가례식 가묘제를 지향했음은 물론이다. 요컨대 서포는 원칙적으로 『주자가례』의 가묘제를 지향했지만, 조선의 가묘 현실을 배려하여 3대 봉사를 설정한 것으로 보인다.

2. 〈창선감의록〉: 효제를 통한 종법체제 확립

화씨 가문은 종법제에 따라 적장자 화춘이 가통을 이어받는다. 그런데 화춘의 자질이 차남 화진에 비해 뒤떨어짐으로써 화춘은 적장자 콤플렉스에 빠진다. 그 적장자 콤플렉스로 인해 가문이 총체적 위기에 빠진다. 이에 차남 화진은 지극한 효제를 실행하여 화춘의 적장자 콤플레스를 해소하고 그를 적장자로 옹립함으로써 가문창달을 이룬다.[38]

2.1. 자질 결여 상황에서 적장승계 및 무후 상황에서 입양승계

〈창선감의록〉에서는 화씨 가문이 우여곡절을 거쳐 화욱 이후 '화욱(가부장) - 화춘(적장자) - 화천린(입후자; 화춘의 조카)'의 3세대에

37 이이, 『격몽요결擊蒙要訣』, 「봉사초奉祀鈔」.(성균관대학교 대동문화연구소, 『율곡전서』 권27)

38 "2. 〈창선감의록〉: 효제를 통한 종법체제 확립"의 내용은 내 논문인 「〈창선감의록〉의 적장자 콤플렉스」(『고전문학과 교육』 38, 한국고전문학교육학회, 2018)의 내용을 거의 그대로 가져오되, 이 책의 체제에 맞게 소제목과 내용 일부를 수정한 것이다.

걸쳐 종법주의 이념을 구현했다. 그 과정과 양상은 '화욱－화춘'의 경우와 그 다음 세대인 '화춘－화천린'의 경우로 나뉜다.

먼저, '화욱(가부장)－화춘(적장자)'으로 이어지는 적장승계를 구현했다. 그런데 그 적장승계가 순탄하지는 않았다. 겉으로 보기에는 혈통적으로나 명분적으로 문제가 없었지만, 그 이면에는 적장자 화춘의 자질에 흠결이 있어서 가문을 몰락하게 할 만한 큰 문제를 지니고 있었기 때문이다. 〈사씨남정기〉에서 후사 문제가 적자가 없는 무후無後 상황이었다면, 〈창선감의록〉에서 후사 문제는 적장자의 자질 문제였다.

가부장 화욱이 소망하는 가문상은 화춘이 적장자다운 품성과 자질을 함양하여 가통을 잇고, 출중한 화진은 그 자질대로 현달함으로써, 선대부터 내려오는 가문의 명망을 잇는 것이었다. 차남 화진은 염려할 것이 없었으나, 적장자 화춘은 그렇지 못해서 화욱은 늘 고민에 싸였다.

적장자의 부족한 자질 문제는 상춘정賞春亭 시 짓기에서 절정을 이룬다. 상춘정에서 가부장 화욱의 지시대로 화춘(14세), 화진(10세) 형제는 고종사촌 성준(19세)과 함께 시를 지어 올렸다. 화욱은 "집안을 망칠 아이는 춘이고 집안을 일으킬 아이는 진이야亡吾家者瑃也 興吾家者珍也"라며 화춘을 혹독하게 꾸짖었다.

화욱의 혹독한 질책에는 가문을 중시하는 기준이 있었다. 화춘의 시가 "경박하고 음탕하여儇薄浮淫" 화춘이 "집안을 어지럽게亂家" 할 조짐, 즉 가문을 위태롭게 할 위험성이 있는 것으로 보았던 것이다. 화욱은 차남 화진을 칭찬한 반면에, 장남 화춘은 "마음을 고쳐먹고 행실을 닦으며 아우를 본받아 화씨 종사가 네 손에서 엎어지지 않도록 하라"며 꾸짖었다. 그의 질책은 조카 성진이 듣기에도 거북하여 "흡족지 않을 수 있지만 그렇게까지 말씀하시다니요"라고 했을 정도로 심했다. 그렇다고 화욱이 적장을 장남 화춘에서 차남 화진으로

바꾼 것은 아니었다. 화욱이 적장자를 바꾸려는 생각도 없었다.[39]

한편 가부장에게 종법주의를 실현함에 있어서 중요한 인물이 적장자이지만 그의 배필로서 적장자를 내조하는 총부이기도 했다. 화욱은 화춘이 적장자로서 자질이 부족함을 알고, 그 점을 보완할 만한 며느리를 구하고자 했다. 처음에는 누이 성부인이 화욱의 질책으로 실의에 빠져 있는 화춘을 위로해주기 위해 배필을 구해주자고 해서 화욱이 그 권유를 따랐는데, 그런 중에도 화욱은 며느리가 화춘을 잘 내조할 수 있는 총부감이기를 내심 바랐다.

총부의 중요성은 〈사씨남정기〉에서도 잘 드러난다. 가부장 유희가 아들의 배필로 사정옥을 구할 때 사정옥의 인물 됨됨이를 본 것도 그녀가 아들을 내조할 총부감으로 손색이 없었기 때문이었다. 이처럼 사정옥(〈사씨남정기〉)과 임씨(〈창선감의록〉)는 적장자의 정실, 곧 총부로서의 위상과 중요성이 부여된 여성이다. 세부적으로는 〈사씨남정기〉에서 총부 사정옥을 주인공으로 설정했다면, 그에 비해 〈창선감의록〉에서 총부 임씨는 주인공에서 비켜나 있다는 차이가 있지만, 어쨌든 임씨는 화욱이 보기에 총부감으로 손색이 없었다.

---

39 진경환과 강상순은 계후 교체의 의도가 있었다고 보았다. 그 후 이승복은 "이미 계후가 정해진 후에" 형제 갈등이 벌어졌기에 그 갈등의 실체는 "가문의 질서를 스스로 파괴하는 무능하고 방탕한 가장(화춘)과 그를 바르게 인도하려는 아우(화진)의 대립"임을 적시했다. 또 박일용은 "장자 중심의 종통 계승 질서가 확고하게 자리 잡은 상황에서 화욱은 차자에게 종통을 물려줄 힘을 지니지 못했다"고 보았다. 이원수는 이들의 견해를 수용하여, "장자상속제가 확립된 상황"에서 "화욱에게 화진을 계후로 삼을 생각이 없었음"을 재차 강조했다.(진경환, 「〈창선감의록〉의 작품구조와 소설사적 위상」, 고려대학교 박사학위논문, 1992, 109쪽; 강상순, 「〈창선감의록〉의 이데올로기적 성격과 무의식적 의미」, 『한국 고소설사의 시각』, 국학자료원, 1996, 862쪽; 강상순, 「조선후기 장편소설과 가족 로망스」, 『한국고전여성문학연구』 7, 한국고전여성문학회, 2003, 55쪽; 이승복, 「〈창선감의록〉의 주제와 소설사적 위상」, 『고전소설과 가문의식』, 월인, 2000, 253-258쪽; 박일용, 「〈창선감의록〉의 구성 원리와 미학적 특징」, 『고전문학연구』 18, 한국고전문학회, 2000, 329쪽; 이원수, 「〈창선감의록〉, 장자상속제와 사대부가의 고민」, 『어문학』 100, 한국어문학회, 2008, 278-279쪽)

다음으로 〈창선감의록〉은 적장嫡長이자 차세대 가부장인 화춘과 종부 임씨 사이에 적자가 태어나지 않는 무후의 상황을 설정하여, 3세대의 가통 승계 문제를 제기했다. 이에 관한 내용이 작품적 위상이 크지는 않지만, 종법 체제의 완성을 보여준다는 점에서 그 의미는 작지 않다. 첩을 들여 첩자를 얻으려 했던 〈사씨남정기〉의 경우와 달리, 화춘은 조카 천린(화진의 장자)을 입양하여 '화춘-화천린'의 양부양자 관계를 확보하여 천린을 종자宗子로 삼았다. 그때 심부인은 종부권을 행사하여 화진의 장남(화춘의 조카)을 입양하여 적자嫡子로 삼게 했다. 이는 가통 승계에서 직계 혈통에 적자가 없을 때 방계에서 적자를 택해 입후하는 종법을 따른 것이다.

〈창선감의록〉의 입양승계는 그것으로 완료되지 않고 다소 복잡한 지점에 도달한다. 화춘이 조카를 적장자로 삼은 후에 정실 임씨가 적자를 낳음으로써, 입양 적자를 파양하고 친생 적자로 종자를 삼아야 하는지 그렇게 하지 않아야 하는지의 문제가 발생하는 지점을 형상화한 것이다. 아니나 다를까, 아우 화진은 화춘에게 입양적자인 천린을 파양하여 자신에게 돌려주고 화춘의 친아들로 가통을 승계하기를 권했다. 하지만 심부인과 화춘은 그의 요청을 받아들이지 않고 입양적자의 위상을 그대로 두게 했다. 입양조카라도 이미 적장자의 자격을 확보했다는 게 종법이었다. 설령 그 적장이 훗날 친자를 낳을지라도 이미 형성된 양부양자 관계를 넘어설 수 없었다.[40] 요컨대

---

40 김수연은 〈창선감의록〉은 종통이 차남의 아들로 이어짐에 비해 그 개작인 〈화씨충효록〉은 적장 승계를 강조하는 성향을 띤다고 보았다. 특히 〈창선감의록〉에서 "화춘의 장자長子 위位를 폐하지는 않지만 ① 화진의 아들 천린을 화춘의 양자로 세우고 후에 화춘이 아들을 낳음에도 파양하지 않음으로써 ② 화부의 종통이 화진 쪽으로 이어지는 것이 정당함을 보여준다"고 했다.(김수연, 「〈화씨충효록〉의 성격과 소설사적 위상」, 『고소설연구』 9, 한국고소설학회, 2000, 187쪽)

그런데 김수연은 "적장자-입후자'의 적장승계 지점을 간과함으로써, 위의 ②"화부의 종통이 화진 쪽으로 이어지는 것이 정당함을 보여준다'고 오판했다. 이에 "화진의

〈창선감의록〉은 화춘과 조카 화천린을 적장자·입후자로 설정하여 양부양자 관계에 의한 적장승계를 이룬 것이다.

2.2. 적장자 콤플렉스

〈창선감의록〉은 적장자의 어리석음에 의해 발생하는 가문의 위기를 정면에 내세워 그 문제를 해결해가는 과정을 선보였다. 화씨 가문은 가부장 화욱에서 적장자 화춘으로 이어지는 적통승계를 실행하고 있었는데 '이미 후사로 정해진' 적장자 화춘이 적장자 콤플렉스에 빠져 헤어나지 못했다. 그는 차세대 가부장이 되어서도 가문의 중심 역할을 해내지 못한 채 화씨 가문이 총체적인 난국에 빠지게 하고 말았다. 〈창선감의록〉은 가부장권을 지닌 가문의 중심인물이 반종법적反宗法的이고 비종법적非宗法的인 작태를 일삼을 때 가문이 존폐 위기에 부닥칠 수밖에 없는 지점을 적실하게 구현해낸 것이다. 나아가 화춘의 적장자 콤플렉스는 심씨의 종부 콤플렉스와 첩실 조월향의 총부 콤플렉스와 착종하면서 확대되고 심화하는 양상을 띤다.

2.2.1. 장남 화춘의 적장자 콤플렉스

화춘의 콤플렉스는 인류의 보편적인 형제 콤플렉스인 카인 콤플렉스Cain complex의 양상을 띤다. 소아정신과 의사 데이비드 레비David Levy는 카인 이야기에서 카인 콤플렉스를 형제 간 경쟁sibling rivalry으로 개념화했다. 아이에게 부모의 관심과 사랑은 자신의 생존과 안전과 직결되는 것이어서, 그 아이에게 집중되던 부모의 관심과 사랑이 다른 형제에게 옮겨 갈 때 이를 되찾기 위해 형제 사이에 경쟁을 벌이며 서로 적의를 품고 공격하기도 한다는 것이다.[41] 카인 형제가 동

아들이 화춘의 양자가 입후승계를 실행하여 화부의 종통을 세웠다'로 수정해야 한다.

복형제라는 것과 달리 화춘 형제는 이복형제지만, 화춘의 콤플렉스는 카인의 콤플렉스와 유사하다. 화춘 콤플렉스를 카인 콤플렉스의 세 단계((1)-ⓐⓑ, (2)-ⓒⓓⓔ, (3)-ⓕ)[42]에 따라 제시하면 다음과 같다.

* 화욱과 심부인 부부에게 화춘과 화진(이복동생)이 있었다.

(1) 상춘정 시 짓기에서 화욱(부친)의 화진 칭찬, 화춘 질책

ⓐ 화춘(장남)과 화진(차남)이 부친에게 시를 지어 올렸다.

ⓑ 화욱(부친)은 화진을 칭찬했으나 화춘은 꾸짖었다.

(2) 화춘(장남)의 불만, 화진 박해, 화욱(부친)에 대한 반감

ⓒ 화춘이 자신을 권면하는 화욱에게 반감을 품었다.

ⓓ 화춘은 심부인과 함께 화진을 박해하고 살인죄를 씌웠다.

ⓔ 화춘은 조월향을 들이고, 부친이 택한 임씨를 내쳤다.

(3) 화춘 추방의 위기

ⓕ 화춘과 심부인의 죄상이 밝혀져 처벌당할 위기에 처했다.

---

41 『두산백과사전』 doopedia(http://www.doopedia.co.kr)

42 카인 이야기는 (1) 여호와에 대한 카인·아벨 형제의 제사, 여호와의 아벨 예물 열납悅納과 카인 예물 거절, (2) 카인의 불만, 아벨 살해, 여호와에 대한 반감, (3) 카인 추방 등 세 단계로 이루어져 있다.

* 아담과 이브 부부에게 카인과 아벨 형제가 있었다.

(1) 여호와에 대한 카인·아벨 형제의 제사, 여호와의 아벨 예물 열납(悅納)과 카인 예물 거절

ⓐ 농부인 카인과 목자인 아벨은 여호와에게 예물을 드렸다.

ⓑ 여호와는 아벨의 예물을 기뻐했으나 카인 것은 기뻐하지 않았다.

(2) 카인의 불만, 아벨 살해, 여호와에 대한 반감

ⓒ 카인이 불만스럽게 여기자, 여호와는 카인에게 옳은 일을 하여 죄를 다스리라고 했다.

ⓓ 카인은 아벨을 들로 데리고 가서 쳐 죽였다.

ⓔ 여호와가 카인에게 아벨의 소재를 묻자, 카인은 자신이 아벨을 지키는 자냐고 반문했다.

(3) 카인 추방

ⓕ 여호와는 카인이 아벨을 죽인 죄를 물어 카인을 내쫓았다.

* 아담과 이브는 3남 셋을 낳았다.

* 화진의 효제로 화춘이 바람직한 '적장자-가부장'으로 거듭났다.

상춘정賞春亭에서 화춘(14세), 화진(10세) 형제는 고종사촌 성준(19세)과 함께 부친 화욱의 지시대로 시를 지어 올렸다. 화욱은 "집안을 망칠 아이는 춘이고 집안을 일으킬 아이는 진이야亡吾家者瑃也 興吾家者珍也"라며 화춘을 혹독하게 꾸짖었다. 거기에는 가문을 우선시하는 화욱 나름의 기준이 있었다. 화춘의 시가 "경박하고 음탕하여儇薄浮淫" 화춘이 "집안을 어지럽게亂家" 할 조짐이 있는 것으로 보았던 것이다.(이상, (1)-ⓐⓑ)

화욱의 화춘에 대한 질책은 화진의 장래사가 좋을 것이라고 칭찬하는 것과는 대조적이었다. 부친은 "시를 보니 모두 왕공으로 부귀를 누릴 상이구나"라며 화진을 칭찬한 반면에, 화춘에게는 "마음을 고쳐먹고 행실을 닦으며 아우를 본받아 화씨 종사가 네 손에서 엎어지지 않도록 하라"고 질책했다. 그 질책은 조카(성진)가 듣기에도 거북하여 "흡족지 않을 수 있지만 그렇게까지 말씀하시다니요"라고 말했을 정도다.

화춘은 그때 받은 "참괴慙愧"함을 친모에게 쏟아놓지 않을 수 없었다.[43] 물론 화춘은 "지나치게 사랑을 받았던 탓에 노느라고 학업을 소홀히 했으니 책망하시는 것도 당연합니다"라고 인정했고, 화진이 뛰어난 것도 인정했다. 하지만 화춘은 아우에게 배우라는 부친의 질책에 모멸감을 느끼지 않을 수 없었고, 그 모멸감은 아버지에 대한 불만과 원망으로 이어졌던 것이다. 모친 심부인은 그 말을 듣고 "분노"하지 않을 수 없었으며, 화춘의 원망과 심부인의 분노가 합쳐지기

---

43 小子過蒙嬌愛 荒嬉廢業 不肖之責 固所甘心 而今日大人過加嚴怒 至而花氏宗祀祀覆於汝手爲教 爲人子者 寧不痛心哉 且珍雖天才絶異 動止可觀 而大人欲令小子屈膝於珍而每事皆學 天下寧有兄學於弟者乎.(이지영 옮김, 『창선감의록』, 문학동네, 2010, 294쪽) 이하 인용 페이지는 이 책의 쪽수를 따른 것이다.

에 이른다.(이상, (2)-ⓒ)

화춘의 불만과 원망은 화진에 대한 경쟁심과 적대감 표출로 이어졌다. 화진이 장원급제하여 출세를 눈앞에 두는데, 화춘은 화진이 벼슬길로 나아가지 못하게 했고, 친모 심부인과 함께 화진을 위압과 폭력으로 억누르면서 원한을 풀어댔다. 고모 성부인(화씨)이 만류하고, 정실 임씨가 화진과 우애 있게 지내기를 당부했지만, 화춘은 그런 만류와 당부의 말을 귀담아 듣지 않았다.(이상, (2)-ⓓ)

또한 부친에 대한 불만과 원망은 부친 사후에도 누그러지지 않았다. 화진은 혼례를 치르고 두 부인과 함께 사당에 아뢸現廟禮 때 오열했지만, 화춘은 아버지를 기리기는커녕 얼굴 화장과 몸치장에 열중할 뿐이었다. 또 화춘은 미모의 조월향과 연애하고 그녀를 첩실로 들였는데, 이는 화춘의 애욕에서 비롯된 것이지만, 제 마음에 들지 않는 임씨를 아내로 삼게 한 아버지에 대한 반감의 표출이기도 했다. 부친의 뜻을 받드는 동생(화진)과 고모(성부인)의 권면에도 전혀 아랑곳하지 않았고, 부친이 원했던 화씨 가문의 창달은 더 이상 그의 관심사가 아니었다.(이상, (2)-ⓔ)

그 과정에서 화춘은 악인들의 표적이 되었다. 범한과 장평은 호색한이자 노름꾼이었고, 조월향은 가난한 사족의 딸로서 재물욕과 성욕에 사로잡힌 여성이었다. 이들은 화춘이 멍청하고 돈이 많은 것을 보고 접근했다. 특히 범한은 화씨 집안을 농간질할 여섯 가지 목표를 세웠다. 화춘을 꾀어 재물을 쓰게 하기, 화진을 강상죄인으로 몰기, 조월향과 육체관계를 맺기 등은 이미 성취했고, 바야흐로 화진 살해, 화춘 살해, 화씨 집안의 재산 가로채기 등을 앞두고 있었다. 악인들이 화춘을 손쉽게 다룰 수 있었던 것은, 화춘이 아버지에 대한 반감과 아우에 대한 적대감에 빠져 판단력을 잃었기 때문이다. 마침내 화춘은 화진이 심부인을 살해하려 했다는 악인들의 모의를 그대로 믿고 화진을 사지로 몰아넣었다.(이상, (2)-ⓓ)

하지만 범한과 장평의 자중지란으로 화춘과 심부인의 죄상이 밝혀지게 된다. 장평이 범한·조월향의 간통 사실을 알려주자 화춘은 그들을 멀리하고, 그 대신에 장평을 가까이 하며 그와 공모하여 윤옥화를 태상경 엄세번(엄숭의 아들)에게 상납하는데, 그들의 계획과는 달리 윤여옥(윤옥화 분)에게 속은 엄세번이 화진의 억울함을 상소함으로써 오히려 심부인·화춘 모자의 죄상이 드러나고 만다. 마침내 이들은 화씨 가문에서 신망을 잃고 쫓겨날 위기에 처하게 된다.(이상, (3)-ⓕ)

이처럼 화춘은 '부친(화욱)－장남(화춘)－동생(화진)'의 삼각관계에서 동생에게 열등감과 적대감을 품고 악행을 저지르는 카인 콤플렉스와 흡사하다. 그런데 화진의 위상이 주목할 만한데, "화씨 종사宗祀"와 "종통宗統"이 가부장 화욱에서 "적장嫡長"과 "장위長位", 즉 적장위를 지닌 화춘에게로 이어진다. 또 화춘의 친모가 "적모嫡母", "종부宗婦"인 심부인이고, 그의 정실인 임씨는 "총부冢婦"였다. 그리고 그에게는 이복동생인 화진·윤옥화·남채봉 부부가 있었는데, 그 여성들은 총부와 엄연히 구별되어 "개부介婦"로 지칭되었다.

이렇듯 화씨 집안에는 '가부장(화옥)－종부(심부인)－부인(요부인·정부인)'을 정점으로 '적장자(화춘)－총부(임씨)－첩실(조월향)'의 가정과 '차남(화진)－개부(윤옥화·남채봉)'의 가정이 있었다. 이에 화춘의 콤플렉스는 적장자 콤플렉스라는 시대적, 작품적 특수성을 지닌다고 할 수 있다.

2.2.2. 적장자 콤플렉스의 확대·심화: 종부 콤플렉스 및 총부 콤플렉스와 결합·착종

한편 심부인은 종부 콤플렉스를 지닌다. 그녀는 친정아버지(심확)가 공부시랑이고, 화욱의 첫째 부인으로서 적장자(화춘)를 낳은 가문의 종부였지만, 부덕을 갖추지는 못하고 "샘이 많고 음험한內心猜險"

여성이었다. 심부인은 평소에 미모와 부덕을 겸비한 정부인(셋째 부인)을 질투하며 적대적으로 대했는데, 그런 종부 콤플렉스는 남편 화욱이 없는 자리에서 분출되곤 했다.

고모 성부인(화씨)은 친정에서 화욱을 보필했으며, 화욱 사후에는 장례를 주도하고 화진의 약혼을 이행하는 등 집안의 대소사를 총괄하는 "여가장女家長"[44] 역할을 수행했다. 그런 성부인은 임씨(심부인의 며느리)를 총부로 대우했음에 반해, 심부인에게는 매사에 훈계할 뿐 종부로 대접하지 않았다. 그런 상황에서 며느리 임씨는 총부권을 보장받았지만, 시어머니 심부인은 종부권을 행사해보지도 못했다. 이에 심부인은 "성씨 집 늙은 과부가 내 집을 차지하고 앉아 음흉한 속셈을 품고 있다"며 분노하지 않을 수 없었다. 남편 사후에 시누 성부인(화씨)이 가권을 맡은 후로 그녀의 종부 콤플렉스는 심화되었던 것이다.

또한 심부인은 친아들(화춘)이 정부인의 아들(화진)만큼 잘나지 않아서 생기는 열등감까지 있었다. 그런 상황에서 심부인의 종부 콤플렉스는 화춘의 적장자 콤플렉스와 쉽사리 결합, 착종하게 된다. 이들 모자가 속마음을 털어놓고 상춘정 원한 갚기를 공모하는 대목은 그 점을 잘 보여준다. 심부인이 먼저, 정부인이 덕성과 미모를 갖추었을 뿐 아니라 화진까지 자질과 품성이 뛰어나 집안사람들과 종족들의 인심이 그들에게 쏠렸다고 말한 후 상춘정 원한을 갚자고 제의하자,[45] 화춘은 기꺼이 맞장구쳤다. 이렇듯 심부인과 화춘은 서로 처

---

44 양민정, 「초기 가문소설의 형성과 여성의 가문의식－〈창선감의록〉을 중심으로－」, 『고소설연구』 12, 한국고소설학회, 2001, 50-52쪽; 박영희, 「17세기 소설에 나타난 시집간 딸의 친정살리기와 출가외인 담론」, 『한국고전여성문학연구』 13, 한국고전여성문학회, 2006, 251-289쪽.

45 昔鄭氏賢美而得人心 又生奇子如珍者 故其權日重 相公至有廢長之意 而家人視我母子亡如也 今珍之兩妻 姿德過於鄭氏 而珍又榮貴如此 宗族之推仰 奴僕之輻湊 視昔有陪 彼若一往京師 上得天子之寵 下挾儕友之勢 則如龍燈雲虎勝風 而莫之制也 盍且覇而

지를 동일시identification하고 상대의 콤플렉스에 공감했다.

그런데 그 동일시와 공감은 각자의 콤플렉스에서 벗어나도록 서로 권면하는 데로 나아가는 게 아니라, 각자의 콤플렉스에 상대방의 콤플렉스를 받아들이는 쪽으로 흘렀다. 그런 경향은 이들 모자의 혈연적 동질감을 바탕으로 보다 심화되기에 이른다. 화춘은 모친의 종부 콤플렉스를 받아들여 적장자 콤플렉스가 더 심해지고, 심부인은 아들의 적장자 콤플렉스를 받아들이고 거기에 자신의 종부 콤플렉스까지 보태서 화진을 향한 적대감을 더 키울 뿐이었다.

그 과정에서 이들 모자의 적장자 콤플렉스는 가부장 화욱의 질책을 곡해하다가 화진이 "계후 욕망"을 품었다고 확신하는 데까지 미쳤다. 처음에 화욱이 화춘을 꾸짖고 화진을 편애하자, 이들 모자는 화욱에게 계후 교체의 생각이 있다고 "곡해"[46]하여 실제 그런 일이 벌어질지도 모른다고 염려한 것으로 보인다. 하지만 화욱 생전에 그 일은 발생하지 않았고, 화춘이 종법에 따라 계후를 잇고 차세대 가부장이 되었다. 이에 그들의 적장자 콤플렉스가 해소될 만한데도 그렇게 되지 않았다.

오히려 그들은 화진의 계후 욕망을 문제 삼고, 번번이 화진이 "적장嫡長" 혹은 "장위長位"를 노린다고 질책했다. 총부 임씨를 내쫓고 조월향을 들여앉힐 때 화진이 극구 만류하자, 심부인은 "너는 형이 자식을 못 낳게 하여 장차 네가 종통을 이을 셈인 게로구나觀汝之意 欲兄之無嗣 而使宗統自歸於己也"라며, 어김없이 화진의 계후 욕망을 들먹였다. 그러한 꾸짖음은 다음에서 보듯 화진을 두둔하는 화빙선을 향하기도 했다.

困之 而快報賞春亭之怨也.(347쪽)

46 이원수, 앞의 논문, 281쪽.

빙선이 너, 천한 것이 감히 흉한 마음을 품고 못된 자식과 공모하여 맏이의 자리長位를 빼앗고자 하며, 먼저 첫째 부인을 제거하려고 천한 종년 취선과 일을 꾸몄겠다?(36쪽)

너, 천한 자식 진이. 성부인의 힘을 믿고 선군을 기만하여 적장자의 자리嫡長를 뺏으려 하다가 하늘이 돕지 않아 실패하자 다시 요망한 누이, 험악한 시비와 함께 발칙한 일을 공모한 게로구나!(37쪽)

이렇게 화진에게 "계후 욕망"이 있음을 확신하는 데에는 심리적인 투사投射, projection가 자리를 잡는다. "화진의 계후 욕망"은 화진의 욕망이 아니라 화진에게 투사된 이들 모자의 욕망인 것이다. 그들의 생각으로는 아무리 품성 좋은 화진일지라도 아주 짧은 순간이나마 계후 욕망을 품지 않았을 리가 없었다. 더욱이 그들이 가부장의 편애를 받는 화진과 같은 처지였다면 그런 생각을 하고도 남았을 것이다.

화진의 계후 욕망을 확신하는 상황에서 이들 모자가 보기에 화진을 추종하는 자들은 그의 계후 욕망을 모르고 설쳐대는 자들일 뿐이었다. 그래서 그들은 혹독한 질타의 대상이 되지 않을 수 없었다. 화진을 좋아하는 시비들이 심부인에게 심한 매질을 당하고, 총부 임씨가 화춘과 첩실(조월향)의 공모로 내쫓김을 당한 것은 그 때문이었다.

화진이 계후 욕망을 품었다고 확신하는 상태에서 심부인과 화춘은 자신들에게 유리한 사태가 발생하면 그 진위를 가리지 않고 사실로 받아들였다. 일종의 "확증 편향confirmation bias"[47]의 행태를 보인 것이다. 단적으로 화진과 남채봉이 공모하여 심부인을 살해하려 했다는 말을 듣자마자 심부인은 조정에 고발장을 올려 화진을 처형해달라고 요청했다. 그들의 적장자 콤플렉스는 근원적으로 화진 때문에 생긴 것이어서 화진 박해로 분출되고 화진 죽이기로 이어졌던 것이다.

---

47 곽호완 외 4인, 『실험심리학용어사전』, 시그마프레스㈜, 2008.

한편 화춘의 적장자 콤플렉스의 연장선에 조월향의 총부 콤플렉스가 있다. 조월향은 화춘이 총부 임씨가 화진을 두둔하는 것을 달갑지 않게 여기고 있음을 알고 그녀에게 간통 누명을 씌워 내쫓고 총부가 되었다. 조월향은 총부에게 적합한 품성과 자질을 갖추려는 생각은 애초부터 없었고, 총부의 위세를 휘두르는 게 좋을 뿐이었다.

조월향의 총부 콤플렉스가 잘 드러나는 곳은, 윤옥화·남채봉에게 시아버지로부터 받은 홍옥 팔찌와 청옥 노리개를 돌려달라고 요청하는 대목이다. 조월향은 팔찌와 노리개가 "총부冢婦에게 전하는 보화冢嫡世傳之寶"인데 일개 며느리인 "개부介婦"에게 잘못 주어졌다며, 그 팔찌와 노리개를 돌려달라고 했다. 스스로 총부라고 으스대면서 윤옥화와 남채봉을 개부라고 얕잡아본 것이다. 하지만 남채봉이 거절하자 조월향은 자존심에 상처를 입고 복수의 기회를 노리다가 채봉의 친정아버지가 유배 가게 되자 그녀를 첩실로 강등시켜 허드렛일을 시키기에 이른다. 화춘이 화진에게 적대감을 품었던 것처럼 조월향은 윤옥화·남채봉에게 적대감을 품었던 것이다.

그러한 조월향의 총부 콤플렉스는 심부인의 종부 콤플렉스와 결합하기도 한다. 조월향은 심부인이 인품과 덕을 갖추었음에도 종부 대접을 받지 못했다고 아첨하며, 심부인에게 내쫓긴 임씨를 험담했다. 그 아첨과 험담에는 심부인의 종부 위상을 환기하면서, 그녀에게 기대어 자신의 총부 위상을 공고히 하려는 조월향의 저의가 깔려 있었다.

그런 상황에서 남채봉은 조월향에게 "낭자가 너무 남편의 사랑을 믿는 게 아닌가요?"라며 핀잔을 주었다. 남채봉은 조월향이 부덕을 갖춘 총부가 아니라 미모로 남편을 유혹하는 첩실에 불과하다는 것을 짚으면서 조월향의 총부 콤플렉스를 찔러댄 것이다. 그러자 심부인은 "조부를 어찌 감히 낭자라고 부를 수 있느냐趙婦名位自別 汝輩安敢以娘子呼之"라며 남채봉을 꾸짖고, "조부趙婦의 명위名位"가 남채봉·윤옥화와 다름을 언급하며 조월향의 총부 위신을 세워주었다. 심부인은 조월향의 아첨으로 심기가 편안하게 되었던 참에 그 응답으로 조월향의 편을 들어주었던 것이다. 심부인과 조월향은 서로의 처지를 동일시하고 상대방의 콤플렉스를 충분히 공감했으며, 그런 상태에서 조월향의 총부 콤플렉스와 심부인의 종부 콤플렉스가 쉽사리 결합할 수 있었다.

이렇듯 적장자 콤플렉스는 화춘 개인을 넘어서 심부인의 종부 콤플렉스, 조월향의 총부 콤플렉스와 결합하며 확대·심화되어 가문 차원의 콤플렉스로 자리 잡기에 이른다.

2.3. 차남의 효제를 통한 종법주의 구현

화진은 가문의 운명을 자신의 운명으로 받아들였다. 그 적장자 콤플렉스를 해소하지 못하면 화씨 가문의 몰락은 피할 수 없었다. 화진은 가문에 자리를 잡고 악영향을 끼치는 적장자 콤플렉스를 반드시 해소해야만 했다. 그 요체는 심부인과 화춘에 대한 효제孝悌였다.

2.3.1. 차남의 효제에 의한 적장자 콤플렉스 해소

효는 화진을 비롯하여 윤옥화, 남채봉, 진채경 등 여성 인물을 통해 행해진다. 먼저 효는 (1) 심성 차원에서 선善으로 제시된다. 효는 선이고 선은 효로 제시되는 것이다. 단적으로 화진은 효의 화신이자 선인인바, 그에게 효와 선은 다르지 않다. 마찬가지로 악인은 불효하며 불효자는 악인으로 구현된다. 범한, 장평, 조월향, 조문화 등 악인들은 효 영역의 밖에 있는 자들로 악인이며, 심부인·화춘 모자는 화진의 효를 인식하기는커녕 곡해함으로써 악인의 반열에 들어섰다. 그리고 효는 "본연지성인 선을 드러내기 위한 방편"[48]이기도 하다. 심부인과 화춘은 화진의 효제를 인식하고 인정함으로써 선인으로 변하게 된다.

또 효는 (2) 윤리 차원에서 맨 먼저 행해야 할 당위적 규범으로 제시된다. 화진이 심부인에게 매질을 당할 때, “사람이 사는 데 오륜이 중요하며 그중에서도 부자의 인륜이 가장 중요합니다. 아버지와 어머니는 하나입니다人生天地 五倫爲重 五倫之中 父子尤爲重 父與母 一體也”라고 말했다. 그에 상응하여 효는 절節, 부부애夫婦愛, 충忠, 우정보다 근본적인 것으로 구체화된다.

효절 관계를 보자. 조문화가 진채경을 며느리로 삼으려고 진형수를 공금착복 혐의로 하옥시켰을 때, 진채경은 불효녀임을 자처하며, 아내의 도리보다 자식의 도리를 더 중요하게 여기고室家之道 雖云大倫 比之父母 猶有輕重 此心已定 牢不可破 윤여옥에게 파혼을 고했다. 아내 되기를 포기하고 딸로 살기를 택한 것이다. 훗날 윤여옥과 결혼하지만 효행과 절행의 순서를 바꾸지 않았다.

효와 부부애 관계에서도 효가 우선적이다. 화진은 억울하게 귀양살이를 하면서 오직 심부인과 화춘이 기뻐함을 보는 것만을 고대할 뿐이었다.[49] 처자식과 누리는 즐거움은 뜬구름이나 지푸라기처럼 하찮을 뿐이었고, 한순간도 헤어진 남채봉을 그리워하지 않았다.

충효 관계에서 효孝가 충忠을 완성하는 것으로 구현된다. 이는 계앵(남채봉의 시비)과 선녀의 대화에서 잘 드러난다. 천지신명이 충신을 보살핀다는 선녀의 말에, 계앵은 초의 굴원과 남송의 악비 같은 충신이 왜 참소로 죽게 되었는지 반문했다. 이는 충신 남표(남채봉의 부친)가 누명을 쓰고 강물에 빠져 죽은 것을 두고 한 말이었다. 이에 선녀는 명의 세종(가정제)과 초의 경양왕과 남송의 고종이 모

---

48 이선혜, 「〈창선감의록〉에서 서술된 ‘창선’의 시대적 의미」, 『퇴계학논총』 29, 퇴계학부산연구원, 2017, 157쪽.

49 翰林仁孝出天 友愛根心 對食卽思母 遇景則懷兄 … 行必瞻狄公之雲 臥必撫姜生之衾 飮泣太息曰 吾若得母親兄丈一日之歡心 則雖朝暮死而無恨也.(385쪽)

두 충신을 내치는 잘못을 저질렀음에도, 유독 세종은 효행에 힘썼기 때문에 이후로 복을 받을 것이고 그 일환으로 남표가 생환할 것이라고 답변했다. 임금이 어리석어서 충신을 내쳤어도 효를 행하면, 하늘이 임금에게 복을 내려 충신을 돌아오게 하여 그의 충성을 받게 한다는 것이다.

그리고 효는 붕우 관계의 전제 조건으로 설정된다. 남채봉과 진채경은 효녀였고,[50] 첫 대면에서부터 효가 중시되었다. 진채경은 "남채봉이 측은해서 도움을 베풀고 싶다"는 말을 전하려는 어머니를 만류하고, 남채봉에게 "부친의 상례喪禮를 치르게 해주고 싶다"는 말을 전하게 함으로써 남채봉과 만날 수 있었다. 그 후로 남채봉과 진채경은 서로 상례를 행하면서 친분을 맺어갔다.[51] 남채봉과 윤옥화의 교제에서도 효가 작동했다. 시랑 윤혁이 남채봉을 양녀로 삼을 때 남채봉은 윤혁에게 부모의 초혼제를 지내게 해달라고 청했다. 윤혁은 "네 말이 참 효성스럽다孝哉 汝言"라고 칭찬하고, 초혼제는 물론이고 3년상을 치르게 해주었고, 윤옥화는 남채봉의 효성에 감동했다. 이들 세 여성들은 효를 중시하며 친자매 같은 친분을 맺었고, 그중에 윤옥화와 남채봉은 효자인 화진의 아내가 되었다.

화진, 하춘해, 유성희가 맺은 남성들의 붕우 관계의 전제 조건도 효였다. 심부인 살해죄로 화진이 하옥되었을 때 최형(소홍 지부), 유이숙(소홍 부자), 하춘해(도어사) 등은 화진이 효자임을 알고 돈을 들여 옥바라지를 하고 범한에게 살해당하지 않게끔 지켰다. 고발장을 받은 천자가 곧장 화진을 처형하려고 하자, 하춘해는 목숨을 내걸

---

50 박길희, 앞의 논문, 73-86, 106-121쪽.

51 桃英先走府中 告南小姐之來 吳夫人大喜 設小筵政於中堂 … 南小姐就席 俯伏哀哭 吳夫人與小姐 哭而弔之 … 弔罷 夫人進而慰南小姐 小姐哭踊中禮 聲音哀切 小姐 … 撤錦屛繡簇 鋪以素席 親捧糜粥以勸之 嘻 俱以未十歲小女 其夙成盡禮如此耶 … 至成服日 夫人與小姐 又行弔禮於南小姐如初.(319쪽)

고 화진을 두둔했다. 유성희는 화진이 효자인 것을 높이 샀고, 그런 화진을 위해 전장에 참여했다.

다음으로 효는 (3) 천상과 지상을 관통하는 천리天理로 제시된다. 그 중심 인물이 화진이다. 화진은 "하늘로부터 인효를 타고났으며 마음속에서 우애가 우러났다." 훗날 고난에 빠진 화진에게 은진인이 선약을 먹고 신선이 되라고 권유하자, 화진은 이미 인간세상에 태어난 이상, 인간의 본분인 효제를 이행하지 못한 채 천상으로 갈 수 없다고 거절했다.[52] 화진의 거절은 현실세계에서 효의 실천을 강조하는 유가적 사고를 드러낸 것이라 할 수 있으며, 그런 차원을 넘어서 효가 천상에서 지상까지 관통하는 천리이기에 지상에서 어떤 상황에 처했을지라도 행해야만 하고 어떤 경우에도 행해질 수밖에 없는 것임을 강조했다고 할 수 있다.[53]

효가 심성, 윤리, 천리의 차원에서 다층적으로 구현된다는 것은 어떤 상황에서도 효가 조건 없이 행해져야 함을 의미한다. 화진은 자식이고 아우라는 이유만으로도 효제를 행했다. 화진은 심부인의 고소로 투옥되었을 때, "이건 운명이야, 운명! 내가 허위로 자백하지 않으면 어머니와 형이 어떻게 되겠는가?"라며 죄를 뒤집어썼다. 화진의 효제는 '효제 자체를 위한 효제'로 "무조건성unconditionality"[54]을 띠는 것이다.

또 효는 그 자체에 복이 들어 있다. 진채경과 남채봉이 어떤 보상도 바라지 않고 순수하게 효를 행했을 뿐인데 행복한 결말을 맞으며,

52 小生旣作人間之人 而妄知天上之事 則無益於身 而徒亂心懷耳 藉令此藥 一飮成仙 小生有偏母孤兄 何忍捨之而獨往乎.(390쪽)

53 김수연과 조현우는 유가적 규범의 효제가 도가적 보응관인 승부承負 개념으로 다루어졌음을 밝혔다.(김수연, 「〈화씨충효록〉의 문학적 성격과 연작 양상」, 이화여자대학교 박사학위논문, 2008, 131-132쪽; 조현우, 「〈창선감의록〉에 나타난 천정과 승부의 의미」, 『고소설연구』 44, 한국고소설학회, 2017, 170-187쪽)

54 정소이, 「효제孝悌의 종교적 성격」, 『종교연구』 75-1, 한국종교학회, 2015, 109쪽.

특히 행복한 결말은 화씨 가문의 화진을 통해서 정점에 도달한다.[55] 앞에서 언급한 선녀의 말과 은진인이 하늘이 화진의 효성에 감동하여 심부인·화춘 모자가 뉘우치게 될 것이다[56]고 감탄한 데서 알 수 있듯이, 효에는 비록 관념적이긴 하지만 '하늘'에 의해 보장되는 필연적 보상성이 내재되어 있다.

그리고 효의 무조건성과 필연적 보상성은 상치相馳하지 않는다. 효는 보상을 바라지 않고 무조건적으로 행하는데도 효를 행하면 반드시 보상을 받게 되어 있는 것이다.

그러한 효(효제)는 화진을 통해 심부인과 화춘의 회과로 구현된다. 화진이 효제를 행하자마자 이들 모자가 곧장 뉘우치는 것은 아니었고, 분노·한탄, 통곡·자책, 참회·회과의 과정을 거쳤다. 범한과 장평이 자중지란을 일으키는 상황에서 장평의 상소문으로 범한·조월향의 죄상과 심부인·화춘 모자의 악행이 밝혀졌을 때, 처음에 심부인과 화춘은 한탄하며 자신들을 속인 악인들에게 분노했다. 화춘이 장평·계향과 함께 잡혀가 취조를 받을 때 심부인은 통곡하며 "화진 부부의 원한이 하늘에 사무쳤기에 자신이 무사하기 어렵다"고 토로했다. 마침내 화춘은 자신의 어리석음을 깨닫고 옥중에서 "뼛속 깊이 뉘우치고 울면서 자책하고" 마침내 화진의 우애를 깨달았고, 심부인도 마찬가지로 10년 동안 화진이 행한 효성을 진심으로 인정했다.

그 후로 이들 모자는 참회의 삶을 살았다. 화춘은 자신이 죽어도

---

55 화문은 충효와 법도를 전통으로 하는 가문吾門世以忠孝法度相傳이었다. 화욱이 사직하고 내려간 고향(소흥부)에는 한나라 때 효녀 조아가 아버지의 시신을 찾지 못해서 빠져 죽었다는 조아강이 흘렀고, 어린 화진은 친모 정부인이 읊조리는 『효경』 구절을 외우곤 했으며, 그런 분위기에서 자란 화진은 심부인에게 효를 행했다. 하춘해와 유성희, 왕겸과 유이숙 등은 훗날 화진의 효제에 감동하여 의기투합하여 옥중에 갇힌 화진을 구해내고 출전한 화진을 적극적으로 도움으로써 서로 복을 받았으며, 화씨 가문은 창달의 복을 받았다.

56 賢哉 孝子之言也 至誠如此 天豈不感動乎 君之母與兄 悔過不遠矣.(390쪽)

마땅하다고 뉘우치고, 벼슬도 사양한 채 매사에 조심하며 죄인처럼 지냈다. 심부인은 "스스로 목숨을 끊어서 천지에 사죄해야겠지. 그렇지만 내가 죽고 나면 형옥(화진)의 효성에 보답할 길이 없으니 구차하더라도 꾹 참고 살아남아서 효자의 마음을 위로해주어야겠다"[57]라고 결심했다. 심부인은 자신의 잘못이 본심이 아니라 악인들 탓이라는 화빙선의 위로를 대하자, "평생에 저지른 악행이 참소를 곧이들은 탓이고 본심이 아니었다고 하면 이는 겉만 변하고 속마음은 고쳐먹지 않은 것이다"[58]라고 개과천선했다.

화춘은 "허물을 뉘우치고 화진보다 더 어진 사람이 되었다"라는 칭찬을 받았고, 심부인은 "정부인이 다시 살아난다 하더라도 심부인보다 나을 수 없다"는 호평을 받았다. 이들 모자는 화진의 지극한 효제로 적장자 콤플렉스를 온전히 떨쳐낼 수 있었던 것이다.

2.3.2. 차남의 효제 실행을 통한 적장 옹립

한편 화진의 효제가 가문에 대한 효제로 확대되고 있음을 주목할 필요가 있다. 특히 화씨 가문은 종부(심부인)와 적장자(화춘)를 중심축으로 하는 종법체제를 갖춘 가문이었기 때문에 화진의 효제는 종법적 가문의 확립을 지향한다고 할 수 있다. 이와 관련하여 효제의 무조건성은 일정 부분 '종법적 가문 확립을 위한' 효제의 무조건성을 의미하기도 해서, 종법주의 이념에 당위성을 부여한다. 또한 효제의 필연적 보상성은 '종법적 가문 확립을 위한' 효제의 필연적 보상을 의미하기도 해서, 종법주의 이념과 가문창달 사이에 필연성을 부여한다.

작품세계 곳곳에서 그런 면모를 보여준다. 그중에서 주변의 신료

---

57 嗟乎 吾平生萬事 莫非罪也 當自裁而謝天地 而但念吾死之後 無而報荊玉之孝也 且可隱忍苟活 以慰孝子之心也.(400쪽)

58 沈氏對曰: … 老母若以平生作惡 諉之於聽讒 而自而爲非本心 即是貌改而心不改也.(426쪽)

들이 화춘의 석방을 위해 도모한 공론화公論化 과정이 주목할 만하다. 장평의 상소로 악행이 밝혀져서 화춘이 하옥되었을 때, 신료들은 화춘에게 죄를 물어야 한다고 했으며, 그중에는 화춘을 죽여야 한다는 이들도 있었다. 이때 유성양(시독학사)과 임윤(어사)은 지극한 효제를 행하는 화진을 위해서 화춘을 풀어주도록 해야 한다고 의견을 모았다.

> 임어사(임윤)가 한숨을 내쉬며 말했다. "저는 형옥과 그리 친분이 깊지 않지만, 누이동생이 매번 그 사람이 참 어질다고 하면서 공자의 제자 중 효성과 우애가 남달랐던 민자건에 비하더군요. … 또한 제 사정을 말씀드리자면, 누이동생은 화춘이 옥에 갇힌 날부터 석고대죄하면서 밤낮으로 울부짖고 물 한 모금도 마시지 않고 있습니다. 오라비가 되어 어찌 불쌍한 마음이 안 들겠습니까? 그렇지만 화춘의 죄가 중한 데다가 정상서께서도 이번 사건을 매우 엄중하게 처리하려 하십니다. 그러니 제가 구구한 사정으로 정상서에게 말씀드리기는 어렵습니다. 게다가 형이나 저의 말은 모두 공론이 될 수 없습니다. 부질없이 혀를 놀려봤자 정상서께서 꿈쩍이나 하시겠습니까? 조정의 신하들 중에서도 정상서에게 말을 잘해줄 사람이 없습니다. … 지금 공론으로 화춘을 구해줄 사람은 윤장원(윤여옥) 한 사람밖에 없습니다."(200쪽)[59]

유성양과 임윤은 "사정私情"으로는 정필(형부상서)을 움직일 수 없다고 보고, "공론公論"으로 화춘을 구하기로 하고, 윤여옥을 내세워

---

59 林御使喟然曰: 僕與荊玉 交分雖不深 而舍妹每稱其賢 比之於閔子騫 … 且以僕之私情言之 自瑃繫獄之日 舍妹泥首席藁 晝夜號泣 勺飮不下 爲其同氣者 寧不矜憫 而顧瑃罪犯至重 鄭尙書持議最峻 僕不敢以區區私情 開口於鄭公矣 且兄與僕之言 皆非公論也 縱費脣舌 鄭公豈動念乎 歷數縉紳中 無可以一言緩頰於鄭公者 … 卽今公論之可以救瑃者 唯尹長遠一人也.(399쪽)

정상서를 찾아가게 했다. 정상서는 윤여옥의 요청을 받아들여 화진이 돌아온 후에 상황을 봐가며 처리하겠다고 약속했다. 훗날 승전하고 돌아온 화진(대원수)이 임금에게 화춘의 벌을 대신 받겠다고 요청했는데 임금은 화춘을 석방시켰다. 화춘의 석방에 관한 공론은 실제로는 화진의 우애에 대한 공론이다.

그 공론화 과정이 오늘날 시각에서 보면 문제의 소지가 있다. 하지만 작품의 시대적 배경인 명 세종 때나 작품이 출현한 조선 후기에 "공론公論"이라는 용어 자체가 지니는 사회적 위상이 자못 컸음을 중시한다면, 화진의 우애에 대한 공론화 과정은 화진이 형에게 보여준 우애가 매우 진실했음을 보여주는 것 이상의 의미를 지닌다. 화춘이 처벌을 당한다면 계후繼後가 화진에게 넘어가게 되어 오히려 화씨 가문이 창달을 맞이할 수도 있었을 테지만, 화진은 그 길을 끝까지 거절했다. 이로 보아 화진의 효제를 공론으로 삼았다는 것은, '종법질서에 흠결이 없이 적장자 화춘을 차세대 가부장으로 옹립하려는' 화진의 시도를 공론으로 삼았다는 것을 의미한다. 요컨대 화진의 효제는 가문에 대한 효제, 특히 종법질서에 흠결이 없는 가문에 대한 효제로 수렴되는 것이다.

주지하다시피 화진의 효제 서사는 우순 이야기를 차용하여 소설세계에 맞게 펼쳐낸 것이다.[60] 그런데 여기에서 새롭게 주목할 만한 것은 우순의 효제는 통치의 자질로 부각됨에 비해 화진의 효제는 적장자 중심의 가문 세우기로 수렴된다는 것이다. 우순 이야기에서 '요임금-순임금(우순)-우임금'의 제통帝統은 혈통과 무관하게 임금들이 각자 자신의 빼어난 통치 자질을 인정받아 제위를 물려받는 선양의 방식에 따라 이어졌는데, 그중에 순임금(우순)은 요임금에 의해

60 김문희, 「고전소설에 나타난 우순의 서사의 상호텍스트적 구성 방식과 기제 연구」, 『한국학연구』 59, 고려대학교 한국학연구소, 2016, 28쪽, 32-33쪽.

지극한 효를 인정받아 왕위에 올랐다. 순임금(우순)의 효제는 왕의 자질, 즉 통치의 자질로 부각됨에 비해 순임금(우순) 자신의 가문을 확립하는 것과는 거의 관련이 없다. 그에 비해 화진의 효제는 화씨 가문에서 화욱 이후 '화욱(가부장) - 화춘(적장자) - 화천린(입후자)'의 3세대에 걸쳐 화씨 가문에 종법주의 이념을 실현하는 요체로 구현된다.

2.4. 적장승계 적용의 유연성

앞에서 살펴보았듯이 〈창선감의록〉은 '화욱(1세대) - 화춘(2세대) - 화천린(3세대)'으로 이어지는 가계승계에서 적장자의 결격 상황과 무후의 상황을 순차적으로 설정하여 2대에 걸친 적장승계를 구현했다. 그런데 적장승계의 "종법체제가 절대시"[61]된 것은 아니다. 그것은 사대부가와 왕실을 막론하고 어느 쪽에서든지 종법체제를 준수해야 한다는 논리로 이야기를 풀어가지 않은 것에서 확인할 수 있다.

2.4.1. 입양승계 이후 친부친자 관계의 중요성 환기

앞에서 살펴본 대로 〈창선감의록〉은 화씨 가문의 경우에 주자학적 예제에 따라 양부양자 관계가 형성된 후 친생자가 태어났을 경우 파양하지 않을 뿐만 아니라, 이미 형성된 양부양자 관계를 친부친자 관계보다 우위에 두는 종법제로 확립되는 상황을 담아냈다. 한편으로 명 세종의 경우에는 친부모에 대한 효를 짚어내면서 그 효가 하늘의 복을 받는 것과 연계했다. 앞쪽은 양부양자 관계를 중시하고 뒤쪽은

61 박길희는 '화욱 - 화춘 - 화천린'의 계후가 종법에 부합함을 짚어낸 후, "작가는 장자와 차자, 직계와 방계 등으로 위계화한 종법체제를 절대시하고 있다"고 보았다. (박길희, 앞의 논문, 165쪽)

친부친자 관계를 중시하는 것이어서 새삼 주목할 만하다.

명 세종의 친부모에 대한 효는 선녀의 입을 통해 우회적이고 암시적으로 제시됨에도, 그 친부친자 관계가 인정人情 차원을 넘어서고 있어서 그 의미가 결코 작지 않다. 선녀가 명 세종의 효행을 언급한 대목을 보자.

> 천지신명이 충신을 보살피는 까닭이 단지 그 사람을 위해서만은 아닙니다. 나라와 임금을 위한 것이기도 하지요. 저 초나라와 송나라의 임금은 기꺼이 망할 작정으로 충신의 바른 말을 듣지 않고 그 마음을 저버렸으며, 깊이 사욕에 빠져서 무릎을 꿇어 원수를 섬겼습니다. 그러니 하늘도 그들의 부덕을 싫어하였습니다. 지금의 황제는 비록 잠깐 간신의 말을 듣고 잘못했지만 효심이 뛰어나서 쉰 살이 되어서도 오히려 부모를 그리워하고 있습니다. 세상에 효도를 다하고도 잘되지 않은 자가 있습니까? 어제 상부인이 상군낭랑에게 '오늘 밤에 남어사가 강물에 빠져 죽을까요?' 물으시니 낭랑께서는 고개를 저으시며 '옥황상제께서 충성스러운 남공을 마음에 두고 있습니다. 또한 명나라 황제의 지극한 덕을 알고 계신 터라 장차 큰 복을 내리시려 하고 있습니다. 그래서 이미 소미성이 배를 대고 기다리고 있지요.(56-57쪽)[62]

선녀는 명 세종이 간신에게 현혹된 잘못을 거론하면서도 그의 효행을 강조했다. 그런데 이 대목은 명 세종의 대례의大禮議를 암시한다. 명 세종(재위 1522-1567)은 효종의 양자가 되어 제위에 올랐지만, 즉위 초에 친부(홍헌왕)에 대한 제사에서 '효종-세종'의 입후立後를 무

62 夫神明之保護忠臣者 非但為其人 而亦為其國君也 彼楚宋之君 甘心樂亡 愎諫為忠而沈溺私欲 屈膝事讐 天厭其德 今皇帝雖暫為權奸所誤 然聖孝出天 五十而猶慕父母 天下焉有孝而不昌者乎 昨日 湘夫人告于湘君娘娘曰 今夜 南御史當死於江中乎 娘娘掉頭曰 '南公精忠 簡在帝心 且大明皇帝 至德升聞 天將報以純嘏 而小微星已艤舟待之矣.(315쪽)

시하고 홍헌황고설(친부황고설)을 주장했다. 명 세종은 처음에는 예법에 어긋난다는 반대에 부딪히자, 자신의 주장을 관철하지 못하고 물러섰다. 친부친자 관계보다 양부양자 관계를 중시하는 게 종법 체제에 부합했기 때문이다. 하지만, 명 세종은 2년 후에 자신의 홍헌황고설을 관철하여 친부친자 관계를 양부양자 관계에 못지않게 강조했고 내친김에 친부모를 황제·황후로 추숭追崇하는 것을 감행했다.[63]

〈창선감의록〉은 명 세종이 종법제의 온전한 실현을 내세우는 주변의 의견에 굴하지 않고 홍헌황고설을 관철한 실제 역사적 상황을 가져오되, 선녀의 말을 통해 암유하는 방식으로 설정했다고 할 수 있다. 그런데 명 세종의 친부에 대한 효행이 종법에 부합되지 않음에도 그의 효행을 인정했다는 점에서 그 의미가 결코 작지 않다. 그 의미는 양부양자 관계가 형성된 후라도 친부친자 관계를 버릴 수 없음을 효의 윤리로 유연하게 받아들였다는 것이다.

2.4.2. 왕가 적장승계의 융통성

그것에 그치지 않는다. 선녀가 언급한 명 세종의 효행은, 작품이 출현한 조선 사회와의 맥락 속에서 '왕가의 종법 적용이 사대부가와 다를 수 있다'는 보다 중요한 의미를 던진 것으로 보인다. 16세기에 조선은 "적장자 중심의 종법제를 확립"[64]해가는 중이었으며, 그 흐름

---

63 명나라 10대 무종이 형제, 아들도 없이 요절하자(1521년), 9대 효종(무종의 부친)의 동생인 홍헌왕의 아들(효종의 조카)을 임금으로 삼았다(1522년). 세종은 즉위하자마자, 친부(홍헌왕) 제사에서 홍헌왕을 '황고(아버지)'라 칭하고, 효종은 '황백부'라 칭하고자 했다(홍헌황고설). 대다수 신료는 세종이 효종의 양자로 들어갔으므로 효종을 '황고'라 칭하고, 친부 홍헌왕은 '황숙부'라 칭해야 한다고 맞섰다(효종황고설). 효종황고설은 '무종-세종'의 입후 명분이 없다는 약점이 있었지만, '효종-세종'의 입후 관계로 종법적 명분을 확보하고 있었다.(조영록, 「가정초 정치대립과 과도관」, 『동양사학연구』 21, 동양사학회, 1985, 22-36쪽)

64 지두환, 앞의 책, 151-163쪽.

에서 17세기에 왕실의 적장 문제를 두고 두 차례 예송이 벌어졌다.

인조의 장남인 소현세자 사후에 차남 봉림대군(훗날 효종)이 왕위를 이었는데 소현세자에게 적자가 있는 상황이었다. 그로 인해 훗날 효종 사후의 상례喪禮에서 예송이 벌어졌으며, 그 쟁점은 효종을 장남으로 볼 것인지 차남으로 볼 것인지였다.

> 기해예송에서는 효종을 차남으로 보았다. 자의대비(효종의 계모)의 효종에 대한 복상 기간을 두고 남인의 3년설과 서인의 기년설朞年說, 1년설이 맞서다가 기년설이 채택되었다. 기년설은 왕실의 종법도 사대부가의 종법과 같아야 한다는 서인의 천하동례天下同禮 설에서 나온 것이었다. 그 후 갑인예송에서는 효종을 장남으로 보았다. 자의대비의 효종비에 대한 복상 기간을 두고 효종을 적장자로 보는 기년설朞年說, 1년설과 효종을 차남으로 보는 대공설大功說, 9개월설이 맞서다가 기년설이 받아들여진 것이다. 그 견해는 왕실의 종법은 사대부가의 종법을 따르지 않을 수 있다는 남인의 왕자례부동사서王者禮不同士庶 설에서 나온 것이다. 그때 송시열을 잇는 서인 산당(김집 계열)과 한당(김육 계열)이 분리되고, 한당이 남인(허목, 윤휴 중심)의 기년설에 동조했다.[65]

먼저 기해예송己亥禮訟(1659년)에서 현종은 왕실도 사대부가의 종법대로 부친(효종)을 차남으로 보아야 한다는 견해를 따랐다. 그 후 갑인예송甲寅禮訟(1674년)에서 현종은 이전과 달리 부친을 장남으로 보는 견해를 밀어붙였다.

명의 대례의와 조선의 예송에서 종법 적용의 내용과 상황은 각기 달랐지만, 두 임금이 작고한 부친에 대해 효를 행한 것, 즉 이미 채택

---

65 위의 책, 311-350쪽; 양선비, 「17세기 중후반 예송의 전개와 정치지형의 변화」, 서울대학교 석사학위논문, 2013.

한 양자양부 관계를 넘어서서 친부친자 관계를 실제 예제로 밀어붙인 것은 일치한다. 이로 보아 〈창선감의록〉에서 명 세종의 부모(친부모)에 대한 효행을 높이 산 것은, 명 세종이 양부양자 관계의 종법제를 따르지 않고 친부친자 관계를 실제 예제로 적용할 수 있음을 암유하는 한편, 조선 사회에 '**왕가의 경우에는 종법이 엄정하게 적용되지 않을 수도 있다**'[66]는 울림을 주었다.

그렇다고 사대부가에서조차 가통 세우기가 종법에서 벗어나도 된다는 쪽으로 이야기가 흐르지는 않았다. 앞에서 살핀 대로 화씨 가문은 화욱(가부장) 이후 '화춘(적장자) – 화천린(입후자)'의 가통 승계로 엄정한 종법주의를 구현했다.

요컨대 〈창선감의록〉은 사대부가에서는 온전한 종법주의를 구현하되, 왕가의 경우에는 적장승계의 종법에서 벗어날 수도 있음을 시사함으로써 다소 유연한 종법주의를 구현한 것이다.[67]

---

66 진경환은 명 대례의와 조선 예송에 대해 자세히 논의했지만, 이 지점을 읽어내지 못했다.(진경환, 앞의 논문, 96-103쪽)

67 추정컨대 〈창선감의록〉의 작자는 서인 한당 계열이거나 남인의 견해에 동조하는 자다.

Ⅲ. 남녀 에로스의 구현

〈사씨남정기〉, 〈창선감의록〉, 〈구운몽〉 세 작품은 모두 남녀 사이의 열정적 사랑의 에로스를 펼쳐냈다.

앞의 두 작품은 에로스가 육신적인 에로스와 정신적인 에로스로 양분되는 것에 초점을 맞췄다. 세부적으로는 열정적 사랑이 육신적 에로스 쪽으로 연계되어 비극적 결말을 당하는 반면, 정신적 에로스는 열정적 사랑과는 거리를 두며 부덕과 절의 등의 예교와 관련을 맺으며 해피엔딩을 맞는다. 거기에서 더 나아가 〈창선감의록〉은 일정 부분 열정적 사랑의 육신적 에로스가 정신적 에로스로 고양되는 지점을 포착하기도 했다.

그와 달리 〈구운몽〉은 애초부터 사랑의 열정이 중심이 되는 에로스를 펼쳐냈다. 에로스는 육신적 에로스와 정신적 에로스로 나뉘는 게 아니라 애초부터 한데 합쳐진 상태로 제시된다.

1. 〈사씨남정기〉: 에로스 이원화의 단순구조

〈사씨남정기〉는 이전의 우리 소설과는 달리 육신적 에로스를 부각시켰다. 여기에서는 그 점을 먼저 살펴보고, 그 후에 에로스의 이원화 양상을 상세히 고찰하자 한다. 그리고 양분된 에로스 중에서 정신적 에로스가 가문의 영속성으로 연결되는 지점을 짚어볼 것이다.

〈사씨남정기〉에서는 에로스 이원화가 유씨 가문 하나를 중심으로 이루어진다는 점을 고려하여, 편의상 그 서사구조를 '에로스 이원화의 단순구조'로 칭하고자 한다.

1.1. 육신적 에로스의 부각

본항에서는 세부적으로 육신적 에로스의 전개 양상을 고찰하고, 그중에서도 특징적인 팜므파탈과 옴므파탈의 결합 지점을 세세히 짚어보고, 그 과정에서 육신적 에로스에 빠져드는 가장의 모습을 고찰하고자 한다.

1.1.1. 육신적 에로스의 전개

〈사씨남정기〉에서 육신적 에로스는 첩실 교채란과 문객門客 동청과 냉진 등을 통해 펼쳐진다.

[1] 육신적 에로스의 발현	(1) 음란한 곡조 연주와 시 음송
[2] 육신적 에로스의 전개	(2) 납매와 동청에게 성관계 권유 (악행 공모)
	(3) 방술로 남편 미혹 (악행 공모)
[3] 육신적 에로스의 심화	(4) 동청의 성관계 요구 수용 (악행 공모)
	(5) 냉진과 성적 유희·향락 (악행 공모)
	(6) 기녀로 전락
[4] 육신적 에로스의 결말	(7) 비극적 종말

'[1] 육신적 에로스의 발현' 단계를 보자. 교채란은 가난한 사족의 딸로서 부귀를 탐내는 여성이었다. 그녀는 평소에 "문호가 쇠하였으

니 가난한 선비의 아내가 되기보다는 차라리 재상의 첩이 되는 편이 좋겠어"라고 말했는데, 그 말에는 부귀를 얻으려는 욕망이 담겨 있다. 유연수의 첩실로 들어가 후사後嗣 장주까지 낳음으로써 그 욕망을 채울 수 있었다.

그런데 교채란의 욕망은 그게 전부가 아니었다. 그녀의 마음 한구석에는 사랑의 욕망이 깊이 자리 잡고 있었다. 그녀의 구애 심리와 구애 행위가 직접적으로 상세히 묘사되어 있지는 않다. 하지만 교채란이 평소에 〈예상우의곡〉을 타고, 〈앵앵전〉에 나오는 앵앵의 시와 당나라 기녀 시인인 설도의 시를 읊조리는 데에서 평소 그녀가 애욕을 품고 있었음을 충분히 짐작할 수 있다. 그와 관련하여 총부 사정옥의 비판적인 품평은 그 점을 잘 말해준다.

[앵앵의 시]
서쪽 행랑에서 달을 기다리다가待月西廂下
바람 맞으려 문을 반쯤 열었네迎風戶半開
울타리 흔들어 꽃 그림자 움직이니拂墻花影動
옥인이 오시는 길이나 아니신지疑是玉人來

[설도의 시]
강가 갈대에 밤 서리 내리니水國蒹葭夜有霜
달은 차갑고 산 빛 더욱 푸르네月寒山色共蒼蒼
천 리 이별을 어느 누가 말했던가誰言千里自今始
꿈길 아득하고 관새는 먼데離夢杳如關塞長 (37-38쪽)

앵앵의 시는 연인을 고대하는 여성의 모습을 담고 있고, 설도의 시는 여인네가 애인과 이별하는 내용을 담고 있다. 사정옥은 앵앵이 실절한 것과 설도가 천한 기생이라는 점을 짚으면서 두 편의 시를 부정적으로 판단했다. 즉, 두 편의 노래를 부르며 사랑의 감정을 읊조리다 보면 지조와 절개를 중요하게 여기지 않고 자칫 육신적인 정욕에 휘둘릴 위험이 있다고 염려한 것이다.

또한 사정옥의 판단에 따르면, "〈예상우의곡〉은 세상에서 숭상을 받고 있지만 당 현종과 양귀비, 두 사람의 생애를 비극적으로 만든 망국의 곡조"였는데 그 이유는 "사람의 마음을 움직이게 할 수는 있으나 사람의 기운을 화평케 하기는 부족한 곡조"였기 때문이다. 그 곡조는 남녀를 사랑에 빠지게끔 하지만 사랑의 감정을 화평케 하지 않고 육신적 정욕에 빠지게 하는 곡조였다.

사정옥이 그 악곡과 시를 부정적으로 품평하고 교채란에게 자중하기를 권했거니와 이는 남성과의 사랑을 갈구한 교채란의 속을 꿰뚫어보았기 때문이다. 짐작컨대 사정옥이 염려한 것은 애욕 일변도의 사랑이었다. 그 곡조를 연주하며 애욕을 충동질하고, 그렇게 발현한 애욕이 다시 애욕을 낳고, 애욕을 채우기에 골몰하여 다른 일에 무관심해지고 또다시 애욕을 추구하는 그런 육신적 에로스를 염려했으리라. 사정옥의 염려대로 교채란은 평소 연주하고 부른 곡조와 시들을 통해 육신적 에로스를 펼쳐낼 조짐을 보였다.[이상, 위의 (1)]

다음으로 '[2] 육신적 에로스의 전개' 단계를 보자. 교채란은 사정옥의 진심어린 충고를 대하지만 오히려 사정옥이 저주사 사건을 일으킨 것으로 모함하는가 하면, 사정옥이 옥환을 훔쳐서 냉진에게 주어 그가 사정옥의 애인인 것처럼 모해했다.

교채란은 납매, 동청, 냉진과 함께 모의했는데, 공모 과정에서 자신의 시비인 납매로 하여금 동청과 성관계를 맺게 했다. 그뿐 아니다. 교채란은 자진하여 이십낭으로부터 "남자를 고혹하게 하는 술책蠱惑男子之術"을 배워서 그 방중술房中術로 유연수의 몸과 마음을 사로잡았다. 그 후로 유연수는 "판이하게 달라지고大異於前" 말았다. 이렇듯 교채란의 경우 에로스는 순수한 사랑의 열정과는 거리가 멀어지고, 관능적이고 육욕적인 성향을 띠었으며, 한편으로 공모의 수단으로 악용되기도 했다.[이상 위의 (2), (3)]

그 다음 단계가 '[3] 육신적 에로스의 심화' 단계다. 교채란의 육체관계는 남편 유연수에서 벗어나 문객인 동청을 향했고 나중에는 냉진을 향했다. 육신적 에로스는 한층 더 수단화되는 가운데 관능과 향락 쪽으로 치달았다.

먼저 교채란의 요청으로 동청과 납매가 육체관계를 맺었는데, 그 후에 동청이 교채란에게 성관계를 요구하자 교채란은 기꺼이 응했다. 실감나는 장면이 펼쳐진다.

> 교씨는 사씨의 필적을 가져다 납매에게 주었다.
>
> 그날 밤 납매는 동청을 몰래 만났다.
>
> 다음 날 아침 납매는 웃음을 머금고 교씨의 침실로 갔다.翌曉 含笑而至 喬氏寢室
>
> 교씨는 마치 소식을 고대하던 중이라 다급하게 물었다.
>
> "일이 장차 성사될 것 같으냐?"
>
> "다행히 승낙은 받아놓았습니다. 그런데 값을 너무 지나치게 요구하는지라…."
>
> "그 이야기는 이미 다 하지 않았느냐? 진실로 나에게 이로울 수만 있다면 어찌 보화 따위를 아까워하겠느냐?"
>
> 인하여 납매는 교씨의 귀에 대고 은밀하게 동청이 요구하는 것을 전했다. 교씨는 미소를 지으면서도 대답은 하지 않았다.喬氏微笑而不答(50쪽)

교채란은 사정옥을 모해할 수만 있다면 "어찌 보화 따위를 아까워하겠느냐?"라며 거금을 들여서라도 동청의 마음을 사고자 했다. 그런데 동청이 요구한 것은 돈이 아니라 교채란에게 육체적 관계를 맺자는 것이었다. 동청의 요구를 듣고 교채란의 침실로 향하는 납매의 얼굴은 미소를 머금었으며, 귓속말로 그 말을 전해들은 교채란은 대답하지 않고 미소 지을 뿐이었다. 육체관계를 요구한 동청의 요구는 납매의 미소에서 교채란의 미소로 이어졌다. 마침내 농염한 육체관계가 납매·동청·교채란 3인으로 확대되기에 이른다.

그 후로 3인의 성관계는 악행의 공모와 실행에서 유대감을 공고히 하는 수단이 되었다. 동청은 교채란에게 그녀의 아들인 장주를 죽인 후에 사정옥에게 뒤집어씌우자고 제안했을 때 교채란이 반대했음에도 납매를 사주하여 기어코 장주를 살해했다. 교채란은 동청의 악랄함에 놀라지 않을 수 없었지만 그와 육체관계를 맺는 사이였는지라 그의 악한 계교를 따를 수밖에 없었고, 마침내 사정옥에게 살해죄를 씌워 내쫓고 정실을 차지했다. 그것으로 만족하지 않았다. 교채란은 사정옥이 시부모의 묘 앞에서 지낸다는 말을 듣고 동청과 공모하여 냉진을 시켜 사정옥을 겁탈하도록 했다.

그리고 육신적 에로스는 악행을 저지르는 수단에 그치지 않고, 성희性戲 내지는 성적 욕망의 충족을 강화하는 쪽으로 뻗어갔다. 동청이 냉진을 시켜 사정옥을 겁탈하라고 했을 때, "유한림의 두 부인은 모두가 절색미인이지. 내가 이미 그 가운데 하나를 얻었다네. 이제 형이 남은 하나를 차지하시게"라고 말했던바, 두 문객은 유씨 가문의 정실과 첩실을 상대로 육신적 정욕을 채우려는 모습을 보였다. 그뿐이 아니었다. 교채란과 동청이 맺는 육체관계는 점점 대담해져갔다.

> 매번 한림이 궁중에서 숙직을 서는 경우에는 유독 납매만을 거느리고 백자당에서 잤다. 그리고 버젓이 동청을 그곳으로 불러들였다. 하인들 가운데에는 그 사실을 아는 자가 적지 않았다.(113쪽)

교채란·동청의 부적절한 성관계는 초반에는 남의 눈에 띄지 않게 비밀스럽게 이루어졌지만, 점점 횟수가 늘어나면서 주변 사람들의 이목을 두려워하지 않을 정도다. 교채란·동청·납매 3인이 함께 뒤엉키는 중에 첩실과 시비의 주종관계라든지 첩실과 문객의 부적절한 관계는 오히려 성희의 쾌감을 높여주었을 뿐이었다.

그러한 육신적 향연은 속고 속이는 술수로 확대되기도 했다. 이들은 후환을 피해 도망친 후에 동청이 승상 엄숭을 따르는 데 정신이 팔리자, 그 틈을 타서 냉진과 교채란이 성적 향락에 빠져들었다. 이전에는 유연수 몰래 교채란·동청이 육신적 에로스에 빠져들더니, 그 후에는 동청 몰래 냉진·교채란이 육신적 에로스에 빠져들었던 것이다.

나중에 냉진이 죽어서 의탁할 남성이 없게 되자, 교채란은 기생이 되어 조칠랑으로 이름을 바꿨다. 그때 그녀는 〈예상우의곡〉을 연주하여 주위에 이름을 날렸는데, 그 곡조는 일찍이 사정옥이 연주하지 말라고 타일렀던 곡조였다. 그녀는 〈예상우의곡〉으로 남성들을 미혹했을 뿐 아니라 자신도 성적 관능에 젖어들어갔던 것이다.[이상 위의 (4), (5), (6)]

마지막으로 '[4] 육신적 에로스의 결말' 단계를 보자. 이 단계에 이르러 악인들은 비극적 종말을 맞는다. 냉진은 엄숭이 관작을 삭탈당했다는 말을 듣자, 동청의 불법 행위를 고자질하여 동청을 죽음으로 내몰았다. 냉진은 재물을 가로채 교채란과 함께 도망쳤지만, 그 재물을 모조리 도둑맞자, 왕공자에게 빌붙어 그의 재산을 갈취했다가 그만 그의 장인에게 걸려 곤장을 맞고 병들어 죽고 말았다. 홀로된 교채란은 기생 어미의 눈에 띄어 기녀로 전락하여 지내던 중, 유연수에게 잡혀 처형당하고 말았다.[이상 위의 (7)]

1.1.2. 팜므파탈과 옴므파탈의 결합

한편 교채란, 동청, 냉진은 빼어난 외모에 뛰어난 재능을 오로지 자신들의 이속을 채우는 데 썼고, 상대방의 유혹을 기꺼이 받아들이며 성적 쾌락을 즐길 뿐이었지만 비극적 종말을 피할 수 없었다. 그와 관련하여 교채란, 동청, 냉진은 우리 소설사에서 팜므파탈과 옴므파탈의 화신으로 부상했다는 점[1]을 주목하지 않을 수 없다.

교채란은 유연수의 첩실로 들어가 아들을 낳음으로써 원하는 것을 얻었지만, 그에 만족하지 않았다. 그녀는 음란한 음률과 방중술로 남편을 미혹하여 사정옥을 내쫓고 정실 자리까지 차지했다. 그 과정에서 자신의 욕망을 채우기 위해 남편 몰래 동청과 육체관계를 맺었다. 그 후에 유씨 집안에서 도망쳐 나와 동청의 아내로 살았을 때는, 냉진과 육체관계를 맺으며 환락에 빠져들었다. 결국에는 유연수에 의해 비참한 최후를 맞고 말았다.

동청은 사족의 자제인 데다 빼어난 용모에 교묘한 말솜씨, 좋은 필체로 사대부들의 호감을 샀다. 그는 어릴 적에 부모를 잃고 악동들을 따라다니며 주색잡기에 빠져들었고 벼슬아치들에게 의탁하여 허튼 짓을 일삼곤 했는데, 유연수의 문객이 되어서도 그 버릇은 여전했다. 그는 냉진까지 끌어들여 욕망 충족을 극대화하기도 했다. 하지만 그의 삶은 비극적 종말을 피할 수 없었다. 냉진도 그러한 부류의 인물이었다.

〈사씨남정기〉는 교채란, 동청, 냉진 등을 통해 각각 팜므파탈과 옴므파탈을 그려낸 것에 그치지 않았다. 그들 사이의 공모 관계를 통해 팜므파탈과 옴므파탈이 결합하는 지점까지 나아갔다. 교채란, 동청, 냉진은 서로 짜고 유연수를 참소하여 귀양 가게 한 후, 사정옥의 아들인 인아를 죽이려고 사주했음은 물론이고, 유씨 집안의 재물을 훔쳤으며, 엄숭에게 빌붙어 진류 현령과 계림 태수 자리를 얻어 뇌물을 상납하며 사치스러운 삶을 누렸다. 그 과정에서 교채란의 주도하에 납매·동청이 육체관계를 맺었고, 교채란은 유연수 몰래 동청과 부적절한 관계를 맺었으며 또다시 동청 몰래 냉진과 육체관계를 맺

1 〈창선감의록〉에서도 그 점이 확인된다.(이 책의 136-138쪽 참조)

었다.

이러한 팜므파탈과 옴므파탈의 결합은 서로를 향한 공격과 배신을 수반하며 마침내 파멸로 끝나고 말았다. 그 점은 교채란이 냉진의 아내로 살면서 가난을 이기지 못해 냉진을 몰아붙인 말에서 잘 드러난다.

> 나는 한림학사(유연수)의 부인이요. 계림 태수(동청)의 내실이었지. 몸에는 비단을 싫도록 입었고, 입으로는 고량진미를 마음껏 먹었어. 걸음을 옮길 때마다 연꽃이 피었고, 말씀을 하면 그대로 주옥을 이루었어. 네 아내가 된 뒤로부터 이처럼 곤궁에 빠지고 말았지. 왜 빨리 나를 죽이지 않느냐?(165쪽)

교채란의 일생은 오로지 부귀와 편안함을 누리기 위해 남편을 셋씩이나 바꾸었고, 그것도 여의치 않아 기생으로 전락할 수밖에 없었던 삶으로 요약된다. 교채란이 냉진에게 자신을 빨리 죽이라고 소리쳤지만, 그녀의 운명을 그렇게 몰아간 장본인은 자신이었다. 육신적 에로스를 내세운 그녀의 삶은 비극적 종말을 맞았을 뿐이었다. 그런 비극적 종말은 그녀와 함께했던 동청과 냉진에게도 주어졌음은 물론이다.

요컨대 〈사씨남정기〉는 교채란을 통해 팜므파탈을 창출하고 동청과 냉진을 통해 옴므파탈을 창출했으며, 나아가 동청·교채란·냉진이 형성하는 육신적 에로스의 연결고리를 통해 팜므파탈과 옴므파탈의 결합 지점을 겹겹으로 확보함으로써, 육신적 에로스형 인물들의 집단적 비극성을 강화했다고 할 수 있다.

1.1.3. 육신적 에로스에 빠져드는 가장

유연수는 교채란이 펼쳐내는 성적 유혹에서 자유로울 수 없었고 판단능력이 떨어질 수밖에 없었다. 그가 가문을 대변하는 가장이었기에 가문의 진로와 관련하여 그 의미를 간과할 수 없다. 가장이 육신적 에로스에 휘둘리게 되면 가문이 멸망의 위기에 빠져들 수밖에 없거니와, 이것이 육신적 에로스가 펼쳐내는 또 하나의 핵심 서사다.

유연수가 육신적 에로스에 빠져들게 되는 시점은 교채란을 첩실로 들인 후였다. 교채란을 첩실로 들이기 전에 유연수는 가부장인 유희에 의해 사정옥을 정실로 맞이했다. 그때 사정옥의 부덕이 며느리 선택의 기준이 되었던바, 정신적 가치가 중요하게 여겨졌으며, 그 연장선에서 유연수와 사정옥 사이의 에로스는 정신적 에로스의 성향을 띠었다.

> 유한림이 사소저와 더불어 혼인을 맺었다. 참으로 이른바 '요조숙녀 군자호구'의 격이었다. 반합하는 의와 화락하는 정은 그윽하기 비할 바가 없었다. 劉翰林與謝小姐成親 眞所謂窈窕淑女 君子好逑 牉合之義 湛樂之情 深重無比(27쪽)

물론 유연수와 사정옥은 "요조숙녀 군자호구"로 비유할 만큼 좋은 배필로 부부관계에서 애정이 없었던 것은 아니었다.[2] 하지만 이들 부부의 애정은 육신적 에로스와는 다소 거리가 먼, "평화롭고 화락하게 즐기는 애정湛樂之情"이었다.

그런데 사정옥은 아들을 낳지 못하자 가문의 대가 끊기는 상황을 맞았고, 그 상황을 타개하기 위하여 첩실을 들이는 방책을 적극 추진

2 다른 이본에서는 그 대목만 서술되어 있다. "翰林與小姐遂成親事, 眞所謂窈窕淑女君子好逑者也"(연세대학교도서관 소장 한문필사본 『남정기南征記』; 류준경 옮김, 『사씨남정기』, 문학동네, 2014, 169쪽), "한님이 쇼져로 더브러 친ᄉᆞ를 니ᄅᆞ미 진짓 요됴슉녀오 군ᄌᆞ호귀러라"(한국학중앙연구원 장서각 소장 한글필사본 『南征記』; 위의 책, 265쪽)

했다. 그때 사정옥은 가장·정실·첩실의 삼각관계가 정신적 에로스로 지탱될 수 있다고 생각했지만 그런 낙관적인 생각은 뜻대로 이루어지지 않았다.[3]

여기에서 주목할 만한 것은 가장인 유연수가 취한 에로스가 육신적 에로스 쪽으로 기울어졌다는 것이다. 처음에 그는 정신적 에로스를 지향하는 인물이었다. 부친이 며느리 선택의 기준을 부덕에 두었던 것도 가문을 잘 잇기 위한 것이었고, 부친이 며느리 사정옥의 말을 잘 들으라고 유언했던 것도 가문의 명성을 유지하기 위한 것이었다. 유연수는 처음에는 그런 부친의 뜻을 이어받았고, 그 연장선에서 사정옥과 정신적 에로스를 지향했다.

하지만 교채란이 첩실로 들어온 이후로 유연수는 그녀의 성적 유혹에 빠져들고 여러 가지 거짓말에 속고 말았다. 그 과정을 정리하면 다음과 같다.

㉮ 유연수는 〈예상우의곡〉을 연주하고 같은 남녀의 사랑을 담은 노래를 부르는 교채란에게 미혹되어갔음.
㉯ 유연수는 교채란으로부터 사정옥의 훈계를 악의적으로 모함하는 말을 들었음.
㉰ 유연수는, 이십낭에게 방중술을 배운 교채란에게 미혹되었음.
㉱ 유연수는, 교채란과 한패가 된 부정한 동청과 어울렸음.
㉲ 유연수는 교채란과 그의 아들을 저주하는 저주사 사건을 당했음.(교채란이 모의했음)
㉳ 유연수는 동청·교채란의 사주를 받은 냉진의 옥환과 거짓 편지에 속아 사정옥을 의심했음.
㉴ 유연수는 아들 장주의 살해를 사정옥에게 뒤집어씌운 교채란·동청

---

3 사정옥의 낙관적인 생각에 대해서는 이 책의 114-118쪽에서 상세히 살폈다.

의 모함에 속아 사정옥을 내쳤음.

위의 과정에 따라 유연수는 사정옥을 내치고 만다. 물론 그 과정이 한순간에 이루어진 것은 아니다. 유연수가 교채란으로부터 사정옥의 훈계를 악의적으로 모함하는 말을 들었을 때(위의 ㉯) 유연수는 교채란의 말이 "실정보다 지나친 것은 아닐까?有過敵實耶"(43쪽)라며 교채란의 모함을 곧이듣지 않았다. 하지만 유연수는 어느새 교채란의 방중술에 사로잡히고(위의 ㉰) 교채란과 육체관계를 맺는 동청과 어울렸거니와(위의 ㉱) 그런 육신적 에로스에 사로잡힌 유연수는 "정신과 생각이 이전과 판이하게 달라지고精神意思 大異於前"(47쪽) 말았다. 이 과정은 유연수가 사정옥과 맺었던 정신적 에로스로부터 멀어지고 교채란의 육신적 에로스에 젖어드는 과정과 동궤를 이룬다.

마침내 유연수는 교채란의 거짓말을 믿고 사정옥을 의심하기에 이른다. 그게 저주사 사건에서 비롯된다.(위의 ㉲) 그때 유연수의 상태는 다음과 같다.

한림은 홀로 생각했다. 그로부터 한림은 사씨에 대한 정이 갑자기 떨어졌다. 다만 참고 겉으로 드러내지 않을 따름이었다.自是 待謝氏之意頓薄 但忍而不發而已(53쪽)

유연수는 사정옥에 대한 정이 떨어지고 만다. 그동안 유연수와 사정옥 사이에 쌓였던 정신적 에로스가 소멸되고 만 것이다. 그 후로 유연수는 동청 · 교채란의 모함에 빠져 사정옥이 냉진과 남몰래 사랑을 나눈 것으로 속고 말았다.(위의 ㉳) 그 후로 남은 것은 의심이 확고해지는 것일 뿐이었다.

한림은 전후로 이미 귀에 젖도록 참언을 듣고 있던 중이었다. 끝내 의심하지 않을 수 없었다.終不能無疑 그 후로 한림은 매양 교채란과 함께 거처하였다.此後 每與喬氏同處 교씨는 그를 매우 통쾌하게 여겼다.(61쪽)

유연수가 사정옥을 의심하게 된 것은 참언 때문이었지만, 그와 함께 병행된 것이 교채란의 육신적 에로스였다는 것은 의미심장하다. 유연수는 교채란의 육신적 에로스에 휘둘린 채 판단력이 흐려져서 교채란이 펼쳐냈던 사랑의 실체가 부적절한 육체관계를 수반하는 육신적 에로스임을 끝내 알아차리지 못했을 정도였다. 그다음 수순은 사정옥이 내쫓김을 당하는 것이었고, 그로 인해 유씨 가문은 멸문의 위기에 처하고 말았다.

이렇듯 〈사씨남정기〉는 일부다처의 가부장제 사회에서 가장이 육신적 에로스에 빠져들어 판단력이 흐려짐으로써 가문이 위기에 처하게 되는 상황을 용의주도하게 설정했다.

1.2. 에로스의 이원화

한편으로 남녀의 사랑에 덕성과 의리 등의 가치가 연계된 정신적 에로스가 펼쳐지기도 한다. 이는 에로스가 육신적 에로스와 정신적 에로스로 이원화되는 것과 깊은 관련이 있다. 주지하다시피 사정옥·유연수·교채란의 삼각관계는 총부·가장·첩실의 삼각관계로 처첩 갈등을 담아내는바, 그 갈등은 정신적 에로스를 지향하는 총부와 육신적 에로스를 지향하는 첩실의 갈등이다.

1.2.1. 육신적 에로스와 정신적 에로스의 이분법적 배타성

유연수와 교채란의 사랑은 육신적 에로스로 펼쳐지는 반면, 유연수와 사정옥의 사랑은 정신적 에로스로 펼쳐지는데, 두 에로스는 서로 만나는 지점이 없이 시종일관 이원화되는 양상을 보인다. 이를테면 교채란은 육신적 에로스만 추구할 뿐이고 사정옥은 정신적 에로스만 추구할 뿐이다. 유연수의 경우에 육신적 에로스에 빠져들기도 하지만 나중에는 정신적 에로스를 회복하기에 그 과정에서 두 에로스가 겹쳐질 만한데 그렇게 전개되지는 않는다. 그는 육신적 에로스를 단절하고, 그 에로스와는 전혀 다른 정신적 에로스를 지향할 뿐이다.

이러한 에로스의 이원화 구조는 다음과 같이 세 가지의 이분법적 연계를 수반한다.

(a) 정신적 에로스와 육신적 에로스에 천리天理·인욕人慾의 이분법적 연계
(b) 정신적 에로스와 육신적 에로스에 선악善惡의 이분법적 연계
(c) 정신적 에로스와 육신적 에로스에 행복·비극의 이분법적 연계

먼저 '(a) 정신적 에로스와 육신적 에로스에 천리天理·인욕人慾의 이분법적 연계'에 대해 알아보자. 육신적 에로스가 인욕 차원에서 펼쳐지는데, 그 인욕人慾은 애욕에 한정되지 않고 재물욕과 권력욕과 한데 뒤엉키며 표출된다. 예컨대 교채란, 동청과 냉진은 권세가 혹은 명문가에 빌붙어서 부를 누리고자 했고, 뇌물을 써서 관직을 얻기도 했으며, 그 과정에서 서로 관능적 성희를 즐기곤 했다.

유연수라는 인물은 교채란에게는 물질적인 부족함 없이 편하게 살게 해주는 남편에 불과했고, 동청과 냉진에게는 유흥과 성희를 즐기도록 해주는 재력가에 지나지 않았다. 이들 3인은 자신들의 욕망 - 애욕, 재물욕, 권력욕 - 을 채울 수만 있다면 상대를 바꾸는 것을 주저하지 않았다. 그런 교채란에게 사정옥은 육신적 에로스에 빠져드는 것을 방해하는 걸림돌일 뿐이었고, 동청과 냉진에게 사정옥은 그들의 성욕을 채우고자 하는 성적 대상에 불과했다.

반면에 정신적 에로스는 애욕, 재물욕, 권력욕 등 인욕과는 거리가 있고 덕성 등의 정신적 가치와 밀접한 관련을 맺는데, 그런 정신적

가치는 천리天理로 연계된다. 사정옥이 교채란의 모해로 내쫓긴 후 유씨 묘하墓下에서 지낼 때 현몽한 시부모가 사정옥을 위로하는 대목이나, 사정옥이 죽을 위기에 처했을 때 황릉묘의 환상 공간에서 이비二妃의 위로를 받는 대목은 그 점을 잘 말해준다.

다음으로 '(b) 정신적 에로스와 육신적 에로스에 선악善惡의 이분법적 연계'에 대해 살펴보고자 한다. 일찍이 선행 연구에 의해 밝혀졌다시피 〈사씨남정기〉는 선악의 이분법적 구도가 인물의 캐릭터에 적용되었다.[4] 선인은 두부인(고모), 유연수(가장), 사정옥(총부) 등이고, 악인은 교채란(첩실), 십낭(무녀), 납매(시비), 동청과 냉진(문객) 등이다. 그런데 선악善惡은 개인의 심성에 한정되지 않고 저마다 지향하는 에로스의 성향과 긴밀한 관련을 맺는다.

정신적 에로스를 추구하는 사정옥은 처음부터 끝까지 선인善人인 반면에, 육신적 에로스를 추구하는 교채란, 동청, 냉진 등은 악인惡人으로 일관한다. 선인인 사정옥은 교채란, 동청, 냉진 등이 악인이라고 해서 그들에게 악행을 저지르지 않고, 다만 거리를 둘 뿐이었다. 하지만 악인들은 자신들의 욕망을 채우기 위해서 주도면밀하게 선인을 속이고 모해하고 살해하려는 등 악행을 일삼았다. 또한 악인들은 서로 배신하고 상대의 재물을 갈취하며 은밀히 육체관계를 맺기도 했다.[5]

---

4 이 책의 29쪽, 각주 25 참조.

5 선행 연구자들 중에는 선함과 악함에 어리석음을 보태어, 인물을 '선인-우인-악인'으로 나눈 이도 있다. 우인이 나중에 선인 쪽으로 바뀌거니와, 삼분법은 선악의 이분법으로 수렴된다. 우인愚人에 해당하는 인물이 유연수인데 그는 처음에 선인이었지만 도중에 악인에게 미혹되어 악인을 두둔하다가 나중에 정신을 차리고 다시 선인으로 복귀하는 일련의 과정을 거쳤다. 그에 상응하여 유연수가 처음에 선인이었을 때는 가장으로서 제 역할을 했고, 육신적 에로스에 빠져들었을 때는 우인이 되었으며, 육신적 에로스에서 벗어나 선인의 모습을 되찾으면서 가장의 역할을 온전히 이행하게 되었다.

다음으로 '(c) 정신적 에로스와 육신적 에로스에 행복·비극의 이분법적 연계'에 대한 것이다. 사정옥이 육신적 에로스를 추구하는 악인들의 숱한 악행에 의해 죽을 위기에 처하지만, 하늘의 도움으로 그 위기를 넘기고 유씨 집안에 복귀하여 행복한 결말을 맞았다. 그에 반해 교채란, 동청, 냉진은 자신들의 욕망을 채우기 위해 악행을 저지르고 다시 욕망을 채우기 위해 더욱 심한 악행을 저지르지만, 종국에는 비극적 파멸을 피할 수 없었다.

그런데 (a), (b), (c)는 한데 어우러진다. 그러한 점을 단적으로 보여주는 것이, 사정옥이 환상 중에 만난 황릉묘皇陵廟의 이비二妃, 아황과 여영으로부터 들은 말 중에 들어 있다.

> 부인을 해치려고 하는 자들이 한때 뜻을 얻어 음란과 사치를 일삼으며 즐거워하고 있소.彼讒害夫人者 雖一時得志 淫奢逸樂 하지만 이는 하늘이 저들의 악행이 크게 자랄 때까지 기다리고 있다가 죽임을 내리려고 하는 것이라오. 비유하자면 독사가 사람 해치기를 능사로 아는 것과 같고, 벌레가 분예를 부끄러워할 줄 모르는 것과 같소. 부인은 무엇 때문에 저들과 곡직曲直을 다투려 하십니까?(104쪽)

육신적 에로스는 "음란과 사치를 일삼으며 즐거워하는淫奢逸樂" 악인들이 펼쳐내고, 그 에로스는 천리를 배제하며 욕망을 쫓다가 파국을 맞고 만다. 선인들이 펼쳐내는 정신적 에로스는 인욕에 치우치지 않고 천리로 연계되거니와, 하늘의 섭리에 의해 해피엔딩이 보장된다. 요컨대 에로스 이원화 구조는 '정신적 에로스－선善－천리天理－행복한 결말'과 '육신적 에로스－악惡－인욕人慾－비극적 종말'의 선명한 대립을 수반한다.

그런데 두 에로스는 동시에 펼쳐지는 것이 아니라 시차를 두고 따로따로 펼쳐진다. －처음에는 유연수가 두 여성을 거느리지만 그런 상황은 오래 가지 않았다. - 각각의 에로스가 펼쳐질 때 남녀 당사자 2인 이외의 다른 한쪽의 여성은 축출된다. 유연수와 교채란이 육신적 에로스를 펼쳐낼 때는 사정옥이 내쫓기고, 유연수와 사정옥 사이에 정신적 에로스가 펼쳐질 때는 교채란이 축출된다. 육신적 에로스와 정신적 에로스는 둘 중 어느 한쪽이 취해지면 다른 한쪽은 버려진다. 요컨대 에로스가 육신적 에로스와 정신적 에로스로 양분되어, 두 에로스는 양립하지 못한 채 서로 배타적인 양상을 띠는 것이다.

1.2.2. 여성의 성향에 따르는 에로스의 이원화

남녀의 사랑은 둘 중 어느 한쪽의 성향만으로 형성되지도 않으며, 그렇다고 해서 양쪽의 성향을 반반씩 반영하지도 않는다. 대체로 어느 한쪽의 성향이 다른 쪽보다 많이 반영되기 마련이다. 유연수·사정옥·교채란의 처첩관계에서도 그런 양상이 보인다.

유연수·사정옥의 정신적 에로스와 유연수·교채란의 육신적 에로스가 펼쳐지거니와, 두 에로스는 모두 남성 쪽보다는 **여성 쪽의 영향**을 받았다. 교채란과 사정옥을 대할 때 유연수의 애정이나 애욕은 거의 드러나지 않는다. 두 여성이 먼저 자신의 성향을 드러내고 유연수가 그에 반응하는 모습을 보였던 것이다.

먼저 사정옥·유연수의 에로스에 대해 살펴보자. 사정옥은 여사女士의 풍모가 있는 여성으로 시아버지 유희가 심혈을 기울여 맞이한 총부였다. 시부모에게 지극한 효성을 다했고 비복들을 은혜로운 마음으로 대했으며, 제사는 정성을 기울여 받들었고 가사는 법도에 맞게 다스렸다. 특히 부부 사이의 금슬이 조화를 이루었고, 규문은 화기和氣가 가득했다. 사정옥·유연수의 에로스는 덕스러운 사정옥의 영향을 받아 정신적 성향을 띤다고 할 것이다.

다음으로 교채란·유연수의 에로스를 보자. 사정옥은 교채란이 연주한 〈예상우의곡〉과 읊조린 두 편의 시를 "음란淫亂"한 것으로 규정하고, 그런 곡조와 노래를 그치라고 타일렀다. – 그 사건이 일어나기 전부터 일찍이 교채란은 그런 에로스 성향을 띠는 음악을 연주해왔다. – 교채란은 남편에게 사정옥이 시기·질투한다고 거짓말을 해댔고, 사정옥이 적자 인아를 낳은 후에는 남편의 사랑을 빼앗길까 염려하여 방중술을 배워 유연수를 사로잡았다. 이처럼 교채란·유연수의 에로스는 교채란의 영향을 받아 육신적 성향을 띤다.

한편 교채란을 내쫓은 후에 사정옥·유연수의 부부관계는 다시 사정옥의 성향을 따라 정신적 에로스를 회복한다. 이후로 임추영을 첩실로 들이는 과정에서도 정신적 에로스를 중시하는 사정옥의 성향이 재차 강조된다. 사정옥은 남편의 단호한 반대에도 불구하고[6] 자신의 나이가 40 줄에 들어섰음을 들면서 후사後嗣의 중요성을 내세워 끝내 임추영을 첩실로 들였다. 일찍이 사정옥은 피신하는 중에 잠시나마 임추영과 함께 지내면서 그녀가 부덕을 갖춘 여성임을 몸소 겪었는데, 그래서 훗날 유씨 가문으로 복귀한 후에 사정옥은 가문의 후사를 낳을 첩실로서 임추영이 적합하다고 생각한 것으로 보인다.

이렇듯 사정옥·유연수·교채란의 삼각관계는 여성들의 성향에 따라 남녀 사랑이 정신적 에로스와 육신적 에로스로 이원화되어가는 과정을 수반한다. 그리고 그 삼각관계는 나중에 사정옥·유연수·임추영의 삼자관계로 바뀌는데, 그때는 이미 유연수가 육신적 에로스를 혐오하고 정신적 에로스를 중시하는 때였고, 임추영 또한 정신적 에로스를 지향하는 첩실이었다. 유연수·임추영의 정신적 에로스에

---

6 그 대목에서 유연수의 애정관이 드러나기도 한다. "맹세코 다시 천한 사람을 가까이하여 잡종을 남기지 않을 것이오"라는 유연수의 말에는 교채란에 대한 염증이 담겨 있다. "천한 사람" 교채란에 대한 염증은 교채란이 좇았던 "천한" 육신적 에로스에 대한 염증이라 할 수 있다. 이러한 애정관은 유연수가 교채란을 겪으면서 경험으로 얻은 애정관인바, 그 애정은 육신적 에로스를 배제하고 정신적 에로스로 귀착한 것이라 할 수 있다.

사정옥·유연수의 정신적 에로스가 합쳐져서 에로스의 정신적 성향은 배가된다.

앞 단원에서 유연수의 에로스가 가변성을 띰에 대해 살펴보았다. 부연하자면 사정옥의 부덕과 어우러지면서 유연수의 에로스는 정신적 성향을 띠다가, 교채란의 관능적 욕정에 휩싸이면 어느 새 육신적 성향으로 탈바꿈하고, 다시 사정옥을 만나면서 정신적 성향을 되찾았다.

그에 반해 여성의 사랑은 가변성을 띠지 않는다. 여성은 애초부터 정신적 에로스든지 육신적 에로스든지 그 성향을 드러내며, 그 성향은 처음부터 끝까지 변함없이 지속된다. 예컨대 동청과 냉진이 교채란에게 육체관계를 요구하자, 교채란은 일찍이 육신적 관능을 중시하던 대로 흔쾌히 그들의 요구를 받아들여 성희를 즐겼다. 그와 달리 동청과 공모한 냉진이 사정옥을 취하려 했을 때, 사정옥은 일찍이 부덕과 같은 정신적 가치를 중시하던 대로 남편을 향한 수절을 중시하여 목숨을 걸고 도망쳤다.

이와 관련하여 육신적 에로스와 정신적 에로스의 접합점에 대한 기대가 펼쳐지는데, 그 전개 양상을 살펴보는 것은 에로스의 이원화 양상을 밝힘에 있어서 중요하다. 육신적 에로스와 정신적 에로스의 접합점에 대한 기대가 사정옥을 통해 펼쳐진다. 그 기대는 첩실 교채란을 들일 때 사정옥의 초창기 생각에서 잘 드러난다. 그때 사정옥은 첩실을 들일지라도 부부 사이의 정신적 에로스를 지켜낼 줄로 확신했으며, 나아가 남편과 첩실이 육신적 에로스에 빠져들지라도 얼마든지 정신적 에로스를 겸비하게 할 수 있다고 자신했다.

그 점은 시고모 두부인과의 논쟁적인 대화에서 잘 드러난다. 두부인은 사정옥이 자진해서 첩실을 들이려 한다는 말을 듣고 사정옥을 찾아가 "집안에 첩을 두는 것은 환난의 근본이야家有姬妾 亂之本也"라고 만류했지만, 사정옥은 다음과 같이 물러서지 않았다.

"첩은 타고난 체질이 허약합니다. 나이는 아직 늙지 않았으나 혈기가 벌써 스무 살 이전과는 다릅니다. 월사도 또한 주기가 고르지 않지요. 이는 첩만이 홀로 아는 일입니다. 하물며 일처일첩은 인륜의 당연한 도리입니다. 첩에게 비록 관저의 덕은 없습니다. 그렇지만 ⓐ 또한 세속 부녀자들의 투기하는 습속은 본받지 않을 것입니다. 亦不效世俗婦女之妬忌耳"

"자네는 지금 내 말을 비웃고 있는 것인가? 내가 장차 사리에 맞게 이야기를 하겠네. 관저關雎와 규목樛木의 덕화는 본디 태사太姒가 투기하지 않은 덕 때문이었지. 그렇지만 문왕文王도 또한 여색을 좋아하지 않았어. 그 때문에 중첩衆妾들도 원망하는 마음을 품지 않았던 것이야. ⓑ 가령 문왕이 미색에 빠져 애증을 고르게 하지 못했다면, 태사太姒가 비록 투기하지 않았다 하더라도 궁중에 어찌 원망하는 소리가 없을 수 있었겠는가? 使文王耽於美色 愛憎不均 則太姒雖不妬 宮中豈無怨言 그리고 내정은 어찌 어지럽지 않을 수 있었겠는가? 고금에 따라 도리가 다르지. 성인과 범인도 차이가 있는 법이야. ⓒ 한갓 투기하지 않는 것만을 믿고 이남二南의 교화를 이루려 한다면 이는 참으로 허명虛名을 탐하다 실화實禍를 부른다는 형세라 할 것이야. 而徒欲以不妬 致二南之化 眞所謂慕虛名 而受實禍也"

"첩이 어찌 감히 고인을 따라갈 수 있겠습니까? 그러나 가만히 근세의 부녀자들을 살펴보면 인륜을 무시하고 성인을 모욕합니다. 구고舅姑에게 순종하지 아니하고 장부를 공경하지 않습니다. 오직 질투만을 일삼아 남의 가문을 어지럽게 하고 남의 선사先祀를 끊어지게 만듭니다. 첩은 진실로 그것을 분하고 부끄럽게 여기고 있었습니다. 비록 사람이 미천하여 풍속을 교화할 수는 없으나 어찌 차마 그러한 잘못을 본받을 수 있겠습니까? ⓓ 장부가 만약 자신의 몸을 돌보지 않고 부정한 여색에 빠진다면, 첩이 비록 노둔하나 응당 협의를 무릅쓰고 힘써 간할 것입니다. 이는 또한 도리이기도 한 것입니다. 丈夫若自賤其身 溺於不正之色

則妾雖駑 當冒嫌而力諫 此亦道理然也"

두부인은 더 이상 만류할 수 없음을 깨닫고 탄식하였다.

"ⓔ 신인新人이 착하다면 그나마 다행일 것이야. 그렇지 아니하여 장부의 마음이 한번 그쪽으로 기울기라도 한다면 장차 무슨 일인들 일어나지 않겠는가?使新人善則幸矣 不然丈夫之心一移 何事不有 낭자는 후일 반드시 내 말을 생각할 것일세."

이윽고 두부인은 탄식하며 집으로 돌아갔다.(32쪽)

가장·정실·첩실의 삼각관계에서 불화의 근본이 무엇인가에 대해, 사정옥은 투기심을 들었는데(위의 ⓐ) 두부인은 남편이 미색에 빠지는 것, 특히 남편이 첩실에게 미혹되는 것을 들었다.(위의 ⓑ, ⓒ) 그러자 사정옥은 그런 상황이 닥치면 남편에게 간언하여 바로잡겠다는 견해를 밝혔다.(위의 ⓓ) 두부인은 남편의 마음이 첩실에게 한번 기울어지면丈夫之心一移 사태를 돌이키기 어려울 것이라고 반박했지만(위의 ⓔ) 사정옥의 생각을 바꾸게 할 수는 없었다. 이로 보건대 사정옥은 남편과 첩실 사이에 육신적 에로스 관계가 형성될 수 있음을 부인하지 않고 인정했음을 알 수 있다. 나아가 사정옥은 남편과 첩실 사이의 애욕을 쉽게 통제할 수 있다고 보았음을 알 수 있다.

그 점은 교채란을 첩실로 추천하는 매파와의 대화에서 되풀이된다.[7] 매파는 사정옥이 첩을 들이는 목적이 후사를 잇기 위한 것이라

---

7 "부중에서 첩을 구하려는 목적은 상공이 호색해서가 아니라 바로 부인이 후사를 잇기 위한 방편일 따름이지요.府中所爲求妾 非相公好色也 乃夫人爲續嗣計耳 진실로 그 위인이 후일 아들을 낳는 데 문제가 없다면 그것으로 족할 것입니다. 그런데 이 여자는 용모와 재행이 모두 남들보다 훨씬 뛰어나답니다. 그 때문에 도리어 부인의 뜻에 맞지 않을까 하여 두려운 것입니다.而此女子容貌才行 皆超出於世 恐反不合於夫人之意"

사씨가 웃으며 다시 물었다. "매파가 나를 떠보려고 하는 말이구려. 다만 어떤 사람이기에 그러시는가?"

"하간부 사람으로 성은 교요 이름은 채란이라 합니다. 본시 사족士族으로 부모가

고 말하며 사정옥의 비위를 맞추면서도, 사정옥의 마음 한편에 남편이 아름다운 첩실을 사랑하게 될지도 모른다는 염려가 자리 잡고 있음을 넌지시 짚었다. 사정옥은 "매파가 나를 떠보려고 하는 말이구려"라고 매파의 의중을 짚으면서 염려할 것이 못 된다고 대꾸했다. 그리고 교채란이 여공에 능하고 책을 읽어 고인의 행실을 본받는다는 매파의 말에, 사정옥은 "사족 여자는 천인과는 절로 다른 법이지"라며 교채란이 육신적 에로스를 쉽게 통제할 수 있을 것이라는 낙관적인 확신을 드러냈다.

두부인과 사정옥의 대화에 바로 이어 매파와 사정옥의 대화로 이어지고 있을 만큼, 남녀 사이의 에로스를 통제할 수 있다고 본 사정옥의 생각은 거듭 강조된다. – 이와 관련하여 〈사씨남정기〉는 애욕을 통제할 수 있다고 생각하는 인물을 우리 소설사에서 처음으로 창출해냈다는 점을 짚어볼 수 있다. –

하지만 그런 거듭된 설정과는 정반대로 이후의 사건은 가장·정실·첩실의 관계가 한순간에 육신적 에로스에 휘둘리게 되어 걷잡을 수 없는 혼란에 빠져드는 쪽으로 전개된다. 이는 정신적 에로스와 육신적 에로스를 조화롭게 할 수 있다는 사정옥의 생각과 어긋난다. 훗날 사정옥은 자신이 교채란을 잘못 보았음을 시인했는데, 그것은 궁극적으로 육신적 에로스의 성향을 지닌 여성이 정신적 에로스를 겸

일찍 죽었으므로 언니와 서로 의지하며 살고 있습니다. 나이는 방년 열여섯입니다. 그녀 스스로 이르기를 '문호가 쇠하였으니 가난한 선비의 아내가 되기보다는 차라리 재상의 첩이 되는 편이 좋겠어'라고 한답니다. 自謂門戶衰矣 與其爲寒士妻 無寧作宰相妾 이는 만나기 쉽지 않은 인연일 것입니다. 그 여자의 미모는 하간 지방에서 유명합니다. 그리고 비단 여공에 능할 뿐만이 아닙니다. 또한 능히 책을 읽어 고인의 행실도 본받았습니다. 女子之美 名於河南 而不但善女工 又能讀書 而法古人之行 부중에서 반드시 가인을 구하려 하신다면 그보다 나은 사람은 없을 것입니다."

사씨는 몹시 기뻐했다. "사족 여자는 천인과는 절로 다른 법이지. 내 뜻에 참으로 합당하네. 謝氏喜甚曰 仕族女子 自與賤人不同 吾意誠以爲當耳"(33쪽)

비할 수 없음을 깨달은 것이기도 하다. 그 후로 사정옥은 임추영이 부덕을 갖춘 여성임을 겪은 후에 그녀를 첩실로 들였다. 이러한 과정을 통해 육신적 에로스의 성향을 지닌 여성은 정신적 에로스의 성향을 지닐 수 없고 끝까지 육신적 에로스의 성향을 보일 뿐이고, 정신적 에로스의 성향을 지닌 여성은 끝까지 정신적 에로스의 성향을 지닌다는 점이 강조된다.

이와 같이 사정옥·유연수·교채란의 삼각관계, 그리고 사정옥·유연수·임추영의 삼자관계에 반영된 에로스는 여성의 성향에 따라 이원화되거니와, 교채란·유연수의 에로스는 육신적 성향을 띠고 사정옥·유연수의 에로스와 임추영·유연수의 에로스는 정신적 성향을 띤다.

1.3. 정신적 에로스와 한 가문의 연계

〈사씨남정기〉는 이념과 에로스가 교직되는 양상을 띠는데, 특히 육신적 에로스는 철저히 배제되고, 정신적 에로스와 종법주의 이념의 결합이 위주가 되는 작품 형식을 지닌다.

1.3.1. 정신적 에로스의 가문창달 지향

에로스는 정신적인 것과 육신적인 것으로 이원화되거니와, '정신적 에로스－선善－천리天理－행복한 결말'과 '육신적 에로스－악惡－인욕人慾－비극적 종말'로 선명하게 대립된다. 육신적 에로스에 휘둘린 개인은 목숨도 부지하지 못한 채 끝나는 반면에, 정신적 에로스를 추구한 개인은 행복한 결말을 맞는다. 그런데 정신적 에로스의 경우에는 개인의 행복한 삶이 가문창달로 확대됨으로써 '정신적 에로스－선善－천리天理－행복한 결말－**가문창달**'의 연계성을 확보한다.

선악善惡의 가치는 개인의 심성과 에로스에 한정되지 않고, 가문에 대해 어떤 행태를 취하느냐와 긴밀한 관련을 맺는다. 선인은 가문의 존립을 중요하게 여김에 반해, 악인은 자신의 욕망을 채우기에 급급할 뿐이다. 두부인과 사정옥의 개인적인 착한 성품은 유씨 가문의 존립과 창달에 기여하는 자질이 된다. 유연수는 우인愚人의 모습을 띠다가 선인이 되는데, 그런 변화는 그가 가문의 가장으로서 본분을 철저히 깨닫고 그 역할을 감당하는 것을 수반한다.

그에 반해 유씨 가문의 문객이었던 동청과 냉진은 유씨 가문을 대상으로 금품을 뜯어내어 노름과 주색잡기에 빠져들며 악행을 일삼는 자들이었다. 교채란은 유씨 가문의 첩실이었음에도 불구하고 시비 납매와 함께 동청과 육체관계를 맺었을 뿐 아니라 그들과 악행을 공모했다. 이들은 자신들의 욕망을 채우고 이속을 챙길 뿐, 유씨 가문의 존립은 관심 밖이었다. 특히 이들은 유씨 가문의 가장인 유연수를 모해함으로써 유씨 가문을 멸문의 위기로 몰아넣는 치명적인 악행을 저질렀다가 마침내 비참한 최후를 맞고 말았다.

천리天理와 인욕人慾도 남녀 에로스와 연계되고, 나아가 가문의 존립·파멸로 이어진다. 인욕은 가문의 존립과는 전혀 무관할 뿐 아니라 오히려 가문의 파멸을 맞게 하는 것으로 연계된다. 교채란·동청·냉진 무리의 가치관과 행위는 그 점을 여실히 보여준다. 그와 반대로 천리는 가문의 존립과 깊은 관련을 맺는다. 황릉묘皇陵廟 환상 공간에서 사정옥과 이비가 천리에 대해 대화하는 대목은 그 점을 잘 보여준다. 분량이 적지 않을 뿐 아니라 내용이 논쟁적인 성격을 띠고 있어서 주목할 만하다.

일찍이 사정옥은 동청과 냉진의 독수에서 피하다가 나아갈 길이 막히자, 마침 멱라수에 몸을 던진 굴원을 기리는 회사정에 당도하여 자신도 죽음을 택하는 것이 하늘의 뜻이라고 여겼으며, 자신의 고난을 두고 '하늘이 무지하다天無知'고 생각했다. 그런 생각은 황릉묘 환상 공간에서 이비를 만나 이야기를 나눌 때도 변함없이 지속된다.

"낭낭께서 그렇게 하교하시니, 천첩은 감히 속마음을 털어놓고자 합니다. 첩은 참으로 우매하여 ⓐ'천도天道는 사사로움이 없으니 오직 선인善人을 돕는다天道無私 惟善是與'라고만 생각하고 있었습니다. 그런데 요즈음에 다시 보니 크게 그렇지 않은 바가 있었습니다. 예로부터 충신 의사가 참화를 당한 자로서 오자서伍子胥나 굴원屈原을 말할 필요도 없을 것입니다. 시험 삼아 여자의 경우를 말씀드려 보겠습니다. 위나라 장강莊姜은 시인이 그 아름다움과 유덕함을 칭송했습니다. 공자는 그 시를 채록하여 후세 사람들이 법도로 삼게 했습니다. 장강은 재주와 덕성이 저와 같이 아름다웠습니다. 그럼에도 참언에 떨어져 장공으로부터 박대를 받았습니다. 한나라 반첩여班婕妤는 예의로 임금을 섬겨 함께 수레를 타지 않겠다고 사양했습니다. 또한 지혜로 몸을 보전하여 태후를 봉양하겠다고 청원했습니다. 그로 인해 선유先儒로부터 기림도 받았습니다. 하지만 조비연趙飛燕의 질투를 만나 장신궁에서 한을 품고 살았습니다. (중략)

첩은 본래 한미한 가문에서 태어난 여자였습니다. (중략) 그러나 소사께서 세상을 버리신 후로 집안 일이 크게 어긋났습니다. (중략) 마침내 첩은 얼굴을 가리고 시가의 대문을 나섰으며 눈물을 뿌리며 구고의 산소를 떠났습니다. (중략) 그런데 가던 길이 소상강에서 앞이 막혀버렸습니다. 하늘을 향해 호소하였으나 아무런 응답도 들을 수가 없었습니다. (중략) 따라서 천길 물가에 서서 실날같은 목숨을 버리고자 했습니다. 비록 벌레 같은 미물이라 하더라도 첩처럼 곤궁한 경우가 어디에 또 있겠습니까? ⓑ아녀자의 좁은 소견인지라 천지에 유감이 없을 수 없었습니다."(100-102쪽)

사정옥은 ⓐ에서 보듯, '천도는 사사로움이 없으니 오직 선인을 돕는다天道無私 惟善是與'라는 말이 꼭 들어맞지 않는다는 생각에 미치기도 했다. 그 근거로 충신 의사 4인－오자서와 굴원, 장강과 반첩여－은 충성심과 덕성을 갖추었음에도 비극적 종말을 맞고 만 것을 들었다. 그리고 사정옥은 자신의 삶도 그들과 다를 바가 없음을 또 하나의 근거로 들었다. 그에 이어 "ⓑ 아녀자의 좁은 소견인지라 천지에 유감이 없을 수 없었습니다"라며 유감을 표명했다. 사정옥이 말한 내용은 천도 자체를 부인하는 것이 아니라, 선인이 지상계에서 고난을 당하는 것을 두고 천도가 과연 복선화음福善禍淫의 이치를 지니는지에 대한 의문을 제기한 것이었다.

그에 대해 이비는 정색하며 다음과 같이 답변했다.

> "(중략) (ㄱ) 하늘이 오와 초를 멸망하게 하고 위와 한을 쇠잔하게 하여 그들 네 임금의 죄를 다스렸소. 그러나 네 사람의 신하오자서, 굴원, 장강, 반첩여는 덕행과 명절名節을 훌륭하게 세울 수 있었소. 백 번 단련해야 좋은 쇠를 얻을 수 있고 날씨가 추워야 송백의 지조를 알 수 있지요. 그들이 성취한 바는 참으로 우뚝하여 일월과 더불어 빛을 다툴 만하였소. 네 사람은 생전에 한때 곤궁을 당했으나 사후에는 만세토록 영화를 누렸던 셈이지요. 천도가 밝고 밝으니 어찌 어긋나는 일이 있겠소?天道昭昭 寧有僭哉 (중략)
>
> (ㄴ) 부인이 처한 경우는 옛날 불행했던 사람들과는 다른 것이라오. 유씨는 본래 적선積善한 가문으로 성의백의 유택遺澤이 아직 끊어지지 않았소. 소사는 충정忠貞한 선비였고 한림도 역시 군자다운 사람이오. 그러나 한림은 불행하게도 너무 일찍이 벼슬길에 올라 아직 천하의 사리를 두루 알지 못한다오. 그 때문에 부인도 함께 고통을 겪고 있는 것이지요. 한림이 허물을 고칠 때까지 기다리고 있다가 다시 부인으로 하여금 돕게 하려는 것이랍니다. 하늘이 유씨를 돕는 까닭이 결코 우연한 것이 아니지요."(102-104쪽)

이비二妃의 답변은 "천도가 밝고 밝으니 어찌 어긋나는 일이 있겠소?天道昭昭 寧有僭哉"라는 말에 요약되어 있다. 이 답변은 선인이 고난을 당하게 하는 천리天理에 대해 유감을 품었던 사정옥의 생각을 바로잡는 말이었다. 이비는 거기에서 멈추지 않고 천리가 지상의 인간 세상에서 펼쳐질 때에는 그 양상이 세부적으로 다를 수 있음을 짚어냈다.

(ㄱ) 충신 의사가 지상계에서 곤궁을 당하다가 사후에 영원한 영화를 누리는 경우: 오자서, 굴원, 장강, 반첩여

(ㄴ) 충신 의사가 지상계에서 곤궁을 당하다가 훗날 행복한 결말을 맞는 경우: 사정옥

이비의 견해에 따르면, 사정옥과 충신 의사 4인이 모두 지상계에서 받는 고통은 물론이고 그 고통의 결과로 영화를 누리는 것이 천도다. 다만 4인은 사후세계에서 영화를 누림에 비해 사정옥은 지상계에서 행복한 삶을 맞는다는 차이가 있다.

그런데 지상계에서 받는 고통이 상대 인물들과 깊은 관련이 있음을 언급하고 있어서 주목할 만하다. 오자서, 굴원, 장강, 반첩여 4인의 경우에는 하늘이 "오와 초를 멸망하게 하고 위와 한을 쇠잔하게 했으며" 그 과정에서 충언을 고한 4인에게 지상계에서 비참하게 삶을 마치는 운명을 부여했다는 것이다.-사후세계에 영화의 보상을 받은 것이 천도임은 물론이다.-

그와 달리 사정옥의 경우에는 유연수가 너무 일찍 벼슬길에 올라 아직 천하의 사리가 밝지 못했기에 하늘이 그런 유연수를 성숙하게 하기 위해서 그를 허물에 빠지게 했는데 그로 인해 사정옥이 고난을 받게 되었다는 것이다. 하늘은 그런 사정옥에게 사후세계에서가 아니라 지상계에서 영화를 누리게 하려는 깊은 뜻이 있었다. 그 영화는 남편 유연수와 함께 누리는 것이었다. 사정옥에게 부여된 천도는

"장강과 반첩여의 삶에 연원을 두고" 있지만 그들의 삶과는 달리 사정옥이 남편 유연수와 함께 정신적 에로스를 회복하는 것이었다.

유연수·사정옥이 회복하는 정신적 에로스는 유씨 가문의 창달로 수렴된다. 그런데 여기에서 고려해야 할 것이 있다. 그것은, 정신적 에로스를 추구하면 그 결과로 가문창달을 이루게 되지만, 애초부터 가문은 정신적 에로스의 근간으로 작동한다는 것이다. 그 정신적 에로스는 선善 그리고 천리天理와 긴밀한 연관성을 지니는데, 그 선과 천리는 다시 가문창달과 깊은 관련을 맺는 것이다.

위의 인용문에서 이비가 유씨 가문은 "본래 적선積善한 가문으로 성의백의 유택遺澤이 아직 끊어지지 않았소"라고 언급한 것을 새삼 눈여겨볼 필요가 있다. 선善이 **가문과 관련한** 선으로 예각화되고, 천리天理가 **가문과 관련한** 천리로 예각화되었음을 알 수 있다. 여기에서 정신적 에로스는 선험적으로 가문창달의 성향을 지니며, 그 선험성은 천리로 표방되며, 그 천리는 적선한 가문은 가문창달을 맞는다는 식으로 그 선험성은 선의 가치까지 보태져서 강화되는 것이다.

부연하자면 (ㄱ)의 오자서, 굴원, 장강, 반첩여 4인의 경우에는 '적선한 가문'이 언급되지도 않으며 단지 충의가 주어질 뿐이고, 물론 행복한 결말을 맺지만 그 영화가 지상세계에서 주어지는 게 아니라 사후세계에서 주어진다. 그것이 4인에게 주어진 천리다. 그와 달리 사정옥의 경우에는 애초부터 남편의 가문인 유씨 가문의 적선이 언급되며 행복한 결말을 지상세계에서 얻는데 그 행복한 결말은 바로 가문창달이다. 그게 사정옥 및 유씨 가문에 적용된 천리다.

이로 보건대 가문창달이 사후세계에서의 행복한 결말을 지상세계의 행복한 결말로 바뀌게 하는 요체가 된다. 그리고 거기에 사정옥과 유연수의 정신적 에로스가 자리를 잡는다. (ㄱ)의 오자서, 굴원, 장강, 반첩여 4인의 경우에는 '선善-천리天理-행복한 결말(사후세계)'의 연관성에서 그친다. 그와 달리 (ㄴ) 사정옥의 경우에는 그런 연관관계에 '가문창달－정신적 에로스'가 보태지면서 행복한 결말은 사후세계에서 지상계로 바뀐다. 나아가 '정신적 에로스－선－천리－행복한 결말(지상계)－가문창달'의 연관성이 확보된다.

이처럼 사정옥－유연수 포함－의 경우에는 '정신적 에로스－가문창달'이 새롭게 부각되고, 정신적 에로스에 주어진 가문창달의 선험성은 서사세계에서 사정옥·유연수의 결혼과 이혼 그리고 재혼을 거쳐 가문창달로 구체화된다. 그 일련의 과정은 가문창달의 이념적 성향을 보여준다고 할 것이다. 이에 〈사씨남정기〉는 가문창달의 이념이 남녀 에로스보다 우위에 있는바, 에로스에 대한 이념 우위 형식을 지닌다고 할 수 있다.

1.3.2. 정신적 에로스의 적장자 중심의 종법체제 지향

'정신적 에로스－선－천리－행복한 결말－가문창달'의 연관성에서 가문창달로 표방되고 구현되는 이념은 가문중심주의 이념이라 할 수 있다. 그런데 여기에서 그치지 않고, 가문중심주의 이념은 적장자 중심의 종법주의 이념으로 예각화된다.－수차 언급했듯이 서사세계에서 적장자 중심의 종법주의 이념이 직설적으로 주어지고 표방되는 것은 아니고, 인물들의 행위와 생각 그리고 인물갈등과 해소를 통해 구체적으로 펼쳐진다.－

남녀 에로스는 생명력을 지닌다. 잘 알다시피 그 생명력의 요체는 아들이든 딸이든 자식을 확보하는 것에 있다. 조선 후기 가부장제 사회에서 가문 존립의 중요성이 부각되면서 에로스의 생명력은 가문의 후사인 아들을 낳는 것으로 좁혀지며, 그와 관련하여 남녀 사이의 사랑의 열정은 후사를 얻고자 하는 열정으로 대체된다. 그런데 후사가 **가문을 잇는 아들 혹은 적자**로 한정되는바, 그 에로스가 지니는 생명력은 생물학적 차원을 넘어서서 당대의 윤리적, 사회적 가치관과 결합하기에 이른다. 이로써 남녀 혹은 부부 사이의 에로스는 후사 문제와 결합하면서 정신적 에로스의 성향을 띠기에 이른다.

그와 관련하여 남녀 사이의 정신적 에로스는 다음과 같은 양상을 수반한다. 총부는 가문을 잇는 아들에게 영향을 끼칠 만한 어진 성품을 지녀야 하며, 후사를 낳지 못할 때는 기꺼이 첩실을 들여서라도 후사를 낳게 하는 부덕을 갖추어야 했다. 또한 후사를 잇기 위해 들어온 첩실의 경우에는 아들을 낳았다고 해서 기고만장하지 않고 총부의 권위를 존중하는 부덕을 갖추어야 했다. 남편은 육신적 향락에 빠져들어 판단력을 잃어서는 안 되고 가문을 잇는 후사를 세우는 데 최선을 다해야 했다. 총부든 첩실이든 후사를 잇는 여성을 비롯하여 남편까지 정신적 에로스를 지향해야 했던 것이다.

이에 유연수·사정옥·교채란의 삼각관계는 정신적 에로스에 의해 가문의 후사를 확보하여 가장·총부·첩실이 자신의 위치에서 흔들림 없이 온전하게 후사를 세워나가는 서사구조를 지향한다는 점에서 새삼 주목하지 않을 수 없다. 그런 삼각관계에서 후사 세우기 서사는 처음에는 첩자승계-장주에 의한 승계-가 택해졌다가 후에는 적자승계-인아에 의한 승계-가 이루어지는 일련의 과정이 펼쳐진다. 그에 상응하여 에로스가 육신적 에로스와 정신적 에로스로 이원화하고 그중에 정신적 에로스가 적장 중심의 종법체제를 지향하는 양상을 띤다.

아무리 남녀 사이에 은정과 의리를 중시하는 정신적 에로스가 펼쳐질지라도, 가문 존립의 요체인 후사를 확보하지 못하면 그 에로스는 온전한 것이라 할 수 없다. 사정옥이 결혼한 지 10년이 되도록 후사後嗣를 두지 못하자 죄인으로 자처한 것은 그 때문이다. 사정옥이 정신적 에로스를 온전하게 이루기 위해서는 더 나아가야 할 지점이 있었다. 사정옥은 총부권을 내세워 교채란을 첩실로 들임으로써 **첩자승계**에 의해서나마 유씨 가문이 존립할 수 있도록 한 것이다.

그리고 후사를 낳는 것만큼 중요한 것은 그 후사가 올바르게 가통을 승계하는 것이다. 후사를 잘 양육하기 위해서는 가장·총부·첩실의 위계를 깨뜨리지 않고 세 사람 모두 올바른 부부관계를 유지해야 했는데, 그 부부관계에서 정신적 에로스가 바탕이 됨은 물론이다. 사정옥이 교채란을 타이른 것은 교채란이 육신적 에로스로 빠져들 기미를 알아채고 그것을 차단하고자 했기 때문이다.

그런데 교채란은 첩실로 들어와 장주를 낳아 후사 문제를 해결하는 데 직접적으로 기여했지만, 거기에서 그쳤을 뿐이다. 첩실로서 남편의 눈길과 사랑을 받기 위해 교태를 부려 남편의 심기를 어지럽게 했고, 자신을 타이르는 총부의 충정을 왜곡하고 오히려 총부를 모함함으로써 가문에 풍파를 일으켰다. 교채란은 첩실 콤플렉스에서 벗어나지를 못한 채, 부부의 사랑을 가문 존립으로 승화하는 열정, 즉 정신적 에로스가 결여되어 있었던 것이다.

교채란의 결정적인 잘못이 하나 더 있었다. 훗날 사정옥이 아들 인아를 낳았을 때 교채란은 자신의 아들 장주를 후사로 삼았던 첩자승계를 철회하고 사정옥의 아들 인아로 후사를 변경하는 적자승계를 택했어야 했지만, 그렇게 하지 않았다. 그 대신에 교채란은 교묘한 술수를 부렸던바, 총부 사정옥을 내쫓음으로써 자신은 총부가 되고 장주는 적자가 되는 일거양득의 길을 꾀했다.

다음은 교채란이 남편 유연수로부터 사정옥을 내치고 자신을 부인으로 삼는다는 약속을 받아내는 장면이다.

> 한림은 교씨를 위로하였다.
>
> "오늘은 날이 이미 저물었네. 날이 밝으면 종족을 모으고 사당에 고유告由. 사당이나 신명에 고함한 후 투부를 내칠 것이네. 그리고 자네를 책봉하여 부인으로 삼을 것이야. 쓸데없이 슬퍼하지 말게. 꽃다운 얼굴만 상하겠네."
>
> 교씨는 눈물을 거두며 대답했다.

"그와 같이 처치하시다니……. 첩의 원한이 조금 풀렸습니다. 하지만 부인의 자리야 첩이 어찌 감당할 수 있겠습니까?"

한림은 즉시 여러 종족들에게 통지하여 아침에 모두 사당 아래로 모이게 하였다.(73쪽)

유연수는 유씨 종족을 거느리고 조종 신령에게 장황히 고했다. 그 내용의 요체는 사정옥을 정실 자리에서 내치고 첩실 교채란을 정실로 삼았다는 것이다. 그런데 거기에 언급되지 않았지만 중요한 것, 한 가지가 더 있었다. 그것은 그녀의 아들인 장주가 서자에서 적장자가 되었다는 것이다. 교채란이 총부가 되고 아들을 적장자가 되게 하는 과정에서 그녀가 보여준 일련의 악행들, 예컨대 사정옥과 인아 모자에게 위해를 가하고 동청·냉진과 환락의 길에 들어선 행위들은 정신적인 에로스의 길을 무시하는 것과 깊은 상관성을 지님은 물론이다.

교채란과 대조적인 인물은 임추영이다. 임추영은 교채란 사건 이후에 사정옥이 남편 유연수에게 간청하여 맞이한 첩실이다. 적자 인아가 죽은 줄로만 알고 있어서 후사를 이을 요량으로 첩실로 들였는데 그녀의 마음씨와 행동거지는 교채란과 정반대였다. 그녀는 첩실 콤플렉스에 사로잡히지도 않았을 뿐 아니라, 정신적 에로스를 지향하여 가장·총부·첩실 관계를 정의情誼로 채우는 가운데 위계를 중시했다.

그리고 임추영에게는 또 하나의 긍정적인 의미가 부여되어 있다. 그것은 임추영이 인아를 보호함으로써 적자승계를 이루는 데 결정적으로 기여했다는 것이다. 일찍이 교채란이 시비를 시켜 인아를 강물에 빠뜨려 죽이라고 했으나 시비가 그렇게 하지 않고 길가에 버렸는데 임추영이 인아를 발견하여 양육했다. 어미 변씨가 아이를 버리라고 했지만, 임추영은 자신이 꾸었던 꿈[8]을 생각하고 "소녀의 몽조가 매우 기이하고 아이의 생김새도 범상하지 않습니다. 훗날 반드시 크게 귀한 사람이 될 것 같습니다"라고 해서 인아를 데려다 길렀다. 임추영은 몽조夢兆에 따라 인아를 양육했는데 그 결과는 유씨 집안의 적장자 양육으로 이어진 것이다. - 이런 임추영이라면 첩실로 들어와 후사를 낳으면 가장·총부·첩실의 위계를 지키면서 자신의 아들로 첩자승계를 하게 했을 것이고, 그 후에 사정옥의 아들이 생환하거나 사정옥이 적자를 낳는다면 자신의 아들이 지녔던 가통을 적자에게 넘김으로써 적자승계가 무난하게 이루어지도록 했을 것이다. -

17세기 조선의 가부장제 이념이 종법주의 이념으로 첨예화되어 가는 시대적 상황에서 적자승계가 자리를 잡아갔다. 세부적으로 보자면, 적자를 낳지 못한 무후無後의 상황에서는 첩자승계와 입양승계 중에서 선택했으며, 첩자승계를 했을지라도 훗날 적자를 낳으면 적자로 가통을 잇게 했다. 그런 흐름 속에서 〈사씨남정기〉는 무후의 상황에서의 첩자승계와 적자의 출생으로 인한 적자승계, 이 두 가지의 가통승계가 교차하는 지점을 적실하게 포착했다.

그와 관련하여 〈사씨남정기〉는 에로스가 지향하는 고귀한 가치를 종법체제에 결부했거니와, 특히 그런 에로스를 정신적 에로스로 구현했음이 주목할 만하다. 정신적 에로스 위주로 펼쳐냈을지라도, 육신적 에로스와 정신적 에로스가 서로 연결되는 지점을 주변에나마 두었을 법도 한데 전혀 그렇게 하지 않았다. 사정옥·유연수·교채란의 삼각관계를 중심으로 살펴보면, 교채란·유연수가 펼쳐낸 에로스의 경우, 사랑의 열정이 육신적 차원에 한정됨으로써 뜨거운 사랑을 하면서도 가문 존립이라는 고귀한 정신적 가치를 지향하는 삶을 펼

---

8 그때 임추영이 어미 변씨와 함께 집에 있었다. 그녀가 새벽에 꿈을 꾸었다. 울타리 밖에서 불빛이 하늘로 치솟았다. 어떤 짐승도 누워 있었다. 몸에 옥비늘이 있고 머리에는 뿔이 하나 있었다. 용도 아니고 호랑이도 아니었으나 그 형상은 아주 기괴했다.(158쪽)

쳐내지 못했다. 그에 반해 사정옥·유연수의 에로스는 사랑의 열정 대신에 가문 존립을 향한 열정을 드러냄으로써 정신적 에로스의 양상을 띨 뿐이었다. 유연수의 경우 육신적 에로스와 정신적 에로스 성향을 동시에 띤 적이 없었음은 물론이다.

가문의 존립을 향한 열정은, 사정옥 처지에서 보면 '선조(유기)… 시부(유희)-남편(유연수)-아들(유린)'로 이어지는 가문의 영속성을 확보하는 것으로 모아진다. 그 일환에서 후사 세우기를 향한 사정옥의 열정은 쉼 없이 지속된다. 처음에 적자를 낳지 못했을 때는 첩실 교채란을 들여 그녀의 아들인 장주를 얻음으로써 후사 문제를 해결했다. 그런데 사정옥은 적자인 유린을 낳음으로써 적자승계를 확보하게 되지만, 교채란의 모해를 입어 축출당하고 유린이 살해당한 줄로 알게 된다. 훗날 교채란의 악행이 밝혀진 후에 복귀한 사정옥은 얼마 지나지 않아 다시 후사 문제를 해결하기 위해서 남편에게 간청하여 첩실 임추영을 들였다. 마침 임추영이 적자 유린을 양육하고 있던 참이어서 유씨 가문은 다행스럽게 적자승계를 이루게 된다. 훗날 유린은 병부상서에 오르고, 임추영이 낳은 첩자 유웅, 유준, 유란 3형제도 현달함으로써 유씨 가문은 가문 존립·창달을 맞았다.

이처럼 유씨 가문의 총부로서 사정옥이 지녔던 열정은 후사를 향한 열정이고, 그 열정은 가문영속성家門永續性을 향한 열정으로 수렴된다. 달리 표현하면 사정옥의 후사를 향한 열정은 유씨 가문의 종법체제를 확립하고자 하는 열정이고, 넓게는 종법주의 이념을 실현하고자 하는 열정이라 할 수 있다.

그런데 종법주의 이념을 실현하는 주역은 유씨 가문과 같은 상층 벌열가문에 국한된다. 평민층이 아니라 양반층이었고, 그중에서도 상층 벌열이었다. 물론 상층 벌열가문이라고 해서 어떤 가문이나 주역이 될 수 있는 것은 아니었다. 예컨대 엄숭 집안이 권세가문이었지만 육신적 에로스에 휘둘림으로써 가문을 쇠락하게 만들었거니와 그런 가문은 결코 종법주의 이념을 실현하는 주역이 될 수 없었다. 육신적 정욕, 재물욕, 권력욕을 경계하는 한편, 정신적 에로스를 지향하며 가문영속성家門永續性을 획득하는 가문만이 그 주역이 될 수 있었다. 그게 유씨 가문이었고 그 유씨 가문은 대대 명문가로 거듭날 수 있었던 것이다.

2. 〈창선감의록〉: 에로스 이원화의 복합구조

〈창선감의록〉은 동시대의 〈사씨남정기〉에 비해 육신적 에로스를 확대했다. 여기에서는 그 점을 먼저 살펴보고, 그 후에 에로스의 이원화 양상을 드러내면서도 그와 달리 육신적 에로스와 정신적 에로스가 맞물리는 지점을 포착하고 있는 것에 대해 고찰하고자 한다. 그 후에 그러한 에로스의 양상이 가문의 영속성에 연계되는 지점을 짚어볼 것이다.

〈창선감의록〉에서는 에로스 이원화가 배타적으로 형성됨과 동시에 정신적인 것과 육신적인 것이 맞물리기도 하며, 그러한 에로스가 여러 가문을 통해 펼쳐진다는 점을 고려하여, 편의상 그 서사구조를 '에로스 이원화의 복합구조'로 칭하고자 한다.

2.1. 육신적 에로스의 확대

본항에서는 육신적 에로스의 전개 양상을 고찰하고, 그중에서도 특징적인 팜므파탈과 옴므파탈의 결합이 확대되는 지점을 세세히 짚어보고자 한다. 그리고 그와 관련하여 육신적 에로스형 권력자와 적장자가 창출된 것에 대해 알아보고자 한다.

2.1.1. 육신적 에로스의 전개

〈창선감의록〉에서 육신적 에로스는 첩실 조월향, 문객 범한·장평을 통해 구현된다.

[1] 육신적 에로스의 발현	(1) 상춘정 사건
[2] 육신적 에로스의 전개	(2) 범한·장평과 교제, 화춘·조월향의 첫눈에 반한 사랑
	(3) 난수와 범한에게 성관계 권유
[3] 육신적 에로스의 전환	(4) 난수·범한·조월향의 성관계와 공모
	(5) 장평·화춘의 윤옥화 성상납 공모
	(6) 범한·조월향·난수·누급의 금전 수수 및 육체관계
[4] 육신적 에로스의 결말	(7) 누급의 범한 살해, 조월향·난수·누급의 처형

'[1] 육신적 에로스의 발현' 단계를 보자. 일찍이 화춘은 상춘정에서 시를 지어 올렸는데 그 내용에는 이성을 향한 사랑의 감정이 짙게 배어 있었다.

> 다음에 춘의 시를 읽었는데 공이 갑자기 화를 내며 종이를 던져버렸다.
>
> "어린 자식이 이리도 막돼먹었으니 우리 집안이 망할 징조다.小子無狀吾家亡矣"
>
> 춘은 놀라서 황급히 머리의 관을 벗고 당 아래로 내려갔다. 성생이 나아가 말했다.
>
> "명을 받들어 갑작스레 시를 짓다 보면 잘못을 저지를 수도 있습니다. 혹 흡족하지 않으실 수 있지만 그렇게까지 말씀하시다니요."
>
> 공이 말했다.
>
> "아니다, 아니야. 시를 잘 짓고 못 짓고를 탓하는 것이 아니다. 경박함과 음탕함이 시에 가득하니, 이런 놈은 앞으로 집안을 어지럽힐 게다.

而儇薄浮淫之態 溢於篇上 此子將亂家耳"

그러고는 오래도록 미간을 찡그리며 언짢아했다.(24-25쪽)

가부장 화욱은 화춘의 시를 던지며 "어린 자식이 이리도 막돼먹었으니 우리 집안이 망할 징조다小子無狀 吾家亡矣"라며 화를 냈다. 그 이유는 화춘의 시에 "경박함과 음탕함儇薄浮淫之態", 즉 "음란비례지언淫亂非禮之言"이 가득했기 때문이다.[이상 위의 (1)]

다음으로 '[2] 육신적 에로스의 전개' 단계를 보자. 어린 시절부터 이성과의 사랑을 동경했던 화춘은 색정적인 범한·장평와 교분을 맺었다. 범한은 주색을 즐기며 남의 처첩과 간통질을 일삼았고, 장평은 노름에서 횡재하기를 좋아했다. 그들은 화춘이 돈이 많은 것을 보고 그에게 접근하여 막역한 사이가 되어 밤마다 술을 마시고 떠들어대곤 했다.

그런 중에 화춘은 조월향을 보고 첫눈에 반하여 그녀에게 둘째 부인으로 맞이하겠다는 맹세를 한다. 화춘은 두 친구에게 그런 자신의 모습에 대해 상세히 밝혔다.

지난달 보름께 우연히 서쪽 정원 이화정을 이리저리 거닐다가 <u>동쪽의 이웃집 담장 아래에 옥 같은 여인이 붉은 복사꽃 한 떨기를 들고 있는 것을 보았는데</u>見東隣墻下 有一箇玉人 手持紅桃一支 바람에 날아갈 듯한 그 모습이 그윽한 난초 같아서 <u>마음이 붕 뜬 듯 정신을 차릴 수 없었다오.</u>心魂飄蕩 마침내 옥팔찌를 던지니 미인이 주워서 품에 넣고 갔다오. 그날 밤 내가 <u>달빛을 타고 담장을 넘어 들어가보니</u>乘月踰垣而入 과연 깁창을 단 작은 방에 촛불이 가물가물하였소. 그 여자가 말하기를, 자기는 원래 선비 집안 출신의 조씨인데, 집이 가난한 탓에 아비는 등짐 장사하러 갔다가 절강에서 죽었고, 지금은 병든 어미와 함께 살면서 수놓아서 입에 풀칠을 한다고 했다오. <u>며칠 사이에 서로 떨어지지</u>

못할 만큼 사랑이 깊어져서 꼭 부실로 맞이하겠노라 분명한 맹서까지 하였소. 數夜之間 情愛膠密 信誓丁寧 必欲迎爲副室(44쪽)

보름달이 훤히 떠 있는 밤에 정원에서 이리저리 거닐고 있는 화춘의 발걸음에는 주체하지 못하는 춘정이 담겨 있다. 이내 그 춘정은 그의 시선을 타고 "동쪽 이웃집 담장 아래東隣墻下"로 향하더니 미모의 여인에게서 멈추었다. 그 순간 화춘은 "마음이 붕 떠서 정신을 차릴 수가 없는心魂飄蕩" 상태에 빠지고 말았다.

거기에는 미녀 조월향이 있었다. 그녀도 춘정을 이기지 못했다. 그 춘정은 "손에 들린 붉은 복사꽃 한 떨기手持紅桃一支"로 분출되고 있었다. 그녀는 화춘을 보자마자 첫눈에 반했던바, 화춘이 옥팔찌를 던지자마자 냉큼 팔찌를 품에 넣고 돌아섰다. 마침내 화춘은 담장을 넘었고, 두 사람은 이내 "서로 떨어지지 못할 만큼 사랑이 깊어져情愛膠密" 부부가 되기로 맹세했다.

화춘과 조월향의 "정애情愛"는 열정적 사랑으로 이어졌다. 그런데 그 사랑은 육욕적이고 관능적으로 흘렀다. 화춘은 얼마 되지 않아 조월향을 부실로 맞이하여 농염한 사랑을 즐겼는데, 화춘은 "탕자蕩子"와 다르지 않았고, 조월향은 "간교한 눈웃음奸笑巧睇으로 탕자를 유혹하는 음탕한 창녀"와 같았다. 화춘과 조월향이 펼쳐낸 사랑은 음창淫娼과 탕자蕩子 사이의 욕정적 향락이었던 것이다.[이상 위의 (2)]

그 후에 화춘과 조월향은 총부 임씨를 내쳤으며, 그 과정에서 조월향은 범한의 도움을 쉽게 받기 위해서 몸종인 난수를 범한과 통정하게 했다. 그런데 화진이 조월향이 화춘의 정실이 되는 것을 반대하고, 남채봉이 조월향에게 청옥패를 주지 않고 정실로 인정하지 않자, 조월향은 범한과 공모하여 화진과 남부인을 모함했고 화춘은 기꺼이 동조했다. 그 과정은 에로스가 관능적이고 육욕적으로 흐르면서 악행 공모를 위한 수단이 되어가는 양상을 보여준다.[이상 위의 (3)]

그다음 단계가 '[3] 육신적 에로스의 전환' 단계다. 육신적 에로스는 한층 더 수단화되는 한편 관능과 향락을 향해 치닫는다. 조월향이 몸종 난수에게 범한과 정을 통하게 했는데 그 후에 난수가 조월향과 범한을 중재하자 조월향은 서슴지 않고 범한을 받아들였다. 다음은 범한과 조월향이 잠자리를 함께하는 장면이다.

하루는 조씨가 범한의 배를 어루만지며趙女撫漢腹 말했다.

"이 배 속에는 만 가지 꾀가 있어서 이리도 큰가 봐요."

범한이 웃으며 말했다.

"꾀란 것은 배 속에 있지 않고 머릿속에 있지. 나에게는 한나라 진평처럼 여섯 가지 꾀가 있어서, 그중에 셋은 이미 썼고 아직 쓰지 않은 것이 셋이지."

"이미 사용한 것은 어떤 꾀인가요?"

"경옥(화춘)을 꾀어 사귄 다음 재물을 물 쓰듯 하게 한 것이 첫 번째고, 화진을 무고한 죄에 얽어들게 하여 영영 앞길을 막아놓은 것이 두 번째고, 멍청한 남편을 기만하고 그의 아름다운 부인을 빼앗은 것이 세 번째지."

조씨가 웃고 말했다.

"그럼 쓰지 않은 것은 무엇인가요?"

"첫째는 화진을 죽이는 것이고, 둘째는 화춘을 죽이는 것이고, 셋째는 춘추시대 월나라의 범려가 재물을 싣고 서시와 함께 떠났던 것처럼 이 집 금은보화를 빼돌려 그대와 함께 오호에 배를 띄우고 노는 것이지."

조씨는 화를 내는 척하면서 그 배를 탁 튕겼다.趙女佯怒而打其腹(129쪽)

위 대목은 육신적 에로스가 분출되는 명장면으로 꼽을 만하다. 조월향이 범한의 배를 어루만지자, 범한은 악한 꾀를 쏟아내고, 이내 조월향이 화내는 척 그의 배를 튕겼을 만큼 둘 사이의 농염한 친밀성이 돋보인다. 두 남녀의 성적 관계는 재물 갈취, 시동생 살해 모의, 남편 살해 모의 등 악행과 맞물리며 증폭되어갔다. 심지어 자신들의 부적절한 관계가 집안 하인들에게 알려져도 전혀 두려워하거나 부끄러워하지 않았다.[이상 위의 (4)]

화춘도 예외는 아니었다. 그는 장평으로부터 윤옥화－화진의 아내－를 엄세번에게 상납하자는 제의를 받자 처음에는 주저했지만 이내 허락했다. 또한 그는 장평의 고자질로 범한과 조월향의 치정관계를 알게 되지만 그들과 공모한 자신의 악행이 밝혀질까 두려워 어떤 처분도 내리지 못한 채 울분을 토할 뿐이었다. 이렇듯 화춘은 육신적 에로스의 그물망에 얽혀 있었던 것이다.

조문화 아들의 경우[9]와 엄세번의 경우에도 그러했다. 엄세번은 정실과 사별한 후 그의 관심은 오직 미모의 여성과 육체관계를 맺는 것뿐이었다. 상대가 유부녀여도 좋았고 유부녀를 탈취해 와도 괜찮았다. 윤옥화－윤여옥의 변장－에게 치근대는 모습에는 재물과 권력을 뽐내며 여성을 취하려는 성욕이 넘실댄다. 이처럼 육신적 에로스는 성의 수단화는 물론이고 재물과 권력이 결탁하며 성적 유희와 향락을 강화하는 쪽으로 치달았다.[이상 위의 (5)]

육신적 에로스에 빠져든 인물들은 자신들의 악행이 밝혀졌을 때 과오를 반성하기는커녕 오히려 육체관계를 내세워 위기를 모면하고

---

9 조문화는 진채경이 아름답다는 말을 듣고 그녀를 며느리로 삼기 위해 진형수에게 청혼했다가 거절당하자 엄숭에게 청탁하여 진형수를 좌천시키더니, 다시 공금 착복 혐의로 죄를 얽어맨 후 진채경 집안을 위협하여 그녀를 며느리로 삼고자 다시 청혼했다. 진채경은 거짓으로 허락하고 부모를 안전하게 한 후에 이리저리 핑계를 대다가 도망쳤다. 그 과정에서 두 번째 청혼 이후 조문화의 아들은 진채경과 빨리 결혼하고 싶어서 매우 조급해했다.文華之子躁躁不已 처음에 그는 진채경이 아름답다는 말을 듣고 그녀 아내로 맞이하고자 했고 그 뜻을 이루기 위해 부친을 졸랐던 것으로 보인다. 조문화는 아들을 만류하기는커녕 자진해서 아들의 애욕을 충족시켜주려고 했고, 그게 여의치 않자 권력을 악용하여 청탁과 무고로 진형수를 얽어맨 후 진채경을 며느리로 들이려 했던 것이다.

자 할 뿐이었다. 범한·조월향·난수 세 사람이 도망치는 도중에 누급을 만나는 대목을 보자.

범한은 도망치는 길에 누급을 찾아가서 말했다.

"나는 책 읽는 선비니, 두 미녀를 데리고 금은보화를 많이 가진 채 산으로 들로 달아나다가 도적들을 만나지나 않을까 걱정되네. 자네가 내 옆에 있어준다면 마땅히 천금을 나누어 줌세."

그러자 누급이 웃으며 말했다.

"천금, 천금 좋지. 그런데 미녀도 나누어 줄 수 있겠나?千金 千金 亦能以一美娥見分乎"

범한이 손으로 난수를 가리켰다. 누급은 크게 기뻐하며 처자도 버리고 즉시 칼을 들고 따라왔다.級大悅 棄妻子 卽비 拂劒而從之(248-249쪽)

범한은 누급에게 신변 보호를 요청하며 천금을 제의하자, 누급은 그 제의를 흔쾌히 받아들였을 뿐 아니라 여자까지 원했다. 범한은 기꺼이 난수를 내어주었고, 누급은 처자를 버려둔 채 성큼 따라 나섰다. 이로 인해 조월향·범한·난수 3인의 육체관계는 누급이 가담함으로써 4인의 육체관계로 확대된다.[이상 위의 (6)]

마지막으로 '[4] 육신적 에로스의 결말' 단계를 보자. 범한은 화진이 대원수가 되었음을 알고 후환이 두려워 누급을 사주하여 화진을 살해하라고 했지만, 오히려 누급은 범한을 죽인 후에 관아에 알려 살길을 도모했다. 조월향·난수·누급 3인은 화진에게 잡혀 비극적 종말을 맞았다.[이상 위의 (7)]

2.1.2. 팜므파탈과 옴므파탈 결합의 확대

육신적 에로스에 사로잡힌 인물들 중에서 여성들은 팜므파탈로 그려지고 남성들은 옴므파탈로 그려진다. 그들은 애욕을 비롯하여 재물욕과 권력욕을 채우기 위해 수단과 방법을 가리지 않고 사람들을 이용했지만, 그 화살이 본인들에게로 돌아오는 것을 막지 못해 비극적 종말을 맞고 말았다.

팜므파탈의 대표적인 인물이 조월향이다. 그 점은 심부인이 거론한 조월향의 죄목에서 잘 드러난다.

> 너는 다섯 가지 큰 죄를 지었다. 먼저 요사스런 얼굴과 음탕한 모습으로 담장 밑을 오가면서 내 아들을 눈짓으로 유혹하여 예의에 어긋난 행동에 빠지게 한 것이 첫 번째 죄다. 또 본부인을 시샘하여 저주하는 일을 벌였다고 모함한 것이 두 번째 죄다. 또 시어미의 명령을 멋대로 지어내 숙녀에게 독약을 먹인 뒤 거적에 말아 강물에 던진 것이 세 번째 죄다. 은밀히 문객과 짜고 시어미 침소에 자객을 보내고 그 죄를 한림에게 덮어씌운 것이 네 번째 죄다. 보물을 모두 훔쳐서 밤에 간부와 함께 도망친 죄, 다섯 번째다. 네가 이 다섯 가지 죄를 짓고도 감히 토막토막 잘리는 형벌을 면할 줄 알았느냐?(258쪽)

조월향의 죄 다섯 가지 중에 첫 번째 죄는 여성이 관능미를 내세워 상대 남성을 유혹하는 팜므파탈의 출발점에 해당한다. 그 후로 그녀는 총부(임씨) 모함, 남채경 독살 시도, 화진 모함 등의 악행을 저질렀으며, 재물을 훔쳐서 간부와 함께 달아나는 도주 행각을 벌였고, 마침내 비극적 종말을 피하지 못했다. 그녀는 남편을 욕정과 색정으로 사로잡아 자신의 뜻을 이루고, 간부들과 육체관계를 맺으며 쾌락을 즐겼지만 결국에는 자신이 쳐놓은 에로스의 그물망에서 헤어나지 못한 채 죽음을 맞고 말았다.

옴므파탈의 대표적인 인물은 범한과 장평이다. 이들은 명문가에 빌붙어서 육신적 관능을 추구하는 인물들이다. 하지만 범한과 장평은 각자의 이해관계에 따라 자중지란을 일으켜 도망치지 않을 수 없었으며, 범한은 조월향과 도망치는 중에 누급을 끌어들여 육신적 향락을 꾀하기도 했다. 이들에게 주색잡기, 노름, 간음 등은 일상사였지만 끝내 비극적 결말을 맞고 말았다.

이렇듯 조월향은 팜므파탈의 전형적 여성이며, 범한, 장평, 누급 등은 옴므파탈의 전형적 남성으로 제시되었다. 그리고 이들 팜므파탈과 옴므파탈은 각각의 개별적인 행동을 넘어 서로 결합하는 지점을 형성한다. 범한, 조월향, 난수, 누급 네 남녀는 서로 몸을 섞으며 재물을 취했고, 장평은 엄세번에게 윤옥화를 상납하는 과정에서 범한, 조월향과 공모했다. 이들은 주저하지 않고 서로 이끌며 육신적 향락에 빠져드는 한편, 그 육신적 에로스를 재물과 권력을 얻는 수단으로 삼아 서로 결탁하기도 했던 것이다.

하지만 이들의 결탁은 애초부터 지조나 의리로 맺어진 것이 아니라 이기적인 욕망 충족을 위해 맺어진 것이어서, 상황이 변하면 순식간에 적이 될 수밖에 없었다. 단적으로 장평은 활로를 모색하기 위해 화춘에게 범한의 악행들과 조월향과의 간통 사실을 낱낱이 말해주었다. 그 후로 화춘은 조월향을 볼 때마다 눈을 흘겼고, 조월향은 그녀대로 화춘을 원망하며 저주했다. 마침내 팜므파탈과 옴므파탈의 결합은 서로를 향한 배신과 저주를 거쳐 파국에 이르고 만다. 팜므파탈과 옴므파탈은 각각 치명적임은 물론이고, 팜므파탈과 옴므파탈이 결합함으로써 지니는 육신적 에로스의 치명성은 더 클 수밖에 없었다.[10]

10 〈사씨남정기〉에서 미모의 첩실인 교채란을 팜므파탈의 전형으로 그려낸 것과 유사하게 〈창선감의록〉은 첩실 조월향을 팜므파탈로 설정했으며, 〈사씨남정기〉에서 명문가에 빌붙는 문객인 동청과 냉진을 옴므파탈로 설정한 것처럼 〈창선감의록〉은 문객 범한과 장평을 옴므파탈로 설정했다. 그리고 〈사씨남정기〉에서 첩실과 문객을 통해 파므파탈과 옴므파탈이 결합했던 것처럼 〈창선감의록〉에서도 그렇게 결합했다.

2.1.3. 육신적 에로스형 권력자와 적장자의 창출

한편 〈창선감의록〉은 육신적 에로스에 휘둘리는 인물의 계층을 상층가문에 설정함으로써 〈사씨남정기〉와 구별되는 새로운 지점을 선보였다. 그 핵심적인 인물이 엄세번과 화춘이다.

엄세번은 그의 부친 엄숭과 함께 명나라 가정제 때 권세를 떨친 권력자였다. 그의 집안은 엄숭 이래로 2대째 권세를 떨치다가 엄숭의 소인배적 행위와 함께 몰락하게 된 인물이다. 〈사씨남정기〉에서는 엄숭에 초점을 맞추어 그를 유희의 정치적 적대세력이자, 동청의 배후세력이 되어 유연수를 귀양 보내는 소인배로 그려냈다.

〈창선감의록〉에서는 엄숭의 아들인 엄세번을 육신적 에로스형 권력자로 초점화하여 그의 욕정이 화씨 집안의 며느리인 윤옥화에게 미치는 지점을 세세하게 그려냈다. 엄세번은 정실과 사별한 뒤에 "천하미색天下美色"을 두루 구했는데, 그때 그에게 포착된 여자가 윤옥화였다. 엄세번은 화춘과 장평이 미모의 윤옥화를 상납한다는 말을 듣고 기뻐했다. 그는 자신의 애욕을 충족할 수만 있으면 상대가 유부녀여도 개의치 않았고, 심지어 그녀를 강제로 데려오는 것도 아무런 문제가 될 게 없다고 여겼다. 더욱이 상대 여성이 명문가 화진의 정실이어도 괜찮았다.

윤여옥은 그에게 복수하기 위해 윤옥화로 변장하여 마치 그의 사랑을 받아들이는 것으로 꾸몄는데, 엄세번은 그런 윤여옥의 정체와 의도를 전혀 알아채지 못한 채 갈증 난 욕정을 드러낼 뿐이었다. 그런 일련의 과정이 해학적으로 장황하게 펼쳐진다. 그런데도 엄세번과 윤옥화-윤여옥의 변장-의 사랑, 특히 윤옥화-윤여옥의 변장-를 대하는 엄세번의 모습은 육신적 에로스의 한 단면을 적나라하게 들춰내고 있어서 주목할 만하다.

> 잠시 후에 붉은 문이 높이 서 있고 분칠한 담장이 빙 둘려 있는 곳에

이르니 화장한 몸종 십여 쌍이 문밖에서 맞이했다. 윤여옥이 곁문에 이르러 가마에서 내려서니, 패옥 소리 짤랑짤랑 울리는 가운데 걸음걸이가 아리따웠다. 엄씨 집안의 모든 부인네들이 멀리서 보고 칭찬했고, 엄세번은 마음이 혼미하고 쿵쾅거려 신발을 거꾸로 신은 채 달려나왔다. 世蕃精魂迷蕩 蹤履顚倒

윤여옥은 방으로 들어갔다. 방 안에는 진홍색의 침상에 화려하게 수놓은 휘장이 드리워져 있었고, 산호로 만든 책상에다 무늬옥으로 만든 등받이, 구슬을 꿰어 장식한 등, 비취로 꾸민 부채가 휘황찬란하여 마치 페르시아 상점에 들어와 있는 듯했다. 殷紅寢牀 刺繡寶帳 珊瑚之案 文玉之几 聯珠之燈 綴翠之扇 璀璨炫煌 如入於波斯肆中

몸종들이 혹은 세숫물을 대령하고 혹은 눈썹먹을 받들어 어서 화장을 하라고 재촉했다. 윤여옥이 웃으며 말했다.

"내가 못난 얼굴과 비루한 자질로 외람되게도 군자의 선택을 받았는데, 감히 스스로 화장을 더하여 남의 이목을 어지럽혀서야 되겠느냐?"

엄세번은 이 말을 엿듣고 사랑스러워 미칠 것 같았다. 世蕃竊聞此言 愛之欲狂 문을 열고 들어가니 윤여옥이 몸을 일으켜 맞이했다. 엄세번이 인사하고 자리에 앉아 말했다.

"만생이 오래도록 그대의 이름을 사모하여 멀리서 그 명성은 듣고 있었지만, 봉래산과 약수가 가린 탓에 아름다운 만남을 이룰 길이 없었소. 다행히 장생(장평)의 청조가 소식을 전하여 선녀의 고운 얼굴을 볼 수 있게 되었구려. (중략)"

이때 계집종들이 형형색색의 음식과 안주를 들여 왔다. 윤여옥이 전혀 부끄러워하지 않고 연거푸 술잔을 들이키자, 옥 같은 얼굴이 발그레해졌다. 엄세번은 더욱 황홀했다. 公子略無羞態 連倒霞觴 玉顔微紅 世蕃愈益恍惚

이때 엄숭의 딸 월화가 창밖에서 이 광경을 엿보고 추하게 여겨 비웃었다.

"사람이 저렇듯 절제를 못 하니 두 남자를 따를 법도 하다.斯人也 汎濫如此 宜其從二姓也"

이윽고 해질 녘이 되자 방 안이 어둑어둑해졌다. 엄세번은 계집종에게 촛불을 밝히게 했다. 윤여옥이 촛불 아래 단정히 앉으니 고운 자태가 더욱 눈부셨다. 엄세번이 미친 흥을 이기지 못하고 윤여옥의 고운 손을 잡았다.世蕃不勝狂興 進執公子之玉手(152-155쪽)

엄세번은 윤옥화가 오기를 고대하던 중 윤옥화―윤여옥의 변장―를 보자마자 "마음이 혼미하고 쿵쾅거려 신발을 거꾸로 신은 채 달려나왔世蕃精魂迷蕩 蹤履顚倒"으며, 그녀의 말하는 모습이 "사랑스러워 미칠 것 같았다.愛之欲狂"

엄세번이 윤옥화―윤여옥의 변장―와 사랑을 나누기 위해 공들여 꾸민 방은 "진홍색의 침상에 화려하게 수놓은 휘장이 드리워져 있었고, 산호로 만든 책상에다 무늬옥으로 만든 등받이, 구슬을 꿰어 장식한 등, 비취로 꾸민 부채가 휘황찬란"했다. 그 방은 마치 "페르시아 상점波斯肆"과 같았고, 거기에 온갖 음식과 안주가 들어왔다. 주색酒色이 갖추어진 환상적인 분위기에서 환락적 성희를 즐기기에 부족함이 전혀 없는 장소였다.

윤옥화―윤여옥의 변장―는 엄세번이 건네는 술잔을 연거푸 들이키고서는 얼굴이 붉게 달아올랐고, 엄세번은 그녀의 자태를 보고 더욱 "황홀恍惚"해졌다. 그 광경을 엿본 엄월화는 윤옥화―윤여옥의 변장―의 정조 없는 행위를 비웃지 않을 수 없었다. 미모의 유부녀를 강탈해 온 엄세번이나, 그에게 끌려와 저항하기는커녕 오히려 술잔을 연거푸 받아 마시고 얼굴이 붉게 달아오른 윤옥화―윤여옥의 변장―나, 두 남녀 모두 육신적 쾌락을 마다하지 않는 정욕의 화신으로 그려졌다.―비록 윤여옥이 윤옥화로 변장하여 연출한 것이지만―

한편 화춘은 화씨 가문의 적장자다. 화춘은 자진하여 조월향, 범한,

장평 등과 어울리며 육체적 에로스에 빠져들었다. 〈사씨남정기〉에서 가장 유연수가 육신적 에로스 성향을 띠는데, 그렇게 된 것은 본인의 성향 탓이라기보다는 첩실 교채란의 미혹과 술책 때문인 것으로 설정되었다. 그에 비해 〈창선감의록〉에서 화춘은 처음부터 육신적 에로스형 적장자로 초점이 맞추어졌다. 그는 어려서부터 이성 간의 사랑을 동경했으며 성적 쾌락에 빠져들더니 나중에는 아우 화진의 아내를 마음속에 품는 욕정적 인물로 그려진 것이다.

훗날 조월향은 잡혀 와 심부인에게 질책을 당할 때, 그녀는 반박하며 자신의 죄를 화춘의 탓으로 돌렸다. 그 내용 중에 육신적 에로스에 휘둘린 적장자 화춘의 모습이 담겨 있다.

> 조씨가 악다구니를 쓰면서 말했다.
>
> "화진 나리가 나를 죽인다면 내가 달게 받아들이겠지만, 심부인은 나를 책망하지 못해. 부인 아들이 예의를 안다면 내가 음탕하게 유혹한들 그 사람이 담장을 넘어왔겠어?夫人之子知禮 則吾雖淫挑 彼豈踰墻乎 부인이 어질고 현명해서 헐뜯는 말을 곧이듣지 않았다면 내가 어떻게 임씨를 모함할 수 있었겠어? 부인이 정말로 남부인을 숙녀로 여겼다면 어째서 손수 매질을 한 뒤 행랑에 가두었을까? 부인이 한림 부부를 제 자식처럼 사랑했다면 내가 비록 못된 마음을 품었다 해도 어떻게 이간질을 할 수 있었겠어? 부인의 아들이 단정한 친구들을 사귀고 내외의 분별을 엄히 했다면 내가 누구하고 눈이 맞았겠어?夫人之子 聚端友而嚴內外 則吾從誰得奔乎 구멍난 동굴에 바람 들고, 썩은 고기에 벌레 생기는 법이야. 부인의 집안은 문제가 없는데 내가 혼자 분란을 일으킨 거라고?"
>
> 시장에 있는 사람들이 하하 웃었다. 심부인은 이 말을 듣고 부끄러워 후회했다.(258-259쪽)

화춘은 예의와 체면도 없이 담장을 넘어 조월향과 육체관계를 맺었으며, 범한 장평과 어울리며 주색잡기에 골몰했다. 그는 관능미를 지닌 조월향을 첩실로 들이고 성적 쾌락을 즐길 뿐, 가문 존립을 책임져야 할 적장자로서 감당해야 할 일은 거들떠보지도 않았다. 화춘은 이처럼 **육신적 에로스형 적장자**의 모습을 띤다. - 화춘은 우리 소설사에서 처음으로 형상화된 육신적 에로스형 적장자다. -

2.2. 에로스의 이원화와 에로스의 고양

〈창선감의록〉은 선행 연구자들에 의해 거듭 언급되었다시피, 〈사씨남정기〉에 비해 복합적인 서사구조를 지닌다.[11] 남녀의 결연이 화씨 가문 이외의 다른 가문으로 확대되는데, 그와 관련하여 에로스를 육신적인 것과 정신적인 것으로 이원화하는 한편, 육신적 에로스가 정신적 에로스로 고양되는 지점을 확보하고 있어서 눈길을 끈다.

2.2.1. 육신적 에로스와 정신적 에로스의 이원화

〈창선감의록〉에서 에로스가 육신적인 것과 정신적인 것으로 이원화되며, 이원화된 에로스는 서로 겹치거나 조화를 이루지 못한 채 시종일관 지속된다. 이러한 에로스의 이원화는 〈사씨남정기〉에서처럼[12] (a) 정신적 에로스와 육신적 에로스에 천리天理·인욕人慾의 이분법적 연계, (b) 정신적 에로스와 육신적 에로스에 선악善惡의 이분법적 연계, (c) 정신적 에로스와 육신적 에로스에 행복·비극의 이분법적 연계 등으로 더욱 견고해지는 양상을 보인다.

---

11 임형택, 「17세기 규방소설의 성립과 〈창선감의록〉」, 『동방학지』 57, 연세대학교 국학연구원, 1988, 162쪽.

12 이 책의 108쪽 참조.

먼저 '(a) 정신적 에로스와 육신적 에로스에 천리天理·인욕人慾의 이분법적 연계' 양상에 대해 알아보자. 육신적 에로스가 인욕 차원에서 펼쳐지는데, 그 인욕人慾은 애욕에 한정되지 않고 재물욕 및 권력욕과 한데 뒤엉키며 표출되는 양상을 보인다. 조월향, 범한과 장평은 권세가 혹은 명문가에 빌붙어서 부를 누리고자 했고, 뇌물을 써서 관직을 얻기도 했으며, 그 과정에서 서로 관능적 성희를 즐기곤 했다. 이들 3인은 자신들의 욕망—애욕, 재물욕, 권력욕—을 채울 수만 있다면 상대를 가리지 않고 육체관계를 맺었다.

반면에 정신적 에로스는 덕성, 의리, 효 등의 정신적 가치와 밀접한 관련을 맺으며, 그런 정신적 가치는 천리天理로 연계된다. "하늘이 화진의 효성에 감동하여 심부인·화춘 모자가 뉘우치게 될 것이다"(285쪽)라는 은진인의 감탄 어린 말에서 알 수 있듯이 화진이 추구한 효는 하늘을 감동시켰을 정도였다. 그리고 화진은 부부관계에서 효의 가치를 중시하는 정신적 에로스를 지향했던바, "하늘로부터 인효를 타고났으며 마음속에서 우애가 우러났다"라고 일컬어질 만큼, 그가 지향하는 효는 천상과 지상을 관통하는 천리天理로 제시된다.

다음으로 '(b) 정신적 에로스와 육신적 에로스에 선악善惡의 이분법적 연계' 양상에 대해 살펴보자. 정신적 에로스를 추구하는 임씨는 처음부터 끝까지 선인善人으로 설정되는 반면에, 육신적 에로스를 추구하는 조월향·범한·장평은 시종일관 악인惡人으로 설정된다. 이들 악인은 자신들의 개인적 욕망을 채우기 위해서 임씨, 화진, 윤옥화, 남채봉, 진채경 등 선인을 모해하고 살해하려고 했다. 심지어 악인들은 서로 배신하고 상대의 재물을 갈취하며 몰래 육체관계를 맺는 등 자기들끼리 악행을 일삼았다.

'(c) 정신적 에로스와 육신적 에로스에 행복·비극의 이분법적 연계' 양상에 대해 고찰해보면 다음과 같다. 임씨는 육신적 에로스에 젖은 조월향·범한·장평에 의해 내쫓기지만 그 위기를 넘기고 화씨 집안에 복귀하여 행복한 결말을 맞는다. 그에 반해 악인들은 자신들의 욕망을 채우기 위해 악행을 저지르고 다시 욕망을 채우기 위해 더욱 심한 악행을 저지르다가 비극적 종말을 맞고 만다. 이처럼 정신적 에로스와 육신적 에로스에는 인과응보因果應報, 사필귀정事必歸正의 사고가 연계된다.

그리고 (a), (b), (c)는 따로 작동하는 게 아니라 한데 어우러지면서 작동한다. 작품의 말미에 서술된 서술자 혹은 작가의 말은 그 점을 잘 보여준다.

> 아! 충효는 성性이고 사생과 화복은 명命이다. 명命은 내가 알 바 아니니, 마땅히 나는 성性에 충실할 뿐이다. 범한과 조씨는 온갖 술수와 나쁜 짓을 다했지만 다른 사람의 부귀를 재촉했을 뿐이고, 자신의 목숨은 끊어지게 되었으니, 하늘의 뜻을 알 수 있다. 噫 忠孝性也 死生禍福命也 命非吾所知也 但當盡吾性而已矣 范趙雖竭巧殫惡 祇令人速富貴而自斵其命 天亦可知也(285쪽)

서술자는 인간이 충효를 다할 뿐이고, 생사화복生死禍福은 알 수 없다고 했지만, 범한과 조월향이 온갖 악행을 저질렀다가 오히려 자신들의 목숨을 잃게 된 것으로 미루어 하늘의 뜻을 알 수 있다고 했다. 서술자의 발언에는, 악행을 저지르면 재앙을 받는 반면에 정신적 가치인 충효에 힘쓰면 하늘이 내리는 복을 받는다는 것이 암시되어 있다. 그러한 서술시각은 에로스의 이원화 구조, 즉 '정신적 에로스－선善－천리天理－행복한 결말'과 '육신적 에로스－악惡－인욕人慾－비극적 종말'의 선명한 대립구조와 상응한다.

그리고 정신적 에로스와 육신적 에로스는 배타적으로 펼쳐진다. 육신적 에로스형 인물들은 정신적 에로스를 지향하는 이들을 모조리 축출한다. 화춘·조월향이 그런 사례에 속하는데, 이들은 부덕을 중시하는 총부 임씨와 정신적 가치를 중시하는 화진 부부를 쫓아냈다. 그 반대로 정신적 에로스를 지향하는 화진 부부가 복귀했을 때는 조월향·범한·장평 등 육신적 에로스형 인물들이 쫓겨난다. 그리고 화춘은 쫓겨나지 않는데, 그것은 그가 육신적 에로스형 인물로 머물지 않고 정신적 에로스형 인물로 변화했기 때문이다.

이상에서 보이는 〈창선감의록〉의 에로스 이원화 양상은 〈사씨남정기〉와 흡사하다. 그런데 세부적으로는 〈사씨남정기〉와 다르게 설정되어 있어서 주목할 만한 것이 있다. 먼저 〈사씨남정기〉에서 유연수의 사랑이 여성의 에로스 성향에 따라 좌우되는 가변성을 띠는 것과는 달리,[13] 〈창선감의록〉의 적장자인 화춘은 어려서부터 육신적 에로스 성향을 띤다.

화춘은 어린 시절에 부친에게 음탕한 시를 지었다는 꾸지람을 들었고, 평소 미모의 여성과의 사랑을 동경했으며, 부친에 의해 임씨와 결혼했지만 그녀가 아름답지 않다고 불평했고, 그런 중에 첫눈에 반한 조월향을 첩실로 들였다. 그는 총부 임씨로부터 심신을 바르게 하라는 충언을 듣고 정신을 차리기는커녕 오히려 임씨로 하여금 자포자기 상태에 빠지게 했다. 그 후로 화춘과 조월향은 육신적 에로스 커플로 자리 잡기에 이른다. −화춘·조월향 커플은 우리 소설사에서 육신적 에로스 커플로 부상했으며, 특히 그 육신적 에로스 커플이 상층가문의 적장자 커플로 선보였다는 점에서 주목할 만하다.−

그리고 그 지점에서 에로스의 이원화는, 〈사씨남정기〉에서 에로스가 가장·총부의 정신적 에로스와 가장·첩실의 육신적 에로스로 양분되는 것과는 세부적으로 다른 양상을 보인다. 총부 임씨가 정신적 가치를 중시하는 성향을 지니는데, 가장 화춘이 임씨와 거리를 두고, 임씨 또한 화춘에게 실망하여 그와 잠자리를 거부함으로써, 화춘

13 이 책의 112-114쪽 참조.

·임씨 부부 사이에 에로스가 들어서지 않는다. 그 대신 정신적 에로스는 화진과 윤옥화·남채봉의 1부2처에 부여됨으로써 에로스가 적장자·첩실의 육신적 에로스와 차남·2처의 정신적 에로스로 양분된다.[14] 이에 정신적 에로스를 지향하는 차남 화진의 가정과 육신적 에로스에 젖어드는 적장자 화춘의 가정이 에로스 성향에서 대조성을 획득한다.

2.2.2. 육신적 에로스에서 정신적 에로스로의 고양

한편 〈창선감의록〉은 에로스를 육신적인 것과 정신적인 것으로 이원화하는 데에서 그치지 않고, 에로스가 육신적 에로스에서 출발하여 정신적 에로스로 고양되어가는 데까지 나아갔다. 남성(윤여옥)의 경우와 여성(양아공주)의 경우에서 그 점이 확인된다.

(1) 남성의 순수한 사랑과 성적 유희에서 정신적 에로스로의 고양

윤씨 가문에서 친딸(윤옥화)과 양녀(남채봉), 두 딸이 화진의 아내가 되는 한편, 외아들 윤여옥은 정실(진채경), 부실(백소저), 첩실(엄월화)을 차례로 맞이한다. 그중에 진채경과 엄월화를 향한 윤여옥의 사랑이 표출되는데, 그 사랑의 감정은 상대 여성에 따라 다른 결을 보여준다.

먼저 진채경에 대한 윤여옥의 사랑은 순수함과 기쁨이 넘친다.

(ㄱ) 윤공자는 채봉을 위로하면서도 <u>채경을 흘낏흘낏 쳐다보는데 좋아하는 마음에 눈썹이 꿈틀거렸다.</u>公子一邊慰南小姐 一邊流目見陳小姐 而喜眉玲瓏 그러자 채경은 얼굴을 붉히면서 고개를 숙였다.陳小姐赧然抵首

14 나중에 화춘이 철저히 회개하고 정신적 에로스를 지향하는 사람으로 거듭남으로써 비로소 화춘·임씨는 정신적 에로스 성향을 띠는 커플로 자리를 잡는다.

오부인이 이 모습을 애정어린 눈으로 지켜보았다.(72쪽)

(ㄴ) 이즈음 윤공자는 종종 누이의 방에 가서 채경의 얼굴을 보곤 했다. 윤공자는 사랑하는 마음에 기쁨이 넘쳐흘러 간혹 말을 걸기도 했지만, 채경은 차가운 표정으로 앉아 있을 뿐 대답을 하지 않았다.愛慕歡喜而間或參以言語 則陳小姐冷嚴不答(76쪽)

(ㄷ) 윤공자는 오부인에게 무릎을 꿇고 말했다.

"채경 누이는 저를 남 보듯 하여 대화를 하려 하지 않으니, 한집안 사람으로 화목하는 도리가 아닙니다. 숙모님께서 잘 타이르셔서 차가운 표정을 바꾸도록 해주세요. 또 제가 아까 채경 누이의 바둑 두는 것을 보니 저와 적수가 될 만합니다. 저와 한번 바둑을 두었으면 합니다. 그런데 제가 부탁하면 들어줄 리가 없으니 숙모님께서 권해주세요."

오부인은 그 모습이 귀여워서 채경에게 윤공자와 바둑을 두라고 했다. 채경은 얼굴이 부끄러워서 얼굴이 새빨개졌다.小姐紅潮滿面 그러나 두 아가씨가 미소 지으며 윤공자를 보니 기쁨이 가득했다.喜氣動盪 윤공자는 두 팔을 높이 걷어붙이고 비바람 몰아치듯 바둑돌을 아무렇게나 놓았다. 그리고 일부러 엉뚱한 것에 두었다가 바로 물려달라고 조르면서 채경의 팔을 잡고 옥신각신했다.搀執小姐玉臂 引之却之 참다못한 채경이 바둑판을 밀어놓고 물러앉으면서 말했다.

"오라버니가 제대로 두지 않으니 추잡해서 더 이상 못 두겠어요."

윤공자가 하하 웃으면서 말했다.

"스스로 물러났으니 네가 진 거다."

이를 본 두 부인은 넘어갈 듯 웃었고, 두 아가씨도 어이가 없어 웃었다.

이날 세 아가씨가 방으로 돌아왔을 때 옥화가 채봉에게 말했다.

"여옥이는 정말 호방한 풍류랑이지, 단정한 군자는 못 돼.長遠可謂風流豪士 而不可謂端肅君子"

그러고는 함께 깔깔 웃었다. 채경은 부끄러워 아무 말도 못 했다. (77-78쪽)

윤여옥과 진채경은 일찍이 양가 부친에 의해 정혼한 사이였지만 재종간(6촌)이어서 – 윤여옥의 부친(윤혁)이 진채경의 모친(오씨)의 외사촌 오빠임 – , 윤옥화, 남채봉, 진채경이 어울리는 자리에 끼어들곤 했다. 윤여옥은 틈만 나면 진채경 보기를 원했고, 진채경을 보는 그의 시선에는 기쁨이 담겨 있었다. 바둑을 두지만 마음은 온통 진채경에게 쏠렸고, "기쁨이 가득한喜氣動盪" 사랑의 감정을 숨길 수 없었다. 그는 일부러 바둑돌을 엉뚱한 곳에 두었다가 물려달라고 조르면서 채경의 팔을 잡고 옥신각신했다.搽執小姐玉臂 引之却之 이렇듯 진채경을 향한 윤여옥의 사랑은 얽매이지 않고 자유롭게 펼쳐지되 순수함과 기쁨이 충만한 모습을 보여준다.

한편 엄월화를 향한 윤여옥의 사랑은 성희性戲를 지향하고 있어서 이채롭다. 다음은 윤옥화로 변장한 윤여옥이 엄월화에게 애교스럽게 장난을 친 후에 한방에서 자다가 자신의 정체를 밝히는 대목이다.

나는 화한림 부인의 동생으로 산동에 사는 윤여옥이오. 그대의 오라비가 좋지 않은 마음으로 남의 누이를 욕보이려다 도리어 자신의 누이동생이 욕을 보게 되었으니 조물주가 무심하지만은 않구려. 그러나 그대의 아름다운 자태가 세상에 뛰어나고 천하에 또 나만 한 남자도 없으니 오늘 밤 베개를 나란히 하게 된 것도 다 하늘의 뜻이 아니겠소?吾乃花翰林夫人之弟 山東尹汝玉也 君兄以不美之心 欲辱人之姊 而反使其妹受欲於人 造物非無心者也 然君之丰姿美質 高出一世 而天下佳郎 亦未有勝我者 今夜同枕 安知非天意乎(376쪽)

윤여옥의 집안이 엄숭·엄세번 부자와 정치적인 적대관계에 놓여 있는 상황에서 엄세번이 윤여옥의 여동생이자 화진의 아내인 윤옥화를 강탈하려 했다. 이에 윤여옥은 윤옥화로 변장하고 들어가 엄세번의 요구에 응하는 체하면서, 엄씨 일가에게 복수할 요량으로 그의 여동생인 엄월화를 욕보이고자 했다.

그때 윤여옥은 엄월화에게 자신의 정체를 밝히고 성희를 제안했던 것이다. 엄월화가 그 제안을 수락한다면 그 성희는, 윤여옥의 말대로라면 "아름다운 자태가 세상에 뛰어난丰姿美質 高出一世" 여성과 "천하가랑天下佳郎"이 한바탕 즐기는 성희가 되기에 부족함이 없을 판이었다. 그는 복수 차원이었지만 성희를 제안하는 여유를 부렸던 것이다.

이렇듯 윤여옥은 진채경에게 사랑의 감정을 솔직하고 자유롭게 드러내는 한편, 엄월화에게는 성희를 제안했다. 진채경에 대한 사랑과 엄월화에 대한 사랑이 세부적으로 다르게 표출되었지만, 모두 그의 자유분방하고 호방한 기질에서 비롯되었다는 공통점을 지닌다. 윤옥화가 윤여옥을 가리켜 "단숙군자端肅君子"는 못 되고 "풍류호사風流豪士"라고 지칭했던 데서 알 수 있듯이, 윤여옥의 사랑은 풍정風情에 속한다. 그런 윤여옥의 풍정은 육신적 에로스 성향을 배제하지 않으며, 그러한 풍정은 엄월화를 대할 때보다 강하게 표출된다.

그런데 여기에서 주의할 점이 있다. 윤여옥이 진채경에게 사랑의 감정을 표했을 때나 처음에 엄월화에게 성적 유희를 제의했을 때, 정신적 가치를 배제하지 않았다는 것이다. 윤여옥은 엄월화에게 성희를 제안하기 전에 '내가 비록 어쩔 수 없이 여자 옷을 입고 남을 속이게 되었지만 군자의 바른 길은 아니다'라고 생각했다. 이것은 윤여옥의 풍정이 육욕肉慾 쪽으로 치우쳤다가도 언제든지 되돌아설 수 있음을 시사한다. 윤여옥의 풍정이 육신적 에로스만으로 끝나지 않고 정신적 에로스 쪽으로 방향을 틀 수 있었던 것은 그 때문이다. 진채경을 향한 사랑에서는 물론이고 엄월화를 향한 사랑에서도 그러했다.

윤여옥은 지조를 중시하는 엄월화를 대하면서 정신적 가치를 내세우는 그녀를 높이 샀다. 엄월화가 자신의 정조를 지켜달라고 간청하자, 윤여옥은 "이날 밤 이 행동이 죽을 때까지 한이 될 것이오此夜此擧爲吾終身之恨矣"라고 대답하며 즉시 침상에서 물러났다. 윤여옥은 애욕이나 육욕을 채우는 것보다도 정신적 가치를 중요하게 여기는 자였기에 엄월화를 풍정의 수단으로 삼는 것을 즉각적으로 멈출 수 있었던 것이다.

나아가 윤옥화는 "엄숭의 간악한 배에서 어떻게 이런 딸이 나왔을까?以嚴嵩姦腹 何以生此女也"라며 놀람을 감추지 못했다. 그렇게 놀랐던 것은, 엄숭의 아들인 엄세번이 애욕을 충족시키는 위인이었던 것처럼 그의 누이인 엄월화도 그런 부류인 줄로 알았다가 뜻밖에 그녀가 정신적 가치를 중시하는 여성임을 알게 되었기 때문이다. 이후로 윤여옥은 엄월화를 원수 집안의 여성으로 대하던 태도를 버리고 "정숙하고 사랑스러운貞靜可愛" 여자로 대했다.

윤여옥의 그러한 성향은 엄월화의 긍정적인 평가를 통해 재확인된다. 엄월화는 윤여옥에게 "도련님께서 욕정을 억누르시고 저의 홍점을 지켜주셔서 제가 부모님 앞에서 얼굴을 들 수 있게 하셨습니다"라고 말한 후, 그의 첩실이 되기를 간청했으며, 그 요청이 받아들여지지 않을지라도 그를 위해 수절하겠다는 뜻을 밝혔다. 마침내 윤여옥은 엄월화와 서로 마음을 터놓고吐心 꽃다운 맹세芳盟를 하기에 이른다.

그 후로 다른 사람들의 입을 통해 윤여옥의 인간 됨됨이가 긍정적으로 평가되는 중에 그의 사랑이 정신적 에로스의 성향을 띤다는 점이 부각된다. 특히 엄월화로부터 사건 전말을 들은 엄숭은 윤여옥의 신중하고도 의로운 처신을 높이 샀다. 그 후에 엄숭은 탄핵을 받고 몰락하는 상황에서 "사람이 어질고 의로웠소. 틀림없이 의리를 저버리지 않을 것이오"라며, 윤여옥의 어짊과 의로움을 치켜세우면서 윤여옥이 딸을 받아들일 것을 기대했다. 이로 보건대 엄숭의 친아들인 엄세번의 사랑이 권력과 재력을 내세워 애욕을 채우려는 육신적 에로스에 머물렀던 것과 대조적으로, 윤여옥의 사랑은 정신적 에로스의 성향이 강조된다.

윤옥화도 그 점을 제대로 알아차렸다.[15] 그녀는 윤여옥의 엄월화에 대한 사랑이 "바람둥이가 아름다운 여자에게 반해 정신을 차리지 못하는 사랑憐色蕩子繳繞嫚嫚之情"이 아니라, "덕스럽고 어진 이를 사랑하고 좋아하는 마음愛德樂仁者"에서 우러난 사랑이라고 본 것이다. 그러한 평가는 일찍이 윤옥화가 윤여옥을 '단숙군자端肅君子'는 못 되고 '풍류호사風流豪士'로 지칭한 것의 연장선상에 놓여 있거니와, 그 풍류호사가 탕자로 연계되는 것이 아니라 군자 쪽으로 연계되는 것을 새

---

15 다음은 윤옥화가 윤여옥과 엄월화 사이에 일어난 사건의 전말을 알게 된 후에 말한 대목이다.

"이 여자(엄월화)가 나를 한 번 보더니 갑자기 낯빛이 변하는 게 참으로 이상하네요. 예전에 장원(윤여옥)이 나 대신 엄숭의 집으로 갔었지요. 얼마 전에 내 방에서 엄숭 집에서 있었던 일을 이야기하는데, 엄숭의 딸과 이러이러한 우스운 일이 있었고 마침내 호랑이 굴에서 벗어난 것은 엄숭의 딸 덕분이라고 했습니다. 그러더니 장원이 근심 어린 얼굴로 탄식하면서 '엄씨 여자는 우아하고 아리따워서 충분히 훌륭한 규수라 할 수 있습니다. 게다가 아녀자로는 보기 드물게 훌륭한 마음을 지녔습니다. 그런 용모와 지성을 내가 더럽혔으니 앞으로 홍점을 지키다가 규방에서 시들어버릴 것입니다. 내가 누이 때문에 공연히 남에게 못할 짓을 하게 되었습니다.嚴家女之要紹閒靡 亦足爲高品閨秀 而其意英邁 紅粉中所稀聞者也 以其容貌才慧 日爲吾之所汚 而將守紅枯落於靑閨之中也 吾以姊氏之故 公然積惡於人矣' 하더군요. 내가 그 말을 듣고 안타깝고 슬퍼서 아버님께 한 번 간절히 말씀드려서 장원이 엄씨의 원망을 조금이라도 풀어주도록 해야지 했어요. 그러나 엄숭이 저지른 죄가 나날이 밝게 드러나서 감히 입도 열지 못했습니다. 그러다가 엄숭이 가산을 몰수당하고 쫓겨난 뒤에 장원을 살펴보니 멍하니 넋이 빠진 듯하더군요. 그건 여자를 밝히는 탕자가 아리따운 여자에 끌려 정신을 차리지 못하는 것과는 달랐어요. 덕스럽고 어진 이를 사랑하고 좋아하는 마음을 스스로 어쩔 수 없는 것이지요.此非憐色蕩子 繳繞嫚嫚之情也 愛德樂仁者 自不得不如此也 내가 안타까워하는 것은 엄씨 때문만은 아니고 실은 장원이 의로운 사람을 저버리게 될까 걱정해서입니다. 지금 이 여자의 우아한 자태를 보니 장원이 말한 것과 흡사하고, 슬퍼하는 듯 원망하는 듯한 모습에 보는 사람까지도 마음이 서글퍼집니다. 아마도 엄씨가 막막하고 위태로워서 몸을 의탁할 곳이 없자 협의를 무릅쓰고 유모 금선의 집에 들어간 것 같네요."(267-268쪽)

롭게 환기한다. 이는 윤여옥이 정신적 에로스를 지니게 되었다는 점을 부각시키면서도 그의 에로스가 육신적인 성향에서 정신적인 성향으로 고양되었음을 시사한다.

그 후로 윤여옥은 엄월화를 첩실로 받아들이게 되는데, 그 과정에서 화진의 개입과 천자의 승낙을 거친다. 이는 육신적 에로스와 정신적 에로스의 조화를 보여주는 남녀의 사랑이 여타의 인물들에 의해 적극적으로 인정·수용되었음을 의미한다. 이처럼 윤여옥의 엄월화에 대한 사랑에는 성희–복수의 차원에서 저지르고자 했던 성적 유희–에서 출발했지만 정신적 에로스로 고양되는 양상이 잘 드러난다.

한편 진채경에 대한 윤여옥의 사랑은 순수하고 열정적인 사랑에서 출발한다. 그 출발점이 엄월화에 대한 사랑과는 다르지만 그 사랑 또한 정신적 에로스로 고양되는 과정을 잘 보여준다. 조문화 부자의 혼인 강요와 위협으로 부모가 위기에 처하자 진채경은 거짓으로 허혼하여 부모를 피신시킨 뒤 이리저리 핑계 대면서 자신도 빠져나갔다. 그때 윤씨 집안에서 진채경이 조문화의 며느리가 된다는 소식을 전해 듣고 놀라지만, 시아버지 윤혁은 진채경이 윤옥화와 남채봉에게 보낸 편지를 대하고 진채경이 효절孝節의 정신적 가치를 중시하는 인물임을 거듭 알아차렸다.[16] 그리고 윤혁은 "비록 황하의 물이 마르고 태산이 티끌이 된다 해도 여옥이가 어떻게 채경을 버리고 다른 여자를 아내로 맞이할 수 있겠소?雖黃河如針 泰山成芥 汝玉豈忍負陳女而

---

16 일찍이 윤혁은 총계정에서 윤옥화, 남채봉, 진채경에게 시를 지어 올리게 했는데 그때 진채경이 지은 시를 보고 절개를 지키며 수절할 뜻이 있음을 감탄하며 세 번이나 연거푸 읽었다. 그 시에는 왕자진과의 약속을 지키기 위해 수절하는 모습이 담겨 있다. 그 시는 다음과 같다.

사람들 놀랄까 큰 울음은 그쳤지만恐復驚人罷大鳴
삼청에 이를 날개 어이 없으리豈無六翮到三淸
다만 왕자진과 약속 있어祇緣子晋有佳約
밤마다 구산에서 만 리 밖을 그리네夜夜緱山萬里情 (75쪽)

娶他室乎"라며, 그녀를 총부로 삼을 뜻을 확고히 밝히자, 윤여옥은 기쁨을 감추지 못했다. 이처럼 윤여옥은 처음에는 순수하고 열정적인 사랑을 펼치지만, 그 후로 진채경의 진중한 모습을 대하면서부터는 정신적 성향을 띠게 되었다.

요컨대 윤여옥을 통해 구현되는 에로스는 육신적 성향에서 시작하여 점차 정신적 성향을 중시하게 되고, 마침내 그 두 성향이 조화를 이루게 되었다고 할 것이다.

(2) 여성의 첫눈에 반한 사랑에서 정신적 에로스로의 고양

한편 양아공주와 유성희의 혼인은 **남성에게 첫눈에 반한 여성의 에로스**를 담고 있다.

> 안남왕의 딸 양아공주는 이름이 순교였는데 용모가 뛰어나고 뜻이 높아서 마음속으로 몰래 천하의 영웅에게 시집가겠다고 마음먹고 있었다. 그런데 잔치가 벌어지던 날, 주렴 사이로 유성희가 눈에 들어왔다. 빼어난 눈썹과 봉의 눈매, 게다가 팔 척의 키, 그를 본 양아공주는 여러 번 감탄했다.從簾隙望見兪將軍聖禧 秀眉鳳眼 身長八尺 稱艶再三 왕비 탁씨가 얼핏 그 마음을 눈치채고 그날 밤 왕에게 조용히 말했다.(225쪽)

"주렴 사이로 보는從簾隙望見" 공주의 시선과 "여러 번이나 그 멋있음을 일컫는稱艶再三" 공주의 감탄은 공주의 사랑이 첫눈에 반한 사랑임을 잘 말해준다.

그 혼인은 다음과 같은 특징을 지닌다. 첫째, 부모가 딸의 첫눈에 반한 사랑을 받아들여 적극적으로 청혼했다는 것이다. 왕비는 공주의 감정을 눈치 채고 남편에게 전했는데, 안남왕도 이미 유성희의 모습에 "넋을 잃었는지라輪魂瀉魄" 기꺼이 화진을 내세워 유성희에게 청혼했다.[17] 둘째로 양아공주와 유성희의 혼인은 군자형 인물인 화진

이 그 사랑을 폄하하지 않고 그 혼인을 주선했다는 것, 셋째로 그 혼사가 전쟁 중에 치러졌다는 것을 들 수 있다. 당시 상황에서 이 세 가지 점은 그 자체로 혼인에 난관이 될 수 있었음에도 남성에게 첫눈에 반한 여성의 에로스에 대해 긍정의 의미를 부여했다는 점에서 새삼 주목할 만하다.

양아공주의 첫눈에 반한 사랑은 조월향에게 부여된 것과 비슷하지만 양아공주의 에로스는 조월향과는 다른 지점을 향한다. 조월향이 육신의 안락함과 즐거움을 위해 상황에 따라 상대를 바꾸어가며 육체관계를 맺었다면, 양아공주는 첫눈에 반한 사랑을 추구하면서도 거기에 부덕婦德을 중시하는 정신적 에로스를 겸비하는 쪽으로 나아갔다. 그러한 양아공주의 정신적 에로스는 자신의 시비였던 이팔아를 남편의 첩실로 들이게 하는 데에서 더욱 부각된다.

> 이팔아란 자는 첩이 안남의 궁궐에 있을 때 데리고 있던 시녀입니다. 사람이 영민하고 의로웠으며 시와 역사에 능통했기에 제가 아끼어 속마음을 터놓는 사이其人英慧慕義 善詩通史 妾愛之肝膽相照가 되었지요. 언젠가 저와 함께 『시경』을 읽는데 (중략) 처가 첩을 데려가지 않아 원망하는 내용이 나오자, 웃으면서 '공주님도 혼인하실 때 저를 버리셔서 이 노래처럼 제가 떠나는 공주님을 원망하며 휘파람이나 불게 하시렵니까?玉主亦將不我與 而使我有嘯歌乎' 하더군요. 그 말을 들은 저는 그 처지를 불쌍히 생각했지요. 그런데 그 뒤로 불행히도 세자 오라버니께서 그 미모를 엿보고는 여러 번 핍박하였답니다. 더 이상 피할 수 없게 되

17 유성희 장군을 한 번 본 뒤로는 뛸 듯이 기쁜 마음을 이기지 못하겠습니다. 근래에 여러 번 술잔을 나누면서 그 품새를 접하고는 남몰래 사모하여 넋을 잃고 말았습니다.一自逢季昌將軍也 心中踊躍 歡喜不能自勝 而近因杯酒之從容 數接其風流談笑 竊自慕仰 輸魂瀉魄 아버지와 딸의 사정이 슬프고도 우습지요. 그러나 말로만 듣는 매실과 그림 속의 떡으로 목마름과 배고픔을 해결할 수 있겠습니까?(226쪽)

자 팔아는 깊은 산으로 도망쳐서 검술을 익히며 숨어 살았습니다.其後不幸爲儲兄所窺 屢逼而幾不免 八兒逃之深山 隱於劍術 제가 장군님에게 시집간다는 말을 듣고 저에게 시를 보내왔는데, 그 내용이 이러했습니다.

따뜻한 방에 매화 꽃송이煖閣寒梅蕚
부질없이 봄이 왔다고 한다陽春空自知
가련하다 창밖 나무는可憐窓外樹
아직 피지도 못했네還有未開枝

그리고 첩이 떠날 때 산에서 내려와 반강 가에서 전송하며 다시 이런 송별시를 써주었습니다.

남해에서 태어난 새有鳥生南海
바람 타고 북쪽으로 시집간다오乘風將北歸
산머리에 떨어진 깃털 하나山頭落一羽
홀로 남아 외로운 구름 따라 떠다니네獨與孤雲飛

그러고는 낙화춘落花春 한 곡조를 불렀는데, 그 소리가 구슬퍼서 마치 옥피리가 애를 끊는 듯하니 차마 들을 수가 없었습니다. 첩이 비록 후궁을 감화시켰던 주나라 문황의 후비와 같은 덕이 없지만, 의로우신 장군께서 어찌 이 여자를 갈 곳 없이 버려두십니까?妾雖無樛木之德 將軍義高 豈可使此女失其所歸乎(276-277쪽)

양아공주는 시비 이팔아의 문재와 미모를 시기하지 않고 오히려 아꼈으며, 이팔아와 주종관계에 얽매이지 않고 "서로 속마음을 터놓는肝膽相照" 사이가 되었다. 일찍이 이팔아는 공주와 함께 한 남편을 섬기고자 했으며, 세자가 접근하자 피신했는데－훗날 자객이 되어 화진을 해치려 했다가 화진이 명나라 조정의 대인임을 알고 물러났으며- 양아공주가 시집간다는 말을 듣고 홀로 남게 된 자신의 처지를 "꽃을 피우지 못한 창밖의 나무可憐窓外樹"와 "구름 따라 떠다니는 깃털獨與孤雲飛"로 비유하며 외로워했다. 양아공주는 그런 이팔아를 기꺼이 남편의 첩실로 들였다.

한편 양아공주·이팔아의 처첩관계는 의리를 지향함으로써 정신적 에로스의 성향을 강화하는 양상을 띤다. 양아공주는 일찍이 유성희가 화진을 구해주고 따랐던 "의사義士"이자 "의로운 장군將軍義高"임을 환기하면서, 이팔아 또한 "사람이 영민하고 의로운 자其人英慧慕義"로서 공주를 따르고자 하니 유성희가 그런 이팔아를 첩으로 들이는 것이 마땅하다는 논리를 펼쳤다. 이에 유성희는 "크게 기뻐하며大悅" 이팔아를 첩으로 들였다.

요컨대 '유성희(가장)-양아공주(정실)-이팔아(첩실)'의 관계는 양아의 남성을 향한 여성 일방의 에로스에서 시작하여 부덕을 겸비하고 의리를 중시하는 정신적 에로스의 성향을 띤다.

2.3. 정신적 에로스와 여러 가문의 연계

〈창선감의록〉은 〈사씨남정기〉에서처럼 에로스가 개개인의 운명을 결정하는 것을 넘어서서 가문의 운명을 결정하는 데까지 나아간다. 특히 가문과 정신적 에로스의 관련 양상과 관련하여 〈사씨남정기〉는 하나의 가문-유씨 가문-을 중심으로 에로스를 펼쳐냈음에 비해, 〈창선감의록〉의 경우에는 세 가문-화씨 가문, 윤씨 가문, 유씨 가문-에 펼쳐냈다. 그 양상은 다음과 같이 두 가지로 정리할 수 있다.

(가) 육신적 에로스가 배제된 채 정신적 에로스 위주로 가문창달을 지향하는 경우

(나) 에로스가 육신적 에로스에서 정신적 에로스로 고양되면서 가문창달을 지향하는 경우

〈창선감의록〉은 〈사씨남정기〉와 유사하게 (가)를 중심으로 펼쳐내는 한편, (나)와 같이 〈사씨남정기〉에서는 찾아볼 수 없는 지점을 설정했다.

2.3.1. 정신적 에로스와 명문 가문의 연계

〈창선감의록〉은 앞에서 알아본 대로 에로스가 정신적 에로스와 육신적 에로스로 이원화되는데, 그 이원화된 에로스는 각각 가문의 향방과 긴밀한 관련을 맺는다. 구체적으로 '정신적 에로스－선－천리－가문창달'과 '육신적 에로스－악－인욕－비극적 종말－가문몰락'이 극명하게 대립하는 구도를 펼쳤다.

〈창선감의록〉은 〈사씨남정기〉과 마찬가지로 인간의 욕정과 가문존립 사이의 인과관계를 설정하여, 육신적 에로스에 휘둘리면 가문의 존립이 위태로워지게 되는 과정을 치밀하게 구현했다. 구체적으로 '정신적 에로스－선－천리－가문창달'에는 총부(임씨)를 설정하고, '육신적 에로스－악－인욕－비극적 종말－가문몰락'에는 첩실(조월향)을 설정하여 가장·총부·첩실의 삼각관계를 통해 육신적 에로스에 빠져드는 가장에 따라 가문이 멸문의 위기에 처했다가 그 위기를 모면하는 과정을 펼쳐냈다.

그런데 〈창선감의록〉은 가장의 형상화 측면에서 눈여겨볼 만한 대목이 있다. 그것은 중심 가문에 해당하는 화씨 가문의 적장자를 육신적 에로스 성향의 인물로 내세웠다는 것이다. 〈사씨남정기〉에서 그런 적장자에 해당하는 유연수는 첩실의 육신적 에로스에 미혹되는 인물로 설정되었음에 비해, 적장자 화춘은 애초부터 육신적 에로스 성향이 강한 인물로 설정되었다.

앞에서 언급했듯이 가부장 화욱은 상춘대에서 화춘의 시를 던지며 그 시가 "경박함과 음탕함儇薄浮淫之態"이 가득하여 "우리 집안이 망할 징조다"라며 화를 냈다. 화욱의 예상대로 화춘은 첫눈에 반한 조월향을 첩실로 들이고 그 후로 욕정에 빠져들어 악행을 저질러대며 가문을 파멸의 위기에 빠뜨리는 장본인이 되었다. 그리고 화춘은 첩실 조월향과 함께 육신적 에로스 성향의 적장자 커플이 됨으로써 '육신적 에로스-악-인욕-비극적 종말-가문몰락'의 서사구조에서 핵심인물이 되었다.

또한 재론하자면 육신적 에로스에 휘둘리다가 끝내 돌이키지 못하고 멸문의 재앙을 받는 가문이 별도로 설정되기도 했다. 그 가문은 엄씨 가문이다. 엄숭은 권력욕과 재물욕에 사로잡힌 권력자이자 권세가였다. 그의 아들인 엄세번은 윤옥화가 아름답다는 소문을 듣고 강제로 데려와 아내로 삼으려 했던 인물이다. 엄숭의 양아들인 조문화도 마찬가지였다. 조문화는 아들이 진채경의 미모에 반하자 그녀를 며느리로 삼기 위해 엄숭의 권세를 악용했다. 엄씨 가문은 양아들은 물론이고 친아들까지 육신적 에로스에 빠져들었거니와, 개인의 파멸은 물론이고 가문의 몰락이라는 비극적 파탄을 맞고 말았다.

이렇듯 〈창선감의록〉은 가문 구성원을 육신적 에로스에 휘둘린 인물로 내세우고 그들에 의해 멸문의 재앙을 당할 위기에 처하는 지점을 펼쳐내되, 그중에서도 육신적 에로스 성향의 적장자에 초점을 맞추어 육신적 에로스와 멸문滅門의 연계성을 한층 높였다. 그 연장선에서 차남을 정신적 에로스를 지향하는 인물로 내세워 '육신적 에로스-가문몰락'과 '정신적 에로스-가문창달'의 대립구도를 설정하고 거기에 '종부(심부인)-적장자(화춘)'의 모자관계를 보태 그 대립구도를 한층 부각시켰다.

심부인은 종부이고, 화욱은 적장자이며, 조월향은 첩실로 들어왔지만 총부 임씨를 내쫓고 총부가 됨으로써, '심부인(종부)-화욱(적장자)－조월향(총부)'은 가문의 중심축이 된다. 그런데 그들의 행태는 육신적 에로스에 휘둘려 가문몰락을 야기하는 비가문적이고 반가문적인 행태였을 뿐이었다. 화춘은 부친의 훈계에 반성하기는커녕 불만을 품었고 부친 사후에는 미모의 조월향을 첩실로 들였으며, 시녀·기녀들과 육체관계를 맺었다. 조월향은 문객과 부적절한 관계를 맺으며 총부 자리에 올랐고, 그 후에는 더욱 대담하게 욕정적 행태를 일삼았다. 종부 심씨는 부덕을 갖추기는커녕 미모의 정부인을 시기하여 정부인·화진 모자를 모해하며 남편의 사랑을 차지하고자 애쓸 뿐이었고, 어리석은 아들 화춘의 편을 들 뿐이었다.

이와 같이 〈창선감의록〉은 남녀 성별이나 신분 계층을 가리지 않고 누구든지 육신적 에로스에 빠져들어 거기에서 헤어나지 못해서 개인적인 파멸을 맞게 되는 지점을 드러냈다. 특히 상층 가문의 인물이 욕정에 빠질 경우에는 가문이 몰락하는 지점까지 포착했다. 그러면서도 육신적 에로스에 빠져들었다가 거기에서 벗어나는 길을 열어두었다. 화씨 가문에서 적장자 화춘이 악인의 성향을 띠다가 훗날 선인으로 거듭나게 한 것이 그에 해당한다. 그 회과의 과정은 화춘이 육신적 에로스 성향을 버리고 정신적 에로스를 추구하는 인물로 거듭나는 과정과 병행되며, 그 결과로 화씨 가문에서 가통家統의 온전한 확립이 이루어진다.

그 과정에서 눈여겨볼 만한 것은 이복동생 화진의 지극한 효제로 가문존립과 창달을 이루었다는 것이다. 적장자 화춘에 의해 가문몰락의 위기가 닥쳤기에 화진 자신이 직접 나서서 가문창달을 꾀할 수도 있었다. 화진의 주변인물들이 화진에게 화춘의 죄를 뒤집어쓰지 말고 그 죄상을 밝히라고 충고했거니와,[18] 그 충고대로 화춘이 처벌을 당하게 하고 화진 자신이 적장의 지위를 얻어 가문을 이끌 수도

18 이 책의 221쪽 참조.

있었다. 하지만 화진은 그렇게 하지 않고, 오히려 자신을 죄인으로 자처하며 목숨을 걸고 화춘과 심부인 모자를 두둔하며 효제孝悌를 행할 뿐이었다. 그 결과 심부인·화춘 모자는 회개와 사면 과정을 거침으로써 화씨 가문은 적장자와 종부를 중심으로 하는 종법체제를 확립하여 가문이 명문가로 거듭나는 길로 들어설 수 있었다.

그와 병행하여 화진·윤옥화·남채봉 부부의 에로스는 가문창달을 중시하는 정신적 에로스의 성향을 강하게 띤다. 화춘의 정실인 임씨(화춘의 정실)가 그런 정신적 에로스를 지향했음은 물론이다. 윤옥화와 남채봉을 비롯하여 임씨는, 정신적 에로스를 지향하며 가문의 존립과 창달을 이루고자 한 화진의 생각을 존중하고 따랐다. 총부 임씨가 화진에게 "왕위를 거절하고 다른 나라로 도망간 춘추시대 조나라의 자장 같은 절의가 있다小公子 子臧之節"(27쪽)라고 시동생을 옹호한 것은, 그러한 화진의 열의를 잘 알고 있었기 때문이다.

엄씨 가문과 화씨 가문의 경우를 되짚어보자면, 엄씨 가문은 부정적인 권세 가문의 모습을 보이며 육신적 에로스를 추구하다가 멸문에 이르고 말았지만, 화씨 가문은 육신적 에로스의 길에서 벗어남으로써 명문 가문로 거듭날 수 있었다. - 〈창선감의록〉은 소설사적으로 '육신적 에로스 - 권세 가문 - 가문몰락'과 '정신적 에로스 - 명문 가문 - 가문창달'의 대립구조를 선보였다. -

요컨대 〈창선감의록〉은 화씨 가문을 통해 정신적 에로스를 지향하는 차남이 육신적 에로스에 빠진 적장자를 정신적 에로스를 지향하게 함으로써 종법체제를 확립하여 가문창달을 확보하는 서사세계를 펼쳐낸 것이다.

2.3.2. 육신적 에로스에서 고양된 정신적 에로스와 가문창달

한편 남성 윤여옥과 여성 양아공주의 경우에는 에로스가 육신적 에로스에서 출발하여 정신적 에로스로 고양되는 양상을 띤다. 윤여옥은 진채경·백씨·엄월화 세 여성을 맞이하여 가정을 이루며 가문의 위상을 종래의 상층 가문으로 유지하는 데 중심인물이 되며, 양아공주는 유성희를 남편으로 맞이하여 유씨 가문을 세우는 데 중심적인 역할을 한다.

윤씨 가문과 유씨 가문에서 펼쳐지는 가문 세우기의 양상은, 적장자 중심의 종법체제를 확립하는 화씨 가문에 비해 느슨한 형태를 보여주는데, 다음과 같은 점에서 주목할 만하다.

(1) 풍류호사風流豪士를 가장으로 하는 상층 가문의 지속: 윤여옥에 의한 가문 유지

(2) 여성의 첫눈에 반한 사랑에 의해 출현한 신흥 가문: 양아공주에 의한 유씨 가문의 출현

윤여옥은 풍류호사로서 사랑의 감정을 억누르지 않고 자유롭게 표출하면서도 상층 가문으로 자리를 잡아온 윤씨 가문을 지속적으로 창달케 한다. 그리고 양아공주는 첫눈에 반한 유성희와 결혼하여 유씨 가문을 신흥 가문으로 세우는 데에 기여한다.

(1) 풍류호사風流豪士를 가장으로 하는 상층 가문의 지속

가부장 윤혁은 북경에서 이부시랑을 한 자로 명망이 높았지만, 엄숭 일당이 판치는 정치권을 떠나 낙향했다. 본래 그의 가문은 산동 지방의 부유한 상층 가문이었다.

원래 윤시랑 댁은 산동의 제남부 역성현에 있었다. 이곳은 청주 지역의 번화한 대도시로 재화가 풍부하고 산수가 아름다우며 인물과 볼만한 건물이 많았는데 윤시랑의 저택은 그중에서도 으리으리하기로 유명했다. 元來尹府在山東濟南府之歷城縣　是亦青州之一大都會也　有玉帛江山之勝

人物樓觀之富 而尹府尤以甲第擅名焉(71쪽)

윤혁이 낙향한 가장 큰 이유는 가문의 존립과 안위를 지키기 위해서였다. 그 일환으로 그는 고향에 머물면서 뒤늦게 얻은 딸, 아들 쌍둥이를 결혼시키는 데에 힘썼다. 윤혁은 북경에 있을 때 진채경을 며느리로 들이기로 정혼한 상태였고, 낙향해서는 화욱의 차남 화진을 딸 윤옥화와 양녀 남채봉의 배필로 정했다.

그 과정에서 적장자이자 독자인 윤여옥은 진채경·백씨·엄월화 세 여성을 처첩으로 들였는데 그중에 진채경을 향해 애정을 드러내고 엄월화에게는 성희를 제안했다. 그렇다고 해서 윤여옥이 정신적 가치를 중시하지 않은 것은 아니었다. 윤여옥은 엄숭·엄세번에 대한 복수심에서 엄월화를 굴복시켜 욕정을 채우려다가, 정신적 가치를 중시하는 엄월화를 보고 즉각 물러섰다. 그리고 윤여옥은 자신에게 사연을 밝히지 않고 떠난 진채경에 대한 사랑을 끝까지 지켜내기도 했다. 거기에 효, 지조와 의리 등 정신적 가치를 중시하는 진채경과 엄월화의 태도가 결합되면서, 윤여옥·진채경의 관계와 윤여옥·엄월화의 관계는 정신적 에로스의 성향을 띠기에 이른다.

한편 윤여옥·진채경의 관계와 윤여옥·엄월화의 관계에서 보이는 정신적 에로스의 성향은 윤여옥·진채경·백씨·엄월화의 1부1처2첩의 부부관계로 확대되면서 보다 강화된다. 세부적으로 보면 윤여옥·진채경의 관계는 윤여옥·백소저의 관계를 낳고, 또 그 관계는 윤여옥·엄월화의 관계를 성사시키는 것으로 이어진다.

진채경은 조문화의 늑혼을 피해 남장하며 피신하던 중에 백경—백소저의 오라비—을 만나 윤여옥으로 행세하며 그의 여동생을 아내로 들이기로 약속하여 백소저를 남편의 정실이 되게 함으로써 윤여옥·백소저의 관계가 형성된다. 이후에 백소저와 시누 윤옥화는 은둔수절하는 엄월화의 인품을 확인하고 윤여옥·엄월화의 사랑이 이루어지도록 했다.

그리고 이들의 부부관계가 연쇄적으로 형성되는 과정에서 진채경과 엄월화에 대한 남편 윤여옥의 긍정적인 평가를 비롯하여 며느리 진채경에 대한 가부장 윤혁의 긍정적인 평가, 백소저에 대한 정실 진채경의 긍정적인 평가, 올케 엄월화에 대한 시누 윤옥화의 긍정적인 평가가 이어진다. 그에 상응하여 윤여옥을 가장으로 하는 이들 부부관계는 정신적 에로스의 성향이 점차 강화되는 양상을 띤다.

윤여옥·진채경·백소저·엄월화의 정신적 에로스는 윤씨 가문을 창달케 하는 근간이 되며, 거기에서 한 걸음 더 나아가 가문의 종법체제를 지향하는 동력이 된다. 그런데 그 종법체제가 총부를 믿고 의지하는 쪽에서 구현되고 있어서 눈길을 끈다. 가문의 총부에 해당하는 진채경이 파혼을 알려 왔지만, 가문에서는 그녀를 끝까지 신뢰하여 그녀를 총부로 맞아들였고, 파혼을 알리고 피신하는 중에 진채경이 임의로 백소저를 남편의 아내가 되게끔 했는데, 가문에서는 그런 진채경의 처사에 따라 백소저를 의심하지 않고 부실로 들였다. - 그 후에 백소저는 일찍이 윤여옥이 사랑의 맹세를 한 엄월화를 찾아내어 그녀를 남편의 첩실로 들이는 데 기여했다. 이는 총부 진채경의 부덕이 백소저를 부실로 들이는 데 기여하고, 백소저의 부덕이 다시 엄월화를 첩실로 들이는 데 기여하는 것으로 이어지는 양상을 띤다. 총부에서 시작한 부덕이 부실과 첩실로 이어진다고 할 것이다. -

윤여옥·진채경·백씨·엄월화의 부부관계에서 총부·부실·첩실의 종법적 위계를 지켜낸 것은, 화춘·임씨·조월향의 부부관계에서 총부·첩실의 위계가 뒤바뀐 것과 대조적이다. 윤여옥과 화춘은 공통적으로 육신적 에로스를 펼쳐냈음에도 행복과 불행으로 갈리는데, 그 상반되는 결말은 정신적 에로스를 지향하는 총부를 어떻게 대접했는지에 따라 좌우된다. 윤여옥은 정신적 에로스를 지향하는 총부의 권위를 인정함으로써 가문 존립과 창달의 결말에 도달한 반면에,

화춘은 총부를 내침으로써 가문이 몰락하는 위기를 맞은 것이다.

한편 윤여옥·진채경·백씨·엄월화의 부부관계는 화진·윤옥화·남채봉의 부부관계와 같이 정신적 에로스를 지향하면서도 그 과정에서 결이 다른 지점을 드러낸다. 화진은 육신적 에로스를 배제하고 정신적 에로스만을 중시했다면, 윤여옥은 풍류호사風流豪士로서 육신적 에로스를 근본적으로 부인하지 않았다는 것이다. 하지만 거기에는 전제 조건이 있었다. 그것은 육신적 에로스가 정신적 에로스로 고양되어야 한다는 것이다. 그 지향점이 가문의 존립임은 물론이다.

(2) 여성의 첫눈에 반한 사랑으로 형성된 집안의 부상, 신흥 가문의 토대

양아공주·유성희 부부는 양아공주가 유성희에게 첫눈에 반한 사랑에 빠졌다가 그러한 딸의 사랑을 알아챈 안남왕 부부가 청혼함으로써 맺어진 부부다. 그런데 이들 부부는 남편과 아내의 사회적 지위가 크게 차이난다. 유성희의 처지는 안남국왕의 딸로서 부귀와 명예를 갖춘 양아공주에 비해 열악했다. 그는 선조先祖가 개국공신 유통해였지만 집안이 몰락하여 산서 지방에 살았는데, 그마저도 부모와 일찍 사별한 탓에 가난하여 의지할 데가 없었으며, 여기저기 떠돌아다니다가 가까스로 광남경략사 조경략 휘하의 일개 장수가 되었을 뿐이다.

유성희가 양아공주와 혼인할 즈음에 유성희의 처지는 예전에 비해 훨씬 나아지긴 했다. 유배지로 가던 화진을 독살의 위기에서 구한 후, 서산해가 침략했을 때 화진을 천거하여 대장군이 되게 하고, 그의 휘하 장수가 되어 서산해를 죽이는 전공을 세웠고, 그때 양아공주가 유성희에게 첫눈에 반했던 것이다. 하지만 아직은 유성희가 열악한 처지를 벗어난 게 아니었다.

다음은 유성희가 양아공주와 결혼식을 올린 후 신부 양아공주를

화진과 조경략에게 인사시키게 해달라고 청하는 내용이다.

> 원수께서 저를 알아주셨으니 그 은혜가 골육보다 더합니다. 또 조장군께서는 진흙 속에서 저를 발탁하시어 모두 두 분의 덕택을 입지 않은 것이 없습니다. 그러니 제게는 두 분이 맏형님, 둘째 형님과 같습니다. 이제 두 분 덕분에 배필을 얻었지만, 저에게는 부모님이 계시지 않고 또 형도 동생도 없습니다. 가정을 이루어 고국으로 돌아간들 누구를 찾아뵙겠습니까? 두 분께서 저를 멀리하지 않으신다면 새 신부가 인사를 올리게 해주십시오. 聖禧父母不存 亦無伯叔 縱復眷顧故國 誰當禮現乎 兩大人若不疏外聖禧 則願使新人敬謁焉(228쪽)

부모 형제가 없는 유성희가 화진을 큰형과 같고 조경략을 작은형과 같다고 말한 것은 그가 아직은 내로라하는 가문을 이루지 못한 미미한 처지에 있음을 단적으로 보여준다.

그런데 유성희·양아공주의 결혼은 화진이 응낙하고 조경략이 주혼主婚을 자처함으로써 성사된다. 그리고 유성희의 친분관계는 화진을 통해 윤여옥 등과 같은 상층 가문의 인물로 확대된다. 이로써 유성희 집안은 어엿한 가문으로 부상할 기틀을 마련하게 된다.

유성희가 서평후에 봉해지고 엄숭의 저택을 하사받았는데 그 집의 화려함이 마치 황제의 궁전과 같았다. 비로소 서평후 유성희와 안남국 양아공주가 형성한 가정은 그 가문이 신흥 가문으로 나아가는 기틀을 마련하게 되었다. 그에 곁들여 양아공주의 주종관계를 넘어서는 친밀함과 시기질투하지 않는 부덕 그리고 이팔아의 양아공주에 대한 의리를 바탕으로 '유성희(가장)－양아공주(정실)－이팔아(첩실)'의 위계질서를 확립하는 집안이 형성된다.

훗날 서평후 유성희의 딸은 화천린－화진과 윤옥화가 낳은 아들로서, 화춘에게 입양되어 화씨 가문의 적장자가 됨－과 결혼하고, 양아공주가 낳은 큰아들 유현보는 윤여옥의 장녀와 혼인했으며 벼슬이 대사마에 오르고, 이팔아가 낳은 유의보는 전공을 세우고 상산후에 봉해짐으로써, 그의 집안은 신흥 상층 가문으로 부상했다. 특히 화씨 가문, 윤씨 가문, 유씨 가문 사이에 맺어진 연쇄적인 삼각혼이 주목할 만하다. 화춘의 장자가 유성희의 딸과 혼인하고, 유성희의 장자(유현보)가 윤여옥의 장녀와 혼인하고, 윤여옥의 둘째 딸이 화춘의 아들과 혼인했다. 이들 세 가문 사이에 맺어진 삼각혼은 작품 말미에 간략한 서술로 그치지만, 세 가문의 가문연대를 바탕으로 하는 가문창달을 의미한다는 점에서 그 의미가 작지 않다.

유성희·양아공주·이팔아의 가정은 양아공주의 육신적 에로스에서 출발하여 정신적 에로스를 지향함으로써 다른 가정들과 결을 달리하며 신흥 가문의 토대를 이루었다.

유성희·양아공주·이팔아의 부부관계는 화춘·임씨·조월향의 부부관계와 대조적이다. 양아공주와 조월향은 공통적으로 남성을 향한 여성의 에로스를 보인다. 그런데 조월향은 오로지 눈앞의 재물과 성적 유희만을 추구하여, 상층 가문에 걸맞게 응당 확립해야 할 가장·총부·첩실의 종법적 위계를 깨뜨림으로써 화씨 가문을 멸문의 위기로 몰아넣었다. 그에 반해 양아공주는 여성의 부덕婦德과 절의節義 그리고 처첩 간의 친화 등 정신적 가치를 추구하고, 거기에 남편·첩실이 동참하여 가장·총부·첩실의 종법적 위계를 세우거니와, 그 일련의 과정을 통해 유씨 가문은 신흥 가문으로 발돋움하는 토대를 마련했다.

유성희·양아공주·이팔아의 부부관계는 화진·윤옥화·남채봉의 부부관계에서 취해진 여성의 육신적 에로스에 대한 시각을 보완한다. 화진 부부는 모두가 육신적 에로스를 배제하고 정신적 에로스만을 지향했다면, 유성희 부부는 남편이 에로스에 무관심한 반면에 아내가 첫눈에 반한 사랑의 감정을 품는 것으로 그려냈다. 화씨 가문에서 육신적 에로스로 멸문의 위기에 내몰렸던 것을 바로잡기 위한 일환으로 육신적 에로스를 배제했지만, 그런 설정이 유성희 부부에게 그대로 적용된 것은 아니다. 양아공주의 첫눈에 반한 사랑이 긍정적으로 설정된 것이다.

요컨대 가장이 풍류호사風流豪士로서 정실과 첩실을 향해 자유롭게 애정을 탐하는 윤여옥의 가정과 더불어, 정실이 첫눈에 반한 가장과 결혼하는 유성희의 가정은, 화씨 가문의 화진 가정에서 육신적 에로스를 배제하고 정신적 에로스로 편향되는 것을 보완했다고 할 수 있다.

3. 〈구운몽〉: 에로스의 향연

〈구운몽〉은 '(a)현실－(b)꿈－(c)현실'의 환몽구조를 지닌다. '(a) 연화도량'에서 구도자 성진은 재물욕, 권력욕, 애욕 등 세속적 욕망을 떨쳐버리지 못한 채 번민하다가, '(b) 꿈속의 지상계'에서 양소유로 환생하여 여덟 여성과 마음껏 사랑하고 부귀영화를 누린 후 인생의 덧없음을 느끼고, '(c) 연화도량'에서 다시 구도에 정진한다.

3.1. 에로스의 전면화: 1 대 8 에로스의 스펙트럼

양소유와 여덟 여성이 '(b) 꿈속의 지상계'에서 펼치는 1 대 8 에로스는 각각의 색깔을 보여준다. 그 여덟 가지 에로스는 다음과 같이 넷으로 나눌 수 있다.

(가) 열정적 에로스－첫눈에 반한 사랑－: 양소유와 진채봉·계섬월·적경홍
(나) 유희적 에로스－속이기 놀이 같은 사랑－: 양소유와 정경패

(다) 성희적 에로스-성적 쾌감을 느끼는 사랑-: 양소유와 가춘운
(라) 섭리적 에로스-하늘이 정한 운명적 사랑-: 양소유와 이소화·심요연·백능파

3.1.1. 열정적 에로스-첫눈에 반한 사랑-

첫눈에 반한 열정적 에로스는 (1) 첫눈에 반한 순간을 뒤쫓은 사랑, (2) 청루青樓에서 꽃핀 사랑, (3) 부귀영화를 마다하고 운명을 건 사랑으로 세분된다.

(1) 첫눈에 반한 순간을 뒤쫓은 사랑

양소유·진채봉의 첫 대면은 춘삼월 버드나무 아래에서 두 남녀가 양류사楊柳詞를 주고받으면서 이루어진다. 양소유가 먼저 풍정風情에 못 이겨 미지의 여인을 향하여 시를 읊조렸다.

버들이 푸르러 베 짜는 듯하니楊柳青如織
긴 가지 그림 그린 누각에 스쳤도다長條拂畵樓
원컨대 그대는 부지런히 심으라願君勤栽植
이 나무 가장 풍류로우니라此樹最風流
버들이 자못 푸르고 푸르니楊柳何青青
긴 가지 빛나는 기둥에 스쳤도다長條拂綺楹
원컨대 그대는 부질없이 꺾지 말라願君莫攀折
이 나무가 가장 정이 많으니라此樹最多情

읊는 소리 맑고 호상豪爽. 호기롭고 시원시원함하여 금석에서 나는 듯한지라. 봄바람이 시 읊는 소리를 거두쳐 누상으로 올라가니, 누각 가운데 옥 같은 사람이 바야흐로 봄잠을 들었다가 글 소리에 깨어 창을 열고 난간을 의지하여 두루 바라보더니, 정히 양생으로 더불어 두 눈이

맞추이니맞추어지니, 구름 같은 머리털이 귀밑에 드리웠고 옥차玉釵. 옥비녀가 반쯤 기울었는데, 봄잠이 족치 못하여 하는 양이 천연히꾸밈없이 수려하여 말로 형용하기 어렵고 그림을 그려도 방불치비슷하지 못할러라.

두 사람이 서로 보기만 하고 아무 말도 못 하고 있었더니 양생의 서동이 따라와 부르되, "낭군아, 석식이 준비되었나이다."

미인이 문득 창을 닫으니 은근한 향내 바람에 날아올 뿐이라. 양생이 크게 서동을 한하되 다시 보기 어려울 줄 짐작하고 서동을 좇아오니라.(47쪽)[19]

양소유는 춘삼월 휘늘어진 버드나무 긴 가지가 누각에 스쳐 있는 풍경을 보고 누각 위에 있는 미지의 여인을 불렀다. 봄바람은 양소유의 연가戀歌를 싣고 나른한 봄잠에 취한 진채봉의 귓전을 어루만지자, 진채봉은 잠결에 취한 채 창을 열고 내려다보았다. 그 순간 두 사람의 시선이 마주쳤다. 정감이 교차하는 순간 침묵이 흐를 뿐이었다.

그 순간 어서 가자고 서동이 재촉하자 양소유는 이내 그 자리를 떴다. 서로 모르는 남녀가 한순간에 사랑의 감정을 지니게 되었을지라도 그 마음은 교류하지 못한 채 헤어지고 말았다. 대개는 그 순간을 그리워하며 아쉬워한다. 하지만 진채봉은 그 순간을 놓치지 않고, 양소유를 수소문해서 자신의 애정을 전했다.

소저가 홀로 집에 있더니 천만 뜻밖에 양생을 만나보고 마음에 생각하되, '여자가 장부를 좇음은 종신의 대사라. 일생 영욕과 고락이 달렸으니, 문군은 과부라도 오히려 상여를 좇았으니, 이제 나는 처자의 몸

---

19 김만중 원작, 김병국 교주·역, 『구운몽』, 서울대학교출판부, 2009.(이하 〈구운몽〉 인용문은 쪽수만 밝힘)

이니 비록 스스로 중매하는 혐의를 피할 수는 없으나 부녀의 절행에는 해롭지 아니하고, 하물며 이 사람의 성명과 거주를 알지 못하니 부친께 취품하여 정한 후 중매를 부리려 하면 동서남북에 어디 가 찾으리오?'

급급히 화전을 펴고 두어 줄 글을 써 봉하여 유모를 주어 (중략) 유랑이 또한 소매에서 매우 작은 종이 봉한 것을 내어주거늘 양생이 떼어보니 양류사 한 수라, 그 글에 하였으되,

누각 앞에 버들을 심어樓頭種楊柳
낭군의 말을 매어 머물게 하렸더니擬繫郎馬住
어찌하여 꺾어 채를 만들어如何折作鞭
재촉하여 장대 길로 내려가뇨催下章臺路(49-57쪽)

진채봉은 자신이 "버드나무를 심어둔 것은 정인情人이 말을 매고 머물게 하려 함인데, 왜 당신은 나뭇가지를 꺾어 말채찍으로 삼아 빨리 떠났느냐?"라고 속마음을 털어놓았다. 양소유는 지체하지 않고 "버들이 천만 실이나 하니 실마다 마음 굽이에 맺혔도다. 원컨대 월하노인의 노끈을 만들어願作月下繩 봄소식을 매어 정하고자 하노라"라는 화답시和答詩를 보냈다.

둘 사이에 혼약이 이루어졌지만, 이튿날 구사량이 일으킨 난리 통에 두 남녀는 이별할 수밖에 없었다. 어느 새 사랑의 열정은 슬픔과 그리움으로 변했고, 세월이 한참 흐른 뒤에 재회하면서 열정적 사랑은 마침내 결실을 맺었다.

(2) 청루青樓에서 꽃핀 사랑

양소유·계섬월의 사랑은 풍류 공간에서 선비와 기녀 사이에 꽃핀 사랑이다. 양소유는 낙양 천진교 주루에 값이 일만 전이나 되는 술 "낙양춘洛陽春"이 있다는 말을 듣고 그곳에 갔다가, 우연히 권문세가

자제들의 잔치에 참석했다. 좌중은 기생들과 섞여 술을 마시면서 자색, 가무, 시재를 갖춘 명기 계섬월을 차지하는 시작詩作 내기를 하는 중이었다. 그녀의 마음에 드는 시의 주인이 동침 상대가 될 수 있었다.

양소유는 풍류랑답게 그런 분위기에 젖어들었다. 그는 계섬월을 보자마자 "정신이 어지러워 술잔 잡은 줄을 잊고 그 미인을 자주 돌아보"지 않을 수 없었다. 그는 즉흥적으로 시를 써내려갔고, 계섬월은 그 시를 받자마자 노래로 불렀다. 그 순간 그 노래는 연가戀歌가 되어 공중에 솟아오르더니 악기 소리마저 압두했다.[20]

① 향기로운 티끌 일고자 하고 저문 구름이 많으니香塵欲起暮雲多

② 한가지로 고운 계집의 한 곡조 노래를 기다리는도다共待妖姬一曲歌

③ 열두 거리 위에 봄이 늦었으니十二街頭春緩慢

④ 버들 꽃이 눈 같으니 근심을 어이하리오楊花如雪奈愁何

⑤ 꽃가지가 옥인의 단장을 부끄러워하니花枝羞殺玉人粧

⑥ 가는 노래를 내기도 전에 이미 기운이 향기롭도다未發纖歌口已香

⑦ 하채와 양성은 전혀 상관하지 아니하되下蔡襄城渾不關

⑧ 다만 무쇠 같은 창자를 얻기 어려울까 근심하노라只愁難得鐵爲腸

⑨ 주점에서 눈 오는 저녁에 양주사를 부르니旗亭暮雪按涼洲

⑩ 이것이 가장 왕랑의 득의한 때로다最是王郎得意秋

⑪ 천고부터 이 글은 원래 맥을 같이하나니千古斯文原一脈

⑫ 전배로 하여금 풍류를 독점하게 하지 마라莫教前輩擅風流

⑬ 초나라 나그네 서쪽으로 노닐매 길이 진나라에 들었으니楚客西遊路入秦

---

20 글을 섬랑에게 보내니, 섬랑이 추파를 들어 한번 내리 보더니 문득 단판檀板. 박자를 맞추는 목판 한 소리에 맑은 노래를 빼어내니 바로 구소九霄. 높은 하늘에 올라 여향餘響. 아직 남아 있는 음향이 섞어 도니 진쟁진나라의 쟁과 조슬조나라의 슬이 소리를 빼앗기고 좌상이 쇄연히洒然히. 물을 뿌린 듯이 낯빛을 고치더라.(85쪽)

⑭ 술다락에 와 낙양춘에 취하였도다酒樓來醉洛陽春

⑮ 달 가운데 붉은 계수를 뉘 먼저 꺾을꼬月中丹桂誰斷折

⑯ 금대의 문장은 스스로 사람이 있으리로다今代文章自有人(85쪽)

오후가 한참 지난 저녁 무렵 좌중은 한결같이 자신의 시를 계섬월이 노래로 불러주기를 고대하고 있다.(①, ②) 양소유는 계섬월을 옥인으로 칭하고 그녀가 봄의 꽃가지보다 아름답다고 치켜세우더니, 그녀가 시를 뽑아 노래를 부르기 전인데도 벌써 그녀의 입속에서 향기가 난다고 미화했다.(⑤, ⑥) 계섬월이 미모와 가창력을 겸비한 여성이라고 칭찬하면서 자신의 시를 노래로 불러줄 것을 유혹했던 것이다.

내친김에 양소유는 당나라 때의 시인인 왕랑, 즉 왕지환의 양주사涼洲詞가 기녀에게 노래로 불렸던 고사[21]를 거론한 후에(⑨, ⑩) 자신의 현재 풍류가 과거 왕랑의 풍류와 일맥상통하다고 자부함으로써(⑪, ⑫), 계섬월이 양소유의 시를 노래로 부르지 않을 수 없음을 넌지시 말했다. 그리고 양소유는 자신의 출신지에 따라 초객楚客이라 일컫고 명품 술 "낙양춘"을 마시고 취했다고 말하더니(⑬, ⑭) "달 가운데 붉은 계수"를 꺾을 자, 즉 오늘 밤 아름다운 계섬월과 동침할 자가 바로 자신이라고 내질렀다.(⑮, ⑯)[22]

---

21 당나라 때 시인 왕지환이 왕창령, 고적 등과 함께 주점에서 술을 마시는데 기녀 여럿이 들어왔다. 왕창령 등이 서로 약속하기를, 여러 기생들이 노래 부르는 것을 보아 만일 자신의 시를 부르면 각각 벽에다 금을 그어보자고 했다. 이윽고 고적은 하나를 긋고 왕창령은 둘을 그었으나 유독 왕지환만이 아직 그은 것이 없었다. 그러자 왕지환이 여러 기생들 가운데 가장 아름다운 한 사람을 가리켜 말하기를, 만일 저 기생이 노래하는 것이 나의 시가 아니라면 감히 그대들과 우열을 다투지 않겠다고 했다. 이윽고 그 기녀는 노래를 불렀는데 이것이 바로 왕지환의 작품 양주사涼洲詞였다. (88쪽, 각주 3)

22 이 부분은 『기녀담 기녀등장소설 연구』(192-194쪽)에서 가져온 것인데, 김병국의 역주를 수용하여 이전에 내가 잘못 썼던 부분을 바로잡았다.

양소유와 계섬월의 만남은 그날 밤 계섬월의 집에서 뜨거운 사랑으로 이어졌다.

양생이 성남 주점에 가 행리를 옮겨 숭석하여 섬월의 집을 찾아가니, 섬월이 이미 돌아와 당상에 등촉을 밝히고 양생을 기다리다가 두 사람이 서로 만나매 기쁜 뜻을 가히 알겠더라. 섬월이 옥배를 가득 붓고 금루의金縷衣란 노래를 불러 술을 권하니 아리따운 태도와 부드러운 정이 사람의 간장을 끊을러라. 서로 이끌어 침석에 나아가니 비록 무산의 꿈巫山之夢. 남녀의 사랑인 운우지정을 뜻함과 낙수의 만남洛水의 만남. 조식이 낙수 강의 여신이 된 복비(복희씨의 딸)를 만남도 이에서 지나지 못할러라. (93쪽)

양소유·계섬월의 만남은 성희와 관능이 피어나는 에로스를 곡진하게 담아낸다. 술과 노래 그리고 정감이 어우러졌고, 기쁨이 넘쳐흘렀다. 청루라는 풍류공간에서 벌어지는 사랑은 하룻밤 관계one night stand로 성희적, 관능적 에로스에서 그치는 게 당시의 성풍속이었다.

그런데 두 남녀의 사랑은 그런 풍속을 넘어섰다. 그 요체는 양소유를 설득하여 그의 첩실이 되고자 하는 계섬월의 강한 의지에 있었다. 그녀는 역승驛丞. 역장이었던 부친의 죽음으로 가난을 이기지 못한 계모에 의해 기녀로 팔리게 되었지만 많은 남성을 대하는 청루의 환경을 이용하여 마음에 드는 남성을 만나, 기녀의 처지에서 벗어나, 평생 그를 따르기를 원했다.[23] 양소유가 자신의 처지를 핑계 대며 첩

---

23 "첩의 종신대사를 낭군께 의탁하였으니 낭군은 첩의 사정을 들으소서. 첩은 본디 소주 사람이라. 아비 이 땅에서 역승을 하였더니 불행하여 타향에서 객사하니, 집이 가난하고 고향이 멀어 반장返葬할 길이 없어 계모 나를 백금을 받고 창가娼家에 파니 욕을 참고 이에 이름은 하늘이 어여삐 여겨 일조一朝에 일을 이뤄 군자를 만나 천일天日을 볼까 함이라. 첩의 집 누각 앞은 장안으로 가는 큰 길거리라, 거마車馬 소

으로 들이기 어렵다는 반응을 보였는데도 그녀는 그가 출세한 후에 '정경패를 정실로 삼고 친구 적경홍과 자신은 첩으로 삼아달라'며 뜻을 굽히지 않았다. 마침내 양소유로부터 "마음에 새기리라"는 약속을 받아냈다.[24]

(3) 부귀영화를 마다하고 운명을 건 사랑

양소유·적경홍의 만남도 첫눈에 반하는 사랑으로 맺어진다. 하북 기생 적경홍은 강남 만옥연, 낙양 계섬월과 함께 청루삼절青樓三絶로 꼽히는 명기였다. 그중에 적경홍과 계섬월은 "변주 상국사에 모여 정회를 의논할새, 피차 두 사람이 아무라도 나의 원願에 찬 군자를 만나거든 서로 천거하여 한데 살자"고 약속한 사이였다. 흥미롭게도 계섬월이 양소유에게 첫눈에 반했던 것처럼, 적경홍도 양소유를 보고 첫눈에 반했다. 두 기생은 떨어져 있으면서도 각각 마음에 드는 남자를 선택했는데 그 상대가 동일 인물인 양소유였을 만큼 보는 눈이 같았던 것이다.

하지만 양소유·적경홍의 만남에는 색다른 면이 있다. 적경홍은 계섬월이 기녀로 팔린 것과는 달리, "창녀는 영웅호걸을 많이 보니

리 주야 그친 적이 없으니 어느 사람이 첩의 문밖에 채찍을 내리치지 아니하리오? 삼사 년 사이에 사람 지나기를 구름같이 하였으되 낭군께 방불한 이를 보지 못하였으니, 낭군이 첩을 더럽다 않을진대 낭군의 물 긷고 밥 짓는 종이 되어도 부디 좇을 것이니 낭군의 뜻이 어떠하뇨?"(93-95쪽)

24 그 후로 계섬월과 양소유의 사랑은 변하지 않았다. 양소유가 장원급제하여 한림이 되어 연왕을 회유하러 가는 중에 낙양에 들렀을 때, 낙양 부윤은 기녀 10여 명을 가려 뽑아 잔치를 벌였는데, 그 자리에는 예전에 천진교 주루에서 보았던 기생은 있었지만 계섬월은 없었다. 양소유는 계섬월을 그리워하며, "비 천진을 지나가자 버들꽃이 새로우니雨過天津柳色新 풍광이 완연히 지난봄 같도다.風光宛似去年春 가련하다, 네 마리 말로 돌아올 때에可憐駟馬歸來時 주루를 맡은 옥 같은 사람을 보지 못하는도다.不見當壚如玉人"(207쪽)라는 내용의 시를 남기고 일어섰다. 두 남녀의 열정적 사랑은 양소유가 연왕을 회유하고 돌아오는 길에 이어지기에 이른다.

가히 마음대로 고르리라" 생각하고 자원하여 기녀가 된 여성이었다. 적경홍의 색다름은 거기에서 그치지 않는다. 적경홍은 자신이 원하는 남성을 만나기를 고대했는데, 뜻밖에 나타난 연왕에 의해 명주 한 섬에 팔려 그의 궁녀가 되고 만다. 연왕의 총애를 받게 된 그녀는 부귀영화를 누릴 수 있었지만, 외로움을 탔고 "새장에 갇힌 새"처럼 무기력해질 수밖에 없었다. 연왕이 그녀의 마음에 차지 않았기 때문이다.

그때 적경홍의 눈에 포착된 자가 양소유였다. 그녀는 궁중 잔치에서 우연히 양소유를 엿보고 첫눈에 반해 열정에 사로잡힌 나머지, 연왕의 천리마를 훔쳐 타고 양소유를 뒤쫓는 애정행각을 감행했다. 그런데 그녀는 양소유를 만나자마자 사랑을 고백하지는 않았다. 남장 차림으로 적백란이라고 속이고 양소유와 친분을 맺었으며, 낙양에서 계섬월과 합류한 후에는 계섬월로 속이고 양소유와 사랑을 나누었다.

> 이날 밤에 섬랑으로 더불어 촉하燭下에서 옛말을 이르며 연하여 여러 잔을 기울이고 촛불을 끄고 침석에 나아가니 은정이 더욱 견권하더니, 조양朝陽. 아침 해이 동창에 비친 후 한림이 바야흐로 머리를 들어보니 섬랑이 먼저 일어나 거울을 대하여 지분脂粉을 고르거늘, 놀라 일어나 자세히 보니, 푸른 눈썹과 맑은 눈과 구름 같은 귀밑과 꽃 같은 보조개며 가는 허리와 약한 태도가 종종 섬랑과 같되 다만 섬랑은 아닌지라.(217쪽)

적경홍은 자신의 내력을 양소유에게 알리며 "이제는 첩의 원을 이루었으니"라고 말한 후에 그의 첩실이 되고자 하는 결심을 밝혔다.[25]

---

25 "천첩이 감히 상공을 속이리이까? 첩이 비록 누추하나 항상 발원하여 군자를 좇으려 하더니, 연왕이 첩의 이름을 그릇 듣고 명주 한 섬으로 첩을 궁중에 이르게 하니, 입에 진미를 염하고 몸에 금의를 천히 여기나 첩의 원하는 바가 아니라, 괴로움이 마음에 외로운 새 농중에 듦 같더니, 저적 연왕이 상공을 청하여 궁중에서 잔치할 적에 첩이 우연히 엿보니 일생 놀기를 원하는 바라, 상공이 연을 떠나신 후에 즉시

적경홍은 자신이 원하는 남성을 품에 넣기 위해서 한 치의 흐트러짐도 없었으며, 양소유와 사랑을 나눈 후에야 비로소 자신의 실체를 밝혔을 정도로 주도면밀함을 보였던 것이다. 그 일련의 과정에는 그녀가 보여준 자발적인 사랑의 열정이 얼마나 강렬한지가 고스란히 담겨 있다.

그때 양소유는 적경홍이 연왕의 궁녀임을 들어 그녀의 행실이 절개가 없다고 질책하지도 않았고 연왕에게 되돌아가라고 호통 치지도 않았다. 오히려 그는 그녀를 홍불기에 비유하여 치켜세웠다. 양소유는 그녀의 내력과 관계없이 그녀의 마음속에서 우러나는 사랑을 흔쾌히 받아들인 것이다.

> "홍랑의 높은 뜻은 양월공楊越公. 양소(?-606)의 홍불기紅拂妓라도 및지 못하리로다. 다만 스스로 이위공李衛公. 李靖. 당태종 때 병부상서의 재주가 없음을 부끄러워하나이다."(223쪽)

적경홍과 양소유의 사랑은 홍불기와 이위공의 사랑에 비유된다. 홍불기는 수나라 건국에 공을 세운 양월공의 시비였지만 이위공을 사랑하여 일생을 그와 함께 살았던 여성이었던 것처럼 적경홍은 연왕의 궁녀였지만 첫눈에 반한 양소유와 일생을 함께했다. – 양소유는 자신이 홍불기를 받아들인 이위공의 재주에는 미치지 못한다고 낮추었는데 거기에는 양소유 자신이 이위공만큼 매력적인 남성이 아닌데도 계섬월의 선

도망하여 좇으려 하더니, 연왕이 깨닫고 따를까 두려워하여 상공 행한 후에 십 일을 기다려 연왕의 천리마를 도적하여 타고 이틀 만에 한단에 득달하여 즉시 상공께 실상을 아뢰고자 하되 도리어 번거하여, 이 땅에 이르러 부질없이 한 시절 당희의 일을 효측하여 상공의 한번 웃으심을 돕나이다. 이제는 첩의 원을 이루었으니 당당히 섬랑으로 더불어 한데 있다가 상공이 부인 얻으심을 기다려 한가지로 경사에 나아가 하례하리이다."(221-223쪽)

택을 받았다는 겸손의 뜻이 들어 있다. -

요컨대 적경홍과 양소유의 에로스는 내면에서 솟아나는 사랑의 감정에 목숨을 거는 여성과 그 사랑의 감정을 소중히 받아들이는 남성, 그런 남녀 사이의 사랑을 요체로 한다.

3.1.2. 유희적 에로스 - 속이기 놀이 같은 사랑 -

남녀가 놀이를 하듯 사랑할 수도 있다. 놀이는 노는 방식이 재미있을 뿐 아니라 놀이 자체가 재미있는 것과 같이, 유희적 에로스도 사랑을 주고받는 방식이 유희적일 뿐 아니라 사랑 자체가 재미있다. 양소유·정경패의 사랑이 그런 유희적 성향을 보인다. 두 남녀의 유희적 사랑은 속이기 놀이와 같이 펼쳐지는데,[26] 그 과정은 다음과 같다.

(1) 양소유의 속임에 이은 정경패의 속임
(2) 정경패의 속임에 이은 양소유의 속임

(1)과 (2)에서 보듯 그 유희는 일회적으로 끝나지 않고 거듭 펼쳐지는 가운데 속임의 주체와 상대가 뒤바뀜으로써 흥미가 더 커진다.

(1) 양소유의 속임에 이은 정경패의 속임

양소유가 두련사의 도움을 받고 자신의 모습을 여관으로 분장하

---

26 강상순은 〈구운몽〉의 남녀관계를 "은밀한 쾌락을 **유희적**으로 탐닉하는 것"으로 보았다.(강상순, 「〈구운몽〉에 형상화된 남녀관계의 소설사적 계보와 역사적 성격」, 『우리어문연구』 32, 우리어문학회, 2008, 197쪽)

일찍이 신재홍은 〈구운몽〉의 **속임수**가 남녀결연과 밀접한 관련이 있다고 보았으며, 정길수는 그 속임수를 독자의 흥미와 연계했다.(신재홍, 「〈구운몽〉의 서술원리와 이념성」, 『고전문학연구』 5, 한국고전문학연구회, 1990, 133-142쪽; 정길수, 「〈구운몽〉의 독자는 누구인가」, 『고소설연구』 13, 한국고소설학회, 2002, 65-70쪽)

나는 '**유희적 사랑**'이 '**속이기 놀이**'가 수반되는 남녀관계에서 보다 첨예하게 드러난다고 본다.

고 정경패 앞에서 악곡을 연주하자, 정경패는 그 자가 남자임을 알아차리고 물러났다. 그런데 뜻밖에 부모에 의해 양소유와 정혼하게 되자, 정경패는 양소유에게 복수하기 위해서 부모, 사촌 정십삼, 시비 가춘운 등과 공모하여 가춘운을 선녀·혼령으로 꾸며 양소유를 미혹하게 한 후 색에 굶주린 귀신이라고 놀렸다.

두 남녀의 만남에서 속이기 과정은 ① 양소유와 두련사의 공모, ② 양소유–여관 모습–와 정경패의 대면, ③ 양소유·정경패의 정혼, ④ 정경패와 부모·사촌·시비의 공모 등 네 지점을 거친다. 그런데 그 지점마다 중요하게 부각되는 것이 사랑의 감정이어서 주목할 만하다.

먼저 '① 양소유와 두련사의 공모'의 지점을 보자. 다음은 양소유와 두련사가 정경패를 두고 이야기를 나누는 대목이다.

> 생이 심중에 섬월이 이르던 여자인 줄 알고 가만히 생각하되, '어떤 여자이기에 두 서울 사이에 이렇듯이 이름을 얻었는고?'
>
> 물어 가로되, "정씨 여자를 사부師父가 일찍 보시니이까?"
>
> 연사가 왈, "어이 보지 못하였으리요. 정소저는 하늘 사람이니 어이 가히 언어로 형용하리요."
>
> 생 왈, "소자가 감히 자랑하는 것이 아니라 금춘今春 과거는 소자의 주머니 가운데 것이거니와, 평생에 어리석은 발원發願이 있어 처자處子의 얼굴을 보지 못한 후는 구혼을 하지 않으려 하나니 사부는 자비하여 소자로 하여금 한번 보게 하소서."
>
> 연사가 대소하고 이르되, "재상가 처자를 어이 서로 볼 리 있으리오? 양랑이 노신老身의 말이 신실치 않은가 의심하느냐?"
>
> 생이 가로되, "소자가 어이 감히 의심하리이꼬마는 사람의 호상好尙·좋아하고 숭상하는 것이 다 각각 다르니 사부의 눈이 어이 마치 소자와 같으리이꼬?"(111쪽)

양소유의 말에는 자신의 마음에 드는 여성, 즉 사랑의 감정이 이는 여성과 결혼하겠다는 확고한 생각이 담겨 있다. 두련사가 정경패를 "하늘 사람"이라고 극찬했지만, 양소유는 그녀의 얼굴을 보지 못하면 구혼求婚하지 않겠다면서 꼭 한 번 보게 해달라고 간청했다. 자신의 말을 믿을 수 없느냐는 두련사의 반문에도 양소유는 사람마다 보는 눈이 다르다고 대꾸하면서 물러서지 않았다. 마침내 두련사는 양소유를 여도사로 변장시켜 정사도의 집에 들어가게 해주었다. **애정을 중시하는 양소유의 마음**을 헤아렸기 때문이다.

'② 양소유–여관 모습–와 정경패의 대면' 지점을 보자. 양소유는 정경패를 보자마자 "눈이 부시고 정신이 요란하여 가히 측량치 못할"(123쪽) 정도로 정신을 빼앗겼다. **첫눈에 반한 사랑**에 빠지고 만 것이다. 게다가 여덟 곡조예상우의곡, 옥수후정화, 호가십팔박, 출새곡, 광릉산, 수선조, 의란조, 남훈를 내리 연주했는데 매번 곡조의 명칭과 내력을 알아맞히는 정경패의 매력에 빠져들지 않을 수 없었다.

정경패의 미모와 재능을 파악했으니 그 정도에서 물러났을 만도 했지만, 양소유는 내친김에 사랑의 감정을 실어 봉황곡鳳凰曲을 탔다. 단순히 사랑의 감정을 전하는 게 아니었다. 봉황곡은 탁문군卓文君이 사마상여가 곡조를 타는 모습에 반해서 그를 따라나섰다는 내력이 있는 곡이었다. 양소유는 유혹과 구애를 연주했던 것이다.

'③ 양소유·정경패의 정혼' 지점을 보자. 정경패는 이름 모를 남성의 유혹과 구애에 얼굴을 붉히며 그 자리를 피하지 않을 수 없었다. 그 후 양소유는 장원급제하고 정사도에게 구혼하여 정경패와의 혼인 허락을 받아냈다. 정경패는 놀림당한 것을 들어 부친에게 퇴혼하라고 요청했지만, 부친은 양소유가 "풍류재자"고 그의 유혹이 "재주 있고 정 많은 사람의 유희"임을 칭찬할 뿐이었다. –한문본에서는 "유희지사遊戲之事"로 되어 있다.(153쪽)–

여기에서 부친을 향한 정경패의 반응이 주목할 만하다.

"소녀의 마음이 부끄러움이 없으되, 사람에게 그토록 속은 것을 애달파 하나이다."(153쪽)

소저 왈, "양생이 원방 십육 세 서생으로 석 자 거문고를 이끌고 재상집 깊고 깊은 중당에 들어와 규중처자를 내어 낮히고 거문고 곡조로 조희하니, 이렇듯 한 기상이 어이 즐겨 한 여자의 손에 늙으리오? 양생이 승상부를 웅거하면 몇 춘운을 거느릴 줄 알리이까?"(159쪽)

정경패는 여도사로 변장한 양소유의 정체를 몰라본 것이 애달팠을 뿐이었지, 양소유의 유혹과 구애를 수치스럽게 여긴 것은 아니었다. 오히려 그녀는 양소유가 한 여성의 품에 만족하지 않는 풍정을 지닌 자임을 인정했다. 심지어 그녀는 부친에게 가춘운을 양소유의 첩으로 삼아달라고 요청하기까지 했다.

'④ 정경패와 부모·사촌·시비의 공모' 과정은 속은 정경패가 양소유를 다시 속이는 것으로 되어 있다. 그녀는 부모, 정십삼, 가춘운 등과 공모하여 가춘운을 선녀·혼령으로 꾸며 두 차례에 걸쳐 양소유를 미혹했는데, 양소유는 마치 선녀·혼령과 사랑을 나눈 것으로 착각했다가 나중에 속았음을 알게 된다.

정경패는 양소유의 욕정적인 모습을 세상에 드러냄으로써 자신이 속은 것을 복수했지만, 그것은 비판의 차원이 아니라 유희의 차원에서 행한 것이었다. 그뿐 아니다. 정경패가 가춘운을 첩으로 들이기로 하고 그런 성희를 펼쳤거니와, 그것은 양소유를 향한 정경패의 사랑을 간접적으로 펼쳐낸 것으로 보아도 무리가 없다.

(2) 정경패의 속임에 이은 양소유의 속임

정경패가 양소유를 속이는 것이 한 차례 더 벌어진다. 양소유가 국경을 진무하고 돌아오는 중에, 양영공주가 된 정경패는 자신이 죽은 것으로 꾸미고 난양공주와 함께 양소유와 결혼한다. 양소유는 양영공주가 정경패인 줄 모르고 그녀에게 정경패를 사랑했던 마음을 토로했다가 양영공주로부터 공주 앞에서 감히 과거의 연정을 언급했다는 핀잔을 들었다. 그리고 양영공주는 정경패를 힐난했는데, 그 내용이 눈길을 끈다.

앞의 경우에서처럼 이 경우에도 그 요체는 사랑이다.

> 정녀가 남녀의 혐의를 돌아보지 아니하고 안색을 자랑하며 언어로 수작하니 그 넘남이 이렇듯 하고 혼사의 이루어지지 못함을 한하여 울울히 병을 얻어 청년에 요사하니(425쪽)

위 대목은 정경패가 자신을 죽은 것으로 꾸미고 양영공주가 되어 정경패를 비하한 대목이다. 비록 속임수로 되어 있지만, 거기에는 정경패의 사랑이 고스란히 담겨 있다. 정경패는 남녀 사이의 도리를 지키지 않고 사랑을 했는데 그 사랑이 이루어지지 않자 요절하고 말았다는 것이다. 사랑을 이루지 못해서 요절했다는 것만큼이나 사랑의 감정을 잘 담아내는 게 있을까.

그 후에 양소유는 양영공주가 정경패임을 알아차리고 정경패를 다시 속였다.

> 승상이 바야흐로 양영이 정씨인 줄 알고, 옛일을 생각하니 정을 이기지 못하여 창을 열고 들어가고자 하다가 홀연 생각하되, '제 나를 속이려 하니 내 또한 저를 속이리라.' 하고(435쪽)

양소유는 양영공주가 정경패임을 알게 되자 "옛일에 어린 정", 즉 정경패를 향한 애정을 이기지 못했지만, 거기에서 방향을 틀어 자신이 실성하여 정경패를 보며 헛소리를 해대는 것처럼 속였다. 그런데 양소유의 실성과 헛소리는 유희 차원의 복수이기도 했지만, 그 모습은 정경패를 사랑하는 양소유의 진실한 모습이기도 했다.

'(2) 정경패의 속임에 이은 양소유의 속임'의 놀이는 (1)에서 한 걸음 더 나아가 양소유가 정경패를 사랑하는 마음을 보여준다. 비록 양소유의 헛소리였지만 정경패는 자신을 사랑하는 양소유의 모습을 두 눈으로 직접 확인할 수 있었다. 심지어 공모자들도 함께 확인했다. – 그 모습은 정경패는 물론이고 공모자, 나아가 독자들도 보고 싶은 모습이었을 것이다. –

양소유는 걸출한 인재고, 정경패는 아버지가 6대째 공후이자 3대째 정승인 재상가의 딸이어서, 두 남녀의 결혼은 엄정한 예교에 얽매이기 마련이다. 양소유·정경패의 유희적 에로스는 속이기 놀이 방식을 통해 엄숙하고 정제된 남녀 관계를 허물어뜨려 애정 소통을 원활하게 해주었을 뿐 아니라, 에로스 자체의 유희성遊戱性을 펼쳐냈다고 할 수 있다.

3.1.3. 성희적 에로스 – 성적 쾌감을 느끼는 사랑 –

양소유·정경패의 에로스는 양소유·가춘운의 에로스로 바뀌는데 그 에로스는 유희의 성향을 수반하며, 거기에서 더 나아가 성희를 지향한다. 양소유·가춘운의 만남을 정리하면 다음과 같다.

(ㄱ) 정경패·가춘운 공모: 정경패, 정사도·최씨, 정십삼, 가춘운 등과 더불어 양소유를 속인다.

(ㄴ) 양소유·선녀의 성희: 깊은 산속에서 하룻밤 사랑을 나누고 이별시를 써주고 헤어진다.

(ㄷ) 양소유·혼령의 성희: 장여랑의 혼령과 양소유가 깊은 사랑을 나누고 헤어진다.

(ㄹ) 양소유 조롱: 선녀와 귀신이 가춘운이라는 것이 밝혀지면서 양소유는 웃음거리가 된다.

양소유·가춘운의 사랑은 (ㄱ)과 (ㄹ)로 둘러싸여 있거니와, 정경패와 가춘운이 서로 짜고 양소유를 속여 복수하는 놀이와 같은 유희의 양상을 띤다. 그 유희는 양소유·선녀의 사랑놀이와 양소유·혼령의 사랑놀이로 구체화된다.

양소유·선녀의 사랑놀이가 펼쳐지는 공간은 "경개 절승한 무릉도원"과 같은 자각봉 근처였다. 그곳은 "꽃 피고 달 밝은 밤이면 신선의 풍류 소리가 나는 곳"이었다. 가춘운은 자신이 요지왕모의 시녀고 양소유는 전신이 상청선자上淸仙子. 상청에 있는 신선였는데 둘이 희롱하다가 죄를 입어 인간세상으로 떨어지고 자신은 산중으로 귀양왔다고 꾸며댔다.

그들 사이의 사랑 놀이가 한 차례 더 벌어졌다. 선녀와 양소유가 헤어질 때 이별시를 주고받았는데, 양소유는 장여랑의 무덤에서 자신이 선녀에게 써준 시를 발견하고 선녀가 장여랑의 혼령임을 깨달았다. 그 순간 그는 "마음이 편치 못하여 머리털이 송연하"였지만, 이내 장여랑의 무덤에 술을 뿌리며 "유명이 비록 다르나 정은 가려지지 않았으니 꽃다운 영혼은 나의 정성을 살펴 오늘 밤에 서로 모임을 바라노라"(177쪽)라고 빌었다. 그날 밤 양소유는 장여랑의 혼령과 또 한 번의 사랑에 빠졌다.

이처럼 양소유와 선녀·귀신의 사랑은 연속적으로 유희적 에로스의 양상을 띤다. 그런데 그 에로스는 극도의 성적 쾌감을 지향한다. 다음은 양소유와 선녀가 사랑을 나누는 대목이다.

> 이때 달이 높고 은하가 기울었으니 밤이 깊었는지라, 서로 이끌어 침석에 나아가니 마치 유완이 천태산에서 선자 만남 같아서 황홀하여 가히 형상치 못할러라. 두 사람은 만족지 못하여서 산새 지저귀고 동방에 빛이 동하니 미인이 일어나 양생더러 이르되,
>
> "금일은 첩이 요지瑤池로 갈 기한이라, 선관仙官이 절월節鉞. 부절과 부월

을 가지고 와 데려갈 것이니, 낭군은 먼저 가지 않으면 피차에 다 허물이 있으리라. 낭군이 만일 옛 정을 잊지 아니하면 서로 기약이 있으리라."

나건羅巾. 비단수건에 이별하는 글을 써 생을 주니 그 글에 왈,

서로 만나니 꽃이 하늘에 가득하고相逢花滿天
서로 이별하니 꽃이 물에 있도다相別花在水
봄빛은 꿈 가운데 있고春光如夢中
흐르는 물은 천리에 아득하도다流水杳千里

양생이 한삼 소매를 떼어 시를 써주니 왈,

하늘 바람이 패옥을 부니天風吹玉佩
흰 구름이 흩어지도다白雲何離離
무산 다른 날 밤 비에巫山他夜雨
양왕의 옷을 적시고자 하노라願濕襄王衣

미인이 재삼 재촉하여 가랴 하거늘 서로 눈물을 뿌리고 산을 내려오며 머리를 돌이켜 자던 곳을 바라보니 새벽 구름이 만학萬壑. 겹겹이 깊고 큰 골짜기에 잣았으니 황연晃然히 요지의 꿈같이 희미하더라.(171-173쪽)

양소유·선녀의 사랑은 하룻밤 사랑one night stand이었지만 "황홀하여 가히 형상치 못할" 정도로 극도의 성적 쾌감을 느끼느라 "산새 지저귀고 동방에 빛이 동하"였을 때까지 멈출 수 없었다. 선녀의 시에서 "봄빛은 꿈 가운데 있고春光如夢中 흐르는 물은 천리에 아득하도다流水杳千里"라고 표현된 대로 성적 쾌감은 잊힐 수 없었다. 그런 성희는, 양소유의 시에서 "무산 다른 날 밤 비에巫山他夜雨 양왕의 옷을 적

시고자 하노라願濕襄王衣"라고 표현될 만큼, 다시 젖어들고 싶은 것이었다.

이별 후에 양소유는 선녀와 사랑을 나누었던 자각봉을 다시 찾지 않을 수 없었고 선녀를 만나지 못하자 "종일토록 배회하여 눈물을 뿌리"지 않을 수 없었다. 그 모습은 성희적 에로스를 지속하지 못하고 헤매는 모습이다. 성희적 에로스는 양소유·혼령의 사랑으로 이어져서, "밤을 한가지로 지내니 은정恩情의 견권繾綣함이 전일前日에서 더하"기에 이른다.

심지어 양소유는 진인으로부터 "이제 계집 귀신의 기운이 사공 몸에 들었으니 삼일 후 골수에 들면 구치 못할 것"(185쪽)이라는 경고를 듣지만, 전혀 요동치 않고 오히려 그날 밤에 방 안에 향을 피우고 장여랑이 오기를 기다렸을 정도다. 이렇듯 양소유·선녀에서 양소유·혼령으로 이어지는 유희적 에로스는 극도의 성적 쾌락을 지향한다. 그런 성희적 에로스는 주변 사람들에게 부정적으로 비춰지지 않는다.

> "이 여자는 신선도 아니요, 귀신도 아니요, 내 집에서 기른 가씨 여자니 이름은 춘운이라. 요사이 양랑이 노부의 화원에서 자못 고적할 것이니, 가녀로 하여금 모셔 있게 하니 이 본디 우리 부처의 좋은 뜻이거늘, 젊은 사람이 사이를 좇아 서로 희롱하여 양랑의 마음을 잇브게힘들게 하도다."(195쪽)

장사도·최씨 부부는 양소유의 무료함을 달래주려고 했는데 중간에서 "젊은 사람들이 서로 희롱"했다는 것이다.[27] 그 희롱은 성적 쾌

27 을사본(한문본)에는 "심하게 희롱함戲謔太過"으로 되어 있다.(김만중 지음, 정병설 옮김, 『구운몽』, 문학동네, 2013, 316쪽)

감을 수반하는 성희性戱를 수반한다. 그런 성희는 "우리 부처의 좋은 뜻", 즉 정사도 부부의 좋은 뜻이었으며, 그 좋은 뜻은 그전에 부모에게 그렇게 해주기를 의뢰했던 정경패의 뜻이기도 했다. 그 사랑놀이는 선녀와 귀신이 탈을 벗고 양소유와 가춘운이 서로 얼굴을 맞대고 노는 사랑놀이로 이어진다.

3.1.4. 섭리적 에로스 – 하늘이 정한 운명적 사랑 –

섭리적 에로스는 하늘이 정한 운명적 사랑이다. 세부적으로 보면 (1) 하늘이 정한 짝을 찾아 나서는 사랑(양소유·심요연의 사랑)이 있고, 거기에서 가지를 쳐서 (2) 천지자연의 조화를 동반하는 사랑(양소유·이소화의 사랑)이 자리를 잡으며, 그 반대쪽에 (3) 천지자연을 치유하는 사랑(양소유·백능파의 사랑)이 자리를 잡는다.

(1) 하늘이 정한 짝을 찾아 나서는 사랑

양소유·심요연의 사랑은 양소유가 토번국의 침략을 물리치는 과정에서 맺어진다. 그런데 이들의 인연은 하늘이 정한 사이였다. 심요연은 스승의 지시에 따라 토번국의 자객으로 뽑혀 양소유의 진중 막사에 들어가서 둘 사이에 인연이 있음을 밝히자, 양소유는 기뻐하며 그녀를 받아들였다.

> 상서가 그 온 뜻을 물으니 여자가 답 왈, "첩은 본디 양주인이니 조상부터 대당大唐 백성이라. 첩이 어려서 부모를 잃고 한 여관女官. 여자 도사을 좇아 제자가 되었더니, (중략) 세 사삼의 검술이 고하高下. 실력의 높고 낮음가 없으되, 스승의 원수를 갚으며 사나운 사람을 베려 할 때면 채홍과 해월을 보내고 첩을 보내지 아니하니, 첩이 묻되, '함께 사부의 가르침을 입었으되 홀로 나는 은혜 갚을 길이 없으니 나의 재주가 두 사람만 못하여 부림 직하지 아니하니이까?' (ㄱ) 스승이 가로되, '너는

본디 우리 무리 아니라 후일에 당당히 정도正道를 얻으리니 나의 바라볼 바가 아니라. 이제 만일 두 사람과 같이 인명을 살해하면 너의 전정前程. 앞길에 해로울 것이니 이러므로 너를 부리지 아니하노라.' 첩이 또 가로되, '이럴 작시면 제자에게 검술을 가르쳐 무엇에 쓰리이까?' (ㄴ) 스승이 이르되, '너의 전세前世에 인연이 대당국大唐國에 있으되 그 사람은 큰 귀인이라. 너는 외국에서 났으니 서로 만날 길이 없으니, 너에게 검술을 가르쳐 이 일을 빌려 귀인을 만날 도리를 가르치니, 타일에 백만군중 창검 가운데 아름다운 인연을 이루리라' 하더니, 전월前月에 스승이 이르되, '이제 대당大唐 천자가 대장을 보내어 토번吐藩. 티베트 족을 정벌하니 찬보贊普. 토번 왕가 사문四門에 방문을 붙여 천금으로 자모自募. 스스로 모집에 응함받아 자객을 얻어 당장唐長. 당나라 장수을 해하려 하나니, 네 급히 가 토번국 모든 자객과 겨루어 하나는 당나라 대장의 재화災禍를 구하고 하나는 너의 인연을 이루라' 하거늘, 첩이 번국蕃國. 토번국에 가 방문을 떼어내니 찬보가 불러 보고 먼저 온 자객 십여 인으로 검술을 비교하라 하거늘, 첩이 십여 인의 상투를 베어 바치니 찬보가 대열하여 첩을 보내어 상서를 해하라 하더이다. 만일 공을 이루면 봉하여 귀비貴妃를 삼으려 하더니, 첩이 이제 상서를 만나니 스승의 말이 맞았는지라 말째 종이 되어 자우에 모셔지이다."

상서가 대희 왈, "경이 나의 위태한 목숨을 구하고 몸으로써 섬기고자 하니 이 은혜를 어이 다 갚으리오? 오직 백년을 함께 늙기를 원하노라."

이 밤에 원수가 요연으로 더불어 장중帳中에서 침석을 같이하니, 창검빛으로 화촉을 대신하고 조두소리군중에서 야경하느라 치는 소리로 금슬琴瑟. 거문고와 비파을 삼아 복파영伏波營 가운데 달빛이 두렷하고 옥문관玉門關 밖에 춘광이 가득하였으니, 한 조각 각별한 정흥情興. 애정의 흥겨움이 깊은 밤 비단 금장보다 나을 듯하더라.(281쪽)

심요연은 당나라 백성으로 어려서 부모를 잃고 검술을 배운 후 토번吐蕃. 티베트 족 왕의 휘하에 들어가 자객刺客이 된 여성이었다. 그런데 그녀의 스승이 그녀에게 검술을 가르친 목적은 토번의 편에 서서 양소유를 죽이는 데 있지 않고 따로 있었거니와, 위의 (ㄱ)과 (ㄴ)에서 보듯, 하늘이 정해준 배필을 찾는 데 있었다. 그 길은 심요연이 나아가야 할 "당당한 정도正道"였다.

심요연의 말을 들은 양소유는 기뻐하며 지체하지 않고 그녀와 사랑을 나누었다. 그 사랑이 이루어진 곳은 군영의 장막 안이었다. 양소유·심요연의 에로스는 전쟁 중이라는 금기禁忌의 시기와 장막이라는 금기의 장소에 구애됨이 없이 뜨겁게 불타올랐다.

이들 남녀의 사랑은, 금기 사항에 구애되지 않고 그 금기를 뛰어넘는 열정을 수반하며, 그 열정적 사랑이 근원적으로는 하늘이 정한 운명적 만남 속에서 이루어짐을 보여준다. 이러한 섭리적 에로스의 양상이 양소유와 다른 여성들 사이에서도 보이지만 양소유·심요연의 경우에는 심요연의 스승의 당부를 통해 직설적이고 직접적으로 드러난다는 점이 특징적이다.

(2) 천지자연의 조화를 동반하는 사랑

양소유·이소화의 에로스 또한 하늘이 정한 짝을 찾아 나서는 섭리적 에로스를 보여주는데, 세부적으로는 천지자연의 조화 속에서 배태되는 쪽에 초점이 맞추어져 있다.

하루는 야대를 파하고 관아에 돌아오니 밝은 달이 금원禁苑. 대궐 안의 동산에 떠오르고 황궁 물시계 소리가 정히 그윽하니, 양상서 높은 누각에 올라 난간을 비겨 월색을 바라보더니, 홀연 바람결에 어렴풋이 퉁소 소리 들려오거늘 귀를 기우려 들으니 희미하여 곡조를 분변치 못할러라.

상서가 원리를 불러 술을 부으라 하고 벽옥 퉁소를 내어 두어 곡조를 희롱하니 맑은 소리 구소九霄. 높은 하늘에 올라 난봉이 우는 듯한지라. 청학 한 쌍이 궁중으로 좇아 내려와 배회하며 춤추니 모든 원리들이 서로 전하여 이르되, "왕자 진이 인간에 내려왔다."

하더라. 원래 양상서가 들은 통소는 심상한 사람의 곡조가 아니라, 이때 황태후가 두 아들과 한 딸을 두어 계시니 황상과 월왕과 난양공주라. 공주가 탄생할 제 태후가 꿈에 신선의 꽃과 붉은 진주를 보았더니, 및 자라매 용모 기질이 완연히 신선 같아서 한 점 세속 태도가 없고 문장과 일마다 사람에게 지나고, 또한 기이한 일이 있으니 측천황후 시절에 서역 대진국이 백옥 통소를 바치니 제도가 극히 기묘하되 아무도 불 이 없더니, 공주가 꿈에 선녀를 만나 곡조를 전하니 세상 사람은 아는 이 없으나 공주가 매양 통소를 불면 모든 학이 내려와 춤추니, 태후와 상이 기이히 여겨 진 목공의 딸 농옥의 일을 생각하여 부디 소사 같은 부마를 얻으려 하시는고로 공주가 이미 장성하였으되 오히려 하가한 데 없더니, 이날 우연히 월하에서 한 곡조를 불어 청학 한 쌍을 길들이더니 곡조가 그치며 그 학이 날아 옥당으로 가니, 궐중 사람이 왁자지껄 전하되, '양상서가 통소를 불어 선학을 내리게 한다' 하니, 천자가 이 말을 들으시고 공주의 인연이 이곳에 있는 줄 아사 태후께 조회하고 또 가로되, "양소유의 나의 어매御妹. 임금의 누이로 더불어 서로 맞고 문채와 풍류가 조신朝臣 중에 제일이라. 천하에서 가리어도 이보다 나을 이 없으리이다."

태후가 대희하여 가라사대, "소화의 혼사가 정한 데 없으니 주야 거리낀 것이 있는 듯하더니 이 말로 볼작시면 양상서가 하늘이 정한 배필이로다." 하시더라. 소화는 난양공주의 이름이니 백옥 통소에 소화 두 자를 새겼으므로 이름을 지으니라.(227쪽)

난양공주가 백옥 통소를 불 때마다 학들이 내려와 그 소리에 맞춰 춤을 추었다. 통소는 서역 대진국에서 들여온 것으로 난양공주 외에는 아무도 불 수 없었고, 곡조는 지상에서는 연주된 적이 없고 꿈에서 선녀가 공주에게 전해준 것이었다. 그런데 난양공주가 통소 불기를 마치자, 청학 한 쌍이 홀연히 다른 곳으로 날아갔다. 알고 보니, 궁궐에서 숙직하던 양소유가 공주의 통소 소리 끝자락에 화답하듯 통소를 불자, 청학이 그 음률을 듣고 양소유 쪽으로 날아간 것이었다. 황제와 황태후는 하늘이 정한 배필로 알고 이들의 혼사를 추진했다.

이렇게 양소유와 난양공주 이소화의 만남은 밝은 달밤, 바람결에 실린 통소 소리, 그 통소 소리에 춤추는 청학 한 쌍을 배경으로 한다. 난양공주의 통소와 곡조는 이역異域과 선계仙界에서 전해진 것으로, 인간세상에서 쉽게 들을 수 없는 것이다. 그런데 양소유가 화답하여 통소를 불자 청학 한 쌍이 그에게로 날아와 그의 통소 음률에 맞추어 춤을 추었던 것이다.

양소유·이소화의 사랑은 **직접 대면**한 상황에서 열정적인 사랑으로 표출되지 않고, 두 남녀가 부는 통소 소리에 어우러지는 청학 한 쌍의 춤으로 비유된다. 이는 두 남녀의 에로스가 천지자연의 조화 속에서 배태됨을 보여준다. 물론 천지자연의 조화 속에서 배태된 에로스라 할지라도 난관이 없는 것은 아니다. 그 난관은 양소유와 정경패가 맺은 정혼이었다. 황제가 양소유에게 정경패와의 정혼을 깨고 이소화와 혼인하라고 명령하자, 양소유는 거절하지 않을 수 없었고, 정경패 집안은 낭패감에 휩싸이지 않을 수 없었다. 하지만 천지자연의 조화를 수반하는 에로스는 자연스럽게 인간세계의 난관을 극복하는 것으로 펼쳐진다.

난관의 극복 과정에서 정경패의 인간 됨됨이를 알아보자는 이소화의 지혜로운 건의, 혼사를 거절하는 양소유에 대한 황제의 인내 등이 빛을 발한다. 그로 인해 양소유·이소화의 사랑은 결실을 맺게 된다. 그리고 양소유·이소화의 에로스는 정경패를 태후의 양녀로 삼음으로써 두 여성이 조화롭게 양소유의 2처가 되는 것으로 확대된다.

게다가 난양공주 이소화와 궁녀 진채봉의 관계 그리고 정경패와 시비 가춘운의 관계는 신분적 주종 관계를 넘어서 인간적 친분을 중시함으로써, 네 여성이 모두 시기질투하지 않고 조화롭게 양소유의 처첩이 되는 것으로 결실을 맺는다. 요컨대 천지자연의 조화 속에서 출발한 양소유·이소화의 섭리적 에로스는 이소화·정경패·진채봉·가춘운 등 네 여성과 양소유의 조화로운 결연으로 확대된다고 할 수 있다.

(3) 천지자연을 치유하는 사랑

양소유·백능파의 에로스는 천지자연의 부조화를 치유하는 쪽에 초점이 맞추어져 있다. 천지자연의 조화 속에서 배태되는 에로스(양소유·이소화의 경우)와는 반대쪽에 자리를 잡는다.

> 용녀가 가로되, "첩은 동정용왕의 작은딸이라. 첩이 갓 나며 부왕이 상계上界에 조회하러 갔다가 장진인을 만나 첩의 팔자를 물으니 진인이 이르되, '이 여자가 명이 전세前世에 선가仙家에서 내려와 금세에 용신이 되었으니, 다시 사람의 몸을 빌려 인간에서 크게 귀한 사람의 희첩이 되어 일생 부귀 번화를 누리고 나중에 불가佛家에 돌아가리라' 하니, (중략) 남해용왕의 아들 오현이 첩이 곱다는 말을 듣고 제 부왕父王더러 일러 우리 집에 구혼하니, 우리 동정이 남해용왕의 관하管下가 되었는지라 저의 말을 거스르면 욕이 있을까 저어하여 부왕이 친히 가 장진인이 말을 이르니, 남해왕이 사나운 아들의 말을 듣고 도리어 부왕의 말을 허탄虛誕타 하고 구혼하기를 더욱 굳이 하니, 첩이 부모 슬하에 있은즉 욕이 일문一門에 미칠까 하여 부모를 떠나 홀로 도망하여 가시덤불을 헤치고 외로이 오랑캐 땅에 머무니, 부모는 다만 화답하되 '딸이 원치 않아 도망하여 나갔으니 오히려 버리지 않고자 한다면 딸더러 물으라' 한대, 이리 온 후 갖추 핍박을 당하고 미친 아이 스스로 군

졸을 거느려 노략하려 하더니, 첩의 지극한 원통과 괴로운 절개가 천지를 감동시켜 못물이 변하여 한빙지옥寒氷地獄 같아서 다른 땅 수족水族이 들어오지 못하는고로 첩이 능히 잔명殘命을 보전하여 군자를 기다리더이다. 첩이 귀인을 청하여 더러운 땅에 이르시게 함은 한갓 첩의 회포를 베풀려 함이 아니라, 삼군三軍이 물이 없어 우물 파기를 수고하니 비록 백 길을 파도 물을 얻지 못하시리이다. 첩이 사는 못물이 예전에는 청수담淸水潭이라. 본디 좋은 물이러니 첩이 온 후로 수성水性이 다르게 되니 이 땅 사람이 감히 먹지 못하여 이름을 고쳐 백룡담白龍潭이라 하느니이다. 이제 귀인이 이에 임하시니 첩이 종신終身 의탁할 곳이 있는지라 종전의 괴로운 마음이 이미 풀렸는지라, 그윽한 골에 양춘陽春이 돌아옴 같으니, 이로부터 물맛이 예와 다르지 아니하리니 삼군이 길어 먹어도 해롭지 아니하고 먼저 먹고 병든 사람도 능히 고치리이다."(293-297쪽)

동정용녀 백능파는 양소유의 짝으로 예정되어 있었는데, 남해태자 오현이 백능파의 미모를 탐내어 부친 남해용왕을 내세워 청혼했고, 용녀가 반사곡으로 피하자 그 뒤를 쫓아와 거듭 핍박했다. 그런 중에 반사곡의 청수담 맑은 물이 먹지 못하는 물로 변하게 되었다. 하지만 양소유가 나타나자 청수담 물은 예전처럼 다시 맑아졌다.

청수담 못물에서 보듯 천지자연이 부조화 상태에서 조화 상태로 회복되는 일련의 과정은 남녀의 에로스의 막힘과 흐름의 과정을 보여준다. 즉, 남해태자 오현의 핍박에 의해 양소유·백능파의 에로스가 막히자, 그게 백능파의 원한이 되고, 그 원한에 따라 청수담 못물이 먹지 못할 정도로 변해버렸고, 양소유의 구출에 의해 양소유·백능파의 에로스가 자연스럽게 연결되어 흐르자, 청수담 못물이 온전하게 회복된 것이다.

위 인용문에 이어서 양소유·백능파가 사랑을 나누는 장면이 나온다. 양소유는 즉각적으로 백능파에게 사랑을 나누자고 제의했는데 백능파가 세 가지 이유를 대며 거절했다.

용녀 가로되, "첩의 더러운 재질을 군자께 허한 지 오래거니와 이제 문득 군자를 모심은 옳지 않음이 세 가지이니, 하나는 부모께 아뢰지 못하였으니 여자의 사람 좇음이 이렇듯 구차함이 옳지 아니하고, 둘은 첩이 장차 사람의 몸을 얻어 군자를 섬길 것이니 이제 비늘과 지느러미 돋은 몸으로 침석을 모심이 옳지 아니하고, 셋은 남해태자가 매양 사람을 보내어 이곳에 와 탐청探聽. 정탐하나니 진실로 미친 계교를 내어 일장 요란함이 있을까 하나니, 낭군은 모름지기 빨리 진영에 돌아가 삼군을 정제하여 대공을 이룬 후 개가를 부리시고 경사로 돌아가시거든 첩이 당당히 치마를 잡고 진수溱水. 중국 허난성에서 시작하여 동남으로 흐르는 강를 건너리이다."

성서 왈, "낭자의 말이 비록 아름다우나 내 뜻은 그렇지 아니하고, 낭자의 이리 옴이 스스로 뜻을 지킴이나, 또한 존부왕尊父王. 남의 부왕을 공손히 일컫는 말이 소유를 좇게 하신 뜻이니 금일 일을 어이 부명이 없다 하리오? 낭자는 이 신명神明. 신령의 자손이요 영靈한 종류라, 사람과 귀신 사이에 출입하여 가치 않음이 없으니 어이 비늘 돋음을 자겸하리오? 소유가 비록 재주 없으나 천자의 땅을 받자와 백만 웅병雄兵. 용감한 군사을 거느려 풍백風伯. 바람을 주관하는 신이 앞을 인도하고 해약海若. 바다 신의 이름이 뒷 진을 임하였으니, 남해 어린아이를 모기같이 여기나니, 만일 제가 헤아리지 아니하면 불과 나의 보검을 더럽힐 뿐이라. 달이 밝고 바람이 맑으니 좋은 밤을 어이 허수히 지내리오?"(297쪽)

백능파가 즉각 사랑을 나누지 못한 것은 부친의 허락이 없어서였고, 자신의 몸에 돋친 비늘과 지느러미가 혐오감을 줄 것이라고 생각해서였고, 남해태자 오현의 공격을 염려해서였다. 하지만 양소유는 부친의 허락이 형식에 불과하다고 설득했고, 남해태자를 제압함으로써 문제를 해결해버렸다. 특히 양소유는 백능파 몸에 돋친 비늘과 지느러미를 전혀 거리끼지 않았다. 이는 비늘과 지느러미가 **있는 모습 그대로 진솔한 사랑**을 추구했음을 의미한다. 그 과정은 에로스가 막히면 천지자연의 부조화가 발생하고, 그 흐름이 원활하게 되면 천지자연이 치유되는, 섭리적 에로스를 재차 강조한다고 할 것이다.

3.2. 에로스의 생동성과 쾌락성

〈구운몽〉의 에로스는 육신적인 에로스와 정신적인 에로스로 이원화되지 않고 **애초부터 합일合一되어 있는** 에로스에서 출발한다.

> 즉시 냇물에 나아가 웃옷을 벗고 두 손으로 물을 움키어 낯을 씻더니 홀연 기이한 내 코를 거슬러 향로 기운도 아니요 화초 향내도 아니로되 사람의 골 속에 사무쳐 정신이 진탕震盪하여 가히 형언치 못할러라. 성진이 생각하되, '이 물 상류에 무슨 꽃이 피었기에 이런 이향異香이 물에 풍겼는고?' 다시 의복을 정제히 하고 물을 좇아 내려오더니 이때에 팔선녀가 아직도 석교 위에서 말하는지라.(19쪽)

성진은 술에서 깨기 위해 냇물에서 세수를 하다가 향기를 맡았는데, 그 실체는 팔선녀였다. 그 향기는 육신적으로 맡을 수 있으면서도 세속을 초월하는 "이향異香"이었다.

3.2.1. 에로스의 생동성

에로스는 사랑하는 남녀 사이에 생동감을 넘치게 한다. 인간은 천지자연 속에서 천지자연과 함께하는 존재다. 팔선녀가 성진을 만나기 직전의 장면을 보자.

이때 정히 춘삼월에 온갖 꽃이 골짜기에 가득하였으니 붉은 안개 끼인 듯하고 새짐승의 백 가지 소리 생황을 주奏하는 듯하니 봄기운이 사람의 마음을 태탕駘蕩케 하더라. 여덟 사람이 다리 위에 앉아 물을 굽어보니 여러 골짜기 물이 교하橋下에 모여 너른 징담澄潭이 되어 차고 맑음이 광릉 땅 보배의 거울을 새로 닦은 듯하니, 푸른 눈썹과 붉은 단장丹粧이 물속에 떨어져 마치 한 폭 주방의 미인도 같더라. 여덟 사람이 그림자를 희롱하며 스스로 사랑하여 능히 떠나지 못하여 산일山日이 장차 저무는 줄을 깨닫지 못하더라.(15쪽)

천지자연과 인간의 생동성이 어우러지는 명장면이다. 골짜기마다 피어나는 꽃이며 생황을 연주하는 듯한 수많은 새소리는 춘삼월 봄 경치의 아름다움이자, 자연의 생동성 그 자체다. 자연의 생동성은 "사람의 마음을 태탕케" 할 정도였으며, 심지어 인간을 넘어 팔선녀에게까지 미쳤다.

팔선녀는 다리 아래로 고이는 듯 흐르는 징담澄潭에 비친 자신들의 모습을 "스스로 사랑하여 능히 떠나지 못"할 정도로 흠뻑 취해 시간이 가는 줄도 몰랐다. 이러한 자기애自己愛는 자기 애착의 상태로 빠져들었다가 자신의 생명조차 잃는 나르시시즘narcissism과는 다르다. 팔선녀는 꽃, 새, 자연의 생동감과 함께 자신들 안에서도 솟아나는 생동감에 취하게 된 것이다.

그런 팔선녀의 생동성은 장차 성진과의 장난기 어린 수작으로 이어진다. 석교 위로 성진이 나타나 길을 비켜달라고 하자, 팔선녀는 그의 요구에 응하지 않고 오히려 수작을 부렸다. 성진은 여덟 선녀와 헤어진 후에 정신이 황홀하여, "남아가 세상에 나 (중략) 비단 옷을 입고 옥대를 띠고 옥궐에 조회하고, 눈에 고운 빛을 보고 귀에 좋은 소식을 듣고"(23쪽) 부귀공명을 누리고 싶었다. 구도자로서 정념이 발동하지 않아야 했지만 오히려 살아 있음을 느꼈다.

양소유와 여덟 여성의 활동무대인 지상계에서 에로스의 생동성이 펼쳐진다. 양소유와 진채봉의 만남에서 봄의 생명력은 배가되었고, 양소유와 이소화의 만남은 청학 한 쌍이 어울려 춤을 추게 했다. 양소유가 첫눈에 반한 정경패 앞에서 봉구황鳳求凰을 연주할 때도 그랬다.

> 다시 거문고를 떨쳐 시울을 조화하니 곡조가 유향悠響하고 기운이 태탕駘蕩하여 뜰 앞에 일백 꽃이 봉오리 벌어지고 제비와 꾀꼬리 쌍으로 춤추더니, 소저가 취미翠眉. 파랗게 화장한 눈썹를 나직이 하고 추파를 거두지 아니하더니 문득 양생을 두어 번 거들떠보고 옥 같은 보조개에 붉은 기운이 올라 봄술이 취한 듯하더니 몸을 일으켜 안으로 들어가거늘(131쪽)

양소유가 봉구황을 연주하여 유혹과 구애의 마음을 실어 보내자, 일백 꽃이 봉오리 벌어지며 제비와 꾀꼬리가 쌍으로 춤추었고, 정경패 또한 봄술에 취한 듯 옥 같은 보조개에 붉은 기운이 오르지 않을 수 없었다. 천지자연이 생동감을 띠었고 정경패도 예외가 아니었다.

3.2.2. 에로스의 쾌락성

생동감이 넘치는 곳에 기쁨과 즐거움이 있듯이, 에로스의 생동성은 에로스의 쾌락성과도 밀접한 관련이 있다. 다음은 팔선녀가 염왕 앞에 잡혀 와 염왕에게 질책당하는 장면이다.

> 염왕이 죄인을 불러들이라 하니 남악 선녀 팔인 청하에 들어 꿇거늘, 염왕이 물어 가로되, "남악 여선이 선가仙家에 무궁한 경개 있고 **무궁한 쾌락快樂**이 있거늘 어이 이 땅에 이르렀느뇨?"(33쪽)

이 물음에는 팔선녀라면 선계仙界의 **"무궁한 쾌락快樂"**—을사본에는 "不盡之快樂"으로 되어 있음—을 얼마든지 누릴 수 있었음에도 그것에 만족하지 못하고 왜 남녀 사이의 **쾌락**을 누리려고 하느냐는 꾸짖음이 들어 있다. 그런데 그 꾸짖음은 선계의 선녀조차도 에로스의 쾌락을 멀리하기 어렵다는 것을 역설적으로 환기한다. 지상계에서 환생한 팔선녀가 주로 했던 일이 양소유와 사랑의 인연을 맺었다는 것은 그 점을 잘 말해준다.

에로스의 쾌락성은 성진의 경우에도 해당된다. 육관대사는 성진이 불도자佛道者라고 해서 그의 욕망을 무조건 억압하는 것으로 끝내지 않았다. 대사는 성진이 남녀의 애욕에서 벗어나야 한다고 보았지만, 애욕을 벗어나는 것이 얼마나 어려운지를 잘 알고 있었다. 그래서 대사는 고육지책의 일환으로 성진에게 에로스의 쾌락을 누릴 수 있는 기회를 주기에 이른다.

> 제 몸이 연화도량 성진 행자인 줄 알고 생각하니, 처음에 스승에게 수책受責하여 풍도로 가고 인세에 환도하여 양가의 아들 되어 장원급제 한림학사하고 출장입상하여 공명신퇴功名身退하고 두 공주와 여섯 낭자로 더불어 즐기던 것이 다 하룻밤 꿈이라. 마음에, '이 필연 사부가 나의 염려를 그릇함을 알고 나로 하여금 이 꿈을 꾸어 인간 부귀와 남녀 정욕이 다 허사인 줄 알게 함이로다.' 급히 세수하고 의관을 정제하며 방장에 나아가니 다른 제자들이 이미 다 모였더라.(547쪽)

제자 수백 인 중에 계행이 높고 신통을 얻은 자가 삼백여 인이고, 그중에서도 성진은 "정신이 추수 같고 경문을 통치 못한 것이 없고 총명과 지혜가 무리 중에 뛰어나" 대사의 기대를 받는 수제자였다. 그런 수제자가 남녀의 사랑이 주는 쾌락을 동경하자, 스승은 뜻밖에 가르침의 일환으로 그 즐거움을 누릴 기회를 주었다. 이에 남녀의 사랑은 궁극적으로 넘어서야 할 것이지만 그 사랑이 주는 쾌락을 **누려보지 않고서는** 넘어서기 어려운 것으로 제시된다. 그리고 선녀가 몸담은 선도仙道에서도 남녀의 사랑, 즉 에로스가 주는 쾌락은 누려볼 만한 것으로 제시된다. 다만 그 에로스가 펼쳐지는 공간이 초월계가 아니라 지상계로 설정된다.

양소유가 말년에 누린 지상계 취미궁에서의 삶은 "봉래 선경"에 비길 만했다. 그 에로스가 주는 쾌락은 심지어 신선들이 누리는 쾌락보다 더 컸다.[28] 그중에 양소유·진채봉의 사랑, 양소유·계섬월의 사랑, 양소유·적경홍의 사랑에서 불꽃처럼 일어나는 사랑의 열정은 에로스의 쾌락성을 잘 보여준다.

계섬월과 적경홍은 마음에 드는 양소유를 만나 사랑을 나눌 수 있게 되었을 때 비로소 기쁨과 생동감을 맛보았다. 계섬월이 양소유와 사랑을 나누면서 쾌락을 맛본 후 다음 만날 때까지 다른 남성들의 접근을 피하며 숨어 지낼 수 있었던 것은 연인과 나누는 사랑의 즐거움이 가장 소중했기 때문이다. 적경홍이 목숨을 걸고 양소유를 뒤쫓은 것도 그 때문이었다.

양소유 또한 여성과의 관계에서 가장 중요하게 여긴 것은 사랑의 기쁨이었다. 계섬월과는 서로 첫눈에 반하여 생동감과 기쁨을 함께 누렸다. "섬월이 옥배를 가득 붓고 금루의란 노래를 불러 술을 권하니 아리따운 태도와 부드러운 정이 사람의 간장을 끊을러라. 서로 이끌어 침석에 나아가니 비록 무산의 꿈과 낙수의 만남도 이에서 지나지 못할러라"(93쪽)와 같이 이들은 커다란 쾌락을 누리기에 이른다.

양소유는 미처 적경홍의 존재를 몰랐지만, 그녀가 사랑을 고백하자 그 사랑을 기꺼이 받아주었다. 심지어 그는 적경홍이 연왕의 총

---

28 왕학사의 시에 가로되, "<u>신선의 집이 별로 이보다 낫지 못할 것이니</u> 무슨 일로 퉁소를 불고 푸른 하늘로 향하리오?"(533쪽)

희임을 알았지만 나중에 연왕이 그 사실을 알게 될 것에 대해 전혀 염려하지 않았다. 그는 적경홍의 사랑을 흔쾌히 받아줌으로써 그 열정적 사랑의 생동감을 함께 나누었을 뿐이다.

양소유와 진채봉이 나눈 첫사랑의 기쁨은 난리 통의 이별로 그칠 수 없었다. 양소유는 첫사랑의 사연을 계섬월, 정경패, 가춘운에게 털어놓곤 했다. 그 슬픔은 진채봉도 마찬가지였다. 훗날 가춘운은 진채봉을 만나자, 양소유가 "낭자의 양류사를 몸에 감추어 잠깐도 놓지 아니하고 매양 낭자의 말을 하시매 눈물을 흘리"(391쪽)며 지냈다는 말을 전했다. 그러나 난양공주와 혼사가 진행되는 중에 진채봉과 양소유가 재회하게 되자, 그 슬픔은 한순간 기쁨으로 변했다.

> 승상 왈, "화음현에서 난병亂兵. 반란군에 쫓긴 후 경卿. 그대의 생존하였음을 아지 못하여 다시 혼사를 의논하였으나, 화산과 위수를 지낼 제는 면목面目에 가시 걸린 듯하더니, 오늘이야 하늘이 사람의 소원을 따르는 줄 알았도다. 다만 경을 소실小室에 자리하게 함을 참괴慙愧. 부끄러워함하여 하노라."
>
> 채봉이 왈, "첩이 스스로 명박命薄. 운명이 기구하여 복이 없음한 줄 알아, 처음 유모를 보낼 제 군자가 만일 정혼한 데 있으면 자원하여 소실이 되려 하였던 것이니, 이제 왕희의 버금 되기를 어이 감히 한하리이까?" <u>이 밤에 옛정을 이르며 새로 즐기기에 이르니 첫째, 둘째 날 밤보다 더욱 친열親悅. 친밀하고 즐거움하더라.</u>(419쪽)

양소유와 진채봉은 "친열親悅", 즉 친밀함과 즐거움을 맛보았다. 그것은 "옛정"을 이으면서도 새로운 환희를 주는 것이었다.

전쟁 중 군영軍營에서 벌이는 양소유·심요연의 에로스에서도 쾌락성이 잘 드러난다.

이 밤에 원수가 요연으로 더불어 장중帳中에서 침석을 같이하니, 창검빛으로 화촉을 대신하고 조두 소리, 군중에서 야경하느라 치는 소리로 금슬琴瑟. 거문고와 비파을 삼아 복파영伏波營 가운데 달빛이 두렷하고 옥문관玉門關 밖에 춘광이 가득하였으니, 한 조각 각별한 정흥情興. 애정의 홍겨움이 깊은 밤 비단 금장보다 나을 듯하더라.(283쪽)

금기 지역인 군막에서 이루어진 사랑은 거리낌이 없었다. 오히려 창검의 빛이 화촉과 같았고 야경 소리가 거문고와 비파와 같았으며, "정흥情興"이 사흘 동안이나 지속되었다.

에로스의 쾌락성은 인간과 동정용녀인 양소유·백능파의 사랑에서도 확인된다. 그런데 백능파는 자신의 몸에 돋은 비늘과 지느러미를 거론하며, "침석을 모심이 옳지 아니하"다며 사양했지만, 양소유는 "낭자는 이 신명神明. 신령의 자손이요 영靈한 종류라, 사람과 귀신 사이에 출입하여 가치 않음이 없으니 어이 비늘 돋음을 자겸하리오?"라고 하고 사랑을 나누었다. 둘 사이의 "은정恩情이 견권繾綣. 생각하는 정이 깊음하"였다.

양소유·가춘운의 경우, 선녀·혼령으로 변장한 유희적 사랑이었지만 성적 쾌감은 매우 컸다. 양소유·선녀의 사랑은 "황홀하여 가히 형상치 못할" 정도였고, 그 쾌감은 양소유·혼령의 사랑으로 이어져 더 깊어졌다. 심지어 양소유는 귀신이 자신의 몸에 들었다는 진인의 경고가 있었지만 "방중에 향을 피우고" 그녀가 나타나기를 고대했을 정도다.

3.3. 에로스에 수반되는 지상계의 환상적 가부장제

지상계에서 아홉 남녀가 펼쳐낸 에로스는 여성들 사이의 친애를 수반하며 그 친애를 바탕으로 일부다처 가정과 가문창달을 낳는바,

에로스는 가부장제 이념의 가치를 수반한다.

3.3.1. 여성 친애의 순수성과 결속성

여덟 여성 중에 진채봉, 계섬월, 적경홍, 정경패, 가춘운, 이소화 등 여섯 여성의 친애가 두드러진다. 그 친애는 ① 진채봉·계섬월, ② 계섬월·적경홍, ③ 정경패·가춘운, ④ 이소화·진채봉, ⑤ 이소화·정경패 등의 친애로 구체화된다.

그리고 여성들의 친애는 사회적 신분을 초월하여 형성된다. 그 친애는 진채봉·계섬월의 경우에서 보듯 관료의 딸과 기녀 사이에 맺어지기도 하고, 정경패·가춘운의 경우에서 보듯 사족의 딸과 시녀 사이에 형성되기도 하며, 이소화·진채봉의 경우에서 보듯 공주와 궁녀 사이에 형성되기도 한다. 이들은 높은 신분을 내세우지도 않았고 열악한 처지를 부끄러워하지도 않았다.

진어사가 낙양에서 벼슬할 때 그의 딸 진채봉과 기녀 계섬월은 "가장 사랑하는 사이"(97쪽), 즉 "정이 매우 깊은 사이情誼頗綢密椅"[29]가 되었다. 정경패는 재상가 정사도의 딸이었고, 가춘운은 정경패의 시녀였는데, 가춘운은 정경패 못지않은 수려한 용모와 온갖 고운 태도를 지닌 미인이었으며 시재, 필법, 여공 등에서 공교한 실력이 정경패와 엇비슷하여, 두 여성은 서로 동기처럼 여기는 "규중붕우閨中朋友"(135쪽)와 같은 친애를 형성했다. 난양공주는 진채봉의 재모를 사랑하여 "골육骨肉"(245쪽), 즉 "종척宗戚"[30]과 같은 정이 들어서 잠시도 떨어지지 못했다.

이소화·정경패와 같이 상층 여성들 사이의 친애가 형성되기도 하는데 그 경우에도 공주와 사족의 딸 사이의 신분적 위계를 초월하여

---

29 정병설 옮김, 『구운몽』, 292쪽.(을사본 〈구운몽〉)

30 위의 책, 331쪽.

형성된다. 두 여성은 만나자마자 "기운이 합하고 마음이 친하여 서로 사랑하고 공경하여 형제로 대접하는 사이"(339쪽), 즉 "형제의 정의兄弟之誼"[31]를 지니는 사이가 되었다.

또한 계섬월·적경홍의 경우에서 보듯 기녀 사이에 친애가 형성되기도 한다. 이들은 청루삼절에 속하는 명기 세 명 중에 두 기녀였거니와, 풍류계에서 최고의 명성을 누리는 기녀들이 의기意氣가 통하여, "형제 같은 벗"(99쪽)이 되었다. 두 명기가 "형제 같은 정情與兄弟"[32]을 바탕으로 하는 친애를 맺은 것이다.

이들 여성들은 빼어난 미모를 비롯하여 상대방의 성품과 재주 등을 아끼면서 친애를 형성하는데, 그 친애는 "사랑하는 사이", "규중붕우"로 지칭되기도 하며 "형제와 같은 벗", "골육", "종척", "형제" 등으로 거론되는바, 궁극적으로 자매애와 같은 결속성을 지닌다.

그리고 여성의 친애는 **양소유라는 한 남성**과의 사랑 및 결연을 지향한다. 계섬월·적경홍의 친애, 이소화·진채봉의 친애, 정경패·가춘운의 친애에서 그 점이 잘 드러난다. 계섬월·적경홍의 친애는 변주 상국사에서 "피차 두 사람이 아무라도 나의 원에 찬 군자를 만나거든 서로 천거하여 한데 살자"는 맹세를 수반하며, 그 맹세는 훗날 계섬월과 적경홍이 서로 짜고 양소유의 잠자리에 계섬월이 들어온 것처럼 속이고 적경홍이 들어가는 것으로 이행되었다. 이소화·진채봉의 친애는 공주와 궁녀라는 주종의 위계를 넘어서서 형성되었다.

정경패·가춘운의 친애에서 그 점이 보다 부각된다. 다음은 정경패가 양소유와 정혼한 후에 우연히 가춘운의 초혜시草鞋詩를 대하는 대목이다.

31 위의 책, 353쪽.
32 위의 책, 292쪽.

정소저가 우연히 춘운이 자는 방을 지나다가 눈을 들어보니 춘운이 바야흐로 비단초혜緋緞草鞋에 모란을 수놓다가 봄기운에 상기되어 수틀에 비겨 졸거늘, 소저가 방에 들어가 수놓은 것이 정묘함을 차탄하더니, 작은 종이에 글 써 접은 것이 있거늘 펴보니 춘운이 초혜를 두고 지은 글이더라 하였으되,

> 네 가장 옥 같은 사람과 친함을 어여뻐하나니憐渠最得玉人親
> 걸음마다 서로 좇아 잠시도 버리지 아니하는도다步步相隨不暫捨
> 촛불을 끄고 옷을 끄르고 띠를 벗을 때에는燭滅羅帷解帶時
> 마침내 상아 평상 아래 벗어버리리로다終須抛擲象牀下

소저가 보기를 바치고 생각하되, '운랑의 글이 더욱 정진하였도다. 신으로써 몸에 비유하고 옥인은 나로 일렀으니, 상시常時에 떠나지 아니타가 내 사람을 좇아 갈 제 저를 저버릴까 하니 춘랑이 나를 사랑하는도다.' 다시 보고 웃어 가로되, '춘랑이 나의 자는 침상을 한가지로 오르고자 하였으니 나로 더불어 한 사람을 섬기고자 하는도다. 이 아이 마음이 변하였다.'(155쪽)

정경패는 가춘운이 양소유를 함께 섬기고자 하는 마음이 있음을 알아챘지만, 몸종이 남편을 넘본다고 질타하지 않았다. "춘랑이 나를 사랑하는도다"라며 친애를 소중히 여길 뿐이었다.

정경패와 이소화의 친애는 1부2처로 이어진다. 태후가 난양공주는 정실이 되고 정경패는 첩실로 삼자고 하자, 난양공주는 공주 자신과 정경패가 "벗"이 될 수 있으며, 심지어 공주 자신의 용모, 재주, 덕성보다 정경패가 나으면 그녀를 "섬기겠다"고 천명했다.(319쪽) 그 말대로 공주는 정경패를 자신보다 높여 좌부인으로 세우고, 자신은 우부인이 되었다.

그와 관련하여 정경패가 부친에게 가춘운을 남편의 첩실로 들여 달라고 자청한 것과, 황제가 진채봉을 양소유의 첩실로 들이게 하려는 의중을 내비치기까지 한 것은 의미심장하다. 부친과 황제는 가부장제 사회의 중심인물이다. 여성의 친애는 가부장제에 의해 적극 인정·권장되고, 궁극적으로 일부다처의 화목한 관계로 수렴되는바, 가부장제가 온전하게 실현되는 조건으로 작동하는 한편, 가부장제의 정당화·미화에 기여한다고 할 수 있다.

그런데 여성의 친애는 거기에서 그치지 않고 새 지점을 지향한다. 그것은 여성의 친애가 일부다처보다 앞선다는 것이다. 양소유·이소화의 정혼으로 양소유·정경패의 혼사가 깨지게 되었을 때, 양소유는 가춘운에게 동침의 인연을 맺은 것을 거론하며 남편을 따르라고 요청하자, 가춘운은 정경패와 자신을 "형체와 그림자"로 비유하며, 양소유의 요청을 거절했다.

> 상서 이르되, "내 이제 힘써 상소하여 사양하며 황상이 들으실 법이 있으니 설사 듣지 아니하실지라도 여자 서방 맞은 후는 지아비를 따르는 것이라. 춘랑이 나를 버릴 까닭이 어이 있으리오?"
>
> 춘운 왈, "첩의 사정은 이와 같지 아니하니, 천첩이 소저를 섬겨 맹세하여 사생을 한가지로 하려 하였으니 춘운이 소저를 좇음이 얼굴과 그림자 같으니 얼굴은 이미 가고 그림자 홀로 머물러 있으리오?"(263쪽)

정경패는 "두 사람이 계집의 몸을 면하여 좋은 땅에 환도還道. 다시 태어남하여 화락하게 하소서"라고 발원했다. 그녀의 소원은 양소유와의 혼인이 아니라 가춘운과의 친애였던 것이다.

3.3.2. 환상적 일부다처제와 가문창달

여성들 사이의 친애는 양소유라는 한 남성과의 사랑 및 결연으로 수렴되는 가운데 그 친애가 보다 확대된다. ① 진채봉·계섬월의 친애는 ② 계섬월·적경홍의 친애로 꼬리를 물고, 계섬월이 정경패를 정실로 천거함으로써 그 친애는 다시 ③ 정경패·가춘운의 친애로 연계된다. 그리고 일찍이 ④ 이소화·진채봉의 친애가 별도로 형성되어 오던 참에 ⑤ 정경패·이소화의 친애가 형성됨으로써, 이들 여성의 친애는 겹겹이 연계된다.

그 과정에서 이소화와 가춘운의 친애도 형성되었는데, 가춘운은 이소화를 첫 대면할 때부터 "과연 신선이로다. 하늘이 우리 소저를 내시고 또 저 사람이 있으니"라며 감탄했고, 이소화는 "가녀의 이름을 들었더니 과연 이름 위라. 양상서가 총애함이 옳도다"라고 가춘운의 미모를 적극 칭찬했다. 또한 정경패와 가춘운은 양소유의 첫사랑이 진채봉이라는 사실을 알고 있었기에 진채봉을 만나는 첫 순간부터 친애를 형성할 수 있었다. 이렇듯 진채봉, 계섬월, 적경홍, 정경패, 가춘운, 이소화 등 여섯 여성의 친애가 폭넓게 확대되고, 거기에 심요연과 백능파가 가세함으로써 여성들 사이의 친애는 궁극적으로 양소유를 향한 2처6첩의 친애로 수렴된다.

여성들의 친애는 신분적, 사회적 위계를 넘어섰을 뿐 아니라 시기와 질투도 없었고 우월감과 열등감도 없었다.[33] 정경패·가춘운의 관계, 이소화·진채봉의 관계는 주종관계고, 이소화·정경패의 관계는 황실 공주와 재상가 딸의 관계다. 여덟 여성 중에 신분이 높고 권세와 재산이 있는 자들은 거들먹거리지도 않고 교만을 부리지도 않았으며, 그렇지 않은 이들은 열등감에 빠지지도 않았다. 누구도 상대방의 미모와 재능을 시기하지도 않았다.

---

33 『두산백과』http://www.doopedia.co.kr에 따르면, 동성애는 동성의 상대에게 감정적·사회적·성적인 이끌림을 느끼는 것이다. 여덟 여성은 감정적 이끌림은 보이지만, 사회적, 성적 이끌림은 보이지 않는다.

그리고 이들 여성은 에로스의 성적 쾌감을 중시했지만, 그 쾌락은 자신들이 사랑하는 남자에게 한정되었으며, 사랑하는 남자는 한 명을 넘어서지 않았다. 이들은 양소유가 자신 외에 다른 여성을 사랑한다고 해서 시샘하지 않았으며, 다른 여성이 양소유를 사랑한다고 해서 분노하지 않았다. 각자 기쁨과 즐거움을 공유함으로써 더 큰 기쁨과 즐거움을 맛보았다.

주변인물은 그런 여성의 친애를 적극적으로 두둔했다. 그 범위가 상층 가문과 황실까지 미쳤다. 정사도·최씨 부부는 정경패·가춘운의 친애를 인정하고 가춘운이 양소유의 첩실이 되는 것을 환영했다. 황제 또한 이소화·진채봉의 친애를 알아채고 진채봉을 양소유의 첩실로 들이도록 했다. 우여곡절을 거쳐 태후는 이소화·정경패의 친애를 인정했으며 그 과정에서 정경패의 시비인 가춘운의 시재에 탄복하며 여성들의 친애 확대에 기여하기도 했다.

여덟 여성의 사랑을 받는 양소유야말로 여성들의 친애를 흔쾌히 받아들인 장본인이다. 예컨대 계섬월이 양소유를 속이고 적경홍을 잠자리에 들였을 때 그는 그 사실을 나중에 알고서 오히려 기뻐했다. 정경패는 양소유와 정혼한 상황에서 가춘운을 선녀와 귀신으로 변장시켜 양소유에게 성희를 제공했는데, 그 또한 양소유로서는 즐거운 일이었다.

그런 상황에서 양소유는 누구도 편애하지 않았다. 양소유의 차등 없는 사랑은 초월계에서 이미 설정되어 있을 만큼 의미가 크다. 단적으로 양소유는 남전산 도인에게 난리 통에 헤어진 진채봉과 재회하여 결혼할 수 있느냐고 물었을 때, 도인은 뜻밖에 "그대 아름다운 인연이 여러 곳에 있으니 모름지기 진녀를 편벽되이 권련眷戀. 간절히 그리워함하지 말지어다"(67쪽)라고 대답했다. 그의 말과 같이, 양소유는 사랑의 감정이 이는 대로 차등 없이 여덟 여성을 사랑했다.

이렇듯 여덟 여성은 친애親愛를 바탕으로 의자매를 맺었고, 양소유는 너나 구별 없는 은정을 보였다.[34] 아홉 사람을 관통하는 에로스는 서로 뗄 수 없는 친애와, 차등 없이 누구에게나 한결같은 은정으로 채워졌던 것이다.

일부다처제 사회에서 여성의 갈등과 대립은 애쓰지 않으면 피하기 어렵다. 하지만 양소유와 여덟 여성은 만나면 마음이 통했고 떨어져 있어도 함께 있음을 느꼈다. 마음이 가는 대로 사랑했는데도 행복한 일부다처를 이루었다.

승상이 각각 거처하는 대로 정하니 정당 명호는 경복당慶福堂이니 유부인 계신 곳이고, 그 앞은 연희당燕喜堂이니 좌부인 정씨 계신 곳이고, 경복당 서쪽은 봉소궁鳳簫宮이니 난양공주가 거처하고, 연희당 앞은 응향각凝香閣이요 그 앞은 청하루淸霞樓이니 이 두 집은 승상이 거처하고 궁중에서 잔치하는 곳이요, 누 앞은 태사당太史堂이요, 그 앞은 예현당禮賢堂이니 이 두 집은 승상이 빈객을 보며 공사公事. 공무를 봄하는 집이요, 봉소궁 남녘에 희진원希秦院이 있으니 숙인 진채봉의 거처하는 곳이요, 연희당 동남쪽에 영춘원迎春閣이니 가춘운의 집이요, 청하루 동서쪽에 각각 소루小樓가 있으니 녹창綠窓. 부녀자가 거처하는 방과 주란朱欄. 붉은 칠을 한 난간이 극히 화려하고 행각을 지어 청화루와 응향각이 연하였으니 동은 화산루花山樓요 서는 대월루待月樓니 계섬월과 적경홍의 있는 곳이더라.

궁중의 풍류하는 여기女妓. 기생 팔백여 인의 재주와 색을 극히 가리어 좌우부를 나눴으니 좌부 사백은 섬월이 거느렸고 우부 사백은 경홍

34 두 부인과 육 낭자가 서로 친애함이 수족 같고 승상의 은정이 피차가 없어 한결같으니, 여러 사람의 덕성도 아름답거니와 진실로 당초 남악南嶽에서 아홉 사람의 발원發願이 이러하였더라. 하루는 두 부인이 서로 의논하되, "옛 사람은 자매 여럿이 한 나라에 사방 맞아 처도 있고 첩도 있으니, 이제 우리 이처와 육첩이 비록 각각 성이나 마땅히 형제 되어 자매로 일컬을 것이라."(523쪽)

이 거느려, 가무와 관현을 가르쳐 달마다 청하루에 세 번씩 모여 두 편이 재주를 하되보여주되, 이따금 승상과 부인이 대부인을 모셔 친히 등제하여 양편 교사를 상벌賞罰할새, 이기는 자는 한 그릇 물을 벌주고 이마에 먹 한 점을 찍으니, 이러므로 재주가 점점 능숙하여 위부魏府. 양승상이 거처하는 집와 월궁越宮. 월국의 궁중 여악女樂이 <u>천하에 유명하고</u> 비록 황제의 이원제자梨園弟子라도 미치지 못할러라.(455쪽)

아홉 남녀가 거처하는 집은 "**극히**" 화려했고, 그들이 향유하는 여악女樂은 미모와 재색을 "**극히**" 가려서 뽑은 기생 800명으로 구성되었거니와, 황제의 이원제자梨園弟子도 미치지 못할 정도로 "천하에 유명"했다. 아홉 남녀가 이룬 일부다처 가정은 **극히** 환상적이었던 것이다.

환상적인 일부다처 가정은 환상적인 가문창달로 연계된다. 흥미롭게도 여덟 여성은 각각 자녀 하나씩 모두 6남 2녀를 두었다. 장남 대경(정경패의 아들)은 예부상서, 차남 차경(적경홍의 아들)은 경조윤, 3남 숙경(가춘운의 아들)은 어사중승, 4남 계경(난양공주의 아들)은 이부시랑, 5남 유경(계섬월의 아들)은 한림학사, 6남 치경(심요연의 아들)은 금오상장군 자리에 올랐다. 장녀 전단(진채봉의 딸)은 월왕의 며느리가 되고, 차녀 영락(백능파의 딸)은 태자의 첩이 되었다.

자녀들은 모친의 신분과 관계없이 출세했다. 첩의 자식이라고 해서 벼슬이 낮지도 않았으며 정실의 자식이라고 해서 모두 첩의 자식보다 높은 관직에 오른 것도 아니었다. 양소유와 여덟 처첩 그리고 그들의 6남 2녀로 인해 이루어진 가문창달은 환상적이었다.

Ⅳ. 이념 우위 형식의 이면적 고통과 에로스 우위 형식의 이념초월

이념에 대한 신념이 확고할수록 그리고 그 이념을 실현하고자 하는 노력이 클수록, 그에 상응하여 고통도 커질 수밖에 없다. 이념 우위의 형식을 지니는 〈사씨남정기〉와 〈창선감의록〉은 그 고통들을 드러내고 있다.

그와 달리 에로스 우위의 형식을 지니는 〈구운몽〉은 이념과 거리를 확보하고 있는바, 이념의 실현 과정에서 오는 고통은 찾아보기 힘들고, 그 대신에 에로스의 기쁨과 즐거움이 자리를 잡는다. 그런데 꿈에서 깨는 순간, 그 에로스는 덧없는 것이 되고 만다.

1. 이념 우위 형식의 이면적 고통: 〈사씨남정기〉와 〈창선감의록〉

〈사씨남정기〉와 〈창선감의록〉은 적장 중심의 종법체제의 확립 과정에서 주인공은 물론이고, 주인공을 궁지로 몰아넣는 인물들도 고통에서 자유로울 수 없는 지점들을 보여준다.

1.1. 총부 사정옥의 절사의식과 주변인물의 고통: 〈사씨남정기〉

〈사씨남정기〉는 후사後嗣를 세워 종법질서를 확립하는 과정에서 여러 인물들의 고통을 심도 있게 포착했다.

(1) 총부 사정옥의 절사의식

주인공 사정옥은 누명을 쓰고 시가에서 쫓겨나고 만다. 그 죄목은 첫째, 장주를 저주하는 글을 써서 장주를 아프게 했다는 것, 둘째, 남몰래 애인을 만나며 정표로 옥가락지를 주었다는 것, 셋째, 장주를 살해했다는 것 등 세 가지다. 죄 없이 쫓겨난 사정옥은 억울함과 고통스러움에 빠져들 수밖에 없었다. 그리고 그러한 심적 고통은 이내 강렬한 절사의식節死意識으로 바뀐다.

> 사공자가 달려가 사씨를 보고 통곡하였다.
>
> "여자가 시집에서 용납을 받지 못하면 응당 본가로 돌아가야 합니다. 저저께서는 무엇 때문에 스스로 산중에 투신을 하셨습니까?"
>
> "본가로 가서 모친의 영연靈筵. 신주을 모시고 동생과 의지하고 싶은 마음이 어찌 없었겠는가? 그러나 한번 본가로 돌아가면 문득 유씨와는 인연이 끊어질 것이야. 돌아보건대 나는 본래 무죄야.此身本無罪 한림도 원래 현명하고 군자다운 사람이야. 비록 한때 참언을 믿기는 하였으나 뒤에 어찌 후회하지 않겠는가? 하물며 한림이 나를 끝내 저버린다 하더라도 나는 일찍이 선소사에게 득죄한 적이 없었지.我未嘗得罪於先少師 소사의 산소 아래서 늙어 죽는 것이 내 소원이라네.惟老死少師墓下 是我願也 현제는 너무 괴이하게 여기지 말게."(80쪽)[1]

---

1 謝家公子 馳往見謝氏 哭曰 女子不容於夫家 則還歸本宗 而姐姐之自投空山中何也 謝氏曰 吾豈不欲歸 侍母親靈筵 與賢弟相依 而一往本家 便與劉氏絶矣 顧念 此身本無罪

친정 남동생의 말대로 결혼한 여자가 시가에서 이혼을 당하고 내쫓기게 되면 친정으로 돌아가는 게 마땅하다는 것을 알았지만, 사정옥은 그렇게 하지 않고, 유씨劉氏 묘하墓下에서 늙어 죽기로 결심했다. 여기에서 사정옥의 절사의식이 빛을 발한다.

그런데 사정옥이 절사節死의 장소로 유씨 묘하-유씨 가문의 선영-을 택한 것이 주목할 만하다. 사정옥이 남편에게 죄를 짓지 않았다고 말하는 게 아니라 시아버지에게 죄를 짓지 않았다고 말한 것에서 알 수 있듯이, 그녀의 절사의식은 **남편에 대한 아내**의 절사의식을 넘어서 **시부모에 대한 총부**의 절사의식, 나아가 **유씨 가문에 대한 총부**의 절사의식의 의미까지 함축한다.

사정옥의 절사節死는 처음에는 유씨 묘하에서 **늙어 죽는 것**이었지만, 냉진의 추격으로 그게 어렵게 되자 도망치다가 강물에 뛰어들어 생을 마감하려는 쪽으로 바뀌면서 긴박성을 띠게 된다. 죽으려고 한 공간이 동정호洞庭湖인데 그 주변에는 이비아황과 여영의 절의節義를 담고 있는 소상반죽瀟湘斑竹과 황릉묘黃陵廟 그리고 굴원屈原의 절의를 기리는 회사정懷沙亭이 있었다. 사정옥은 이비의 절사節死, 충신 굴원의 억울한 유배와 죽음, 충신 가의의 귀양살이를 생각하며 절의를 지키고자 했고, 특히 굴원을 본받아 강물에 빠져 죽으려는 생각을 굳혔다.[2]

翰林本賢明君子人也 雖一時信讒 安知不悔於逅乎 況翰林雖終棄我 我未嘗得罪於先少師 惟老死少師墓下 是我願也 賢弟勿異也(275쪽)

2 소상반죽은, 순임금이 창오 들판에서 세상을 뜨자 두 왕비는 그가 있는 곳으로 오다가 상강 물가에 도달하여 강물을 건너지 못해 피눈물을 흘렸는데 그 눈물이 대나무로 변하여 대숲을 이루었다는 곳이다. 황릉묘는 이비를 기리는 사당이다. 회사정懷沙亭은, 일찍이 초나라 때 소인의 참소를 받아 멱라수汨羅水-강서성에서 시작하여 동정호로 흘러드는 강-로 뛰어들어 목숨을 끊은 충신 굴원을 기념하는 정자다. 한나라 문제文帝 때 문신인 가의賈誼는 대신에게 미움을 사서 장사로 귀양을 오게 되었는데, 그는 회사정에 이르러 글을 지어 굴원을 기리기도 했다.

그러한 사정옥의 절사의식에는 주목할 것 두 가지가 있다. 첫째, 죽은 남편을 뒤따랐던 이비의 절사를 본받기보다는 **죄 없이 죽은 충신 굴원의 절사**를 본받으려 했다는 것이다.

"이 땅은 바로 옛날 충신이 참소를 받고 물로 뛰어들어 스스로 목숨을 끊었던 곳이라네. 시부모 신령께서는 내가 옛사람처럼 죄가 없다는 것을 잘 알고 계시지.舅姑神靈 知我之無罪如古人 그 때문에 나로 하여금 이곳에서 스스로 물에 빠져 죽게 하려는 것이었어. 나의 정절을 온전하게 하여 옛사람과 더불어 이름을 나란하게 하려는 것이었지. 이 어찌 우연이라 할 수 있겠는가? 맑은 강물이 천 척은 족히 되겠군. 가히 내 뼈를 묻을 만하겠구려!(96쪽)

사정옥은 자신의 죽음을 죄 없는 죽음, 나아가 절사節死라고 여겼다. 시부모의 신령 앞에서도 자신은 떳떳했던 것이다.[3]

둘째, 사정옥의 절사의식에는 **탄식과 억울함의 감정**이 들어 있다는 것이다. 그 탄식과 억울함의 감정은 복선화음福善禍淫의 이치에 대한 회의懷疑와 동궤를 이룬다. 그녀는 "옛사람이 이른바 복선화음이라는 말도 **부질없는 소리**가 아닌가?"(97쪽)라며 하늘을 우러러 탄식했으며, 강물에 투신함으로써 억울함을 드러낸 굴원, 억울한 사연을 지었던 가의를 거론하며 "나 또한 그렇지 않을 리가 있겠는가?"(97쪽)라며 죽음으로써 자신의 억울함을 세상에 드러내고자 했다.

복선화음의 이치는 사정옥이 고난을 감당케 하는 정신적 보루로

---

3 물론 사정옥은 유모와 아환에게 "내가 눈은 있으나 사람을 알아보지 못하였지. 행실은 남에게 믿음을 주지 못하였네. 스스로 곤욕을 불러 지금 이 지경에 이른 것이야. 어찌 죽음인들 두려워하겠느냐?"(95쪽)라며, 자신의 부족한 식견과 부덕을 거론했다. 하지만 그녀는 자신의 출생 자체가 죄라는 근원적 죄의식으로까지 빠져들지는 않았다.

작동해왔다. 그리고 그 복선화음의 이치는 총부의 역할과 깊은 관련이 있었다. 한미한 가문의 출신인 사정옥이 상층 가문의 총부가 되어 그 역할을 감당해야만 했는데, 그 고통과 중압감을 견딜 수 있었던 것은 복선화음의 이치를 믿었기 때문이다. 다음은 이비의 혼령에게 자신의 심정을 밝힌 대목이다.

> "(중략) 첩은 본래 한미한 가문에서 태어난 여자였습니다. 일찍이 엄친을 잃고 자모의 과애를 받으며 자랐기 때문에 배운 것이 아무것도 없었습니다. 유소사께서 매파의 말을 잘못 들으시고 육례를 갖추어 첩을 취해 며느리로 삼으셨습니다. 첩에게는 참으로 과분한 일이었습니다. 첩은 밤낮으로 삼가고 두려워했습니다. 마치 얼음을 밟은 듯이 하고 못둑에 임한 듯이 하면서 큰 죄를 범하지 않기를 바라고 있었습니다.妾夙夜畏愼 如履氷臨淵 庶無大罪 (중략)"(101쪽)

사정옥의 삶은 큰 죄大罪[4]를 범하지 않기 위해 얼음을 밟듯 삼가고 두려움의 연속이었다. 그 삼감과 두려움의 삶은, 여성의 부덕과 총부의 위상이 맞물리고 그 둘이 더욱 강하게 연결되면서 형성된 것이라 할 수 있다. 사정옥은 남편을 대할 때도 부부 사이의 진솔한 사랑보다는 총부로서의 역할을 제대로 해내는 것이 더 중요했다. 이혼을 당하고 쫓겨난 후에도 그런 삶은 변하지 않았다. 친정으로 돌아오라는 친정 동생의 권유를 뿌리치고 시가의 가묘 근처에 자리를 잡았던 것도 언젠가는 총부로서 자신의 행위가 떳떳했음을 보여주고자 했기 때문이다.

---

4 연세대학교 도서관 소장 한문 필사본에는 "大過"로 되어 있고, 한국학중앙연구원 소장 한글 필사본에는 "허물"로 되어 있다.(김만중 지음, 류준경 옮김, 『사씨남정기』, 문학동네, 2014)

그 복선화음의 이치는 일찍이 유씨 가문의 후사를 잇기 위해 교채란을 첩실로 들이는 일련의 과정에서도 작동했다. 복선화음의 이치가 종법주의 이념에 적용되어 총부로서의 역할을 제대로 해내는 것이 선이고 그렇지 않은 것이 악이었던 것이다. 이러한 일련의 과정은 종법주의 이념을 체화한 총부로서 사정옥의 삶을 여실히 보여준다.

하지만 총부로서 유씨 가문의 종통을 이으려는 모든 수고는 물거품이 되고 말았다. 그리고 유씨 묘하에서 늙어 죽기까지 자신의 억울함과 의로움을 알리고자 했지만 그마저도 뜻대로 되지 않았다. 물론 꿈속에 시부모 신령이 나타나 사정옥의 무죄를 입증해주었지만, 그게 복선화음의 이치대로 행복한 결말은 아니었다. 교채란과 동청의 사주를 받은 냉진의 핍박이 뒤따라 닥쳐왔을 뿐이었다. 여전히 복선화음의 이치는 아무런 효력이 없었다.

동정호에 이르러 복선화음의 이치에 대한 사정옥의 회의는 절정에 달했다. 사정옥은 그곳에서 굴원의 죽음을 대하면서 그의 억울함을 강조하고, 굴원처럼 **억울하게** 죄 없는 상태에서 죽는 절사를 선택하고자 했다. 물론 꿈속에서 이비의 혼령이 나타나 복선화음의 이치가 그렇게 단순하지 않고 현실적 삶을 초월하여 적용되기도 하며, 사정옥의 경우에는 지상에서 그 이치대로 행복한 삶을 누릴 것이라고 알려주자, 비로소 사정옥은 정신을 가다듬고 살 길을 모색했다. 하지만 그 직전까지 복선화음의 이치에 대한 믿음과 기대는 사라지고 오로지 죽음으로써 자신의 억울함과 의로움을 보이고자 했을 만큼 총부로서 사정옥의 고통은 이루 헤아릴 수 없을 정도로 심했다.

그 심적 고통은 종법주의 이념에 의해 드리워진 그림자와 같아서 피할 수 없는 것이었다. 종법주의 이념에 젖지 않았다면 절사가 아니라 다른 삶을 선택할 수도 있었을 것이고, 남동생의 요청대로 친정으로 돌아가면 되었을 텐데, 사정옥은 그런 삶을 선택하지 않았다. 억울함을 풀지 못해서 절사의 길을 선택하고자 했을 뿐이다. 요컨대 사정옥의 삶은 종법주의 이념을 체화하는 총부의 삶이었던바, 종법주의 이념의 실현 과정에서 총부에게 필연적으로 가해지는 고통을 피할 수 없었던 삶이었다.

(2) 가부장의 가문 중심적 삶 그리고 첩실의 씨받이로서의 삶

가부장 유희에게서도 그런 고통을 감지할 수 있다. 유희의 고통이 직접 문면에 드러나지는 않지만, 그는 평생토록 봉사奉祀와 가성家聲을 염려하고 살았으며 세상을 뜰 때조차 그 걱정을 놓지 못해서 아들 유연수에게 "길이 선사를 받들고 가성을 추락하게 하지 말라永奉先祀 勿墮家聲"라는 유언을 남길 정도였다. 유희에게 중요한 삶이란 개인 차원의 삶이 아니라 봉사와 가성으로 표상되는 가문 차원의 삶이었다. 그는 평생토록 봉사와 가성에 억눌린 삶을 살 수밖에 없었다.

그의 며느리 선택 기준도 마찬가지였다. 며느리는 가문의 명예를 실추시키지 않아야 했고, 남편이 가문의 명성을 실추할 조짐이 있으면 그런 남편을 기꺼이 만류할 줄 알아야 했다. 그가 아들 부부에게 바라는 것은 부부간 에로스가 아니라 가문의 봉사가 끊이지 않고 가성을 유지하는 것이었다. 설령 그가 아들 내외의 사랑을 중요하게 여겼을지는 몰라도 그것이 결코 봉사와 가성보다 중요할 수는 없었다.

심지어 첩실 교채란도 종법주의 이념의 피해자일 수 있었다. 교채란은 가난한 선비의 아내가 되기보다는 재상가의 첩실이 되고자 하는 개인적 욕망을 채우기 위해서 유연수의 첩실로 들어왔다. 하지만 유씨 가의 첩실이 되는 순간, 교채란은 아들을 낳지 못하는 정실 사정옥을 대신하여 아들을 낳아 유씨 가문의 후사를 이어야만 했다. 적자가 없는 경우에 서자로 가통을 잇는 게 종법이었다. 교채란의 첩살이는 그런 종법주의 이념에 의해 강요된 씨받이의 삶이었다.

만약 아들을 낳지 못하면 다른 첩실이 들어오게 됨으로써 부귀를 누리기는커녕 자칫 잘못하면 뒷방살이를 해야 하거나 쫓겨날 수도

있는 게 첩실 교채란의 운명이었다. 교채란은 임신했을 때 태아가 딸이라는 말을 듣자, 그 태아를 아들로 바꾸는 부적을 주변에 두지 않을 수 없었는데, 그렇게 할 수밖에 없었던 것은 자신에게 닥칠 비극적 운명을 피하기 위해서였다. 다행히 교채란은 아들 장주를 낳음으로써 남편의 후대를 받게 되지만, 그렇다고 해서 씨받이 첩실의 삶을 온전히 벗어날 수 있는 것은 아니었다.

> 교씨가 아들을 낳은 후로 한림은 더욱 후하게 그녀를 대접하였다. 아이를 몹시 사랑하여 그 이름을 장주라 불렀다. 교씨와 사부인의 무애함도 피차 서로 다르지 않았다. 사람들은 그 아이가 누구 배 속에서 나왔는지 분간할 수 없을 정도였다. 喬氏與謝夫人 撫愛無間 人亦不知兒之從誰腹出也(36쪽)

장주를 사랑하는 것에서 친모 교채란과 총부 사정옥이 차이가 없었다. 특히 누구 배 속에서 나왔는지 분간할 수 없을 정도로 사정옥은 장주를 사랑했다. 하지만 교채란은 마냥 기뻐할 수만은 없었다.

역설적이게도 여기에서 처첩갈등의 실체가 드러난다. 교채란을 첩실로 들인 것은 가문의 후사를 얻으려는 총부 사정옥의 주도로 이루어졌다. 더욱이 교채란이 장주를 낳은 후 총부가 장주를 애지중지하게 되면서, 교채란은 씨받이 첩실 역할이 끝나게 되는 상황을 맞게 된 것이다. 물론 사정옥은 그렇게 생각하지 않았지만, 교채란은 자신의 신세가 결코 탐탁지 않았다.

교채란의 그런 내면 심리가 문면에 직접 드러나 있지 않지만, 예상우의곡 연주 사건에서 교채란의 그런 심정을 충분히 헤아릴 수 있다. 사정옥이 교채란에게 그녀가 연주한 예상우의곡이 음탕한 음악淫樂이어서 남편의 성정을 그르칠 수 있다고 훈계하자, 교채란은 그에 대해 불만을 품고 남편에게 사정옥이 자기를 시기한다고 모함했다. 물론 그런 모함이 교채란의 개인적인 악한 성품에서 비롯된 것이긴 하지만, 사정옥의 훈계는 교채란의 삶을 송두리째 흔들어놓는 말로 받아들여지기에 충분했다.

그리고 교채란에게 계속하여 문제가 발생했다. 정실이 아들을 낳지 못하면 첩자妾子가 가통을 잇는 게 종법이었지만, 그 후에 정실이 적자를 낳게 되면 가통승계가 서자에서 적자로 옮겨지는 게 또한 종법이었다. 적자가 없을 때는 교채란이 장주를 낳음으로써 종법적 가통을 떳떳하게 이을 수 있었는데, 적자 인아가 태어나자 자신이 낳은 장주는 한순간에 종통에서 제외되어 서자로 떨어지고 만 것이다.

교채란은 그런 상황을 받아들이기 어려웠고, 그 안에서 그녀의 고통은 가중될 수밖에 없었다. 가통승계권을 잃지 않으려는 교채란의 행위는 역설적이게도 반종법적反宗法的이고 비종법적非宗法的일 수밖에 없었다. 그런 문제를 한꺼번에 해결하는 방법은 사정옥을 총부 자리에서 끌어내리고 자신이 그 자리에 오르는 것이었다. 그렇게 되면 교채란은 어엿한 총부가 되고, 장주는 어엿한 적자가 될 수 있었다. 종국에는 그녀의 모든 노력이 수포로 돌아가고 그녀 자신의 삶은 비극적인 결말을 맞고 말았지만, 그녀가 겪은 고통은 종법체제에 의해 후사를 낳아야 하는 **첩실**에게 주어진 고통이었다. 명분이 좋아서 후사지 그 후사는 가문을 잇는 씨였다. 교채란은 일반적인 첩실과는 구별되는 씨받이 첩실로서 고통을 당하지 않을 수 없었던 것이다.

그런데 씨받이의 삶이 교채란 한 사람에게 국한된 것은 아니다. 사정옥이야말로 총부로서 그런 삶에서 자유로울 수 없었다. 첩실 교채란을 들여 후사를 낳게 할 때 사정옥이 자신의 의견을 굽히지 않고 관철시켰던 것은 그 때문이다. 그녀는 총부로서 아들을 낳지 못하자 후사後嗣 문제를 해결하기 위해 직접 나서지 않을 수 없었던 것이다.

특히 교채란의 악행에 넌더리가 난 남편이 첩실 들이기를 극구 반대했음에도 사정옥은 더 강하게 자신의 의견을 밀어붙였다. 교채란 때와는 달리 임추영을 첩실로 들일 때는 사람 됨됨이를 보는 눈도 생겼고 그만큼 조심스러웠는데, 그 과정은 교채란과 임추영의 대조적인 선악의 성품을 보여주는 정도에 그치는 게 아니다. 그 과정은 **유씨 가문의 후사**를 끊이지 않게 하는 사정옥의 집념을 밀도 있게 보여준다.

조선 사회에서 무후無後는 불효 중의 불효로 받아들여졌다. 특히 가부장제 이념이 종법주의 이념으로 예각화하는 상황에서 무후의 불효성은 가문 차원에서 크게 다루어지지 않을 수 없었다. 정실이든 첩실이든 후사 문제에서 결코 자유로울 수 없었다. 그 문제를 초점화한 작품이 〈사씨남정기〉다. 사정옥과 교채란의 삶은 종법주의 이념이 강하게 드리워진 양반 가문의 총부와 첩실의 삶이었던바, 그들이 감내해야 할 고통은 종법주의 이념에 의해 여성에게 드리워진 사회적 고통이자 시대적 고통이었던 것이다.

1.2. 차남 화진의 죄의식과 주변인물의 고통: 〈창선감의록〉[5]

1.2.1. 차남 화진의 근원적 죄의식

〈창선감의록〉은 종법주의 실현으로 좋은 사회를 이룰 수 있다는 전망과 좋은 사회를 이루어야 한다는 당위성을 드러내며, 개인, 가문, 사회가 종법주의를 실현하는 쪽으로 마무리했다. 그러면서도 한편으로 종법주의 실현 과정에 자리 잡은 인물들의 고통을 심도 있게

---

5 "1.2. 차남 화진의 죄의식과 주변인물의 고통: 〈창선감의록〉"은 내 논문인 「〈창선감의록〉의 적장자 콤플렉스」(『고전문학과 교육』 38, 한국고전문학교육학회, 2018)에서 거의 그대로 가져와 이 책의 체제에 맞게 소제목을 새로 넣고 내용 일부를 수정한 것이다.

드러내기도 했다.

그 중심인물이 화진이다. 그는 심부인과 화춘에게 스스로 불효죄인으로 자처하는 죄의식을 드러냈다. 다음은 화진이 전장에서 심부인에게 보낸 편지 내용의 일부다.

> 죄지은 아들 진이는 (중략) 어머니께서 길러주신 은혜도 잊고 형님 사랑도 깨닫지 못하여 의리를 해치고 인륜을 어지럽혔습니다. 평생을 돌아보면 죽어도 죄를 다 용서받지 못할 듯한데, (중략) 저는 풀려나고 형님만 혼자 화를 입었으니 (중략) 불효자, 이 소식을 듣고는 온몸이 떨리고 뼈가 다 부서지는 듯해서 그 자리에서 목숨을 끊으려고도 했고, 대궐 아래에서 자결하려고도 했습니다. (중략) 다행히 어머니께서 염려해주신 덕분에 군사를 잃고 조상을 욕되게 하는 것은 면했으니, 어찌 불효 자식의 천박한 재주로 이룬 것이겠습니까? 참으로 어머니의 복록이 무한하신 덕분이고 또 형의 억울함과 원통함이 천지신명을 감동시켰기 때문입니다.(240쪽)[6]

화진은 첫머리에서 자신을 "죄지은 아들罪子"로 자처했다. 그런데 그 죄는 구체적으로 "인륜을 어지럽혔다傷倫侵紀"는 것인바, 종부－적모 심부인－와 적장자－이복형 화춘－에 대한 "윤기倫紀"를 어지럽힌 죄다. 원래 윤기를 어지럽힌 당사자는 심부인과 화춘임에도, 화진이 죄인을 자처한 것은 자신의 출생 자체가 죄라는 근원적 죄의식을 지녔기 때문이다. 즉, 화진이 생각하기에 자신이 출생하지 않았다면 그들이 적장자 콤플렉스에 빠지지 않았을 것이고, '종부－적장자'의 종

6 罪子珍 … 不念母親鞠育之恩 終昧兄丈友于之情 悖義理德 傷倫侵紀 自顧平生 死有餘罪 … 子反脫累 兄獨羅禍 … 罪子 一聞此報 心骨震碎 立欲刎頸 自裁於象魏之下 … 慈念所及 果蒙天幸 不至喪軍辱先 此豈罪子之緜力薄才 所能致乎哉 誠而慈福無量 兄丈之酷寃極痛 感動神明也.(424-425쪽)

법질서가 훼손될 위기에 처하지도 않았을 것이기 때문이다.

그런 근원적 죄의식은 "그 자리에서 목숨을 끊으려고도 했고, 대궐 아래에서 자결하려고도 했을 만큼" 처절했다. 그런 처절한 죄의식에는 자신을 희생해서라도 효제를 실행하여 심부인·화춘 모자의 적장자 콤플렉스를 해소하기 위한 화진의 고뇌와 심리적 고통이 뒤섞여 있다.

화진의 고통은 종법주의 이면에 도사리고 있는 고통이다. 종법주의적 사고가 팽배한 사회가 아니었다면 그 고통은 훨씬 약화되거나 생기지 않을 수도 있었다. 하춘해(도어사)는 화진을 위로할 때 그 점을 짚어냈다. 하춘해는 옥중의 화진에게 보낸 편지에서 화진이 누명을 쓴 채 처형당하면, 그의 효제를 알아주는 이가 있기는커녕, 그가 강상죄를 저지른 패륜아로 낙인찍혀 "천추에 남을 치욕千古之恥"을 당할 뿐만 아니라, 집안이 망하고 조상이 욕을 먹고, 고향의 이름조차 없어지게 될 것이라고 충고했다. 어쩌면 하춘해의 충고는 화진이 종법적 사고에서 벗어나 누명을 벗고 출세하면 얼마든지 가문창달을 이룰 수 있음을 짚으면서, 그 반대로 종법주의 이념에 매몰되어 있으면 오히려 개인이 불행해질 뿐 아니라 가문이 망할 수도 있음을 시사한다. 화진은 그의 진정성에 감동했지만 그 길을 선택하지 않았다. 화진은 화춘과 심부인을 바로 세움으로써 종법질서를 제대로 갖춘 가문을 세우고자 했기 때문이다.

여성 인물들의 죄의식도 그런 차원에서 짚어볼 수 있다. 진채경(윤여옥의 처)은 부친이 조문화의 모략으로 처형당하게 되자, 조문화의 죄악에 분노하는 것을 넘어서 그게 자신의 죄 때문이라고 보았다. 진채경은 여자로 태어난 것이 부모가 기뻐하는 일이 아니라고女子之生本非父母之幸 여겼는데, 거기에는 여자로 태어나서 가문을 이을 수 없기에 죄를 졌다는 근원적 죄의식이 도사리고 있다. 이러한 여성 인물들의 죄의식은 화진의 죄의식과 함께 종법주의 이념의 이면에서 개인과 부부를 옥죄는 심리적 고통으로 작동한다.

1.2.2. 가부장·종부·적장자의 고통

일찍이 세상을 떠난 화욱의 고통도 그런 차원에서 짚어볼 수 있다. 그는 매사에 가문의 장래가 우선이었다. 화욱은 어린 화춘을 대할 때면 가문을 짊어져야 할 장남이라는 생각이 앞서서 엄하게 꾸짖기 일쑤였지, 사랑다운 사랑을 제대로 베풀어본 적이 없었다.

물론 그의 질책이 가부장으로서 권면의 일환이라고 볼 수 있다. 그러나 그럴지라도 그 질책이 종법주의적 사고에서 나왔음은 부인하기 어렵다. 화욱이 소망하는 가문상은 화춘이 적장자다운 품성과 자질을 함양하여 가통을 잇고, 출중한 화진은 현달하여 선대부터 내려오는 가문의 명망을 잇는 것이었다. 하지만 화욱은 집안 걱정만 하다가 세상을 떴고 심부인·화춘 모자를 적장자 콤플렉스에 빠지게 함으로써 역설적이게도 가문에 죄를 짓고 말았다.

심지어 심부인·화춘 모자도 종법주의 이념의 피해자일 수 있다. 심부인은 부친이 정해준 대로 결혼하여 종부(적모)로 살아야 했고, 적장자를 낳았음에도 다른 두 처를 둔 남편에게 순종하며 살아야만 했다. 하지만 심부인은 다른 부인들을 질투했다가 종부로서 부적절한 모습을 보였다는 비난을 감수해야 했다.

화춘은 태어날 때부터 적장자로서 운명이 정해져 있었다. 자신의 자질, 성격, 소망은 적장자의 운명과 떼어놓고 생각할 수 없었다. 그렇지 않을 경우 그에게 질책이 쏟아질 뿐이었다. 사춘기 시절에 화춘은 아름다운 여성과 사랑을 꿈꾸는 시를 지었다가 부친으로부터 예상치도 못했던 꾸짖음을 당했고, 그 후로 부친의 애정 어린 시선과 목소리를 단 한 번도 받아본 적이 없었다. 적장자답지 못하다는 게 그 이유였다.

이들 모자의 피해의식은 적장자 콤플렉스로 모아지지 않을 수 없었고, 그런 상태에서 이들 모자에게 가문이란 화진 부부와 화진을 옹호하는 이들에게 허세를 부리고 적대감과 분노를 풀어내는 통로에 불과했다. 그러나 그들이 내세운 적장자와 종부의 권위는 역설적이게도 반종법적이고 비종법적일 뿐이었다.

화씨 가문의 사람들은 죄의식에서 벗어나기 어려웠다. 심부인과 화춘의 잘못을 근본적으로는 자신이 태어난 죄 때문으로 보는 화진이 그랬다. 크게 뉘우친 후에도 가문 앞에 죄인처럼 숙연하게 살아가는 화춘도 예외는 아니었다. 적장자를 바로 세우지 못한 채 운명함으로써 가문 앞에 죄인이 된 화욱도 마찬가지였다.

이렇듯 〈창선감의록〉에는 작가가 간파했든 그렇지 않았든 종법주의 이념의 이면에 도사린 근원적 죄의식과 심리적 고통이 다양하게 드러난다. 그런 죄의식의 고통은 적장자 콤플렉스 내지는 적장자 문제와 맞닿아 있다. 이는 종법주의가 반드시 실현해야 할 이념으로 제시될수록 그에 상응하여 언제든지 적장자 콤플렉스가 분출될 수 있음을 방증한다.[7] 종법주의 이념과 적장자 콤플렉스가 표리관계를 이루기 때문이다.

2. 에로스 우위 형식의 이념초월: 〈구운몽〉

〈구운몽〉은 이념에 대한 에로스 우위 형식을 지닌다. 서사세계가

---

7 〈유효공선행록〉, 〈성현공숙렬기〉, 〈엄씨효문청행록〉 등 〈창선감의록〉 이후의 작품에서는 적장자 문제를 이리저리 흥미롭게 변형해가며 종법질서를 세워나가는 것을 핵심 서사로 설정했다. 〈유효공선행록〉은 (1) 군자형 적장자(유연) 자리를 차자(유홍)가 탐내고 (2) 친생 적장자(유우성) 대신에 계후를 방계 혈통으로 교체하는 고통스러운 과정을 담아냈다. 〈엄씨효문청행록〉에서는 양자로 입후한 후에 친생자가 태어남으로써 생기는 계후갈등을 중심축으로 삼았다. 물론 양자의 적장자가 바뀌지 않지만, 그 고통을 매우 심각하게 그려냈다. 이는 종법주의 사회에서 적장자 문제가 다각도로 돌출될 수 있음을 방증한다.

'(a) 현실 - (b) 꿈 - (c) 현실'의 환몽구조를 지니거니와, 그 환몽구조와 관련하여 에로스는 '(a) 에로스에 대한 미련 - (b) 에로스의 극대화 - (c) 에로스 초월'의 양상을 띤다.

'(b) 에로스의 극대화' 단계에서 가부장제 이념의 성향은 에로스에 가려져 현저히 약화되는 양상을 보인다. 그리고 '(c) 에로스 초월' 단계에서 인생무상人生無常의 일환으로 '에로스 무상無常'이 제시된다.

그리고 〈구운몽〉은 (b) 에로스의 극대화 지점과 (c) 에로스 초월의 지점을 거치면서 탈이념 성향이 강화되는 것으로 보이는데, 이에 대해 상세히 살펴보고자 한다.

2.1. 몽중 에로스의 극대화

'(b) 에로스의 극대화' 단계에서 에로스는 이념의 통제력에 좌우되지 않고 자발적으로 발현되는 것에 초점이 맞추어진다. 그리고 그 에로스는 가부장제 질서의 질곡 혹은 사회적, 신분적 질곡을 초월하는 양상을 띤다.[8]

2.1.1. 에로스의 자발적 발현

에로스는 성진과 팔선녀가 활동하는 초월계에서 주어진 것이면서도 양소유와 여덟 여성으로 환생한 지상계에서는 훨씬 구체적으로 펼쳐진다. 그런데 지상계에서 이들이 처한 상황은 각기 다르다. 양

8 에로스의 초월성 때문에 인류의 역사가 발전해온 것으로 볼 수도 있다. 참고로 에두아르트 푹스의 『풍속의 역사』, 파울 프리샤우어의 『세계풍속사』, 반 훌릭의 『중국성풍속사』 등은 성풍속性風俗을 중심으로 문화, 경제, 미술, 문학 등의 자료들을 포괄적으로 다루었다. 기존의 사회학적 방법을 탈피하여 보다 폭넓은 풍속사적 시각을 취함으로써 인류의 역사를 해명하려고 했다. 에로스의 역사는 인간 내면의 심연의 역사로 보고 동시에 이러한 에로스 풍속사는 인간 해방을 지향하는 것이라고 보았다.(조광국, 『기녀담 기녀등장소설 연구』, 월인, 2000, 16쪽)

소유는 과거에 응시하여 훗날 장원급제하여 승상의 지위에 오르는 인물이다. 여덟 여성은 황실의 공주(난양공주 이소화), 재상가 딸(정경패), 궁녀(진채봉), 기녀(계섬월, 적경홍), 시비(가춘운) 등과 같이 사회적 신분이 다양하고 그 밖에 오랑캐 나라인 토번국 자객(심요연)도 있으며, 동정호 용녀(백능파)와 같은 이계異界의 존재도 있다.

하지만 지상 세계에서 아홉 남녀가 펼쳐내는 에로스는 개인 저마다 사랑의 감정이 일어나는 대로 자연스럽게 막힘없이 분출되는 양상을 띤다.

진채봉·양소유의 사랑은, 첫눈에 반한 사랑이 이름도 모른 채 스쳐 지나가는 것으로 끝날 수 있는 상황에서 양소유를 수소문하여 자신의 마음을 전한 진채봉의 자발적인 행동으로 결실을 맺게 된다. 그녀는 여자의 처지였지만 양소유가 뒤돌아와 사랑을 고백해 오기를 기다리지 않았고, 사랑의 기회를 놓칠세라 양류사를 지어 유모 편에 자신의 마음을 전했다. 그 양류사에서 "누각 앞에 버들을 심어樓頭種楊柳 낭군의 말을 매어 머물게 하렸더니擬繫郎馬住 어찌하여 꺾어 채를 만들어如何折作鞭 재촉하여 장대 길로 내려가뇨催下章臺路"라고 하여 '버드나무를 심어둔 것이 정인을 만나고자 함'이라는 것까지 밝히고, '그 상대가 당신임'을 솔직하게 알렸다.

진채봉의 자발적인 사랑은 다음과 같은 그녀의 생각에 잘 담겨 있다.

> "여자가 장부를 좇음은 종신의 대사라. 일생 영욕과 고락이 달렸으니, 문군은 과부라도 오히려 상여를 좇았으니, 이제 나는 처자의 몸이니 비록 스스로 중매하는 혐의를 피할 수는 없으나 부녀의 절행에는 해롭지 아니하고, 하물며 이 사람의 성명과 거주를 알지 못하니 부친께 취품하여 정한 후 중매를 부리려 하면 동서남북에 어디 가 찾으리오?" (51쪽)

진채봉은 첫눈에 반한 사람이 자리를 뜬 상황에서 그와 결혼하리라 결심했다. 그녀의 자발성은 여성이 먼저 남성에게 사랑을 고백할 수 있으며 임시변통으로 스스로 중매자가 될 수도 있고, 부친의 허락을 나중에 받으면 된다는 생각에까지 미치게 되어 마침내 양소유와의 사랑을 이루어냈다. 이에 양소유도 이미 사랑의 감정이 일었던 터, 지체 없이 진채봉을 받아들였다.

양소유·계섬월의 사랑과 양소유·적경홍의 사랑 또한 당사자들의 자발적인 사랑으로 이루어진다. 낙양의 천진교 누각 위에서 내로라하는 공자들이 모여 계섬월을 차지하기 위해 시작詩作 내기를 하는 중이었는데, 그녀는 공자들의 집안이 부귀권세가라는 것에 조금도 마음을 두지 않고 그 틈바구니에 들어서서 자신감 넘치는 유혹과 구애를 하는 양소유를 택했다. 그리고 계섬월은 가난하여 기녀로 팔리는 처지가 되었지만 오히려 기녀로서 많은 남성을 만날 수 있게 된 기회를 이용하여 자신의 마음에 드는 남성이 나타날 때까지 기다렸는데, 그 남성은 양소유였다.

적경홍의 경우에도 마찬가지였다. 적경홍이 스스로 원하는 남성을 택하고자 했다는 것은 두 차례에 걸쳐 언급되었다. 한 번은 적경홍이 양소유를 뒤따라와 직접 대면하면서 말했을 때고, 또 한 번은 그 이전에 계섬월이 양소유에게 적경홍의 소원을 말해주었을 때다.

다음은 계섬월이 양소유에게 적경홍에 대해 말한 대목이다.

> 경홍은 패주 양가良家 여자라. 부모 일찍 죽고 아주머니께 의지하였더니, 십사 세에 용모의 미려함이 하북에 유명하니 근처 사람이 처첩을 삼으려 중매 문에 메였더니 경홍이 제 숙모더러 일러, '모두 물리치라' 한대, 뭇 매파가 경홍더러 묻되, '낭자가 동東으로 물리치시고 서西로 거절하여 아무 데도 허락지 아니하니 어찌하여야 낭자의 뜻에 맞으리오? 재상의 첩이 되고자 하느냐? 명사를 좇고자 하느냐? 절도사의 첩이

되고자 하느냐? 수재를 좇고자 하느냐?' 경홍이 대답하되, '만일 진 시절에 기녀를 이끌던 사안석 같으면 재상의 첩이 될 것이요, 삼국 적 곡조를 돌아보던 주공근 같으면 장수의 첩이 될 것이요, 현종조에 취중에 청평사 드리던 이태백 같으면 명사를 좇을 것이요, 한나라에 녹기금으로 봉황곡 타던 사마상여 같으면 선비를 좇을 것이니, 어이 미리 정하리오?' 하니, 뭇 매파가 대소하고 물러나이다. 경홍이 스스로 헤아리되, '궁향 여자로서 스스로 사람을 듣보기 어렵다' 하고 '오직 창녀는 영웅호걸을 많이 보니 가히 마음대로 고르리라' 하여 자원하여 창가에 팔리니, 일이 년이 못 되어서 성명이 크게 일어나 상년 가을에 하북 열두 고을 자사가 업도鄴都, 위나라 수도에 모여 크게 잔치할 제, 경홍이 한 곡조 예상무霓裳舞를 연주하니, 좌중 미녀 수백 인이 빛이 앗기고, 잔치 파한 후에 홀로 동작대에 올라 월색을 띠고 배회하며 옛사람을 조문하니, 보는 사람이 다 선녀로 여기니, 어찌 홀로 규합閨閤, 안방 중이라 사람이 없으리이까? 경홍이 일찍 첩으로 더불어 변주 상국사에 모다 정회를 의논할새, 피차 두 사람이 아무라도 나의 원願에 찬 군자를 만나거든 서로 천거하여 한데 살자 하였더니 첩은 이제 낭군을 만나 소망이 족하였으되, 불행하여 경홍이 산동山東 제후의 궁중에 들었으니 비록 부귀하나 저의 원願이 아니라.(99쪽)

적경홍은 자신이 원하는 남성을 선택하기 위해서 자원하여 기녀가 되었으며, 도중에 연왕에게 팔려가 잠시 자신의 뜻이 꺾이는 상황에 처하게 되지만, 여전히 자신의 소망을 꺾지 않았다. 그녀는 양소유를 보고 첫눈에 반하자, 운명을 걸고 양소유를 뒤쫓았다.

그와 관련하여 계섬월과 적경홍이 양소유와 사랑을 이루는 과정이 주목할 만하다. 두 기녀는 누구든지 먼저 마음에 드는 남성을 만나면 함께 그 남성을 따르기로 약속했다. 이것은 두 기녀 사이에 맺어진 친분관계가 깊다는 것을 말해준다. 그런데 한 여성이 먼저 남성을 선택하고 다른 여성이 동참하여 그 남성을 따르는 것으로 설정되지 않고, 두 여성이 각각 서로 떨어져 있는 상황에서 각자 마음에 드는 남성을 택했는데 동일 인물인 것으로 설정되었거니와, 이는 에로스의 자발성이 매우 흥미롭게 강조된 것이라 할 수 있다.

에로스의 자발성은 양소유·정경패의 사랑에서도 확인된다. 양소유는 계섬월과 두련사로부터 정경패의 미모와 인물됨을 칭송하는 말을 들은 것에 만족하지 않고 직접 확인하고자 나섰고, 자신의 마음에 들자 정사도에게 구혼했다. 첫 대면에서 정혼하기까지 양소유는 자신이 하고 싶은 대로 사랑의 마음을 좇아 구혼했다면, 정경패는 수동적으로 끌려가는 양상을 보인다. 하지만 부모에 의해 양소유·정경패의 혼사가 정해진 이후로 정경패는 가춘운을 선녀와 귀신으로 변장시켜 양소유를 미혹함으로써 양소유를 향한 자신의 애정을 간접적으로나마 표출하기에 이른다. 물론 그 애정 행위가 속고 속이기 놀이와 같은 유희 차원에서 정경패, 부모, 친척, 시비 등의 공모로 이루어진 것이지만, 공모를 제안한 자가 정경패라는 점에 주목한다면 양소유·정경패의 유희적 사랑은 자발성을 지닌다고 할 것이다.

한편 지상계에서 펼쳐지는 에로스는 남녀 중에서 누가 먼저 애정을 품거나 표출했는가에 따라 다음과 같이 정리할 수 있다.

(x) 여성이 먼저 양소유에게 애정을 품거나 표출한 경우: 적경홍
(y) 양소유가 먼저 여성에게 애정을 품거나 표출한 경우: 정경패
(z) 양쪽이 동시에 애정을 품거나 표출한 경우: 진채봉, 계섬월

여성이 먼저 애정을 품거나 표출하는 경우는 적경홍·양소유의 사랑이고, 남성이 먼저 하는 경우는 양소유·정경패의 사랑이다. 적경홍은 양소유를 엿보고 첫눈에 반해서 그의 뒤를 따라 나섰으며, 양소유는 정경패의 모습을 확인하고자 여자 차림으로 변장해 들어가서

그녀에게 반한 후 과거에 장원급제한 후에 구혼했다.

양쪽이 거의 동시에 애정을 표출하는 경우는 진채봉·양소유의 사랑과 양소유·계섬월의 사랑이다. 두 경우의 사랑은 남녀가 대면한 그 자리에서 서로가 사랑의 감정을 주고받으며 그날로 사랑이 이루어진다. 그런데 자세히 살펴보면, 진채봉·양소유의 사랑에서 진채봉이 양소유를 수소문하여 사랑을 맺는 과정이 흥미롭게 펼쳐지고 양소유·계섬월의 사랑에서는 양소유가 먼저 계섬월에게 첫눈에 반해 적극적으로 구애하는 장면이 강조된다. 구애의 적극성으로 보면, 진채봉·양소유의 사랑에서는 진채봉이 강하고, 양소유·계섬월의 사랑에서는 양소유 쪽이 강한 양상을 보인다고 할 수 있다.

한편 심요연, 백능파, 가춘운, 이소화 등 네 여성의 경우에는 위의 경우와 결이 다르다. 양소유·이소화의 사랑은 직접 대면하며 사랑의 감정을 주고받는 식으로 펼쳐지지 않는다. 그들의 만남은 이소화의 퉁소 소리에 맞춰 춤추던 청학靑鶴 암수 한 쌍이 양소유의 퉁소 소리를 듣고 그쪽으로 날아가 춤추는 것에서 비롯된다. 청학 암수가 동시에 춘 춤은 남녀 사이에 에로스의 발현이 거의 동시에 이루어짐을 비유한다고 할 수 있다.

그리고 가춘운은 정경패의 시녀로서 정경패가 양소유와 정혼하자 그녀를 따라가 양소유의 첩이 되기를 원했다. 그 후에 가춘운은 정경패와 공모하여 유희의 차원에서 선녀와 귀신으로 변장하여 양소유를 미혹했지만 적극적으로 양소유와 누리는 사랑의 기쁨을 만끽했다. 그리고 심요연은 스승으로부터 양소유와 천정인연임을 알게 되어 양소유를 찾아왔으며, 백능파는 장진인으로부터 천정배필이 있음을 듣고 양소유를 기다렸다. 양소유가 그녀들을 대면하는 자리에서 즉각적으로 사랑을 나누자는 말을 듣자, 그녀들은 기꺼이 응했다.

이렇듯 에로스의 자발성에는 성차性差가 없으며, 오히려 여성 쪽이 더 적극적이다. 이는 에로스가 남성 중심적 가부장제 이념의 통제를 받지 않는다는 것을 말해준다.

2.1.2. 에로스의 사회적 장벽 초월

한편 에로스는 어떤 장벽에 가로막히면 그 장벽을 넘어서는 성향을 보인다. 그 장벽은 주로 사회적, 신분적 위계와 관련된 것인데, 에로스가 그런 장벽을 넘어서는 양상은 크게 두 가지다.

(a) 당사자가 사랑의 힘으로 사회적, 신분적 장벽을 극복하는 경우
(b) 권력자가 사회적, 신분적 장벽이 되지 않고 도움을 주는 경우

먼저 (a) **당사자가 사랑의 힘으로 사회적, 신분적 장벽을 극복하는 경우**를 보자. 연왕에 대한 적경홍의 태도가 이 경우에 해당한다.

적경홍의 삶을 요약하면 다음과 같다. 그녀는 지방의 말단 관리였던 할아버지가 죄에 얽혀 신분이 서인으로 강등된 후로 가세가 기울었고 그나마 부모와 일찍 사별하고 숙모의 집에서 자랐다. 적경홍의 미모를 보고 달려든 재상, 명사, 절도사, 수재 등 많은 남성들이 있었지만, 그녀는 모두 물리쳤다. 그들이 풍정이 넘치고 호방한 남성이 아니었기 때문이다. 그녀는 기녀가 되면 영웅호걸을 많이 볼 수 있으므로 자신의 마음에 차는 남성을 고를 수 있다고 생각하고 자원하여 기생이 된 여성이었다.

적경홍의 삶에는 서인으로의 몰락, 가난과 조실부모, 숙모에게 의탁 등 일련의 과정을 통해 점점 사회적, 신분적으로 전락해갔던 한 여성의 삶이 점철되어 있다. 그런 그녀에게 인생 역전의 상황이 발생한다. 연왕이 적경홍의 아름다움에 반해 명주 한 섬을 주고 적경홍을 사들여 궁녀로 삼은 것이다. 하지만 의외의 상황이 벌어졌다. 적경홍은 연왕의 총애를 받았지만 미련 없이 그의 품을 떠나 양소유를 좇아간 것이다.

다음은 적경홍이 양소유와 밤을 지낸 후 이튿날 양소유에게 한 말이다.

홍랑이 대답하여 가로되,

"천첩이 감히 상공을 속이리이까? 첩이 비록 누추하나 항상 발원發願하여 군자를 좇으려 하더니, 연왕이 첩의 이름을 그릇 듣고 명주 한 섬으로 첩을 궁중에 이르게 하니, 입에 진미珍味를 염하고 몸에 금의錦衣를 천히 여기나, 첩의 원하는 바가 아니라, 괴로움이 마음에 외로운 새 농중籠中, 새 장에 듦 같더니, 저적 연왕이 상공을 청하여 궁중에서 잔치할 것에 첩이 우연히 엿보니 일생 좇아 놀기를 원하는 바라, 상공이 연燕을 떠나신 후에 즉시 도망하여 좇으려 하더니, 연왕이 깨닫고 따를까 두려워하여 상공 행한 후에 십 일을 기다려 연왕의 천리마를 도적하여 타고 이틀 만에 한단에 득달하여 즉시 상공께 실상을 아뢰고자 하되 도리어 번거하여, 이 땅에 이르러 부질없이 한漢 시절 당희唐姬, 후한 홍농왕의 첩으로 남편이 죽은 후 정절을 지켰음의 일을 효칙效則하여 상공의 한 번 웃으심을 돕나이다. 이제는 첩의 원願을 이루었으니 당당히 섬랑으로 더불어 한데 있다가 상공이 부인 얻으심을 기다려 한가지로 경사에 나아가 하례賀禮하리이다."(221쪽)

위 발언에는 사회적, 신분적 장벽을 넘어서는 에로스의 초월성이 시사되어 있다. 그 에로스의 초월성은, 연왕의 적경홍에 대한 일방적 사랑의 관계에서 그 계기가 주어지고, 양소유와 적경홍의 쌍방 관계로 바뀌는 과정에서 획득되는 양상을 보여준다.

먼저 연왕과 적경홍의 관계는 에로스와 사회적, 신분적 조건들 사이의 관계를 포착하고 있어서 주목할 만하다. 연왕은 제후였고 적경홍은 한낱 궁녀에 불과했거니와, 연왕과 적경홍의 관계는 사회적으로 지배자와 피지배자의 관계, 신분적으로 왕과 천민의 관계, 성별로는 남성과 여성의 관계였다. 연왕에게 자신이 적경홍의 마음에 드는지 그렇지 않은지는 전혀 고민거리가 아니었고, 오직 적경홍이 자신의 마음에 든다는 것이 중요했다. 그에게 있어서 사랑의 표현은 그녀의 감정을 세심하게 살피는 것이 아니라 그녀에게 궁중의 진미와 금의를 대주는 것일 뿐이었다.

적경홍은 연왕의 총희寵姬가 되어 부귀영화를 누릴 수 있게 되었지만, 연왕을 향한 사랑이 생기지 않았던 탓에 고독함에 빠져들 수밖에 없었다. 새장이 아무리 값지고 화려한들 그 안에 있는 새에게는 아무런 의미가 없듯이, 연왕의 일방적인 사랑이 부귀영화로 치장될수록 적경홍의 외로움은 더욱 커지기만 했다. "새장 속에 갇힌 새의 외로움", 그 외로움은 부귀영화로도 에로스를 대신할 수 없었던 것이다.

그때 양소유가 적경홍의 눈에 포착되는 순간, 외로움에 사로잡혔던 적경홍의 마음은 사랑의 열정으로 인해 급변하게 된다. 그 지점은 적경홍의 삶의 목표가 사랑이었음을 절묘하게 드러낸다는 점에서 주목할 만하다. 그녀는 양소유를 보자마자, "일생 좇아 놀기를 원하는" 자신의 마음에 적합한 남성임을 직감하고, 그를 향한 사랑에 운명을 걸었다. 그런데 연왕은 적경홍이 다른 남성을 사랑하는 것을 인정하지 않을 것이 분명했고, 그녀의 목숨을 좌우할 만한 권력자였으니 그녀의 두려움은 클 수밖에 없었다. 하지만 그녀에게 솟아난 사랑의 열정은 두려움을 뚫었다.

사랑의 열정이 크면 무모해지는 것인지 아니면 지혜가 솟아나는 것인지, 적경홍은 양소유를 뒤쫓을 때 십 일 말미를 두고 출발했다. 그것은 연왕이 알아차리고 따를 것을 미연에 방지하고자 함이었다. 또한 연왕의 천리마를 훔쳐 타고 뒤따랐다. 하루에 천 리를 간다는 천리마를 훔칠 수밖에 없었던 것은, 십 일이나 앞서 출발한 양소유를 따라잡기 위해서였다. 요컨대 사회적, 신분적 장벽을 뛰어넘고 내면의 두려움을 뛰어넘는 적경홍의 목숨을 건 행위를 통해 에로스의 초월성이 구현되었다고 할 것이다.

한편 백능파와 오현의 관계도 그와 비슷한 양상을 보여준다. 다음은 백능파가 양소유를 만나 자신이 핍박받는 상황을 알려준 대목의 일부다.

> "남해용왕의 아들 오현이 첩이 곱다는 말을 듣고 제 부왕父王더러 일러 우리 집에 구혼求婚하니, 우리 동정이 남해용왕의 관하管下가 되었는지라, 저의 말을 거스르면 욕이 있을까 저어하여 부왕이 친히 가 장진인의 말을 이르니, 남해왕이 사나운 아들의 말을 듣고 도리어 부왕의 말을 허탄虛誕타 하고 구혼하기를 더욱 굳이 하니, 첩이 부모 슬하에 있은즉 욕이 일문一門에 미칠까 하여 부모를 떠나 홀로 도망하여 가시덤불을 헤치고 외로이 오랑캐 땅에 머무니, 부모는 다만 화답하되 '딸이 원치 않아 도망하여 나갔으니 오히려 버리지 않고자 한다면 딸더러 물으라' 한대, 이리 온 후 갖추 핍박을 당하고 미친 아이 스스로 군졸을 거느려 노략하려 하더니"(295쪽)

남해용왕은 동정용왕에게 백능파를 며느리로 달라고 청혼했다가, 그로부터 딸에게는 하늘이 정한 배우자가 있다는 말을 들었지만 남해용왕 부자는 물러서지 않았다. 오히려 동정호가 남해용왕의 통치권에 놓인 것을 악용하여 동정용왕 부녀를 압박하며 더욱 강하게 혼인을 요청했다. 백능파는 그 사랑을 받아들이지 않고 반사곡으로 피신했지만, 남해태자는 그곳까지 따라와 그녀를 위협했다. 그때 그곳을 지나가는 양소유가 백능파를 만나 그녀의 운명적인 배우자가 양소유 자신이라는 말을 듣고 사랑을 나눈다.

양소유와 백능파의 만남에서 **첫눈에 반하는 사랑과 같은 열정**은 직접적으로 재현되지 않는다. 그렇다고 해서 백능파에게 사랑의 열정이 없었던 것은 아니다. 그 사랑의 열정은 **미지의 사랑을 기다리**

는 열정으로 표출된다. 백능파가 남해태자의 청혼을 거절하고 그의 협박을 피해 고난의 삶을 기꺼이 감수할 수 있었던 것은 운명적인 사랑에 대한 간절한 열망 때문이었다. 그런 사랑의 열정은 양소유와의 첫 대면에서 자신의 내력과 속마음을 털어놓고 그 자리에서 그의 구애를 받아들여 사랑을 나누는 것으로 분출되었다. 양소유가 백능파의 마음속에 자리 잡았던 그런 사랑의 열정을 가볍게 보지 않고 그 열정에 반응했음은 물론이다.

반면에 백능파를 향한 남해태자의 사랑은, 상대방의 생각과 감정을 전혀 고려하지 않고 오로지 자신의 사랑만을 중시하는 일방적인 사랑이었다. 운명적인 배우자를 기다리기에 청혼을 받아들일 수 없다는 상대방의 입장을 존중하기는커녕, 남해태자는 권력과 무력으로 자신의 사랑을 관철하고자 할 뿐이었다. 남해태자의 권력과 무력은 백능파와 양소유의 운명적인 사랑을 가로막는 장벽으로 작동하는 것이다. 양소유가 남해태자를 물리침으로써 마침내 백능파와 양소유의 운명적인 사랑은 이루어지게 되거니와, 이들에게 구현된 에로스는 사회적, 신분적 장벽을 넘어서는 초월적 성향을 보여준다.

적경홍의 사랑은 연왕의 권력과 신분적 위계에 억눌리고 부귀영화로 유혹을 당하는 상황을 기꺼이 넘어섰고, 양소유는 기꺼이 그 사랑을 받아들였다. 그리고 백능파의 사랑은 권력에 의해 적경홍보다 훨씬 심한 핍박을 당하는 상황에 처했지만 양소유가 기꺼이 그 사랑을 받아들이고 남해태자를 물리침으로써 성취되었다. 적경홍·양소유 그리고 백능파·양소유가 구현한 에로스는 권력과 위력으로도 취할 수 없고 부귀영화로도 대신할 수 없는 에로스였다. 요컨대 에로스는 스스로 솟아나는 자발성을 지닐 뿐 아니라, 사회적, 신분적 위계를 뛰어넘는 초월성을 지니는 것이다.

다음으로 (b) **권력자가 사회적, 신분적 장벽이 되지 않고 도움을**

주는 경우를 살펴보자. 궁녀 진채봉과 황제의 관계가 이에 해당한다.

적경홍이 연왕의 궁녀가 된 것처럼 진채봉도 황제의 궁녀가 되었다. 그런데 적경홍이 자신의 힘으로 연왕의 휘하에서 벗어났던 것과는 달리, 진채봉은 황제의 도움을 받는 것으로 되어 있어서 대조적이다.

진채봉의 첫사랑이 양소유라는 사실이 황제에게 알려지게 된 상황을 요약하면 다음과 같다. 황제는 양소유를 불러들여 고금古今 인사들의 시 중에 빼어난 시가 어떤 시인지를 논한 후에 양소유의 시평詩評 실력을 칭찬하며 주위의 여중서女中書들에게 시를 지어주게 했다. 양소유는 진채봉을 알아보지 못한 채 그녀에게 즉흥적으로 부채에 시를 써서 주었다. 그 자리에서 물러난 후 진채봉은 부채 아래쪽에 시를 써넣었다. 얼마 지나지 않아 황제가 양소유의 시를 감상하고자 부채를 가져오게 하자, 진채봉은 부채에 함부로 시를 써 넣은 것을 두고 죄를 고했다.

그 사건을 전후로 하여 중요하게 부각되는 것이 두 가지가 있다. 하나는 양소유를 향한 진채봉의 사랑의 감정이고, 다른 하나는 황제의 인정과 배려다.

먼저 양소유를 향한 진채봉의 사랑의 감정은 양류사와 환선시에 잘 드러난다. 앞에 언급했거니와 양류사는 양소유와 진채봉이 첫 대면할 때 주고받은 시다. 그리고 진채봉이 부채에 쓴 환선시紈扇詩는 다음과 같다.

환선단여추월단紈扇團如秋月團　깁부채가 둥글어 가을 달같이 둥그니
억증누상장수안億曾樓上障羞顔　일찍 누상에 부끄러워하던 일을 생각하노라.
조지지척불상식早知咫尺不相識　지척에서 서로 알아보지 못할 줄 알았던들
회불종군자세간悔不從君仔細姦　그대가 자세히 못 보게 한 것을 뉘우치노라(253쪽)

진채봉은 양소유를 첫 대면했을 때 품었던 사랑의 감정을 "일찍 누상에 부끄러워하던 일을 생각하노라"라는 구절에 담아냈다. 그리고 그녀는 양소유와 헤어진 후에 눈앞에 나타난 양소유에게 자신을 알리지 못한 것을 두고 후회스러운 심정을 표출했다. 환선시에는 양소유를 향한 진채봉의 연정이 절절이 배어 있는 것이다.

다음으로 이어지는 황제의 인정과 배려에 대해 살펴보고자 한다. 황제는 진채봉과 양소유가 서로 첫사랑임을 알고 그때 진채봉이 지었던 양류사楊柳詞를 다시 써보도록 하여, 그 시를 보고 진채봉의 죄를 묻지 않고 난양공주의 시비로서 정성을 다하도록 처분했다. 황제가 진채봉의 시재를 높이 샀기 때문만이 아니라 누이동생 난양공주가 진채봉과 사이가 좋은 것을 알고 있었기 때문이었다.

그렇다고 해서 진채봉에게 죄가 없는 것은 아니었으며, 더구나 그녀의 죄를 용서하는 게 결코 쉬운 일이 아니었다. 진채봉은 다른 남자에게 연정을 품어서는 안 되는 궁녀였으며, 더욱이 황제가 일찍이 총희寵姬로 삼으려고 했던 궁녀였다.[9] 심지어 황제의 여동생 난양공주와 양소유의 혼사가 그보다 앞서 이루어진 양소유·정경패의 정혼定婚 문제로 꼬였다가 어렵게 실마리가 풀려 난양공주와 정경패가 양소유의 2처가 되는 쪽으로 가닥을 잡아가던 중이었다. 그때 부마 양소유에게 첫사랑 진채봉이 나타났으니, 그녀는 황제에게 결코 달갑지 않은 존재였다.

황제는 얼마든지 궁녀 진채봉을 강압적으로 억눌러 죄를 물을 수도 있었고, 진채봉을 기어이 자신의 총희로 삼을 수도 있었다. 황제는 양소유를 질투할 수도 있었다. 하지만 황제는 그렇게 하지 않았다.

---

9 진채봉의 부친인 진어사가 구사량의 난에 휩쓸렸을 때 황제는 그를 처형하고 진채봉은 궁녀로 들였는데, 그때 그녀의 빼어난 미모를 보고 그녀를 가까이하고자 했다. 그런데 그때 아비를 죽이고 그 딸을 가까이함이 바람직하지 않다는 태후太后의 만류에, 황제는 진채봉을 여중서女中書로 삼아 난양공주의 시중을 들게 했다.

상上이 조용히 태후께 사뢰되,

"낭랑이 양영을 대접하심이 예전에는 없는 성덕의 일이라 신이 또한 청할 일이 있어이다."

드디어 진중서의 전후사前後事를 자세히 베푸시고 또 가라사대,

"저의 사정이 자못 긍측矜惻하고, 그 아비 비록 죄에 죽었으나 조상이 대대로 조정 신자가 되었으니, 이제 그 정원을 이뤄 어매御妹, 황제의 누이의 종가從嫁. 시집갈하는 잉첩媵妾을 삼고자 하나니 어떠하니이꼬?"

태후가 난양을 돌아보신대 공주 왈,

"진씨가 이 일을 소녀더러 이르더이다. 소녀가 진씨로 더불어 정분情分이 심상치 아니하니 또한 떠나지 말고자 하나이다."

태후가 진채봉을 불러 하교下教 왈,

"여아가 너를 떠나지 말고자 하는고로 특별히 너로 하여금 양상서의 첩이 되게 하나니, 너의 정원情願을 이뤘으니 여아를 더욱 정성으로 섬기라."

진씨 눈물을 비같이 흘리고 고두사은叩頭謝恩하더라.(377쪽)

황제가 태후에게 "진중서의 전후사前後事"를 알렸다. 진채봉과 양소유가 서로 첫사랑이며 그 애정이 여전하다는 것이었다. 황제는 부마와 일개 궁녀 사이의 사랑을 황권皇權으로 가로막기는커녕 오히려 그들 사이에 에로스를 자연스럽게 흐르도록 적극적으로 배려했다.

난양공주 이소화도 자신이 에로스의 흐름을 막는 사회적 장벽이 되는 것을 꺼렸다. 모친인 태후는 딸의 배우자감으로 양소유를 택정한 후에 양소유가 정경패와 혼약했다는 사실을 알게 되자 정경패에게 퇴혼할 것을 요구했다. 그때 이소화는 기지를 발휘하여 정경패를 태후의 양녀가 되게 하여 기꺼이 정경패와 함께 양소유의 2처가 되었다. 게다가 이소화는 양소유·가춘운–정경패의 시녀–의 사랑이 무리 없이 이루어지도록 황제에게 요청했고, 양소유·진채봉 사이의 첫

사랑을 맺게 해주고자 하는 황제의 결심이 변하지 않도록 애썼다.

이렇듯 황제와 난양공주로 대변되는 황실의 권력은 양소유와 정경패·이소화·진채봉·가춘운의 결연을 저지하는 데 남용되지 않았으며 오히려 남녀의 에로스가 자연스럽게 흐르고 자연스럽게 맺어지는 데 선용되었다. 그 과정에서 황제와 난양공주는, 황실의 절대 권력을 남용할 조짐이 있었던 태후를 설득하여 돌아서게 했음은 물론이다. 이는 에로스가 황제로 대변되는 지상의 절대 권력에 의해 훼방되어서는 안 되며 오히려 보장되어야 함을 보여주며, 궁극적으로 에로스가 사회적, 신분적 장벽에 막히지 않고 흐르는 성향, 즉 초월성이 있음을 말해준다.

2.2. 에로스 무상과 이념초월의 길

에로스가 지상계에서 환상적인 일부다처 가정과 환상적인 가부장제를 수반하는 것으로 미루어, 에로스가 가부장제 이념과 배치되지 않는다고 할 수 있다. 그런데 이 지점에서 〈사씨남정기〉와 〈창선감의록〉은 에로스에 대한 이념의 우위 형식을 지님에 비해 〈구운몽〉은 이념에 대한 에로스 우위의 형식을 보여주는 것이 새삼 주목할 만하다.

앞의 두 작품은 이념 우위 형식에 맞게 가부장제 이념-좁게는 종법주의 이념-에 의해 에로스가 통제되는 양상을 보인다면, 〈구운몽〉에서는 에로스 우위 형식에 맞게 에로스가 자발적으로 발현하고 그 에로스가 막히지 않고 흘러 극대화되며 그 과정에서 가부장제 이념을 자연스럽게 포괄하는 양상을 띤다.

2.2.1. 에로스 무상

그와 관련하여 〈구운몽〉이 '(a) 꿈꾸기 전-(b) 꿈-(c) 꿈에서 깬 후'의 환몽구조를 지닌다는 것을 재차 유념할 필요가 있다. 서사세계는 그 단계에 상응하여 '(a) 꿈꾸기 전의 초월계'에서 시작하여 '(b) 꿈속의 지상계'를 거쳐 '(c) 꿈에서 깬 후의 초월계'로 돌아가는 과정을 거친다.

지상계－'(b) 꿈속의 지상계'－에서 양소유와 여덟 여성이 펼쳐내는 1 대8의 에로스는 애초에 초월계－연화도량－에서 정해진 것이다. 1 대 8 에로스 가운데, 양소유·심요연의 에로스, 양소유·백능파의 에로스, 양소유·이소화의 에로스는 각각 하늘이 정한 인연이라는 점이 부각된다. 심요연은 스승인 여도사를 통해, 백능파는 장진인을 통해 천정天定 인연을 만날 것이라 언급되며, 이소화는 비파 소리에 어우러지는 청학 한 쌍의 춤을 통해 비유적으로 양소유·이소화의 천정 인연이 언급된다.

지상계의 1 대8 에로스가 애초에 초월계에서 정해졌다는 것은 지상계의 에로스에 초월적 성향이 내재되어 있다는 것을 의미한다. 초월계에서 팔선녀는 서로 위차가 없이 모두 동등한 선녀였고, 성진이 남성이라고 해서 팔선녀보다 우위에 있지도 않았다. 애초부터 초월적 성향을 지녔기 때문에 지상계에서 그들이 맺을 에로스는 지상계의 신분, 질서, 이념에 의해 좌절될 상황에 처할지라도 그런 것들은 잠깐 동안 영향력을 미치겠지만 마침내 극복될 것이었다. 그러한 에로스의 초월적 성향은 지상계의 사회적, 신분적 한계를 넘어서는 것이라 할 수 있다.

다시 거론하건대 지상계의 가부장제 이념과 질서에 따르자면 진채봉은 궁녀 신분인 탓에, 공주 이소화가 양소유와 혼인할 때 그의 첩이 되기는커녕 황제에 의해 죽을 수도 있었다. 언제든지 황제는 자신의 절대 권력을 휘두를 수 있었지만, 그렇게 하지 않고 진채봉과 양소유 사이에 흐르는 에로스의 길목을 터주었다. 황후 또한 양소유와 정경패의 정혼을 깨뜨릴 수 있었지만, 난양공주의 요청을 기꺼이 받아줌으로써 1부2처 혼이 이루어지게 했다. 궁녀의 신분, 공주보다

열세에 있는 정경패의 신분을 비롯하여, 기녀의 신분, 시비의 신분, 자객의 신분이라고 해서 그들이 지니는 에로스가 무시되지 않았고, 오히려 존중받았다.

한편 서사세계가 '(a) 꿈꾸기 전의 초월계'에서 시작하여 '(b) 꿈속의 지상계'를 거쳐 '(c) 꿈에서 깬 후의 초월계'로 돌아가는 것에 상응하여, '(b) 꿈속의 지상계'에서 펼쳐진 에로스는 '(c) 꿈에서 깬 후의 초월계'를 맞닥뜨리게 된다. (a)와 (b)는 에로스의 발현과 전개 과정이고, (b)에서 (c)로 넘어가는 지점은 에로스가 극대화되고 그 극대화된 에로스에 대해 무상함을 느끼는 지점이다. 다음 대목을 보자.

> 승상이 한가한 곳에 나아간 지 또한 여러 해 지났더니 팔월 염간念間. 스무날의 전후은 승상 생일이라 모든 자녀가 다 모여 십 일을 연連하여 설연設宴. 잔치를 베풂하니 번화 성만盛滿. 넘치도록 가득 함함이 옛날에도 듣지 못할러라. 잔치 파하고 여러 자녀가 각각 흩어진 후 문득 구추가절九秋佳節이 다다르니 국화 봉오리 누렇고 수유 열매가 붉었으니 정히 등고登高할 때라, 취미궁翠微宮 서녘에 높은 대 있으니 그 위에 오르면 팔백 리 진천秦川. 산시 성을 손바닥 금 보듯이 하여 가린 것이 없으니 승상이 가장 사랑하는 땅이더라.
>
> 이날 두 부인과 여섯 낭자를 데리고 대에 올라 머리에 국화를 꽂고 추경秋景을 희롱할새 <u>입에 팔진八珍. 여덟 가지 진미이 염어厭飫. 싫증남하고 귀에 관현管絃. 관악기와 현악기이 싫증난지라</u>, 다만 춘운으로 하여금 과합果盒. 과일 그릇을 붙들고 섬월로 옥호玉壺. 옥으로 만든 병를 이끌며 국화주를 가득 부어 처첩이 차례로 헌수獻壽. 술잔을 올림하더니, 이윽고 비낀 날이 곤명지昆明池. 산시성에 있는 연못에 돌아 지고 구름 그림자가 진천에 떨어지니 눈을 들어 한 번 보니 가을빛이 창망滄茫. 넓고 멀어서 아득함하더라. (중략)
>
> 승상이 옥소를 던지고 부인과 낭자를 불러 난간을 의지하고 손을 들

어 두루 가리키며 가로되,

"북으로 바라보니 평평한 들과 무너진 언덕에 석양이 시든 풀에 비친 곳은 ① 진시황의 아방궁阿房宮이요, 서로 바라보니 슬픈 바람이 찬 수풀에 불고 저문 그름이 번산에 덮은 데는 ② 한 무제의 무릉武陵이요, 동으로 바라보니 분칠한 성이 청산을 둘렀고 붉은 박공이 반공에 숨었는데 명월은 오락가락하되 옥난간을 의지할 사람이 없으니 이는 ③ 현종 황제 태진비 양귀비로 더불어 노시던 화청궁華清宮이라. 이 세 임금은 천고 영웅이라 사해四海를 집을 삼고 억조億兆로 신첩臣妾을 삼아 호화부귀 백년을 짧게 여기더니 이제 다 어디 있느뇨?

소유는 본디 하남 땅 베옷 입은 선비라. 성천자 은혜를 입어 벼슬이 장상將相에 이르고 여러 낭자가 서로 좇아 은정恩情이 백년이 하루 같으니, 만일 전생 숙연宿緣. 오래 묵은 인연으로 모여 인연이 다하면 각각 돌아감은 천지에 떳떳한 일이라. 우리 백년 후 높은 대 무너지고 굽은 못이 이미 메이고 가무歌舞하던 땅이 이미 변하여 거친 산과 시든 풀이 되었는데, 초부와 목동이 오르내리며 탄식하여 가로되, '이것이 양승상이 여러 낭자로 더불어 놀던 곳이라. 승상의 부귀풍류와 여러 낭자의 옥용화태玉容花態 이제 어디 갔느뇨?' 하리니, 어이 인생이 덧없지 않으리오?"(535쪽)

양소유는 "성천자聖天子 은혜를 입어 벼슬이 장상將相에 이르고 여러 낭자가 서로 좇아 은정恩情이 백년이 하루 같"았다. 그의 삶은 진시황의 아방궁阿房宮, 한 무제의 무릉武陵, 현종황제의 화청궁華清宮에 비견될 만큼 환상적 가부장의 삶이었다.

황제가 양소유에게 준 취미궁翠微宮은 현종황제의 이궁離宮이었는데, 그 취미궁을 비롯하여 진시황(B.C.259-B.C.210)의 아방궁, 한무제(B.C.156-B.C.87)의 무릉, 현종황제(685-762)의 화청궁은 도교의 영향을 받은 황제에 의해 지어진 궁궐들이다. 흥미롭게도 네 궁은 모두 중국 샨시성陝西城에 있는데, 위 인용문에 따르면 북쪽에 아방궁, 동쪽에 화청궁, 서쪽에 무릉, 남쪽에 취미궁이 자리를 잡고 있다. 이들 세 임금은 "억조億兆. 셀 수 없을 만큼 많은 수로 신첩臣妾. 거느리는 여자을 삼아 호화부귀 백년을 짧게 여기"며 부귀영화의 극치를 맛본 자들이었다.

양소유도 "벼슬이 장상將相. 장수와 재상에 이르고 여러 낭자가 서로 좇아 은정恩情이 백년이 하루 같"은 삶을 살았다. 그의 삶은 양소유의 "부귀풍류富貴風流"와 여덟 여인의 "옥용화태玉容花態"가 어우러진 에로스의 극치에 도달한 삶이었다. 양소유의 삶은 진시황, 한무제, 현종 황제를 관통하며 도교적 분위기에 둘러싸인 샨시성陝西城을 공간적 배경으로 하여, 에로스가 극대화된 삶을 구현해낸 것이다.

그런데 그 에로스의 극치점이 "입에 팔진八珍. 여덟 가지 진미이 염어厭飫. 싫증남하고 귀에 관현管絃. 관악기와 현악기이 싫증난지라"에서 보듯 에로스에 싫증을 느끼는 지점이어서 주목할 만하다. 그 지점은 양소유와 여덟 여성이 인생무상을 느끼고 한날한시에 '(c) 꿈에서 깬 후의 초월계'로 돌아가는 지점인바, 그 인생무상은 부귀공명의 무상함을 뜻함은 물론이고 에로스의 무상까지 포괄한다고 볼 수 있다.

'(a) 꿈꾸기 전의 초월계'와 '(c) 꿈에서 깬 후의 초월계'는 같은 공간이면서도 그 의미는 다르다. 즉 '(a) 꿈꾸기 전의 초월계'는 '(b) 꿈속의 지상계'를 거치지 않은 초월계라면, '(c) 꿈에서 깬 후의 초월계'는 '(b) 꿈속의 지상계'를 거친 초월계다. 그에 상응하여 성진은 처음에는 에로스에 대한 미련을 가졌다가, 에로스의 극치점에 도달한 후에는 "양가의 아들 되어 장원급제 한림학사하고 출장입상出將入相하여 공명신퇴空名身退하고 두 공주와 여섯 낭자로 더불어 즐기던 것이 다 하룻밤 꿈이라"(547쪽) 하여, 공명무상功名無常과 에로스 무상에 빠지게 된 것이다.

2.2.2. 이념초월의 길

여기에서 〈구운몽〉은 이념에 대한 에로스 우위의 형식을 지닌다는 점을 재차 주목하지 않을 수 없다. 에로스의 자발적 발현과 그 에로스의 막힘없는 흐름으로 자연스럽게 이상적 일부다처 가정과 가문 창달이 성취되거니와, 그러한 가부장제 이념은 에로스의 흐름을 따라 성취되는 정도였다. 이에 에로스 무상은 에로스 흐름에 가리어져 있던 이념에도 영향을 미치게 되어, 이념무상의 지점까지 나아간다.

여성들의 자발적인 친애로 이루어지는 1 대 8 에로스는, 여성들의 대립과 갈등을 수반했던 현실 상황에서 남성 중심적 가부장제를 적극 옹호하는 의미를 지니기도 하며, 한편 현실적으로 그렇게 될 수 없는 일부다처의 가부장제를 비판하는 의미를 띠기도 한다. 소설은 여러 가지 목소리를 담아낼 뿐 아니라 각각의 목소리가 지니는 의미도 중층적인 장르이기 때문에 그 두 가지 의미를 다 지니기 마련이다. 가부장제에 대해 긍정적인 태도를 취하든 부정적인 태도를 취하든, 1 대 8 에로스에 대한 무상감은 남성 중심적 가부장제 이념에 대한 무상감을 수반한다.

조선 후기 사회는 종법체제를 둘러싼 논쟁을 비롯하여 많은 논쟁들이 이념 논쟁의 형태를 띠고 있던 상황이었다. 좁게는 종법주의 논쟁에서 넓게는 주자학적 논쟁에 이르기까지 학문적, 이념적 논쟁이 일상화된 상황에서 〈구운몽〉의 환몽구조는 에로스 무상의 틀로 이념무상, 즉 탈이념의 길 내지는 이념초월의 길을 미학적 수준에서 암시했다.[10]

이념을 내세워 에로스를 통제하고 그 이념이 하늘의 이치天理에 닿

---

10 강상순은 〈구운몽〉의 남녀관계가 유교적 예교나 가부장제와 충돌하지 않고 그것을 비껴 가고 있다는 점을 짚어냈다.(강상순, 앞의 논문, 2008, 196쪽) 이러한 강상순의 논의는 본고에서 언급한 '이념에 대한 에로스 우위의 형식'으로 수렴된다.

는 것으로 설정한 〈사씨남정기〉와 〈창선감의록〉의 형상화 방식과는 달리, 〈구운몽〉에서는 에로스를 초월계에서 유래하는 것으로 설정하고 그 에로스를 지상계에서 자유롭게 발현하도록 하여 자연스럽게 가부장제 질서가 수반되는 세상을 그렸다. 〈구운몽〉은 거기에 그치지 않고 이런 울림을 준다. 그 에로스가 막힘없이 흘러서 도달하는 환상적인 일부다처의 가정과 가문창달이 의미가 있으면 얼마나 있겠는가, 그리고 그렇게 한들 그게 이 세상에 한정된 인간의 사고에 불과한 것일 뿐, 그게 의미가 있으면 얼마나 있겠는가. 〈구운몽〉은 에로스 무상의 울림에 이어 이념무상의 울림을 주는 것이다.

그 연장선에서 〈사씨남정기〉와 〈창선감의록〉의 방식대로 이념을 내세워 에로스를 통제한들 그게 의미가 있으면 얼마나 있겠느냐는 울림까지 준다. 〈구운몽〉은 에로스 우위의 형식을 지니면서도 에로스 무상–넓은 의미에서는 인생무상–까지 도달했으며, 그 에로스 무상과 함께 넓게는 가부장제 이념의 무상함, 좁게는 종법주의 이념의 무상함을 획득했다. 〈사씨남정기〉, 〈창선감의록〉, 〈구운몽〉 중에 어떤 작품이 먼저 출현했든지 간에, 시간이 흘러 세 작품이 함께 수용되는 시점에서 세 작품의 위상을 고려해볼 때 더욱 그렇다.

Ⅴ. 마무리

지금까지 17세기에 출현한 〈사씨남정기〉, 〈창선감의록〉, 〈구운몽〉이 이념과 에로스의 결합이라는 새로운 소설형식을 선보였음을 살펴보았다. 그 형식은 조선 전기에서 후기로 넘어가는 길목에서 소설사적 위상을 차지함은 물론이고 지성사적이고 문화사적인 의미를 지닌다.

〈사씨남정기〉, 〈창선감의록〉, 〈구운몽〉에 설정된 **이념과 에로스의 결합 형식**은 우리 소설사는 물론이고 중국소설사를 아우르며 독창성을 획득했다.

선행하는 애정전기소설, 인정소설, 재자가인소설에서 서사의 공통적인 중심축은 에로스였다. 그런데 그 에로스의 성향은 서로 다른 결을 드러낸다. 애정전기소설에서는 순수하고 열정적인 사랑의 감정을 본령으로 한다면, 인정소설에서는 색정色情으로 치닫는 육신적 성향을 위주로 하며, 재자가인소설은 그와 정반대로 정신적 성향을 위주로 했다. 이들 세 소설 장르에서는 각각의 에로스 성향을 일관되게 유지했으며, 그런 에로스를 중심으로 하는 인간의 삶을 펼쳐냈다.

애정전기소설, 인정소설, 재자가인소설에서 이념은 거의 중시되지 않았다. 애정전기소설에서는 처음부터 가부장제 이념과 거리를 유지한 채 에로스에 초점을 맞추었다. 인정소설은 일부다처의 가부장제 체제에서 에로스가 수단화·왜곡되는 지점을 파헤치고 욕정과 색정에 탐닉하는 가부장의 삶이 허무하다는 것을 보여줌으로써 가부장제 사회를 비판하는 시선을 담아냈다. 하지만 가부장제 이념을 새롭게 강화하거나 그 이념을 대체하는 새로운 이념의 실현을 구현하지 않았다. 재자가인소설에서는 인정소설의 육신적 에로스에서 벗어나 정신적 에로스로 방향을 틀었는데, 그 에로스의 정신적 성향이 개인적 차원에 그치는 정도였지 사회적 차원에서 가부장제 이념의 강화를 지향하는 데까지 나아간 것은 아니었다.

〈사씨남정기〉, 〈창선감의록〉, 〈구운몽〉은 선행하는 세 장르의 소설작품과는 달리 이념과 에로스의 결합이라는 새로운 형식을 지니는데, 세부적으로 앞의 두 작품은 에로스에 대한 이념 우위의 형식을 지님에 비해, 〈구운몽〉은 이념에 대한 에로스 우위의 형식을 지닌다. 여기에서 이념은 넓게 보면 가부장제 이념이고, 좁게 보면 종법주의 이념이다.

고려 말 조선 초에 수용된 주자학은 조선 중기 이래로 정착되기에 이르렀다. 그중 중요한 것은 종법의 실현이었다. 그 당시 가부장제가 가문중심주의로 강화되고 다시 종법주의로 예각화되는 추세였다.

종법주의의 요체는 가문의 가통家統 확립이었고, 가통은 대체로 적장승계를 지향했다. 적장이 없는 경우에는 첩자승계를 택하기도 했는데 후대로 갈수록 입후승계를 굳힘으로써 적장승계가 대세로 굳혀져갔다. 그와 관련하여 조선에서는 중국과 달리 맏며느리에게 총부권이 주어졌다. 그 총부권은 주로 남편이 죽은 뒤에 제사 주관자를 정하고 후사를 결정할 때 행사되었던바, 봉사권奉祀權과 입후권立後權으로 행사되었다. 그런 총부권은 남편이 살아 있을 때도 사회적으로 인정받았던 것으로 보인다.

〈사씨남정기〉와 〈창선감의록〉은 후사後嗣 문제를 사건의 발단으로 설정하고 그 후사 문제를 해소하여 종법질서를 온전히 실현하기까지의 전 과정을 통해 종법주의 이념을 구현했다. 〈사씨남정기〉는 종법질서를 실현하는 과정에서 총부권이 행사되는 지점들을 중요하게 다루었다. 작품세계가 적장승계로 마무리되지만, 애초에 후사가 없는 상황에서 입후승계가 아니라 첩자승계를 꾀하는 지점을 포착했다. 첩자승계의 과정이 사정옥의 주도로 이루어지거니와 그런 총부권이 강화되는 지점들을 시고모의 가독권家督權에 대한 총부권 제고, 가장권에 대한 총부권 제고, 첩실에 대한 총부권 확립 등 세 층위에 걸쳐 주도면밀하게 펼쳐냈다. 특히 총부에게 순종하지 않는 첩실 교채란의 비극적인 삶과 순종하는 첩실 임추영의 해피엔딩을 대조적으로 그려냄으로써, 첩실에 대한 총부권의 확립을 강조했다. 그리고 그 과정에서 인아의 생환으로 가통이 첩자승계에서 적자승계로 회복되는 지점을 형상화하는 것으로 마무리했다.

〈창선감의록〉은 종법질서가 와해되고 가문이 멸문의 위기에 봉착했다가 그 위기가 극복되는 과정을 섬세하게 펼쳐냈다. 처음에는 차세대 가부장인 적장자가 콤플렉스에 빠지고 그 적장자 콤플렉스가 가문의 콤플렉스로 자리를 잡음으로써 가문이 몰락해가는 과정을 정면에 내세웠다. 그리고 차남 화진을 문제 해결의 중심인물로 내세워 그가 콤플렉스에 빠진 적장자 화춘과 적모 심부인에게 지극한 효애를 행함으로써 적장자와 종부가 결격이 없는 종법질서를 확립하는 것으로 마무리했다. 거기에 종부 심부인이 총부권을 행사하여 입양장손에 의한 입후승계를 이루어내는 과정을 덧붙임으로써 적장 중심적 종법질서의 완결성을 높였다.

에로스에 대한 이념 우위의 형식을 지니는 〈사씨남정기〉와 〈창선

감의록〉의 경우, 종법주의 이념의 강한 영향력에 의해 에로스가 정신적 에로스와 육신적 에로스로 양분된다. 즉 종법질서를 수용하는 에로스는 정신적 성향을 띠는 반면에 종법질서를 저해하는 에로스는 육신적 성향을 띤다. 두 작품은 조선의 사회풍속과 선행소설—애정전기소설, 인정소설, 재자가인소설—에서 에로스의 모델을 수용하면서도 다른 한편으로 에로스에 대한 이념의 통제력을 부여함으로써 이념 우위의 형식을 창출해냈다.

그렇다고 해서 에로스가 이념에 어떤 힘도 미치지 못한 채 수동적으로 반응하는 것은 아니다. 에로스는 이념을 넘어서는 힘을 떨쳤을 만큼 또 다른 중심축으로 자리를 잡았다. 두 작품에서 부각된 육신적 에로스가 그 경우에 해당한다.

〈사씨남정기〉에서 부귀를 누리기 위해 유씨 가문의 첩실로 들어왔다가 남편을 두 번 더 갈아치우고 그것도 여의치 않게 되어 기생으로 전락하면서 비극적 종말을 피할 수 없었던 교채란의 삶은 육신적 에로스의 단면을 잘 보여준다. 그와 함께 육신적 에로스는 첩실·가장의 연결고리를 통해 가장의 미혹과 정실의 추방을 불러오고, 나아가 납매·동청·교채란·냉진의 연대를 통해 팜므파탈과 옴므파탈의 결합 지점을 겹겹이 확보함으로써 가문의 몰락을 초래하는 것으로 그려진다.

〈창선감의록〉에서는 육신적 에로스가 더욱 확대·심화된다. 애초부터 적장자 화춘과 첩실 조월향은 육신적 에로스의 커플로 설정되었다. 그리고 첩실 조월향과 문객 범한·장평이 각각 팜므파탈과 옴므파탈을 구현하는데, 그중에 조월향·범한에 의해 팜므파탈과 옴므파탈의 결합 지점이 확보되었다. 적장자 화춘은 그런 내막을 알게 되지만 어떤 적극적인 조치를 취하지도 못한 채 무기력한 모습을 보일 뿐이었고, 그런 중에 화씨 가문의 몰락이 가속화되었다.

그와 관련하여 두 작품에서 육신적 에로스에 의한 가문 몰락의 과정을 그려내되 그 중심인물로 첩실 외에 가장 혹은 적장자를 내세운 점은 특히 주목할 만하다. 〈사씨남정기〉에서 가장 유연수는 처음에는 군자형 인물의 성향을 띠며 총부 사정옥과 원만한 부부관계를 유지했지만, 첩실 교채란의 육신적 에로스에 휘둘림으로써 총부를 내쫓고 급기야 가문을 몰락의 위기에 처하게 했다.

〈창선감의록〉은 욕정과 관능에 빠져드는 상층 가문의 인물로 적장자 화춘과 권력자 엄세번을 설정했거니와, 이들은 가문의 질서를 바로잡고 가문의 명성을 유지해야 하는 역할을 다하지 못하고 육신적 에로스에 젖어들 뿐이었다. 엄세번은 육신적 에로스형 권세가로 구현되어 개인의 비극적 종말과 함께 가문의 몰락을 맞고 말았고, 화춘은 육신적 에로스형 적장자로 구현되어 가문을 몰락 위기로 몰고 갔다.

이처럼 육신적 에로스는 종법질서를 와해하고 가문을 몰락케 하는 요체로 작동한다. 그 과정에서 육신적 에로스를 추구하는 인물들에 의해 정신적 에로스를 추구하는 인물들이 고난을 당함으로써 종법주의 이념의 실현이 저지당하는 양상이 포착된다. 하지만 육신적 에로스의 성향을 띠는 인물들은 파국을 면치 못하는 반면에 정신적 에로스의 성향을 띠는 인물들은 위기를 극복하여 해피엔딩을 맞는데, 그 해피엔딩은 종법질서의 확립과 맞물린다.

그와 관련하여 종법주의 이념은 에로스를 '육신적 에로스 – 악'과 '정신적 에로스 – 선'으로 이원화하되 두 에로스가 양립할 수 없는 것으로 설정하여 에로스에 대한 이념의 통제를 확보한다. 서사 과정에서 초반에는 '육신적 에로스 – 악'이 '정신적 에로스 – 선'을 물리치는 듯하지만 결국에는 그게 뒤바뀌는 것으로 마무리된다. 이렇듯 〈사씨남정기〉와 〈창선감의록〉은 종법주의 이념이 에로스를 통제하는 방식을 통해 이념 우위 형식을 확보하는 것이다.

에로스에 대한 이념의 우위 형식이라고 해서 에로스와 이념의 조화가 없는 것은 아니다. 〈창선감의록〉에서 윤여옥의 경우와 양아공주의 경우가 그에 해당한다. 윤여옥의 경우, 진채경을 향한 순수한 사랑과 엄월화를 향한 육신적 애욕은 모두 정신적 에로스로 고양되는 길을 밟는다. 그리고 양아공주의 경우, 유성희를 향한 양아공주 일방의 첫눈에 반하는 사랑의 열정은 의리를 중시하는 정신적 에로스로 고양됨으로써 유성희·양아공주·이팔아의 원만한 부부관계가 형성된다.

이처럼 윤여옥의 경우와 양아공주의 경우는 육신적 에로스가 정신적 에로스로 고양되어 두 에로스가 조화롭게 합일되는 모습을 보여준다. 그런데 작품세계 전체로 볼 때 이들의 에로스는 화진·윤옥화·남채봉이 펼쳐내는 정신적 에로스의 강한 자장에 끌려감으로써 이념 우위의 틀 옆에서 자리를 잡는 형국을 보인다고 할 수 있다.

이념에 대한 에로스 우위의 형식을 지니는 〈구운몽〉의 경우, 에로스는 가부장제 이념의 힘에 의해 정신적인 것과 육신적인 것으로 나뉘지 않고 둘이 **애초부터 합일되어 있는** 상태로 제시되고, 본질적으로 생동성과 쾌락성을 지닌다. 생명력이 있는 곳에서 기쁨과 즐거움이 있고, 기쁨과 즐거움이 있는 곳에서 생동감이 솟아나듯, 생동성과 쾌락성은 동전의 양면과 같다. 에로스의 생동성과 쾌락성은 애초에 초월계에서 주어지며, 지상계에서 1 대 8의 에로스로 펼쳐진다. 그 에로스는 (가) 열정적 에로스, (나) 유희적 에로스, (다) 성희적 에로스, (라) 섭리적 에로스 등으로 다채롭게 세분화된다.

(가) 열정적 에로스의 경우에는 첫눈에 반한 사랑의 열정이 직접적으로 표출되며, 그 열정이 평생을 좌우한다. 세부적으로 보면 첫눈에 반한 순간을 놓치지 않은 사랑을 펼쳐낸 양소유·진채봉의 에로스가 있고, 풍류세계인 청루에서 첫눈에 반한 사랑에 초점을 맞춘 양소유·계섬월의 에로스가 있으며, 부귀영화를 내던지고 첫눈에 반한

사랑에 운명을 건 양소유·적경홍의 에로스가 있다.

(나) 유희적 에로스의 경우에는 서로 속이기 놀이와 같이 에로스가 경쾌하게 펼쳐진다. 처음에는 양소유가 여자 차림으로 정경패를 속이자, 속은 정경패가 가춘운을 내세워 양소유를 다시 속인다. 다음에는 정경패가 자신이 죽은 것으로 꾸며 양소유를 속이자, 속은 양소유가 미친 체하며 정경패를 다시 속인다. 이런 반복적인 속이기를 통해 엄숙하고 정제된 예교에 얽매이기 쉬운 남녀관계가 부드러워지고, 그와 함께 에로스 또한 그 자체로 기쁘고 즐거운 유희성을 띤다.

(다) 성희적 에로스의 경우에는 남녀가 성적 관계를 통해 쾌감을 느끼는 데까지 나아간다. 양소유·가춘운의 에로스는 애초에 위의 서로 속고 속이는 놀이와 같은 유희 차원으로 정경패와 가춘운이 공모하는 과정에서 이루어지는데, 그 도달점은 성희 차원이다. 가춘운은 선녀와 혼령으로 변장하여 양소유에게 접근하여 양소유·선녀의 사랑놀이와 양소유·귀신의 사랑놀이를 펼쳐내는데, 그 과정에서 성적 즐거움을 만끽한다.

(4) 섭리적 에로스의 경우에는 하늘이 정한 운명적 사랑이 강조된다. 세부적으로 자객이 되었다가 하늘이 정한 짝을 찾아 나서는 양소유·심요연의 에로스가 있고, 청학이 어우러져 춤을 추는 등 천지자연의 조화를 동반하는 양소유·이소화의 에로스가 있으며, 반사곡 샘물을 다시 먹을 수 있게 하는 사랑, 즉 천지자연의 치유를 수반하는 양소유·백능파의 에로스가 있다.

1 대 8 에로스가 여덟 가지로 세분하여 어떤 것도 소홀히 할 수 없을 만큼 각각 저마다 특색을 지니고 있는바, 〈구운몽〉은 에로스의 향연을 구현했다는 점에서 작품적 가치와 소설사적 의미를 획득했다. 그렇다고 해서 여덟 가지로 세분화된 에로스는 각기 본질적인 차이를 지니는 것이 아니라, 상호 보완적으로 에로스 전체의 모습을 보여주는 것으로 모아진다.

한편 에로스에는 친애와 은정이 자리를 잡는다. ① 진채봉·계섬월·적경홍의 친애, ② 정경패·가춘운의 친애, ③ 정경패·이소화의 친애, ④ 이소화·진채봉의 친애가 이루어지며 그 친애가 확대되는 양상을 띤다. 그 친애는 첫 대면에서 형성된 후로 끝까지 반목과 갈등 없이 지속되며, 거기에 양소유의 은정이 보태진다.

그런 친애와 은정의 에로스는 가부장제 이념의 강한 힘에 억눌리지 않는다. 이념이 에로스를 통제하지 않는 것이다. 그렇다고 해서 에로스가 이념을 배척하는 것도 아니다. 에로스가 자유롭게 분출되는 상황에서 이념은 나름대로 힘을 발휘한다. 다만 에로스는 자체의 본질적 성향이라 할 수 있는 생동감과 쾌락성을 드러내는데도 그런 에로스의 원만하고 자연스러운 흐름의 결과로 환상적인 일부다처의 가정과 가문창달이 이루어진다. 그런 방식으로 〈구운몽〉은 이념에 대한 에로스 우위의 형식을 지니는 것이다.

종법주의 이념이 아무리 좋은 전망과 당위성을 지닐지라도 고통을 수반하지 않을 수 없다. 종법주의 이념에 대한 신념이 확고하고 그 이념을 실현하고자 하는 노력이 클수록, 그에 상응하는 고통도 커질 수밖에 없다. 특히 이념 우위의 형식을 지니는 〈사씨남정기〉와 〈창선감의록〉에서 그러한 면모가 두드러진다.

〈사씨남정기〉에서 중심인물인 사정옥의 삶은 종법주의 이념을 체화하는 총부의 삶이었거니와, 총부의 삶은 그 자체로 숱한 고통을 감내하지 않으면 안 되는 삶이었다. 그녀는 부부 사이의 진솔한 사랑보다는 총부의 역할을 중요하게 여긴 탓에 근신과 두려움의 나날을 보냈으며, 억울하게 쫓겨나서도 죽음으로 자신의 의로움을 보여주고자 했다. 이러한 사정옥의 절사의식節死意識은 총부가 지니는 책임의식의 귀착점인바, 총부로서 사정옥의 삶은 그만큼 고난의 연속이었다.

가부장 유희에게서도 그런 고통을 감지할 수 있다. 유희의 고통이 직접 문면에 드러나지는 않지만, 그는 평생토록 봉사奉祀와 가성家聲을 염려하며 살았다. 세상을 뜰 때조차 그런 삶을 내려놓지 못하고 아들과 며느리에게 그 삶을 물려줄 정도였다. 유희의 한평생은 가문의 명예로운 존립에 한정되었으며, 그에게 바람이 있다면 아들과 며느리도 자신과 같이 가문 위주의 삶을 그대로 반복하는 것일 뿐이었다.

심지어 첩실 교채란도 종법주의 이념의 피해자라고 할 수 있다. 교채란은 사정옥을 대신하여 아들을 낳았지만, 첩실 콤플렉스에서 헤어나지 못하고 정실을 쫓아내는 등의 악행을 저지르다가 비참한 종말을 맞고 말았다. 교채란의 행위는 역설적이게도 반종법적이고 비종법적으로 흐를 수밖에 없었다. 하지만 교채란의 비극적 삶은 근본적으로 종법주의 이념에 의해 첩실에게 드리워진 고통의 삶이었다.

요컨대 유씨 가문의 구성원들에게서 보이는 절사의식, 첩실 콤플렉스를 비롯하여 많은 심리적 고통은 종법주의 이념에 의해 드리워진 고통이었던 것이다.

〈창선감의록〉에서도 마찬가지다. 중심인물인 화진의 삶은 종법주의 이념을 체화하는 차남의 삶으로 애초부터 고난의 연속이었다. 화진은 자신이 출생하지 않았다면 적장자 화춘이 콤플렉스에 빠지지 않았을 것이고, 가문의 종법질서가 훼손될 위기에 처하지도 않았을 것이라고 여겼다. 그런 화진의 고통은 자신의 출생 자체가 죄라는 근원적인 죄의식을 표출하는 데까지 이를 정도였다. 종법주의적 사고가 팽배한 사회가 아니었다면 그 고통은 훨씬 약화되거나 생기지 않을 수도 있었던 것이다.

가부장 화욱도 종법주의 이념의 피해자였다. 그가 소망하는 가문상은 적장자는 품성과 자질을 함양하여 가통을 잇고, 재능이 뛰어난 차남은 현달함으로써 가문의 명망을 잇는 것이었다. 그런데 그는 화춘을 대할 때면 적장자라는 생각이 앞서서 엄하게 꾸짖기 일쑤였지 사랑을 베풀어본 적이 없었다. 화욱은 가문의 명성을 앞세운 삶을 살았지만 심부인·화춘 모자를 콤플렉스에 빠지게 함으로써 역설적이게도 가문을 위기에 몰아넣는 죄를 짓고 말았다.

심부인·화춘 모자도 종법주의 이념의 피해자일 수 있다. 이들 모자의 피해의식은 적장자 콤플렉스로 모아지지 않을 수 없었고, 그런 상태에서 이들 모자에게 가문이란 화진 부부와 화진을 옹호하는 이들에게 허세를 부리고 적대감과 분노를 풀어내는 통로에 불과했다. 그들이 내세운 적장자와 종부로서의 권위는 역설적이게도 반종법적이고 비종법적일 뿐이었다.

요컨대 화씨 가문의 구성원들에게서 보이는 근원적 죄의식, 적장자 콤플렉스를 비롯하여 많은 심리적 고통은 종법주의 이념에 의해 드리워진 고통이었다고 할 수 있다.

이념에 대한 에로스 우위의 형식을 지니는 〈구운몽〉은 이념과 거리를 확보한다. '(a) 현실−(b) 꿈−(c) 현실'의 환몽구조에 상응하여 '(a) 에로스에 대한 미련−(b) 에로스의 극대화−(c) 에로스 초월'의 양상을 띠거니와, 가부장제 이념이 들어서면서도 에로스가 극대화되는 자리는 (b) 꿈속의 지상계다.

그런데 꿈속의 지상계에서 펼쳐지는 1 대 8의 에로스는 가부장제 이념에 의해 통제되지 않고 자발적으로 발현된다. 지상계에서 처한 양소유와 여덟 여성의 처지와 신분이 서로 다른데도 그들 사이에 펼쳐지는 에로스는 자연스럽게 흐른다. 게다가 애정을 품거나 표출함에 있어서 여성 쪽이 더 적극적인바, 에로스가 남성 중심적 가부장제 이념의 통제를 받지 않는 경향을 보인다.

그런 에로스의 자연스러운 흐름은 가부장제의 왜곡된 강압의 형태를 넘어서는 것으로 구현되기도 한다. 적경홍은 연왕의 총애를 받고 있었지만 목숨을 걸고 양소유를 따랐고, 백능파 또한 남해용자로부터 위협을 내세운 청혼을 받지만 그에 굴복하지 않고 양소유를 만나 사랑을 이룬 데에서 알 수 있듯이, 에로스는 스스로 솟아나는 자발성을 지닐 뿐 아니라, 사회적, 신분적 위계를 뛰어넘는 초월성을 지닌다.

에로스의 자연스러운 흐름은 그 정도에 그치지 않는다. 권력자가 에로스의 흐름을 가로막는 사회적 장벽이 되기는커녕 오히려 그 흐름을 원활하게 하는 지점까지 구현해냈다. 황제는 일찍이 진채봉을 총희로 삼으려고 한 적이 있었고, 마침 황제의 여동생인 난양공주와 양소유의 혼사가 진행 중이었는데도 양소유를 향한 진채봉의 사랑을 인정하고 배려했다. 난양공주 이소화도 자신을 포함하여 양소유와 정경패·이소화·진채봉·가춘운 사이에 에로스가 자연스럽게 흐르도록 했다. 황제와 공주는 가부장제의 정점에 있는 자들이거니와, 가부장제 체제가 에로스의 흐름을 보장한 형국을 띠는 것이다.

이러한 자연스러운 흐름이 보장되는 에로스는 궁극적으로 가부장제 이념에 어긋나지 않는 지점에 도달한다. 1 대 8 에로스는 남성 한 명에 여덟 여성 사이의 에로스이거니와 남성 중심적 가부장제를 지향하는 것이다. 그런데 가부장제는 에로스를 가로막는 사회적 질곡의 근원으로 자리를 잡지 않으며 오히려 에로스의 흐름을 보장하고, 에로스 또한 가부장제에 부합하는 쪽으로 흐르거니와, 에로스와 가부장제 이념은 환상적인 관계를 이룬다. 그로 인해 에로스의 자발적 발현과 막힘없는 흐름으로 환상적인 일부다처 가정과 가문창달이 성취된다.

그리고 '(b) 꿈속의 지상계'에서 극대화된 에로스는 '(c) 꿈에서 깬 후의 초월계'를 거치면서 인생무상과 함께 에로스 무상을 수반한다. 인생무상 및 에로스 무상은 그 배면에서 이념무상까지 암시한다. 작품 간 상호텍스트성을 고려할 때 〈구운몽〉에서 암시된 이념무상은,

〈사씨남정기〉와 〈창선감의록〉에 구현된 종법주의 이념의 무상함을 암시하는 데까지 나아간다. 조선 후기 사회에 많은 논쟁들이 이념 논쟁의 양상을 띠고 있었는데, 〈구운몽〉은 미학적 수준에서 에로스 무상과 함께, 이념무상, 즉 탈이념 혹은 이념초월에 도달한 것으로 보인다.

〈사씨남정기〉와 〈창선감의록〉 그리고 〈구운몽〉이 펼쳐낸 이념과 에로스의 결합이라는 새로운 소설형식은, 이후 펼쳐진 우리 소설사는 물론이고 문화사에도 영향을 끼쳤다. 단적으로 대하소설의 많은 작품들은 이념 우위 형식과 에로스 우위 형식을 양극단으로 하여 그 사이에 위치한다. 이 책에서 펼친 논의는 대하소설 연구를 보다 활성화하는 데 적지 않은 도움을 주리라고 생각한다.

참고문헌

<작품>

김만중 원작, 김병국 교주·역, 『구운몽』, 서울대학교출판부, 2009.

김만중 지음, 정병설 옮김, 『구운몽』, 문학동네, 2013.

김만중 지음, 이래종 옮김, 『사씨남정기』, 태학사, 1999.

김만중 지음, 류준경 옮김, 『사씨남정기』, 문학동네, 2014.

박재연·정병설 교주, 『옥교리』, 학고방, 2013.

이지영 옮김, 『창선감의록』, 문학동네, 2010.

이혜순·김경미, 『한국의 열녀전』, 월인, 2002.

<단행본>

루쉰魯迅 저, 조관희 역주, 『중국소설사략』, 살림, 1998.

박찬식, 『플라톤 철학의 이해』, 정음사, 1984.

요한네스 로쯔 저, 심상태 역, 『사랑의 세 단계－에로스, 필리아, 아가페』, 서광사, 1985.

이능화, 『조선여속고』, 한국학연구소, 1977.

장병인, 『조선전기 혼인제와 성차별』, 일지사, 1999.

조광국, 『기녀담 기녀등장소설 연구』, 월인, 2002.

조광국, 『한국 고전문학의 에로스』, 아카넷, 2015.

지두환, 『조선시대 사상사의 재조명』, 역사문화, 1998.

<사전>

곽호완 외 4인, 『실험심리학용어사전』, 시그마프레스㈜, 2008.

한국문학평론가협회, 『문학비평용어사전』, 국학자료원, 2006.

〈논문〉
강상순, 「〈창선감의록〉의 이데올로기적 성격과 무의식적 의미」, 『한국 고소설사의 시각』, 국학자료원, 1996.
강상순, 「조선후기 장편소설과 가족 로망스」, 『한국고전여성문학연구』 7, 한국고전여성문학회, 2003.
강상순, 「〈구운몽〉에 형상화된 남녀관계의 소설사적 계보와 역사적 성격」, 『우리어문연구』 32, 우리어문학회, 2008.
김문희, 「고전소설에 나타난 우순의 서사의 상호텍스트적 구성 방식과 기제 연구」, 『한국학연구』 59, 고려대학교 한국학연구소, 2016.
김수연, 「〈화씨충효록〉의 성격과 소설사적 위상」, 『고소설연구』 9, 한국고소설학회, 2000.
김수연, 「〈화씨충효록〉의 문학적 성격과 연작 양상」, 이화여자대학교 박사학위논문, 2008.
김윤정, 「조선중기 가묘제와 여성제례의 변화」, 『국학연구』 14, 한국국학진흥원, 2009.
김현희, 「에로스와 필리아」, 『민족미학』 14(2), 민족미학회, 2015.
박 경, 「16세기 유교적 친족질서 정착 과정에서의 총부권 논의」, 『조선시대사학보』 59, 조선시대사학회, 2011.
박영희, 「17세기 소설에 나타난 시집간 딸의 친정살리기와 출가외인 담론」, 『한국고전여성문학연구』 13, 한국고전여성문학회, 2006.
박영희, 「17세기 재자가인형 소설의 수용과 영향－〈호구전〉을 중심으로－」, 『한국고전연구』 4, 한국고전학회, 1998.
박일용, 「〈창선감의록〉의 구성 원리와 미학적 특징」, 『고전문학연구』 18, 한국고전문학회, 2000.
박재연, 「조선시대 중국통속소설 번역본의 연구: 낙선재본을 중심으로」, 한국외국어대학교 박사학위논문, 1993.
선한용, 「기독교적 아가페(agape)와 에로스(eros)에 대한 새로운 이해 시도」,

『신학과 세계』 28, 감리교신학대학교, 1994.

송성욱, 「17세기 중국소설의 번역과 우리소설과의 관계－〈옥교리〉를 중심으로－」, 『한국고전연구』 7, 한국고전연구학회, 2001.

신재홍, 「〈구운몽〉의 서술원리와 이념성」, 『고전문학연구』 5, 한국고전문학연구회, 1990.

신해진, 「사씨남정기」, 『조선후기 가정소설선』, 월인, 2000.

양민정, 「초기 가문소설의 형성과 여성의 가문의식－〈창선감의록〉을 중심으로－」, 『고소설연구』 12, 한국고소설학회, 2001.

양석원, 「에로스의 두 얼굴－라깡의 〈향연〉 읽기」, 『라깡과 현대정신분석』 17(1), 한국라깡과현대정신분석학회, 2015.

양선비, 「17세기 중후반 예송의 전개와 정치지형의 변화」, 서울대학교 석사학위논문, 2013.

엄기주, 「〈사씨남정기〉의 의미와 서포의 작가의식」, 『고전문학연구』 8, 한국고전문학연구회, 1993.

이기백, 「플라톤의 에로스론 고찰」, 『철학』 34, 한국철학회, 1990.

이선혜, 「〈창선감의록〉에서 서술된 '창선'의 시대적 의미」, 『퇴계학논총』 29, 퇴계학부산연구원, 2017.

이숙인, 「주자가례와 조선 중기의 제례 문화」, 『정신문화연구』 103호, 한국학중앙연구원, 2006.

이순구, 「조선중기 총부권과 입후의 강화」, 『고문서연구』 9·10집, 한국고문서학회, 1996.

이승복, 「〈창선감의록〉의 주제와 소설사적 위상」, 『고전소설과 가문의식』, 월인, 2000.

이승복, 「처첩갈등을 통해 본 가정소설과 가문소설의 관련 양상」, 서울대학교 박사학위논문, 1995.

이승수, 「〈창선감의록〉의 인물과 은폐된 현실」, 『한국학논집』 26, 한양대한국학연구소, 1995.

이원수, 「〈창선감의록〉, 장자상속제와 사대부가의 고민」, 『어문학』 100, 한국어문학회, 2008.

이창기, 「성리학의 도입과 한국가족제도의 변화: 종법제도의 정착과 부계혈연집단의 조직화 과정」, 『민족문화논총』 46, 영남대학교 민족문화연구소, 2010.

임형택, 「17세기 규방소설의 성립과 〈창선감의록〉」, 『동방학지』 57, 연세대학교 국학연구원, 1988.

전성운, 「〈구운몽〉의 창작과 명말청초 염정소설－〈공공환〉과의 비교를 중심으로－」, 『고소설연구』 12, 한국고소설학회, 2001.

전은숙, 「청초 재자가인소설의 혼인관과 문화적 의미 고찰: 데릴사위제를 중심으로」, 『중국소설논총』 31, 한국중국소설학회, 2010.

정긍식, 「조전전기 사대봉사의 형성과정에 대한 일고찰」, 『법제연구』 11, 한국법제연구원, 1996.

정길수, 「전기소설의 전통과 〈구운몽〉」, 『한국한문학연구』 30, 한국한문학회, 2002.

정길수, 「〈구운몽〉의 독자는 누구인가」, 『고소설연구』 13, 한국고소설학회, 2002.

정소이, 「효제의 종교적 성격」, 『종교연구』 75-1, 한국종교학회, 2015.

정환국, 「17세기 소설에서 '악인'의 등장과 대결구도」, 『한문학보』 18, 우리한문학회, 2008.

조광국, 「〈창선감의록〉의 적장자 콤플렉스」, 『고전문학과 교육』 38, 한국고전문학교육학회, 2018.

조광국, 「〈천수석〉에 구현된 에로스의 양상과 작가의 비판의식」, 『고소설연구』 43, 한국고소설학회, 2017.

조광국, 「〈사씨남정기〉의 사정옥: 총부 캐릭터－예제의 사회문화적 맥락을 중심으로－」, 『고소설연구』 34, 한국고소설학회, 2012.

조광국, 「17세기 후반 김만중의 현실인식에 관한 고찰」, 『고전문학연구』 20,

한국고전문학회, 2001.
조영록, 「가정초 정치대립과 과도관」, 『동양사학연구』 21, 동양사학회, 1985.
조현우, 「〈창선감의록〉에 나타난 천정과 승부의 의미」, 『고소설연구』 44, 한국고소설학회, 2017.
진경환, 「〈창선감의록〉의 작품구조와 소설사적 위상」, 고려대학교 박사학위논문, 1992.
한기범, 「사계예학파의 예학사상」, 『유교사상연구』 15, 한국유교학회, 2001.
황원구, 「주자가례의 형성과정－왕법과 가례의 연결성을 중심으로－」, 『인문과학』 45, 연세대학교 인문과학연구소, 1981.